我吃西红柿

吞噬星空

THE LEGEND OF SPACEWALKER

秘境 ③

长江出版传媒 长江少年儿童出版社

鄂新登字 04 号

图书在版编目（ＣＩＰ）数据

秘境.3 / 我吃西红柿著.—武汉：长江少年儿童出版社,2014.2
（吞噬星空）
ISBN 978-7-5353-9599-3

Ⅰ.①秘… Ⅱ.①我… Ⅲ.①长篇小说—中国—当代
Ⅳ.①I247.5

中国版本图书馆 CIP 数据核字(2013)第 235753 号

书　　名	秘境③			
◎	我吃西红柿　著			
改　写	孙　璘　　王小芹　　陈露露　　兰季平　　蒋　静　　赵襄玲　　李荷君　　徐　艳 柴黎黎　　王珊曼　　万　丽　　朱永红　　吴幼文　　田佳子　　周　莲　　叶　凯 汪　凯　　罗　静　　高　蓓　　陈　超　　曾　蕾　　胡早霞　　谈　晶　　李文海 宋　磊			
出版发行	长江少年儿童出版社有限公司	业务电话	（027）87679199 （027）87679179	
网　　址	http://www.hbcp.com.cn	电子邮件	hbcp@vip.sina.com	
承 印 厂	湖北省新华印务有限公司			
经　　销	新华书店湖北发行所			
印　　数	1-40 000		印张	18.5
印　　次	2014 年 2 月第 1 版,2014 年 2 月第 1 次印刷			
规　　格	680 毫米 × 980 毫米		开本	16 开
书　　号	ISBN 978-7-5353-9599-3		定价	28.00 元

目 录

第一章　巨额遗产

看到余额,罗峰脸上忍不住浮现笑容。

老师呼延博的确给自己这个徒弟留下了足够多的遗产啊,居然足足312万多混元单位!这是何等庞大的一笔财产……足以购买好几个星域了!当然罗峰现在地位也不同以往,虽然激动却还不至于发狂。

毕竟罗峰身上拥有陨墨星号、近万颗血洛晶、究炎虚空金、紫宸百络叶、洛夫鹦盘,这些都是以百万混元单位计的至宝!

当然这些罗峰都舍不得卖掉来兑换现钱,所以连进行神国传送的8混元单位,罗峰一时间都拿不出来!

之所以拿不出来,一是因为部分现钱投资在平海公司,二是用部分现钱去购买让金角巨兽进化需要的金属等等。

"现金!"

"有现金的感觉就是不一样。"罗峰看着光幕上的余额,露出了笑容,"三百多万混元单位的现金,不管是修复陨墨星号还是让摩云藤进化到界主级,都没有任何难度了。"

"转账!"

罗峰吩咐道,"转账到我精神印记所绑定的账户。"

"好的。"机器人女子微笑着点头。

"转账成功,罗峰先生。"机器人女子微笑道,"请问你这账户下的其中一个子账户还有3混元单位,是否转账?"

"子账户?"罗峰一愣。

是了。

当年自己老师在地球死去,死之前,透过虚拟宇宙网络迅速将银行账户设定两个子账户,分别让恒星级、宇宙级时去得到遗产,而域主级时能获得最高的总账户了。

"竟然有3混元单位？"罗峰暗叹道。

老师的确很大方。

恒星级账户是100亿乾巫币，这都能媲美宇宙级强者的资产了。

宇宙级账户是3混元单位，可媲美普通界主的资产了。

域主级账户是312万多混元单位，这是老师账户的全部资产了。

"转吧！"罗峰点头。

"好的。"机器人女子迅速转账，将一切都转到了罗峰精神印记绑定的账户，这精神印记绑定的账户是最安全的账户……放眼浩瀚宇宙，只要有精神印记的生命，就没有两个是完全一样的。

哗！

玻璃门开启，罗峰走了出来。

"殿下。"迪伦看着罗峰。

"刚刚转账了8混元单位到你的账户，收到了么？"罗峰看着迪伦。

"收到了。"迪伦点头，心中却有些无奈。

他迪伦已经是最上等的不朽军主，真正战斗力已经接近封侯了，他的资产当然不可能少，虽然这么花掉8混元单位能源有点心疼，可是……罗峰毕竟是他的小师叔，为小师叔花一次钱也不算什么。

在他看来，小师叔虽然辈分比他高，可也才域主级的天才而已，又能有多少财富，岂能跟他这个不朽神灵比？可罗峰坚持要还，他当然也不好拒绝。

"这小师叔还真是很有骨气，不轻易欠人恩情。"迪伦暗道。

得到三百多万混元单位现金，罗峰心情大好。"我们回去。"罗峰微笑道。

"是，殿下！"

迪伦当即陪同罗峰离开了宇宙星河银行，回到了罗峰购买的燕山庄园。

……

燕山庄园，静室中，罗峰正盘膝而坐，意识则迅速连接虚拟宇宙网络。

……

虚拟宇宙雨相山，原始区，罗峰住处的书房内。

"哈哈，罗峰，你老师给你留的不少吧。"肩膀上的巴巴塔喊道。

罗峰坐在书桌前看着笔记本屏幕，屏幕上正点开着一封邮件，那是宇宙星河银行发来的邮件，内容是恭喜罗峰成为了宇宙星河银行的四星级客户。

"四星级客户？"罗峰看着邮件笑道，"巴巴塔，我记得三星级客户的门槛是 10 混元单位，这邮件上写四星级客户的门槛是 1 万混元单位，那五星级客户呢？"

"五星级客户的门槛是 1000 万混元单位。"巴巴塔笑道，"就是你老师在现钱最多的时候曾经超过 1000 万混元单位，可是后来在摩云藤上砸了 620 万混元单位，且运气好，终于成功让摩云藤达到不朽！不朽摩云藤配合你老师……二者结合起来，封侯级不朽都很难杀死你老师，可惜，最后碰到一个精通灵魂方面的勉强封王的不朽神灵。"

罗峰微微点头。

1 万混元单位是四星级账户、1000 万混元单位是五星级账户。

自己账户内才 300 多万混元单位，当然是算四星级。

"不过罗峰，一般的不朽神灵资产是在 1 万混元单位。"巴巴塔说道，"很弱很贫穷的不朽神灵，资产或许不足 1000 混元单位，而封侯级不朽神灵一般资产都是在 1000 万混元单位左右的。我说的是资产，不是现金！"

罗峰点头。

那些强者们早就将财富转化为实力了，比如老师呼延博将巨额财富砸在摩云藤身上，摩云藤达到不朽，顿时就成了老师最强的助手。

可惜，这对搭档最终还是陨落了。

"我的资产算起来，也有一千万混元单位了。"罗峰暗道，"究炎虚空金、紫宸百络叶、洛夫鹦盘，这三者加起来在 500 万混元单位左右，陨墨星号价值也超过了 300 万混元单位。当然最贵重的当数血洛晶！"

那近万颗血洛晶，单单给虚拟宇宙公司兑换即可兑换成数百万积分！

而且物以稀为贵，虚拟宇宙公司这般垄断血洛晶，那么血洛晶真正的卖价肯定远超数百万积分，所以这血洛晶才是自己身上最贵重的财富。

"老师的遗产加上我在几次修炼任务中的机遇，竟然令我拥有这么巨额的资产了。"罗峰暗自感慨道，"当然和我另外一位老师真衍王相比，我这就根本算不了什么了。老师真衍王随便都能扔出上百万混元单位。"

地位不同，资产自然不同。封王不朽神灵比封侯级要强得多，而最巅峰的封王级别，甚至接近宇宙国主的真衍王！资产自然更加庞大。不过作为老师，即使偶尔帮帮某个徒弟，也根本不可能将资产直接给某位徒弟。

除非像呼延博，其他传人全部死绝，才只能将遗产留给唯一的隔代传人罗峰。

……

罗峰坐在书桌前,迅速点开笔记本屏幕,购买能够让摩云藤突破到界主级的一些珍贵物品。在虚拟宇宙公司购买宝物,可以通过积分兑换,也可以通过现金,比如之前罗峰购买金角巨兽吞噬的金属便用的现金。

"嗯?"

罗峰惊讶地看着屏幕。

屏幕上出现了三个选择,一,摩云藤从域主九阶进化到界主(普通进化,耗时 3 年,需 1.18 万混元单位),二,摩云藤从域主九阶进化到界主(普通进化,耗时 1 个月,需 1.92 万混元单位),三,摩云藤从域主九阶进化到界主(超级进化,耗时 3 个月——6 个月,需 3.2 万混元单位、5.6 万混元单位、8.5 万混元单位三种)。

"超级进化?"罗峰眉毛一掀。

罗峰轻轻点开三种选择的详细讯息。

摩云藤不同的进化之路中的实力差别也是非常大的,从摩云藤有多少条主藤蔓就能判定其进化程度。

界主级摩云藤,最低拥有 36 条主藤蔓,这是最差的一种情况。

最高拥有 360 条主藤蔓,这是最好的一种情况。

"我的摩云藤现在是域主九阶,有 108 条主藤蔓……"罗峰看着超级进化的详细讯息,超级进化是分成三种珍贵物品配比的,价格从 3.2 万混元单位到 8.5 万混元单位不等,"按照这上面描述,我的摩云藤使用的是最好的超级进化,应该能进化出 216 条主藤蔓。"

罗峰看得眉头皱起。

自己这摩云藤最好也才 216 条主藤蔓?

"巴巴塔,怎么回事?"罗峰皱眉道。

"界主级摩云藤拥有 360 条主藤蔓,那是传说中最完美的极限。"巴巴塔随意道,"从一开始培育就需要花费巨额的代价,达到界主级时……就需要投入近百万混元单位。"

"近百万混元单位,老师有这么多钱吧。"罗峰思索着。

"还有一点!"

巴巴塔撇嘴道,"越是进化高等的摩云藤,突破成为不朽的难度也就越大。

当年老师的摩云藤在界主级时仅仅只有 108 条主藤蔓,可依旧耗费了 620 万混元单位以及一些机缘巧合才最终让摩云藤突破到不朽。至于完美状态的摩云藤是极其容易遭到宇宙嫉妒的。想成为不朽,实在太难了!"

罗峰点点头。

"不过罗峰以你的资源、条件、背景,将来的发展前景,可比你老师那个独行侠强多了。你现在可以选择最好的超级进化。"巴巴塔说道,"界主级能进化出 216 条主藤蔓……将来突破不朽或许会很难,可是你,也许还是有成功可能的。"

"嗯。"

罗峰毫不犹豫,轻轻选择最好的一种超级进化的各种物品的配比。

对于未来,罗峰有着十足信心。

自己不踏入不朽便罢,一旦踏入不朽,一定会是不朽中的超级强者,最起码先得封侯,其次就得封王! 所以自己的最佳帮手摩云藤也得够强才行!

"8.5 万混元单位就这么没了。"罗峰摇头一笑,"嗯,再让虚拟宇宙公司那边帮忙维修陨墨星号!"

"罗峰,我建议你……不单单是维修陨墨星号飞船,同时让虚拟宇宙公司的人将陨墨星号飞船内部进行改造下,提高陨墨星号的性能。论科技……虚拟宇宙公司可是人类族群中最强的,他们改造的飞船,性能也是无比彪悍的。"

罗峰当即联系虚拟宇宙公司内部人员,说明了自己的一些要求。

"罗峰殿下,请你将所需要维修宇宙飞船的详细参数、照片等资料,还有你需要改造飞船后达到的性能层次资料都发给我们,越全越好。我们也能够根据受损情况和需要改造的地方,来审核判定需要多少费用。"屏幕中传来温柔清脆的声音。

"好的。"罗峰点头,当即将巴巴塔早准备好的资料发送过去。

仅仅片刻后——

"罗峰殿下,我虚拟宇宙公司制造的能达到 50 倍光速的 F 级宇宙飞船,技术非常成熟,我劝殿下你也选择极限是 50 倍光速的性能配置。如果再提高要求,那么改造费用将会飞跃性的提高,而正常性能的性价比是最高的。"屏幕中传来声音。

"灵活机动性能呢?"罗峰追问。

"也是正常规格。"那清脆声音显得很有礼,"殿下,维修需要5.6万混元单位,内部性能改造需要12.4万混元单位,共计18万混元单位。"

罗峰点点头。

巴巴塔曾经计算过,如果是在外界购买材料让虚拟宇宙公司的人维修,单单购买材料就要8万混元单位左右。幸好自己是原始秘境成员,有优惠折扣。

"殿下,我们这边的设计人员询问……这艘F级宇宙飞船是赤混铜母构造而成,边缘很薄很锋利,且蕴含着固定秘纹,具有很强的切割威力。不过这法则秘纹固化方面比较简陋不够完善,请问是否需要将其完善?"清脆声音问道。

罗峰一怔。

陨墨星号是三角形飞船,边缘无比锋利,可是这法则秘纹固化是怎么回事?

"同意她。"肩膀上的巴巴塔催道。

"完善分哪些方案,需要多少费用?"罗峰追问。

"一,简单修复破损的固化秘纹,这可以免费。"清脆声音继续道,"二,整体进行完善,让这艘宇宙飞船的防御程度提高30%,机身切割攻击力提高50%,需要13.9万混元单位。"

"我同意进行完善。"罗峰点头。

……

摩云藤方面耗费8.5万混元单位,陨墨星号耗费31.9万混元单位,总共是40.4万混元单位。

"这么快就消耗掉40万混元单位多。"罗峰坐在书桌前看着屏幕,"花钱如流水啊。对了,巴巴塔,这法则秘纹固化是怎么回事,怎么需要13.9万混元单位?"

"别不满足了。"肩膀上的巴巴塔撇嘴道,"这法则秘纹固化其实就是很多念力兵器、原力兵器上面的一些法则秘纹。透过催动法则秘纹,可以勾动宇宙本源法则之力,由此来增强防御。当年主人为了建造陨墨星号,已经花费了很大力气,请了很厉害的高手来进行法则秘纹固化了"

"可惜!"

"主人请的高手,当然不可能赶得上虚拟宇宙公司内部的大师。"巴巴塔感慨,"能够在原有基础上防御提高30%、切割攻击提高50%,啧啧……实在是厉害啊,这可是对整个巨大宇宙飞船船身进行法则秘纹固化,单单材料费就很昂贵了，13.9万混元单位……如果是你老师请这样的高手，价格最起码翻倍！有虚拟宇宙公司在背后支持，的确是方便得很啊。"

罗峰笑了。

方便是方便，就是花费惊人。

穹玉星相水城，燕山庄园内。

地下仓库中。

罗峰花费了120亿宇宙币巨资购买这庄园，由此可以想象其面积之大，整个庄园长宽在30公里左右，单单主建筑的地下仓库的长宽就达到三公里，这是专门给一些大家族、大势力的人物用来存放宇宙飞船的。

"通体赤混铜母！"三名白袍人站在仓库内，看着面前这艘三角形的宇宙飞船，飞船的三个角都成弧线，非常的薄且锋利！

"这飞船加速，就是一颗星球也会被轻易切穿啊。"为首的白袍老者微笑地看着罗峰，恭敬道，"罗峰殿下，这艘飞船我们就带走了。"

"什么时候能修好送回来？"罗峰问道。

眼前这三人正是虚拟宇宙公司派来的，因为穹玉星是乾巫宇宙国境内一颗极其重要的星球，所以在穹玉星上虚拟宇宙公司有不少重要成员在这，所以罗峰之前刚刚透过网络定了合同，当天虚拟宇宙公司派人来领走宇宙飞船了。

"殿下，我们虚拟宇宙公司在整个宇宙人疆域范围内的维修改造点有不少，所以会很快回来的，一来一回，最长不超过三个月。"白袍老者说道。

"嗯。"罗峰点头，"你们带走吧。"

"是。"白袍老者看着陨墨星号，心意一动，便将这艘陨墨星号直接收进他的体内世界中。

这交接的过程是直接同步传输进虚拟宇宙网络的，只要交接，那么罗峰就没必要担心陨墨星号的安全问题，假设押送人员无比贪婪、无比胆大，敢将这艘陨墨星号吞没然后在宇宙中流浪逃亡的话，那么，虚拟宇宙公司会直接赔一艘外表一样、性能更加好的宇宙飞船给罗峰！

……

目送三名白袍成员乘坐宇宙飞船离开后，罗峰转头看向身侧的迪伦："迪伦，走，跟我去见一下我大哥。"

"是，殿下。"迪伦点头。

迪伦是罗峰的护卫军首领,在外放期间,一直贴身保护罗峰。当然,作为不朽神灵,迪伦的大半意识在虚拟宇宙网络中静修参悟,部分意识在现实中就可达到最佳警戒效果。

一旦发生危机,迪伦的另外部分意识也会瞬间回归现实。

"大哥!"罗峰眼眸中有着一丝期盼,走出了燕山庄园。

已经很久,没在现实中见大哥洪了。

……

穹玉星的108座主要城市——宝典城,名气极大的一家餐厅晨星餐厅的三楼包厢就是罗峰和洪约定好见面的地方。

"老三,这宝典城还有一个典故,你该知道这穹玉星是人工制造的星球。当年这颗穹玉星从神国中送出来被放在这片星空中,乾巫宇宙国就开始大规模移民,很多大家族也立即驻扎在这。"洪坐在桌旁,微笑道,"家族林立、强者如云,自然是非也多……后来由于一位强大不朽神灵遗留的传承宝典引起了一场不朽神灵大战,幸好是人工制造的星球,用材也很奢侈,所以才能承受那些不朽神灵大战。可即使如此,那一场大战依旧将方圆上万公里都化为废墟,后来在这片废墟中建造了这座城市,定名为宝典城。其实也有警示之意……"

罗峰点头。

坐在罗峰身侧的迪伦微笑道:"穹玉星经过刚开始的混乱后,在强有力的管制下和平多了。"

"在穹玉星宝典城呆了这么久,我还真喜欢上这座城市了。"洪摇头感慨。

"哈哈,因为这有大哥你喜欢的女人。"罗峰笑道。

"哈……"洪自嘲一笑。

"大哥,你现在住哪?"罗峰问道。

"我现在跟随着老师,老师因为和一位老友在一起交流参悟,所以就住在那老友家,我现在也住在那。"洪端起酒杯轻轻饮了口酒道,"老师的朋友名叫'卜篮卡',是一位比较强大的不朽神灵。"

罗峰问道:"你和那姬青的事,你老师,还有那位不朽神灵卜篮卡知道么?"

"这事情怎么瞒得住他们?"洪摇头,"之前我和姬青的事被那姬氏家族发现后,姬氏家族直接派人冲到卜篮卡前辈的家族内。如果不是要给卜篮卡前辈面子,恐怕那姬氏家族可能直接就杀死我了。"

罗峰面色一变。

他能想象那种情景,自己大哥和姬青相识相恋时,大哥根本不知道姬青的背景。突然某天,姬氏家族的人就冲到那卜篮家族进行怒斥,喝令洪不得再去纠缠姬青。这种事情落到谁头上都很无奈。

"姬氏家族,论势力要比卜篮家族强很多,所以卜篮卡前辈也没有办法。"洪摇头,"卜篮卡前辈曾经替我去拜访那银雪侯,奈何那银雪侯根本没见卜篮卡前辈。让卜篮卡前辈因为我而丢面子,我真……"

洪表情复杂,仰头喝光了杯中酒。

罗峰听得微微点头。

卜篮卡?或许是位比较厉害的不朽神灵,可是有时候不朽神灵和不朽神灵的实力差距是很大的。那银雪侯姬天藏乃是三百王侯之一,很久很久以前就是封侯级不朽,又是那乾巫国主的老臣子,不管是论势力还是论个体实力,都绝对能压制卜篮卡。

而且根据罗峰靠自己的权限搜集的讯息判定,银雪侯显然是个很孤傲的人。

卜篮卡去拜访,银雪侯却避不见面……也在罗峰意料之中。

"看来,这位封侯级不朽真的很恼怒,也真的很反对此事。"罗峰皱眉思索着,"嗯,等正式任命下达,我成为乾巫分部的最高层的几人之一……到时候,我的话才有足够分量。"

"大哥,再等些日子。任命一到,我就去见见那位银雪侯。"罗峰说道。

第二章　洪与姬青

当罗峰抵达穹玉星，和自己大哥洪在餐厅中见面时，那穹玉星 108 座大城中的"天藏城"的银雪侯府内。

银雪侯姬天藏在乾巫宇宙国有着极为深厚的根基。作为三百王侯之一，当年这颗巨型人造星球"穹玉星"建成后，专门有一座城市以"天藏"命名，并且这座城市"天藏城"也是由银雪侯府负责管理的。

其权势，是远远超过黑龙山帝国的圣地神主的。

银雪侯府内。

"主人！"一皮肤暗红色、两耳尖尖，有着一双碧绿色眸子的瘦小男子恭敬地跪伏在那，"'洪'终于离开了卜箓家族的府邸，去了宝典城一家叫做晨星餐厅的餐厅会客了。"

"那小子终于出来了？"

座椅上正坐着一名穿着银边的华美长袍的男子，男子有着黑色长发、白皙的面孔，一双隐隐泛着银光的黑色眸子……从外貌来说，他和地球华夏人非常相像，只是那自然而然的气势更甚。

"主人？"暗红色皮肤瘦小男子抬头看着眼前的主人。

姬氏家族，作为存在超过亿年的古老家族，子嗣是亿万计的。

身为姬氏家族的血脉，并没有任何值得骄傲的地方，正因为家族实在太过庞大，所以想要出头也非常难，一切看个人能力。而他的主人姬蓝登从小就非常努力，天赋也不错，最后总算成为了一名宇宙级强者！

能成为宇宙级，在姬氏家族内自然能得到重用，有超过 1000 颗生命星球领地。

可是，在庞大的姬氏家族中，姬蓝登依旧只是底层，毕竟家族内的域主、界主还有很多，宇宙级更是多得吓人。

本来姬蓝登就一直默默无闻，可是一次宠幸了某侍女，有了女儿姬青后，

10

姬蓝登的命运顿时改变了……他的女儿姬青从小就展露出惊人的天赋，以不可思议的速度迅速成长，直接得到了姬氏家族总部的重点关注、培养。然后，更是被宇宙佣兵联盟吸纳为核心成员。

宇宙人类五大势力的核心成员？那个个都是超级天才！

姬氏家族亿万年来虽然也培养出几个被五大势力吸纳的核心成员，可那都不是姬氏家族血脉，只是他们家族领地雪疆星域中诞生出的天才而已……而姬青，乃是无数年来第一位早早被吸纳进五大势力的绝世天才。

连姬氏家族的族祖，第一代族长，银雪侯姬天藏都为之震惊和欢喜！

姬青在家族内地位立即飙升！堪称族内排名前十的大人物，连那些界主们也个个对姬青不敢有丝毫造次。

女儿地位飙升，姬蓝登这个父亲地位当然是水涨船高……他开始分管家族的雪疆星域领地中的数十个星系，顿时成为姬氏家族的上流人物。

"没想到我不在穹玉星这些年，小青她竟然会喜欢上一个偏僻土著星球冒出的家伙，哼！不管怎么样，任何阻拦小青前途的，我这个做父亲的都要帮小青解决掉！"姬蓝登双眸掠过一丝厉芒。

知道女儿的事后，姬蓝登立即乘坐宇宙飞船赶回穹玉星。

不过，这段日子洪一直呆在卜筮家族府邸内，那卜筮家族毕竟是不朽神灵家族，或许高高在上的银雪侯姬天藏可以不屑于此，可是姬氏家族内的其他人却不敢不敬！终究是不朽神灵！所以姬蓝登一直没法去见洪，而现在终于找到机会了。

姬青是他的宝贝女儿，也是他姬蓝登风生水起的依仗！他之所以从家族底层走到上层，就是因为女儿！女儿一旦完蛋，他现在的权力、地位恐怕也要消失……

"绝不允许！"姬蓝登双拳紧握。

"让人带路，我要去晨星餐厅！"姬蓝登下令。

"是，主人！"暗红色皮肤的瘦弱男子跪伏道。

晨星餐厅三楼包厢内，罗峰正和大哥洪在一起交谈着，忽然"砰！""砰！"敲门声响起。

"嗯？"罗峰眉头微皱。

"进来。"洪也看向门口。

门自动推开。

身材高大俊美的男性服务员恭敬行礼道："楼下有人想要进来见几位客人。"

"见谁？"罗峰疑惑。

"说是要见叫'洪'的男子。"服务人员感觉到这包厢中几人自然而然的淡淡威压，不由愈加谦卑道。这是现实世界，一旦惹怒了某位有地位的人，恐怕他就得丢掉小命了。

"大哥，是来见你的。"罗峰笑看着洪。

"哦？"

洪看着服务人员，"让他进来。"

"是！"服务人员这才恭敬地退去。

"谁要见我，我在这穹玉星认识的人不多。"洪疑惑地摇头，罗峰笑道："都能直接说出大哥你的名字，恐怕对你很熟悉啊，说不定……可能是那位姬青姑娘呢。"

"姬青？"洪眉毛微微一动。

忽然楼下楼梯的脚步声响起，声音略显低沉。

罗峰、洪二人都看向门外。

"殿下，来的是一名宇宙级九阶和一名域主九阶，没一点威胁。"黑袍光头男迪伦坐在一旁半眯着眼，传音给罗峰。

"哦？"罗峰微微点头。

门外终于出现了身影，是两个男人！

其中那宇宙级九阶实力的男人有着黑发、方脸，皮肤显得白皙，跟地球华夏人没两样。而另外域主九阶的男人则体型高大，皮肤泛紫色，那显得有些长的指甲就仿佛锋利的匕首，双眸也泛着紫色。

从二人走路样子来看，那域主九阶应该是个保镖。

"你好，洪！"方脸男子看向洪。

"你是？"洪疑惑地看着这方脸男子。

"自我介绍一下，我是姬青的父亲……姬蓝登！"方脸男子说道。

罗峰眉毛一掀。

姬青的父亲出现了？看样子，自己大哥还从来没见过姬青的父亲。

洪立即站起："姬先生。"

12

"你和姬青的事情，我得知后，就立即从雪疆星域赶回了穹玉星。"姬蓝登双眸平视着洪，"只是这些日子你一直在卜筮家族府内，我也不好打扰。今天我来，也没有恶意，纯粹是以姬青父亲的身份过来。"

"我明白。"洪点头聆听着。

"你很优秀！"姬蓝登看着洪，"听说你在乾巫宇宙国内部天才战中表现很不错，虽然没被虚拟宇宙公司吸纳，可无可否认，你的确是一个很优秀的青年。"

"可是，洪。"姬蓝登轻叹一声，"你和我女儿不一样！"

"我女儿生活在姬氏家族，一个比你们黑龙山星域皇族还要强大百倍的家族。你是独行者一个，可以跟着你的老师流浪，没什么牵挂，也没什么压力。"姬蓝登叹息道，"可是我女儿生活在姬氏家族，家族内部的竞争压力是极大的。在姬氏家族中，一旦不小心跌下去，就会被千万人踩在脚下。这些，你懂吗？"

"我懂。"洪点头。

皇族内争斗惨烈，像宇宙中的超级家族姬氏家族内部竞争更是格外惨烈。

"所以，我女儿姬青不能走错路，一旦走错路，便万劫不复！"姬蓝登看着洪，"而她跟你的事情已经令我姬氏家族的族祖震怒！族祖震怒，整个家族便都惶恐不安……"

洪沉默。

"所以，希望你为了姬青，离开她，不要再跟她纠缠、联系！"姬蓝登低沉道，"别跟她在虚拟宇宙网络中进行通话，也早点离开穹玉星这地方，我希望你能够从她的世界中消失……只要你消失，她依旧可以是族祖最宠爱的孩子。"

"而如果你继续纠缠，将会令姬青陷入万劫不复的地步。"姬蓝登看着洪。

洪继续沉默。

咔咔——洪那被桌子挡着的拳头握得紧紧的，拳头发白，脸色也隐隐有些难看。

罗峰眉头微皱。

"我以一个父亲的身份，请求你，放过我的女儿姬青吧，相信你也希望她有一个美好的未来，对吗？"姬蓝登看着洪。

洪站在那。

"我明白。"洪微微点头。

"我希望能够尽快得知你离开穹玉星的消息，那样，我这个父亲会无比感激你的付出。"姬蓝登微微欠身，说完便带着麾下的保镖直接转身离去，从头到尾姬蓝登就没有注意过罗峰,也没注意过不朽神灵迪伦。

当一名不朽神灵不想暴露身份时,姬蓝登和他保镖那点实力怎么可能发现?

……

餐厅内一片安静。

一直控制着自己的洪脸色陡然有些苍白,随即摇头苦笑。

"老三,可笑不可笑?"洪看着罗峰。

"没什么可笑的。"罗峰摇头。

洪摇摇头。

洪看事情很透彻,所以虽然姬青父亲似乎表面上很客气,可是那些话背后蕴含的意思,洪自然能够一眼看出。这姬青的父亲显然心中是非常讨厌他洪的,巴不得洪早点离开穹玉星,也早点在姬青的世界里消失。

被心爱女子父亲这般厌恶,洪心中很难受!

"大哥。"罗峰拍拍洪的肩膀。

"我没事。"洪摇头。

罗峰不由得眉头微皱。

那银雪侯到底怎么回事,就算是超级天才,难道就不允许恋爱了?

开什么玩笑?

当天罗峰便送洪回了那卜筮家族府邸,洪走时还嘱托罗峰:"老三,这事情我需要你从中帮忙,可你也弄清楚到底是什么情况,千万别乱来……假如真的对姬青造成伤害,那我就……"

"大哥,这点我懂!"罗峰点头。

这也是罗峰一直没主动暴露身份的缘故,那姬蓝登来时,罗峰略微变动面部肌肉,防止那姬蓝登认出自己。

不管怎样,现在还没和银雪侯姬天藏正式碰面,大哥的事情罗峰也不敢乱来,好心办坏事的例子毕竟也不少。

时间流逝,罗峰虽然来到穹玉星却一直居住在燕山庄园,呆在那营养舱内。

"还没走?"

"那个洪,还是一直留在卜筮家族?"姬蓝登在大厅内来回走动,"这个年轻人是在那宇宙国内天才战中表现得很优秀的天才,这种天才自尊心应该极强。不管是为了自尊,还是为了可笑的爱情,我那番话都应该足以让他早早离开才对!"

"主人,他的确一直呆在卜筮家族。"跪伏着的暗红色皮肤瘦弱男子恭敬道。

"混蛋!"姬蓝登双眸好似要喷火,他真想直接带人将洪给杀了。可是他也清楚,既然连族祖银雪侯都没派人动手,那麽下就没有谁敢擅作主张!

一个月,两个月,三个月过去了……

在姬蓝登焦急的期盼中,洪却一直呆在卜筮家族中大门不出,令姬蓝登气得冒火。而这段时间罗峰也默默呆在燕山庄园内。

燕山庄园,主楼的静室中。

一台营养舱正摆放在静室角落,一根美丽而蕴含多种色彩的藤蔓正弥漫遍布着整个静室,那一条条主藤蔓和叶子中隐隐有着丝丝流光在闪烁,所有长藤蔓叶都在悄悄发生着一些变化,色泽、模样都在不断变化着。

"殿下!"迪伦的声音直接穿透墙壁,在静室中回荡。

咔咔——

营养舱舱门自动开启,一身材比例几近完美的赤裸着的黑发男子从那冰冷而又珍贵的营养液中起身,同时体表直接弥漫起一层青色贴身战衣,这套四阶原力战衣是罗峰让虚拟宇宙公司的人送来的。

这种物品,虚拟宇宙公司是免费提供给核心成员的。

"嗖!"旁边弥漫遍布静室墙壁的藤蔓中忽然不少蔓叶迅速贴过来,缠绕在罗峰手臂上。

"摩云。"罗峰轻轻抚摸蔓叶,笑道,"这段日子你就慢慢进化吧,等进化完毕后,再跟我一起战斗也不迟。"

顿时那竖起的一根藤蔓微微下垂,好似点头似的。

同时意识方面也传来摩云藤浓浓的依恋,那是孩子对父母的依恋。

"哈哈,快了,还有两个月你就能蜕变成功了。"罗峰内穿青色战衣,外面则套着银色铠甲,推开静室大门走了出去。

"殿下。"站在门口的迪伦微微欠身,面带笑容道,"恭喜殿下,达到域主八阶。"

"离九阶还差点。"罗峰一笑。

因为从域主一阶到九阶，越是往后所需要积蓄的能量也越多，特别是最后三阶所需要能量是最多的，罗峰要达到域主九阶巅峰按理说需要六个月左右，现在已经耗费四个月，估摸着还有两个月。

"殿下，虚拟宇宙公司的人正在楼下。"迪伦说道。

"嗯，走吧。"罗峰点头，很快就来到主楼的一楼客厅。

三名白袍人正站在那，当看到罗峰、迪伦下楼，那三名白袍人同时恭敬弯身行礼："殿下！"

"哈哈，见到你们真是让人开心。"罗峰眼眸中有着一丝期盼，"我的宇宙飞船已经改装好了么？"

"是的，殿下！"为首的白袍老者满怀歉意道，"这次主要是改装部多花费了些时间，所以现在才送到，还请殿下见谅。"

"没事，走吧，去地下仓库。"罗峰有些忍耐不住，"让我好好瞧瞧它。"

"是！"

罗峰二人、三名白袍人一道来到无比宽敞的地下仓库，那为首的白袍老者朝罗峰微微行礼："殿下，你看！"说着遥指前方，顿时一艘血色三角形飞船凭空出现在地下仓库地面上，飞船蕴含的凌厉气息令周围空间都隐隐有些震荡。

"嗯？"罗峰眼睛一亮，盯着这艘飞船看。

陨墨星号是一艘直径约 800 米的庞然大物，这艘三角形飞船的三个"角"都无比薄且锋利，肉眼都无法看清的一些很淡的秘纹完全契合在整个飞船船身上，那些秘纹自然而然就令陨墨星号的船身拥有了更可怕的凌厉气息。

毫无疑问，这样的一艘宇宙飞船一旦加速起来，就算陨石群在它面前都能如同豆腐般脆弱直接被切割开，甚至都无法影响它的速度。

"罗峰殿下，这艘飞船通体由 F9 级金属赤混铜母构成，再辅助我虚拟宇宙公司的制造大师们完善的法则秘纹，它的防御已经达到了极为惊人地步。就算是封王级不朽神灵想要破开这艘飞船也是非常非常艰难的。"白袍老者指着这艘飞船笑道，"这样一艘飞船，只需要再融合一不朽金属生命，那么就绝对配得上封王级不朽了。"

罗峰双目放光。

陨墨星号？

修复好的陨墨星号，将会陪伴自己很久很久的时光！

"罗峰，赶紧进去，赶紧进去。"巴巴塔催道。

"嗯。"

罗峰在白袍老者的带领下，了解了经过维修改装后的陨墨星号何等厉害。

"飞船船身本身防御度提升，加上能量罩的改装，令整体防御比一开始提高近 40%。"控制室中的屏幕中出现了巴巴塔的头像，巴巴塔兴奋道，"飞船的加速、转弯等瞬间迸发力也提高了近 80%，最高飞行速度更达到了惊人的 50 倍光速。这虚拟宇宙公司的科技技术实在太强大了。从一定程度上来说，虚拟宇宙公司已经将陨墨星号的潜能挖掘到极致。想要再度提高陨墨星号，最好的方法就是让一不朽级金属生命融合这艘飞船，让陨墨星号具有生命特性。"

"哈哈！这么多年了，我终于又能操控陨墨星号了。"屏幕上的巴巴塔无比激动，忽然间他有些哀伤地沉默了，"可是主人他……"

"罗峰！"巴巴塔看着罗峰，双眸发亮，"你将来一定得为主人报仇！"

"嗯。"罗峰轻轻点头，"一定！"

巴巴塔看着罗峰，回忆起当年在地球时，那个小心翼翼发现陨墨星号再悄悄进入陨墨星号的青年……当时它纯粹抱着没更好选择的想法，才让罗峰接受了呼延博的传承，成为呼延博唯一活着的弟子。

当时巴巴塔甚至禁止罗峰询问呼延博仇人的事，因为巴巴塔怎么都不会想到有一天罗峰能够给呼延博报仇。

可是现在，巴巴塔看到了希望！

"三大分身的逆天天赋，惊人的意志，强势的背景，虚拟宇宙公司的精心培养……罗峰，他将来绝对有希望成为封王级不朽神灵！到时候，到时候，他就能杀死那个混蛋了。"巴巴塔默默期盼着。

罗峰不停地观看着这艘飞船。

陨墨星号就像那宇宙星河银行一些机密房间的构造一样，能够隔绝念力等一些探测。以陨墨星号诸多系统性能，除非不朽神灵们可以强行将神力渗透进来，否则不朽以下，根本无法渗透进来进行灵魂攻击！

"进入这艘飞船，还真安全。"罗峰暗道，"将来成为不朽神灵，魔杀族分身无惧灵魂攻击，陨墨星号物质防御极强，二者结合，也所向披靡了。"

……

喜事一件接一件，罗峰拥有了他将来生死冒险的伙伴陨墨星号的第二天，虚拟宇宙公司的正式任命也终于下达了。

……

虚拟宇宙雨相山原始区，罗峰的庄园内。

书房中，罗峰坐在书桌前，看着笔记本屏幕上收到的正式邮件通知，那是虚拟宇宙公司发送来的任命。

"罗峰，从今天起，你就是虚拟宇宙公司驻乾巫分部的监察特使！你现在拥有对武部、商部、军部的调查、监视等一系列特权。"肩膀上的巴巴塔叫起来，"哈哈，罗峰，从现在起，乾巫分部的三大巨头恐怕得畏你三分啦。"

罗峰默默地看着那任命内容。

任命很简单。

这外放任命是域主级时的考验，单单监察这一工作内容中，当罗峰达到界主期卸任那一天，即可直接得到 10 万积分。

"在外放期间，我虚拟宇宙公司会偶尔发出一些特别任务让你去执行，每一项工作都有相应积分奖励。"这是邮件上的一段话。

显然——培养期间，宇宙级天才们可以执行修炼任务，而域主级天才则执行各项工作，界主级则是各种生死冒险。这些都会带来积分奖励！

"任命下达，那乾巫分部也会同时得到这通知。"罗峰眼睛发亮，"现在就是我上任，拜会那三大巨头的时候了。"

任命在身，罗峰身份也自然不一样了。

第三章　监察特使罗峰

"这正式任命一下达,我在虚拟宇宙中,竟然可以直接从我的庄园传送到那乾巫分部。"罗峰看着屏幕上邮件后附件蕴含的一些详细琐碎内容,将一些需要注意的规则全部记下后,不由得满意地点头。

"去乾巫分部!"罗峰心意一动。

刷!

罗峰直接消失在书桌前,来到了虚拟宇宙中的乾巫分部。

虚拟宇宙中,有一主位面空间。

这位面空间中有一座座大陆,每一座大陆都代表着一个宇宙国,在这些大陆的周围还有密密麻麻的岛屿,这些岛屿或是代表一些宇宙中等文明国度,或是代表一些特殊地点。

像乾巫大陆辖下的黑龙山岛屿,就是黑龙山帝国居民进入虚拟宇宙网络后正常所在的地方。

……

乾巫大陆辖下紫晶岛,是一座无比美丽通体由紫色水晶构成的岛屿,整个岛屿面积与黑龙山岛屿相比也毫不逊色,岛上有连绵起伏的紫晶构成的宫殿,一座座宫殿高矮、雄伟程度有着明显不同,而最中央的一座高达上万公里的紫晶宫殿是最耀眼的一座。

在阳光照耀下,这座巍峨紫晶宫殿折射出各种绚丽色彩。

这紫晶岛……就是虚拟宇宙公司驻乾巫分部的办事处,因为宇宙实在太广袤,这办公地点自然设在虚拟宇宙中。

"一切都很正常,现在总部突然派遣一个监察特使过来!这个罗峰也是,这么着急突破到域主级干什么……"高大的殿厅内有着一直径超过千米的超大圆桌,圆桌旁有着三尊高大的王座,此刻每个王座上都坐着一人。

说话的是一位脸上有着绒毛的猿人,穿着精美华丽的紫袍,正皱眉说着。

嗤嗤嗤——他那紫袍周围弥漫着丝丝紫色电光。

"你不爽有个屁用,就算这罗峰暂时没突破到域主级,可数千年时间他迟早能进域主级,他家乡又是乾巫宇宙国,到时候还是会以监察特使身份来我们乾巫分部这。"说话的人有着宛如太阳般耀眼的金色长发,头顶还有着三根金色羽毛,这容貌俊美到邪异的男子不屑说着。

"紫电侯,金羽侯!"温柔的声音响起,那是通体蒙着一层黑纱的赤脚少女,她的目光隐隐间好似令周围时空扭转,"任命已经下达,这罗峰很快会来接任!这时候你们在这争吵根本一点意义都没有!"

那猿人紫电侯、邪异男子金羽侯都看过来。

"罗峰的身份是监察特使,有权调查我们在职期间做的事情,恐怕会查出对我们不利的证据!"黑纱少女轻声说道。

"紫电侯负责商部,商部内部乱七八糟的交易多得很,即使账目做得再好,许多证据销毁,可是要认真来查……哈哈,猴子,你即使不被关押进星域牢狱,也得去域外战场将功赎罪!"那邪异男子嘿嘿地笑道。

"你武部就干净?"猿人冷视着邪异男子。

"总比你商部好点。"邪异男子眉毛一掀。

"好了!"黑纱少女皱眉,轻声喝道。

顿时那二人都看向黑纱少女,黑纱少女有些怒气:"有些事情不可避免会违规,只要那监察特使真的死了心要查,只要时间足够,绝对会查出一些问题来。就算问题不严重,但至少将我们革职是没问题的。"

"嗯。"猿人、金发邪异男子都点头默认。

"不管怎样,这职位得保住!"猿人低沉道。

乾巫分部三大巨头,何等显赫身份?掌控着莫大权力,可比一般封侯级不朽强多了。

武部、商部、军部中,最难查最安全的是军部,因为军部实在是太过庞大,而且又是和乾巫宇宙国那边共同管理那宇宙军队……如果监察特使要查军部的事,还需要透过乾巫宇宙国高层,审查过程会非常的复杂。

然而武部和商部查起来,就容易多了。

"首先,那罗峰不是傻瓜,他若一心死查,那就是逼我们和他对立。"黑纱少女轻声道,"这事情对他没一点好处。"

"敢那么做，我们直接暗中弄死他！"金发邪异男子冷厉道。

"弄死？"那猿人嗤笑道，"金羽侯，你当他老师真衍王是傻子？真衍王可是我猿人族群中仅次于圣主的存在，而且以霸道、护短出了名，你如果敢真的暗中弄死他，除非做得滴水不漏没一点把柄，甚至做到连你脑中记忆都自己抹杀掉，才不让那真衍王查到，否则……你死定了！"

金发邪异男子瞳孔一缩。

真衍王？捏死他金羽侯，真跟捏死只蚂蚁似的。

"都清醒点，这罗峰第一次资格战就冲进原始秘境，这种天才，肯定是总部最高层重视的！"黑纱少女冷声道，"而且他背后还有那个真衍王！我们就算动手，也最多教训教训他，让他吃吃苦头，绝对不能下杀手。一旦下杀手……那我们就真的是走上绝路了。"

猿人、金发邪异男子都点头同意。

"我们没有其他办法！"黑纱少女遥指虚空，虚空出现一屏幕，屏幕上有详细的计划方案，"这是我属下写的三个应对方案，你们看看。"

那二人看着，看完后二人相视了一眼。

"希望那罗峰是个聪明人，这样一来，他在担任监察特使期间也能威风八面、舒畅痛快，我们三个也没有烦恼！否则……只能大家一起痛苦了！"金发邪异男子低哼一声道。

片刻后——

"嘟！""嘟！""嘟！"刺耳警报声在殿厅中响起。

三大巨头猛地站起。

"他来了！"黑纱少女轻声道，"走，我们要无比热情地迎接来进行监察工作的特使大人。"

"对，无比热情。"猿人点头。

"极度热情。"金发邪异男子也露出他自认最为友好的笑容。

……

紫晶岛最东边的一座数十平的紫晶礁石上，一阵绚丽光线冲天而起，罗峰瞬间便出现在紫晶礁石上。

"这就是乾巫分部在虚拟宇宙中的办公地点？"罗峰被那光线照耀下的紫晶岛都闪烁得眼睛有些发花，整个岛屿简直就是一个巨型的艺术品，阳光照射下的一座座紫晶宫殿确是美得让人心颤。

嗖！

罗峰直接飞起，朝紫晶岛中央飞去，因为这紫晶岛实在太庞大，足以媲美黑龙山岛屿。

"嗯？"飞行了大约十万公里后，罗峰看到了那站在巨大紫晶广场上的密密麻麻人影，一眼看去，简直看不到尽头。

在密密麻麻人影的最前方站着三道人影。

穿着华丽紫袍显得很优雅的猿人，他面带着微笑，身体周围荡漾着紫色闪电。

有着无比耀眼金色长发的男子，他的笑容无比璀璨，整个人就仿佛太阳一般让人感觉温暖。

仅仅披着黑色纱衣赤脚的少女，那不经意间的诱惑令罗峰也觉得心情大好。

"欢迎监察特使罗峰先生！"黑纱少女笑着道。

哗！

密密麻麻一眼看不到尽头的人影齐刷刷地跪伏下来，恭敬地齐声喊道："拜见罗峰殿下！"

"拜见罗峰殿下。"数百名不朽神灵躬身。

"罗峰，欢迎你加入我们乾巫分部！"黑纱少女微笑着说道。

"罗峰，我早就听说你的大名了，这么短时间就能冲进原始秘境，真是让我佩服，实在是佩服啊。"金发男子笑容璀璨，整个人显得很亲切阳光，没丝毫邪异。

"哈哈……罗峰，我是猿人族群中的冠焱族，你老师真衍王是卡混斯族最伟大的存在。我从小就钦佩真衍王前辈，一直以他为目标，今天能够看到真衍王的弟子，真是开心啊！哈哈……"那猿人热情无比。

罗峰站在那，看着三大巨头热情迎接、数百不朽神灵恭敬行礼、不计其数的人们跪伏，都有些发蒙。

这，这……这乾巫分部的迎接，未免太过隆重了吧！而且这三大巨头个个都是封侯级不朽，论地位丝毫不亚于自己，怎么竟然这么热情？

"罗峰。"黑纱少女走了过来，微笑着说，"我来介绍一下。"

"我知道三位。"罗峰直接开口，看向黑纱少女，"你应该是执掌军部的部长'黑湮侯'薇撒！"

黑纱少女微笑着点头。

"你应该是执掌武部的部长'金羽侯'埃弗。"罗峰看向那金发阳光男子,金发男子也微笑着点头。

"你应该是执掌商部的部长'紫电侯'震潜。"罗峰看向那猿人,猿人哈哈笑着点头:"看来罗峰你对我们三个也了解了不少啊,这没来就已经了解这么多,以罗峰你的探查能力,这监察特使工作肯定会很轻松啊。"

"还要烦请三位协助。"罗峰微笑道。

"这是当然。"

"一定。"

"应该的。"

三大巨头都微笑着点头。

"罗峰,我给你介绍下。"那黑纱少女微笑着指着后面的密密麻麻人影和恭敬行礼的不朽神灵们,"我们乾巫分部,因为需要掌管乾巫宇宙国一万多星域、上亿星系,所以除了我们三个部长外,分部还有其他不朽神灵 322 位,还有负责诸多星域、星系重要人员共约 8.2 亿人,全部都在这!"

罗峰屏息地看着眼前跪伏着的密密麻麻一眼看不到尽头的人影,原来足有 8.2 亿人,难怪连自己的视力都无法看清。

"嗯?"罗峰目光扫过那 322 位不朽神灵时,忽然看到一名有着绿色皮肤、头上满是皱纹的老者,不由心中惊讶,"曼落?"

这老者正是当年罗峰在黑龙山岛屿杀戮场上经常看到的那个老者。

"罗峰?"曼落见罗峰看过来,作为不朽神灵他的记忆力当然非常好,也露出笑容以示友好。

罗峰也笑着微微点头。

当年那个在杀戮场悠闲的大人物曼落,现在竟然成为自己的下属,罗峰也感到人生很是玄妙。

"黑湮侯。"罗峰看向身旁三大巨头,低声道,"没必要让大家一直跪着,让大家都散了吧。"

"罗峰你的确是心慈仁善。"金羽侯埃弗微笑道。

罗峰心中一颤。

自己这行为都叫心慈仁善?这位武部部长金羽侯埃弗的殷情……让罗峰

都有点受不了了。

黑纱少女开口下令："都散了吧！"

那温柔的声音在整个紫晶岛上空不断回荡。

"是！"

负责诸多星域、上亿星系的8.2亿头头们恭敬行礼后，并然有序地化作一道道流光朝紫晶岛各个方向飞去。

"诸位不朽，跟随我等三人，陪监察特使罗峰先生好好看看紫晶岛，看看我们乾巫分部的运作。"黑纱少女下令。

"是！"包括曼落在内的322名不朽神灵们都微微躬身。

曼落等322名不朽神灵跟随在罗峰、金羽侯、黑湮侯、紫电侯这四大巨头身后。一旦牵扯到下属部门一些事情时，这些不朽神灵们需要一个个立即走出来解释。

"当年那个参加天才战的小家伙，跟随他大哥二哥第一次出现在杀戮场的时候，多么的稚嫩！即使是参加天才战时那锋芒也不算多强。没想到转眼这才两百年，竟然就成了乾巫分部第四巨头。"曼落看着罗峰，心中慨叹，"紫电侯他们三个肯定个个热情无比，将罗峰给哄得开开心心的，否则罗峰翻脸，他们三个就没好日子过了！"

"曼落！"那猿人紫电侯一声低喝。

"部长！"曼落连忙走到前面去，微微行礼。

"黑龙山星域商部，是你麾下的部门。"紫电侯震潾看了一眼曼落，"罗峰他家乡来自黑龙山星域，对黑龙山星域情况想要有更多了解，你来解答吧。"

"是！"曼落微微躬身。

"曼落先生，好久不见。"罗峰转头笑看着曼落。

"是好久不见，一见，殿下便让曼落很是吃惊啊。"曼落微笑道。

"嗯，我们边走边说。"罗峰点头。

紫晶岛的主宫殿内，罗峰有紫电侯、金羽侯、黑湮侯三大巨头陪同，三百多不朽神灵跟随，一路逛着这乾巫分部的一个个重要部门。罗峰也随时进行一些简单询问，好对整个乾巫分部的运作有一个简单的认知。

……

宫殿内一休息厅。

24

　　紫电侯、金羽侯、黑湮侯、罗峰四人正聚在一起,其他的不朽神灵都已经退下了。

　　"不看不知道,这一看……虚拟宇宙公司势力遍布,真是让人吃惊啊。"罗峰拿起眼前摆着的珍贵水果,一边咬一边说着,"整个乾巫宇宙国的民生、经济等几乎是完全给虚拟宇宙公司抓住了。"

　　"这是当然!"猿人紫电侯笑着道,"宇宙人类五大势力,宇宙佣兵联盟重视高手,宇宙第一银行、宇宙星河银行,主要是银行储存业务、部分投资业务。巨斧斗武场也重视高手,唯有我虚拟宇宙公司掌控着整个人类经济命脉,1008宇宙国经济,完全被我虚拟宇宙公司给控制了。"

　　罗峰感慨不已。

　　虚拟宇宙公司的确很牛!看似宇宙中有很多大型企业、商业势力等等,可是所有的"源头"全部是被虚拟宇宙公司控制。比如那些制造虚拟游戏的游戏企业,所有的虚拟游戏要占据一个虚拟位面空间,那都是需要和虚拟宇宙公司租借,像杀戮场更是被垄断。

　　即使是巨斧斗武场在虚拟宇宙网络中的一场场直播,也要分给虚拟宇宙公司钱。

　　……

　　总之,人类脱离不开虚拟宇宙网络!所以,虚拟宇宙公司就控制了整个人类的经济命脉,甚至连宇宙军队也和巨斧斗武场对半分,各控制着504个宇宙国的宇宙军队!

　　"任何国度,任何家族,任何组织,只要是想要发展,就得和我们虚拟宇宙公司合作。"猿人紫电侯眼眸中无比自信,"就连其他四大势力都和我们合作,更别提那些国度、家族了。论商业经济,我们虚拟宇宙公司处于绝对垄断地位中!"

　　"经济控制、宝物无数、强者如云,所以我们虚拟宇宙公司每年吸纳的天才武者,也是五大势力中最多的。"金羽侯也自信地说道。

　　"在乾巫宇宙国,我们乾巫分部拥有一半控制力!另外一半控制力则是归那乾巫国主!"黑纱少女也轻声说道。

　　三大巨头话语中透露着绝对的自信。

　　罗峰不由得心神一颤。

　　真正感觉到虚拟宇宙公司那种威慑、那种控制力,难怪天才战时,乾巫国主都巴不得将全宇宙国的天才都送上去。现在看来,乾巫国主很可能就是虚拟宇宙公司内部的一员!

"罗峰,你什么时候来乾巫宇宙国?"黑纱少女笑道。

"对,什么时候到?"金发男子、猿人也期待地看着罗峰。

"我已经到穹玉星了。"罗峰说道。

"什么!"

三大巨头一惊。

原始秘境离乾巫宇宙国是非常远的,乘坐宇宙飞船,即使是极为厉害的宇宙飞船也得耗时一两年。

"竟然已经到穹玉星,也不提前和我们说。"猿人紫电侯脸上依然满是笑容,"这可就是你的不对了,你可是总部派来的监察特使,代表的可是总部!怎么能就这么不声不响来到乾巫宇宙国呢,金羽侯、黑湮侯,我们应该按照例行的规矩,给罗峰他准备一场接风宴吧。"

"对。"黑纱少女点头。

"当然得准备一场接风宴,而且还得很隆重!我们得透过这场接风宴向整个乾巫宇宙国的上层宣告,我乾巫分部监察特使罗峰来了!"金羽侯说道。

"嗯!这事情交给我。"猿人紫电侯说道。

"你们商部负责这事,肯定没问题。"金羽侯说道,"可必须得充分彰显罗峰的身份,他可是原始秘境成员,是总部派来的监察特使!宴会规格也得高,别让那些什么没身份的小家族都跑来凑热闹!"

罗峰哭笑不得。

"三位,没必要……"罗峰刚开口。

"什么没必要,是很有必要!"猿人道,"罗峰,这可不是你个人的脸面,而是我们乾巫分部的脸面,是整个虚拟宇宙公司总部那边的脸面!也是你老师真衍王的脸面。"

罗峰完全无语。

"这事情交给我们。"金羽侯自信道。

"规模小点,我不喜欢太过热闹,就在穹玉星内办吧。"罗峰说道。

"规模小点,不喜欢太热闹?行,没问题。"猿人紫电侯作为商部部长,拍着胸脯保证。

虚拟宇宙公司乾巫分部,在乾巫宇宙国拥有着超然的地位。

因为乾巫分部代表着虚拟宇宙公司,管理着整个乾巫宇宙国的一些事务!虽然明面上由乾巫国主主管,可即使是乾巫国主也得听从虚拟宇宙公司的,这就造成 1008 宇宙国任何一个分部都能吸引许多封侯级不朽抢着去担任部长。

三大部长,个个地位尊崇,比之那三百王侯都强上一头!

"乾巫分部的邀请函?"

"总部派遣监察特使加入乾巫分部?难怪那三巨头这么急切。"

"三巨头举办的宴会,可不能不给面子。"

当一封封邀请函派发下去时,轰动了整个乾巫宇宙国的最高层!

乾巫分部三巨头的邀请函!谁敢不去?

……

穹玉星,天藏城,银雪侯府。

"族祖!"

"老师!"

八名不朽神灵恭敬行礼,包括数百名界主在内的密密麻麻近万人全部跪伏在那。

这就是银雪侯府真正的高层势力,那姬蓝登因为女儿的关系,也勉强能凑在那近万人名额内,所以能够在人群的最后面跪伏下。而那八大不朽神灵,都是银雪侯姬天藏无数年来徒弟中突破成为不朽神灵的。

一个家族能出几个人才呢?整个雪疆星域的人才要多得多,银雪侯无数年来也培养出十五名不朽神灵,在府邸总部的仅仅八人。

"起来!"

冰冷的声音,仿佛能令周围空间冻结。

八名不朽神灵、数百名界主、近万人都恭敬站起,在前方正站着一名穿着银白色长袍,有着黑色长发,鬓角有着银白长发的男子,这银袍男子即使仅仅站在那,都让人感觉仿佛面对着无穷无尽的冰雪世界。

他,便是银雪侯姬天藏——乾巫宇宙国三百王侯之一!

"乾巫分部的三巨头亲自给我发来邀请函。"银雪侯声音十分冷漠,"这次是他们给虚拟宇宙公司总部派来的监察特使举行的接风宴,给整个宇宙国所有重要家族发了邀请函,因为规模所限,这次我只带两人去。"

下面八名不朽神灵、数百名界主、近万家族高层精英个个抬头,心中炽热无比。

这种绝对高层宴会，能参加的绝对是乾巫宇宙国中的最顶层人物。

连银雪侯都只能带两人，很显然，恐怕很多不朽神灵家族甚至都没资格来。

"誉阙、风烟，你们俩随我去。"银雪侯淡漠道。

"是！"

其中一名不朽神灵和下方数百名界主中的一名女性界主都面露喜色，恭敬应道。

银雪侯看了一眼这二人，心中暗叹。

誉阙，是他最喜欢的一个徒弟，可惜他麾下的十五名不朽神灵都并非姬氏家族血统。

风烟，全名姬风烟，界主巅峰强者，是银雪侯姬天藏眼中家族血统近百名界主中最有希望达到不朽的！

"可惜，我姬氏，除了我以外，没有第二个不朽神灵。"银雪侯心中暗叹，不朽神灵的诞生概率实在太低，或许放眼整个宇宙国能够诞生过万名不朽神灵，可是在一个家族中，即使漫长的岁月下来，也很难出现两个不朽神灵！

"其他人都退下。"银雪侯下令。

"是！"

七名不朽神灵、数百名界主、近万家族精英恭敬地退去，只剩下不朽神灵誉阙、界主姬风烟二人留在那。

……

乾巫分部三巨头为到来的监察特使举办接风宴，很快就传遍了整个乾巫宇宙国高层！然而这场接风宴规模实在很小、层次要求非常高，只有三百王侯以及极少数较为强大的不朽神灵家族接到邀请。

超过九成的不朽神灵都没得到邀请，更别提那些界主家族了，由此可见其层次之高！

让很多不朽神灵都感叹："平常想要见见那三巨头一面都没机会，没想到这次接风宴的规模弄得这么小，我们都没收到邀请函。"

乾巫分部的邀请函，同时也是身份的象征！

得到邀请函的，个个都是乾巫宇宙国中最上层的大人物。

穹玉星,燕山庄园。

静室内。

那爬满整个静室墙壁的藤蔓忽然摇曳起来,在静室中的那营养舱舱门自动开启,赤裸着,身体比例堪比地球神话传说中神灵般标准的短发青年罗峰从冰冷的营养液中站了起来,体表自动浮现原力战衣,外表则换了一身银白色战铠。

"摩云。"罗峰笑着摸了摸伸过来的一根藤蔓,"我先出去,你继续进化。"

那根藤蔓的蔓叶上下摆动,好似点头。

静室门自动开启后,罗峰微笑着走了出去,外面一道光芒闪烁凝聚成一道人影,正是迪伦。

"殿下。"迪伦微笑着看着罗峰,"恭喜殿下,达到域主级九阶。"

"只是刚达到域主级九阶,还没达到九阶巅峰。"罗峰笑道,"如果再给我大半个月,就能达到巅峰了。不过……既然今天晚上就是接风宴了,我也不能再不出来了。"

"殿下,那乾巫分部的三巨头的确是很给殿下面子,这场接风宴……我听说,那三巨头是联名发出的邀请函,乾巫宇宙国的那群王侯们哪个敢不来?"迪伦微笑道,"殿下的面子是赚得足足的。"

"人都是相互的。"罗峰一笑,"他们这么做,也是希望我手下留情。"

鸡蛋里都能挑骨头!

乾巫分部,既然管理整个宇宙国内诸多事情,商、武、军……这其中牵扯何等的大,要说干干净净没有一丝问题,就算再有操守的人都不可能做到。毕竟就算能管得了自己,也很难管得了手下。

就算那三人光明正大干干净净,可罗峰真要查的话依旧能让那三人头疼!说不定罗峰能透过自己的师兄弟一些关系,以及一些特别想来乾巫分部担任部长的那群封侯级不朽神灵们主动帮忙,照样能弄翻掉一两个。

更何况,罗峰估计,这三人也不会太干净,否则何必热情到这般地步。

"殿下,你准备怎么做?"迪伦看着罗峰。

"水至清则无鱼。"罗峰笑着说了一句,便朝外走去。

迪伦微微一怔。

水至清则无鱼?

"殿下不愧是师祖看重的弟子。"迪伦心中暗道,也跟着罗峰一起离开了。

......

罗峰带着整个护卫军,迅速朝今晚即将举行接风宴的地点赶去,同时罗峰也命令麾下一名界主去卜筮家族府邸带着自己的大哥洪过来。

片刻后。

相水城东城一片占地直径近千公里的核心地块,在一个月前,还是虚拟宇宙公司成员的一个聚集地,可是在这一个月时间内,这核心地块迅速完成了拆迁,将那些成员们转移到一些地理位置次一点的地方。

仅仅花费了三天时间,就建造了一座占地近千公里的豪奢庄园,名为罗氏庄园。

任何一名监察特使任职后,虚拟宇宙公司都会帮忙建造一住处,作为乾巫分部四大巨头之一,在穹玉星这种稍微大型庄园就能媲美一个星系的地方,建造上千公里的豪奢庄园也算符合罗峰的身份。

罗峰等人已经遥遥看到那座新修的豪奢庄园。

"老三,这就是你新的庄园?"洪看着远处那豪奢的罗氏庄园,忍不住震惊道,"这可比卜筮家族的府邸还要大。"

"殿下是乾巫分部的监察特使,地位等同三位部长,府邸规格应该是可媲美那三百王侯的。"站在罗峰身侧的迪伦微笑解释道,"因为殿下仅仅域主期间在这,所以建造的庄园才比银雪侯府稍微小一些。"

罗峰一笑。

"走,我们进去。"罗峰下令。

"是,殿下。"

一群人跟随在后方。

罗氏庄园中的仆人百万计,不过在直径上千公里的豪奢庄园内,上百万名仆人并不算多。

"殿下,我是受紫电侯吩咐一直在这等候殿下的。"

"殿下,我是受金羽侯吩咐……"

"……黑涅侯吩咐……"

一名男性界主、两名女性界主,都在庄园的正门口站着,当看到罗峰时都无比恭敬地行礼。在行礼同时,这三人也都悄悄通知了那三大巨头。

嗖!嗖!嗖!

三道人影瞬间出现在正门口。

30

"罗峰！"黑纱少女喊道。

"罗峰，你还真是到了最后一天才来。"猿人紫电侯忍不住说道。

"这可是你的庄园，紫电侯为了这庄园可是花了不少力气，你也该早点来好好参观嘛。"金羽侯也说道。

罗峰微笑道："也是因为忙于修炼，所以到今天才来。"

"哦，原来是修炼，不管怎么样，修炼是最重要的。"猿人紫电侯点头，金羽侯、黑纱少女也笑着附和，这三大巨头心中都暗道：你这个绝世天才还是全身心去修炼吧，那些监察工作就别多操心了。

在三大巨头的迎接下，罗峰进入这罗氏庄园。

……

罗氏庄园的建设仅仅花费三天，而为了这一场接风宴的准备反而花费十余天时间，主要是一些珍贵食材物品都必须从宇宙其他地方运来，乾巫分部三巨头既然要搞得很隆重，让罗峰很有面子，自然尽心尽力！

因为乾巫宇宙国的三百王侯，以及其他一些厉害不朽神灵家族，大多都距离穿玉星较远，所以邀请函是提前一个月发的，好让那些大人物们都能按时赶来。

转眼已经天黑。

整个罗氏庄园内隐隐有着些光线四射，在庄园外根本无法看清里面到底在干什么，而这一天，一艘艘昂贵无比的宇宙飞船都停在罗氏庄园正门口上空，随即接连有不朽神灵从舱门中走下，一个个非常正式地从正门口进来。

宴会厅主厅。

"大哥，你就在这休息室内，我出去接待客人。等会儿需要你出来的时候，我会通知你的。"罗峰对洪说道，并且将洪安置在旁边一个小型安静的休息室中。

"罗峰！"

"快过来，客人要到了。"

紫电侯、金羽侯、黑湮侯都看向罗峰。

"来了。"罗峰笑着走过去，两个闪身，就从宴会厅主厅一端到了另一端。

"今天我们邀请的毕竟是乾巫宇宙国真正的重要人物、权势人物，而且既然发出邀请函，当然得有礼。"猿人紫电侯笑着道，"不过，从庄园正门口到宴会厅还有数百公里，他们也不会急匆匆飞来，而是会相互交谈着走来，应该还有一会儿才到。"

罗峰点点头。

乾巫分部四大巨头都站在宴会厅主厅两侧，遥看那远处尽头，罗峰能清晰感觉到一股股强大的法则气息荡漾开来，或是犹如光线般耀眼，或是如雷电般蛮横，或是如大地般雄浑，或是如火焰般炽热狂猛……

法则弥漫时，周围空间都隐隐扭曲震荡。

终于，一个个强大人物出现在远处视野中，只见乾巫宇宙国的这群伟大人物们，或是穿着灰色长袍披散长发赤着脚，或是穿着高贵华丽的长袍，或是穿着蕴含血腥气的不朽战甲，或是骑着体型缩小的不朽凶兽，或是全身笼罩在袍子中只是露出一双眼……

有的身高足有数十米，而有的却不足半米。

有的脸上满是绒毛，仿佛兽人。

有的却光秃秃，仿佛金属铸就，没有一丝毛发。

……

这群绝大多数都是封侯级的强大不朽神灵们，三两成群，和好友交谈，和一些仇人拉开距离，正朝宴会厅主厅走来。

"罗峰。"紫电侯传音悄声道，"邀请参加宴会的除了三百王侯外，就是其他一些拥有封侯级不朽实力的神灵，以及一些背景、权势惊人的神灵。还有几个跟你关系比较近的，像卜箜家族的卜箜卡，像黑龙山帝国的神主，或许资格不够，可我也邀请了。"

第四章　接风宴

罗峰点点头,看着远处那群边走边闲聊着的一群伟大不朽神灵们。

"金羽侯,紫电侯,黑湮侯!"走在最前面的那名有着大鼻子、独角、卷发的男子,穿着华丽的暗金色长袍,朗声笑着走在这群不朽神灵的最前面,一个晃身就已经到了宴会厅主厅门口,满脸笑容地看向罗峰,"这位就是新来的监察特使罗峰先生吧。"

"哈哈,你跑得最快。"猿人紫电侯哈哈笑道,转头看向罗峰,"罗峰,这位是乾巫宇宙国三百王侯之一的龙翼王。"

"龙翼王,你好。"罗峰点头微笑。

宇宙国的那些王侯,含金量要低不少,这三百王侯中个个都是封侯级不朽神灵。

"哈哈,早听说你的大名,给我们乾巫宇宙国挣得了脸面啊,今天终于得以一见。"龙翼王笑呵呵说道,随即带着麾下两名手下,在服务人员带领下步入宴会厅。

随即另外一位不朽神灵走了过来,向乾巫分部三大巨头和罗峰热情地打招呼。

……

一个又一个不朽神灵带着手下而来,乾巫分部三大巨头和罗峰也逐一接待。

片刻后。

"紫电侯,金羽侯,黑湮侯。你们邀请我,真是让我黑龙开心,哈哈……"一名体型魁梧全身有黑色龙鳞,头部也长着一根黑色龙角的魁梧巨汉热情无比走了过来,当目光落到罗峰身上时更是猛地亮起。

"罗峰,这就是你家乡黑龙山帝国的那位神主,称呼他黑龙即可。"猿人紫电侯笑着介绍。

罗峰眼睛一亮。

这魁梧高大散发着凶兽气息的神灵巨汉，竟然就是黑龙山帝国"圣地黑龙山"的神主。

"黑龙先生，你好。"罗峰微笑。

"哈哈，你出自我黑龙山帝国，我黑龙也倍感骄傲啊。"黑龙山神主哈哈笑着，热情无比，随后也步入宴会厅主厅内。

那猿人紫电侯看着黑龙进入宴会厅后，才传音道："罗峰，你家乡黑龙山帝国的这位神主来自龙人族群中实力很弱的黑龙山部落，那黑龙山部落的纯种族人一共在万人左右，这黑龙就是黑龙山部落的族长，建立了黑龙山帝国，他的实力一般，离封侯级还有一段距离，一般这种聚会他本来是没资格参加的。因为他是你家乡的神主，所以这次他才能来。"

罗峰点点头。

人一个接一个。

"是他——"

罗峰眼睛一亮。

只见头上满是银色疙瘩的高瘦男子带着一名花白头发面目慈祥的老者走了过来，那花白头发老者罗峰当然认识，正是大哥洪的老师——时光界主洛！旁边的就应该是他的好友不朽神灵卜篮卡了。

"卜篮卡。"猿人紫电侯笑着喊道，"哈哈，你们总算到了，这罗峰……我就不用介绍了吧。"

罗峰和洪的关系，罗峰早在第一次见面就透露给了乾巫三巨头。

而卜篮卡得到邀请函时，也知道了缘由。

那满头疙瘩的高瘦男子笑眯眯地看着罗峰，他身侧的时光界主洛也看着罗峰。

"大哥在里面，卜篮卡先生、洛先生，回头再细聊。"罗峰微微点头。

"嗯。"

二人点头，也进入宴会厅中。

……

乾巫三巨头发出的邀请函一共近一千份，除了极少部分因为一些特殊原因在宇宙秘境中闯荡，如正在宇宙其他族群疆域中冒险等等，除了这些人没到外，其他的都到了。大约超过80%受到邀请的客人已到达。

罗峰一个个接待,也对乾巫宇宙国的高层有了更清醒的认识。

那些所谓皇族、世子等,是非常可笑的,这宇宙国真正掌权的还是这些伟大不朽们。

"金羽侯、紫电侯,黑湮侯。"清冷声音响起,只见一鬓角银发飘起的银袍男子带着一对男女手下走了过来,同时也露出一丝笑容打招呼,随即看向罗峰,"监察特使罗峰先生,看到你,真是让人高兴。"

"罗峰,这位就是银雪侯。"猿人紫电侯笑着解释道。

来了!

正主来了!这场接风宴自己最重视的客人终于来了!

就是他,阻拦了大哥和姬青!

罗峰看着这气质清冷的银袍男子,面带微笑:"银雪侯的大名,我在刚刚来到穿玉星就听过不少人谈论。甚至在这穿玉星,都建造有一座以银雪侯你名字命名的城市——天藏城,今天能够见到银雪侯本尊,真是让人开心。"

"哈哈。"银雪侯不由得笑了。

"我也听我的护卫首领说起银雪侯追杀那不朽金属生命'库巴提'的故事,想象银雪侯你追杀无数星域,杀到虫族疆域,在虫族大潮中最终击杀库巴提。让人忍不住热血沸腾啊。"罗峰感叹。

银雪侯笑容更盛,笑道:"那都是当年的事了,不值一提,不值一提。"

那银雪侯看似孤傲,可是也要看谁在跟他说话,罗峰作为原始秘境成员,现任监察特使,地位丝毫不亚于他,作为虚拟宇宙公司新一代重视的绝世天才,加上背后有真衍王这样的老师,绝对是整个宇宙人族中的天之骄子。

这样的绝世天才,这些话……顿时让银雪侯心中很是受用。

"银雪侯你先进去休息,回头再细聊。"罗峰说道。

"嗯。"

银雪侯微笑点头,随即带着身后的誉阗、姬风烟,进入了宴会厅。

这场景却让那紫电侯、金羽侯、黑湮侯三人彼此暗中交流了下眼色,彼此传音交流。

"接待这么多客人了,还没见过罗峰这么热情的。"

"是啊,就仿佛见到某个崇拜的人似的,罗峰的身份地位眼界都很高,没必要这么摆低姿态吧。"

"难道他真的崇拜那银雪侯?"

这三巨头虽然因为罗峰主动透露，知道罗峰和洪的关系，可是他们却根本不知道洪和姬青的事，毕竟作为高高在上的乾巫分部三巨头，哪会有闲情逸致去关心那种小辈们谈情说爱，所以三人见罗峰这么客气，都感到很疑惑。

终于，近千名不朽神灵客人都已经进入宴会厅内，三三两两地坐在一些位置，彼此低声议论。而乾巫三巨头和罗峰也都回到宴会厅内。

"金羽侯。"

一道声音在金羽侯耳边响起，金羽侯转头看去，只见远处正坐着那银雪侯姬天藏。

"银雪侯，找我有事？"金羽侯走到银雪侯对面坐下。

"是有些事。"银雪侯说道，"你们武部不是也负责在整个乾巫宇宙国吸纳精英培养么？"

"怎么了？"金羽侯看着他。

吸纳天才，除了天才战外，就是平常在整个宇宙中搜集判定是三级、二级、一级、特级精英，最终筛选出最优秀的进入那核心层。其实相比于天才战、英雄战，这种培养吸纳的天才丝毫不差。

"精英培养有名额指标，能否多给我姬氏家族五成的指标？"银雪侯说道。

"五成？"金羽侯嘴角微微上翘，"太高了，嗯，我还有事，回头再和你谈。"

说完金羽侯就直接起身离开。

"这银雪侯还真敢开口，多给五成名额指标？虚拟宇宙公司培养精英花费多么庞大的资源，他姬氏家族想要多弄进去那么多人，让公司帮它培养人才，他姬氏家族却不花钱。切——"金羽侯眼眸中掠过一丝不屑，整个人多了一丝邪异感。

可看到远处罗峰，金羽侯立即调整状态，整个人变得阳光亲切。

"罗峰。"金羽侯笑着走过去。

……

目送着金羽侯离开，那银雪侯姬天藏眉头微皱，这时候那姬风烟、誉阑走回来，姬风烟低声道："族祖，那金羽侯没答应？"

"金羽侯没答应，也没拒绝。"银雪侯冷哼道，"我姬氏家族雪疆星域多五成名额，算在整个乾巫宇宙国范围内，根本不算什么……根据每一代精英的质量，培养精英数量是可以有一些波动。多加一些人进去，也不需要他金羽侯耗费资源……可是,不让他满意,这事情的确难成。"

一个家族的未来更重要。他银雪侯麾下十五名不朽神灵,如果说他是光杆司令,哪会有如今的权势?小到家族,大到一个种族,培养后代都是无比重要的。

"族祖。"姬风烟轻声道。

"嗯?"银雪侯看向姬风烟。

"恐怕在场的人都看得出来,那罗峰本人也就一个域主级九阶的小子,虽然是宇宙中巅峰绝世天才,可是不朽之路哪是这么容易走的,说不定将来就陨落掉了。在场的诸位伟大不朽们恐怕没几个太在乎罗峰。"姬风烟低声道,"可是,从头到尾每一个对罗峰都很客气,毫无疑问……那也是乾巫分部三巨头的缘故。"

银雪侯继续看着姬风烟。

"乾巫分部三巨头,控制着太多的资源!势力要发展,需要看商部脸色!家族未来培养,需要看武部脸色!就算强者想要在域外战场上更加安全、获得更多功勋,也需要看军部脸色。三百王侯,诸多权势不朽家族,没几个敢不给乾巫分部三巨头面子!"

"大家对罗峰客气,就是因为乾巫分部三巨头担心那个罗峰,那罗峰有监察权力,所以三巨头才这般殷勤,亲自邀请乾巫宇宙国各方大人物,亲自为罗峰介绍每一位不朽神灵。过去谁见过乾巫分部三巨头会这么殷勤?一般都是别人对他们殷勤才对!"

"所以!"姬风烟自信道,"只要能够说服那罗峰帮忙,罗峰开口,恐怕会有用得多。"

"嗯。"银雪侯点头,"这点我懂。可那罗峰的来头、背景也不小,想要他帮忙也不容易。"

"那罗峰不是对族祖很敬仰么?"姬风烟道。

"敬仰?"

银雪侯眼睛眯着,沉吟片刻,"嗯……等会儿,我找罗峰聊聊。"

那群伟大不朽们和手下,一共约数千人聚集在宴会厅内,那乾巫分部三巨头彼此聊了一会儿,才一个个走到宴会厅最前面的高台上。

"各位!"猿人紫电侯微笑着看着下面众多不朽神灵。

"哈哈……"

下面的诸多不朽神灵们都笑着抬头看着，准备聆听这三大巨头的讲话。

"经历天才战被选入虚拟宇宙公司的，每一纪元都有那么一批，可是要在第一次资格战就能击败诸多修炼数千年的那些绝世天才冲到原始秘境的，又有几个？"紫电侯高声道，"人人都说那伯兰是上万纪元一出的天才，可是我要说的这人……比伯兰还要强！进步速度还要快得多！这样的天才，恐怕算是百万纪元一出了吧？"

"他是谁？"紫电侯满脸笑容，"他就是我们乾巫分部新任监察特使——罗峰！而将来很长一段时间里，他将会是我、金羽侯、黑湮侯最好的伙伴。"

"对，他会是我们三人最好的伙伴，虚拟宇宙公司在乾巫宇宙国的诸多事务也需要罗峰从中监察负责。"旁边金羽侯也开口。

"总部派遣罗峰加入我们乾巫分部，我和金羽侯、紫电侯都无比开心，能和真衍王的爱徒、绝世天才罗峰先生共事。"黑纱少女笑着说道，声音回荡在整个宴会厅每一人耳边，"让我们欢迎罗峰先生上来！"

"欢迎！"

"欢迎罗峰上来。"

紫电侯、金羽侯都热情地喊着。

这三大巨头这么殷勤，下面乾巫宇宙国的这群伟大不朽们哪会不给面子？这关键时刻不给面子，一旦被那三巨头给惦记住，那可真是麻烦大了。所以这群伟大不朽们个个也都显得十分热情。

"罗峰！"紫电侯热情喊着。

罗峰只能走到高台上。

……

乾巫分部三巨头的殷勤，也让那些被邀请来的伟大不朽们惊叹不已。

"这乾巫分部三巨头平时傲得很，在乾巫宇宙国没几个能让他们这样。可今天……啧啧……"

"不就一监察特使么，有必要这样？那罗峰如果敢不识相，背后弄点手段让他直接消失，到时候一点证据都没有！再怎么样，也就一个域主级九阶的小家伙，有的是手段对付他。"几名不朽神灵议论着。

"杀掉罗峰，难道你不知道他老师是真衍王？"

"真衍王没证据敢乱来？"

"哈哈,真衍王看来的确是在混沌城呆得太久,亿万年岁月,让很多人都忘记他的事了。"

……

这群伟大不朽神灵们,做事情最习惯的是从本质上直接灭掉敌人,所以即使知道罗峰是监察特使,可毕竟罗峰只是个域主级九阶的小辈,令他们当中不少人生起一丝轻视……可是看着那乾巫分部三巨头殷勤成那样。

显然乾巫分部三巨头在表态——我们是力挺罗峰的!罗峰和我们是一个阵营的,我们是乾巫分部四巨头!惹了罗峰,就是惹了我们三个!

……

其实那些话也就是一个姿态,一种表态,顿时令这群不朽神灵们心中想法开始改变,在他们心中,罗峰的地位开始拔高。

"得罪罗峰,那就是得罪了三巨头,得罪了三巨头……在乾巫宇宙国就只能被排挤了。"诸多不朽神灵们都看得清清楚楚,"显然紫电侯、金羽侯、黑滟侯背景不够硬,比较怕罗峰找麻烦。"

"嗯!"

"在罗峰担任监察特使这段时间,乾巫分部又多了一个惹不起的人——罗峰,他也算是第四巨头了。"

那群不朽神灵们从自己家族的发展考虑,都清晰地认识到了罗峰的重要性。

乾巫分部四巨头从高台上走下,众多不朽神灵们便开始享受这宴席了,诸多服务人员将那三巨头从宇宙各地运来的食材制作成的美味食物不断送上来,顿时整个宴会厅都是一片热闹的议论交谈声。

"金羽侯他们三个这么摆明姿态,显然是力挺罗峰。"银雪侯坐在角落,面带笑容地微微点头。

"只要能请得罗峰帮忙,事情就差不多能搞定了。"姬风烟轻声道。

"老师,你看那边,卜篮卡。"誉阚说道、

银雪侯转头看去,一眼就看到了远处那头上长满银色疙瘩的高瘦男子,不由冷声道:"卜篮卡?看来在他旁边的应该就是那洪的老师洛了。没想到这次宴会他们也有资格来,真不知道金羽侯他们三个怎么想的!"

"族祖,洪和小青的事……"姬风烟轻声道。

"将那小子驱逐出穿玉星，或者将他杀死，都没用。"银雪侯冷漠道，"让青青主动放弃、忘记那小子，这才是我需要的，至于那卜篯卡，还不敢来惹我，而那叫洪的小子更是一点威胁都没有，要怎么解决就能怎么解决。"

姬风烟、誉阙都点头。洪在他们眼里，就跟泥巴一样，想怎么揉捏就怎么揉捏。

"你们在这，我去找罗峰谈谈。"银雪侯站起。

"是，族祖（老师）。"姬风烟、誉阙恭敬道。

银雪侯站起来后，就直接朝那正在和数名不朽神灵交谈的罗峰走去。

……

"来了！"罗峰眼角余光发现银雪侯走过来，不由暗道，"我还没去找他，他倒主动来找我了。"

"听好！"

罗峰传音给站在宴会厅边缘候命的一位界主，"等会儿我和银雪侯聊天的时候，你就去那旁边休息室将我大哥带进宴会厅主厅，到时候让我大哥喊我。"

"是，殿下！"

那界主点头。

……

仅仅片刻后，那银雪侯就主动和罗峰交谈上了，罗峰无比热情地以一种对待前辈的态度叙说着银雪侯的英勇事迹，讲述着自己的惊叹佩服。看到这一幕，站在宴会厅主厅边的那名界主眼睛一亮，直接转头朝旁边的一间休息室走去。

推门而入。休息室中，洪正坐在沙发上。

"嗯？"洪转头看着进门的界主。

"洪先生。"那界主传话道，"殿下吩咐了，让你现在随我进入宴会厅主厅，并且看到殿下的时候，你直接喊殿下即可。"

"我明白。"洪点头。

洪起身就跟随那界主走出了休息室。

出了休息室，便是宴会厅主厅，一眼看去，这宴会厅内的美食美酒足以让一名正常不朽神灵破产，而那群伟大不朽们，几乎个个都是乾巫宇宙国最高层，在他们之上，大概只有乾巫国主了！

"是他！"远处一直注意着四周的姬风烟，一眼看到远处边缘的洪，不由皱眉，"那小子怎么跑来了，这场合他也能进来？"

"谁？"誉阆疑惑。

"站在那边的年轻人。"姬风烟低声道，"他就是洪。"

"就是他？"誉阆仔细看着洪。

而洪在进入宴会厅主厅后，也仔细地观看着整个大厅，大厅内数千人，那一股股强大的法则气息令整个主厅内都荡漾着混合的法则波动，洪很快便发现了正在和银袍男子交谈的自己的好兄弟——罗峰！

"老三！"洪喊道，声音回荡在主厅中，惹得一些不朽神灵都看过来。

宇宙级小家伙？

这群伟大不朽们此时都有些疑惑。

……

"说起来，那虫族大潮的确是非常可怕，无穷无尽的虫海，单单看着就让人惊惧，那一战我们三十二个不朽，陨落了足足28个。"银雪侯站在那，眼中有着一丝追忆，正和罗峰叙说着当年的一次惨烈战斗。

罗峰仔细聆听，好似都屏息了。

"老三！"一道声音传来。

"嗯？"罗峰转头看去，当即笑道，"大哥，等会儿！"

正讲述着的银雪侯一怔，笑道："哦，是罗峰你的大哥，谁？"转头看了过去，一眼便看到远处那个人影，那个人影还在说着："好，我在这边等你。"

"嗯？"

银雪侯瞳孔一缩，猛地盯着那道人影。

是他？

大哥？

银雪侯转头看向罗峰，罗峰却面带微笑道："那是我大哥，洪！生死好兄弟！"

"生死好兄弟？"

银雪侯心中顿时有些乱了，他在看到洪的瞬间就已认出了洪，因为当初查姬青事情的时候就查探过洪的一些资料，也有洪的照片、视频等等。不过……银雪侯还真的不知道洪和罗峰的关系。

洪、罗峰是生死兄弟，的确没公开过。

当年他们参加天才战也都是在黑龙山帝国注册了宇宙公民身份，所以从外人来看，只知道他们俩都是黑龙山帝国的人。

至于他们的私交，如果不花费力气查，还真的很难查到。

"那个小子，竟然是罗峰的大哥，生死好兄弟？"银雪侯眉头皱起，脑海中迅速浮现了诸多念头，他是不朽神灵，虽然很久都懒得用一些计谋，可是以他意识计算速度之快，迅速将之前罗峰的热情、卜篮卡和洛的出现弄明白了。

"难怪卜篮卡都能参加这次宴会！"

"难怪罗峰会热情成这样！"

"原来，一切都是因为……洪是他大哥！"银雪侯看着眼前的罗峰。

罗峰却笑看着银雪侯："我大哥看来是等不及了，银雪侯，我大哥和姬青的事，你也别怪我多嘴。我想问问到底是怎么回事？不知道能否告诉我？如果不能，那就算了。"

银雪侯看着罗峰，眯着眼思忖下，这才说道："既然洪是你的大哥，我就告诉你吧。"

"嗯？"罗峰眼睛一亮。

看来，银雪侯姬天藏阻拦姬青和大哥在一起，的确是有原因的。

"坐！"

银雪侯指向一旁。

罗峰点头，坐下。

"姬青。"银雪侯坐下，给自己倒一杯酒，同时说着，"这孩子是我姬氏家族亿万年来最优秀的一个后代，我第一次见到这孩子，和她仅仅交谈了几句，从话语中就惊喜地发现了她的不凡之处。"

罗峰默默聆听着。

"她是天才，我姬氏家族的绝世天才。"银雪侯微笑着，"走的是精神念师幻术师流派。"

"幻术师？"罗峰眉毛一掀。

之前那届天才战仅仅只有幻魔加莱西能出头，就能看出一点——幻术师想要有所成就是何等的艰难！

"嗯，非常天才的幻术师，所以被宇宙佣兵联盟吸纳进核心。"银雪侯微笑着，"你应该明白，能够在幻术师方面拥有惊人成就的个个都对人性有着十分深刻的理解。"

罗峰点头。成为强大幻术师，要求极高，对人性、欲望等等必须有着深刻的理解才行！

"姬青就是这样的天才，对人性、欲望等方面都看得很清晰的天才，根本不需要我操心的。"银雪侯笑道，"她做事，我很放心！而且在宇宙中，恩恩爱爱，强者拥有成千上万配偶是非常正常的，一名强大男人拥有无数女人，强大女人拥有无数男人。按照我的性格，姬青她别说和洪相互爱慕，就算她有千万男人，我也不会太在意。"

罗峰疑惑地看着银雪侯。

这番话什么意思？既然不在意，又为什么阻拦姬青和洪？

"阻拦姬青和洪的，不是我。"银雪侯郑重看着罗峰，"是她的老师——幻灵王！"

"是她的老师？"罗峰吃了一惊，"幻灵王，是，是那魍魅族那位伟大存在——幻灵王？"

"嗯。"

银雪侯郑重地点头。

罗峰心一下子沉下去了。

在跟随老师真衍王身边听教诲时，也听老师提过一些极为厉害的人物。那天羽王是一个，幻灵王又是一个。

幻灵王，是宇宙佣兵联盟阵营的一员，也是封王级不朽神灵中非常非常可怕的一位。虽然仅仅闯过通天桥第十九层，即使宇宙法则感悟方面比真衍王、天羽王要低上一层，可因为她是无比诡异的幻术师，所以，在封王级不朽中，幻灵王也属于最可怕的存在之一。

一旦遭到她的攻击，可能就沉迷于幻境中死去。而且最彪悍的是她的奴仆，受她操控的不朽神灵奴仆有 81 位，其中封侯级有 79 位，封王级不朽就有 2 位！

这份控制能耐，可比陨墨星主人呼延博强多了。

当时听到这些故事时，罗峰已震撼无比……实在太神奇了吧，单单控制的不朽奴仆就有 81 位？还有两个封王级？须知自己老师真衍王教导那么多弟子，也才只有一名封王级不朽神灵的弟子。

"幻灵王地位无比尊崇。"罗峰皱眉，"就算姬青是她的弟子，她也没必要管这么宽吧。难道成了她的弟子，就不能谈情说爱了？"

"还真是这样。"银雪侯摇头感叹道，"罗峰，不知道你有没有搜集过那幻灵王弟子们的资料，幻灵王麾下共有19位弟子，这19位弟子中有7名男子、12名女子。这19名弟子活的岁月是极长极长的，甚至存在超过亿万年的都有。可是他们却有一个共同点——"

"共同点？"罗峰愈加疑惑。

"他们十九人都没有配偶！"银雪侯郑重道。

"嗯？"罗峰一惊。

茫茫宇宙，即使对女人（男人）再死心，或许在庞大宇宙中都能碰到一个让其钟爱的女人（男人）。所以十九个弟子都没有配偶，就很奇怪了。

"当初幻灵王从某个渠道得知姬青和洪的事，立即大怒，直接来问我。"银雪侯郑重道，"她问青青有没有做过越轨的事，以我的气息感应，能够感觉到青青的生命气息还很纯一，应该是没有。幻灵王知道了后这才气消，并且严令我阻止青青和洪的事，否则她只能驱逐青青，不再让青青当她的弟子。"

罗峰恍然。

银雪侯看着罗峰，轻轻叹息："你也应该明白我为什么阻止了吧，不是我要阻止，是那幻灵王要阻止啊。单单有绝世天才是不够的，还必须得有好的老师。我姬氏家族无数年来才诞生这个最优秀的天才，我怎么能够看着她被幻灵王逐出门下？"

罗峰点点头。

银雪侯的想法很容易理解。能拜在一些伟大存在门下是非常难得的事，比如自己那届天才战1000人，最终能被封王级不朽神灵收入门下的都不足10人，更别说拜入封王级不朽中都算是最最巅峰的存在门下了，那实在需要机遇。

"怎么会这样，幻灵王她收徒弟而已，有必要干涉弟子的感情事？"罗峰皱眉。

"原因我也不清楚。"银雪侯摇头，"我只知道幻灵王不容许门下弟子有感情事，否则就会被驱逐出门！"

"这……"罗峰苦恼起来。

这下该怎么办是好？

幻灵王可是和天羽王、真衍王实力都很接近的存在。罗峰目光扫向四周，厅内这群不朽神灵在乾巫宇宙国个个身居高位，可是这些人中根本没有一个

44

封王级不朽神灵,而幻灵王的不朽奴仆中就有两个封王级不朽!

幻灵王,完全可以无视在场这群人。

"我这点地位,在幻灵王面前根本没用。就算是老师……最多也只能让幻灵王平等对待,也不可能让幻灵王低头。"罗峰暗道。

真衍王、幻灵王,一是实力接近,二是分属两个阵营。

幻灵王面对真衍王,完全不会屈服。

"银雪侯,有什么办法?"罗峰看着银雪侯。

"我没办法。"银雪侯摇头,"幻灵王可不会将我放在眼里。"

罗峰眉头紧皱。

"如果是你老师真衍王出面,或许还有一丝机会。"银雪侯忽然说道。

罗峰看了银雪侯一眼,这种事情自己是不想麻烦老师的。

"详细原因我已经告诉你了,其他我就没办法了,但是我必须告诉你——青青能够拜在幻灵王门下,是亿年难求的机遇。我绝对不容许她被驱逐。"银雪侯看着罗峰。

宴会厅主厅。

乾巫宇宙国的这些伟大存在们,三三两两地交谈着,而在宴会厅的角落,洪、卜篮卡、洛、迪伦,这四人正站在一起。

"不知道老三谈得怎么样了。"洪看着远处,远处罗峰、银雪侯正在一起交谈。

"别急。"头发花白的洛微笑着,"罗峰殿下地位特殊,背后又有乾巫分部三巨头支持,就算那银雪侯也得给罗峰殿下面子才是。"

"可以不给我面子,但是他不敢不给罗峰面子。"头上满是疙瘩的高瘦男子卜篮卡也微笑道。

"哼!"黑袍光头男迪伦轻哼一声,"在宴会厅中的不朽神灵们,大多都有不少不朽属下,可他们中没人敢不给殿下面子。"

洪轻轻点头,继续看着远处罗峰、银雪侯二人。

片刻后,罗峰和银雪侯交谈完毕,终于直接转身,朝洪走来。

"老三。"洪迎上去道。

"大哥。"罗峰走来,脸上表情复杂。

洪看到罗峰表情,顿时心中觉得不妙。

"怎么回事？"洪压低声音。

"大哥。"罗峰也觉得难以开口，"是这样的，真正阻拦你和姬青的并非银雪侯，而是幻灵王，而这幻灵王……"

罗峰仔细地描述起来，也描述了幻灵王的可怕。

卜篮卡、洛、迪伦三人也站在一旁听着。

"事情就是这样。"罗峰看着洪。

"竟然背后有幻灵王。"卜篮卡面色一变。

"这幻灵王是非常难缠的。"迪伦皱眉，"就算我老师出面估计都没用，除非是师祖出面……可能还有点用。"

头发花白的洛皱眉，看着洪，低沉道："徒儿……既然是幻灵王阻碍，而且幻灵王的徒弟中个个都是单身，注定了，幻灵王不可能轻易改变她的规矩，依我看，你还是放弃吧！"

洪默默地站在那。

"放弃吧，何必在乎一个女人。"卜篮卡也劝说道，"看透了，也没什么。"

"有些可以放弃，可是有些就得坚持。"洪露出一丝笑容，看向洪、卜篮卡，"老师、卜篮卡前辈……我是绝对不会轻易放弃的。"

"老三。"洪看向罗峰。

"有什么需要我做的，尽管说。"罗峰看着大哥。

"这次也的确麻烦你，否则恐怕我连原因都不知道。"洪摇头一笑，"恐怕他们根本不屑向我解释原因。我现在有一件事情需要你帮忙，这也是最后一件事。"

"大哥，直接说，你我从地球一起出来时，就是生死兄弟，不用多说其他。"罗峰看着洪。

"我想……"洪看着罗峰，"见一次幻灵王！"

罗峰、迪伦、卜篮卡、洛四人都被吓了一跳。

第五章　幻灵王

见幻灵王？

罗峰、迪伦、卜篮卡、洛都是眼界极高的，知道宇宙人族1008宇宙国中一些巅峰存在的。比如一个宇宙级小家伙想要见真衍王，想见就能见么？纯粹是做梦。想要见幻灵王就能见么？

"大哥，这——"罗峰也眉头微皱。

要见幻灵王，可自己跟幻灵王一点交情都没有，都没见过面。

"没办法？"洪看着罗峰，"如果实在没办法，那就——"

"别急。"罗峰摇头，"大哥，我只能说，我试试看。"

"嗯。"洪微微点头。

宴会继续进行中。

罗峰端着酒杯走到了银雪侯身边。

"罗峰。"银雪侯坐在那，微微举杯示意。

旁边的不朽神灵誉阚和界主姬风烟连忙起身让开，而罗峰则坐在了银雪侯的对面，笑着道："银雪侯，我有件事麻烦你。"

"什么事？尽管说。"银雪侯姬天藏看着罗峰，对洪他是有些不屑，可对罗峰他还是很看重的……一个能够在虚拟宇宙公司中那般耀眼的绝世天才，且背后有真衍王支持，只要不陨落，将来一定会非常可怕！

罗峰笑道："请银雪侯你帮忙发送一封邮件。"

"邮件？"银雪侯瞳孔一缩，疑惑道，"是给……"

"幻灵王。"罗峰点头。

银雪侯心中暗惊。

"邮件的内容我来写，当然也会让银雪侯你过目！"罗峰笑道，"不管怎样，这邮件是让银雪侯你发送，自然也不能让银雪侯你为难。"

"哈哈,这点我放心,相信罗峰你也不会惹幻灵王生气的。"银雪侯微笑着点头。

"嗯,这是内容。"

罗峰伸出手腕,手腕上的护臂屏幕上浮现一封邮件,邮件内容已经打开。

银雪侯看着屏幕阅读着。

"他要见幻灵王?真,真敢想啊,他一个宇宙级小家伙,又没有什么特殊背景地位。幻灵王什么身份,怎么会见他?"银雪侯大吃一惊,疑惑地看着罗峰,"罗峰,你有必要这么替他出头么?"

"好比亲兄弟,当然得帮忙。"罗峰说道。

"嗯。"

银雪侯点头。

"这邮件我替你发给幻灵王,至于幻灵王愿不愿意接见你和洪,就看运气了。"银雪侯笑着道,"我提个建议,假设你老师真衍王愿意出面,不管怎样,至少见面……幻灵王肯定会答应的。"

罗峰一笑,摇头。

不到实在没法子还是别让老师出面,老师教导自己已经恩德无限,怎么能再给老师添麻烦呢?

"已经发送。"银雪侯看向罗峰,"一旦幻灵王愿意见你,我会立即通知你。"

"谢谢。"罗峰笑道,"我的虚拟宇宙网络编号告诉你下,你可以随时和我联系。"

……

这一场接风宴的主角是罗峰,在宴会进行过程中,罗峰也端着酒杯和一位位伟大不朽神灵们进行些许交谈,那些不朽神灵们也不敢轻视眼前这小家伙,毕竟这小家伙单单现在的权力就已经不可小视。

宴会结束,银雪侯依然没有收到幻灵王的回信。

穹玉星,罗氏庄园内。

乾巫宇宙国真正的高层们,一个个已经乘坐宇宙飞船离去了,连那三巨头紫电侯、金羽侯、黑湮侯也都离开了。

……

客人已经离去,罗峰独自一人走在这寂静又广阔的宫殿走廊上。

"大哥。"罗峰一眼看到远处正默默坐在草地上的黑衣男子洪。

罗峰犹如一阵风跃过栏杆，行进几步便来到洪身边，洪转头看了眼罗峰道："坐。"

"还在烦恼呢？"罗峰坐下笑道。

"不是烦恼，只是在等待。"洪转头笑看罗峰一眼，"等待那机会来临，不管怎样，至少今晚我知道了那银雪侯阻碍我和姬青的原因，弄清楚缘由，我才能想办法解决。"

"很有信心啊。"罗峰笑道。

"没一点信心，只是……有些事该去做。"洪笑道，"努力了，便不会后悔。就算现在我做不到，可等将来我的实力变得更强，甚至比那幻灵王更强时，自然还能将青青带回来。"

罗峰惊愕地看着大哥。

比幻灵王更强？自己这大哥是说大话，还是说他确实很自信呢？

幻灵王绝对堪称纵横宇宙的超级存在了，翻手间恐怕就能让亿万人死去，让一群不朽神灵沉迷于幻境死去。

"心中无限，前途便无限。"洪看着罗峰，"老三，别心存畏惧。如果连你心底都感到超越是很难的事，现实中又怎么能实现呢？"

罗峰一怔。

心中无限？前途便无限？

"再厉害的超级存在，也是一步步累积的。"洪笑道，"只要你一直在进步，而你的寿命又是无限的……那么，就算成为宇宙中最伟大的存在，也并非不可能。"

罗峰微微点头。

忽然一怔——意识连接虚拟宇宙网络，瞬间便回归。

"大哥。"罗峰脸上露出笑容。

"嗯？"洪看着罗峰，笑了，"看你表情，似乎有好事发生。"

"嗯，我刚刚收到银雪侯的来信。"罗峰微笑着。

"银雪侯的来信？"洪眼睛一亮。

"嗯，他转发了那幻灵王的回信。"罗峰微笑道。

"答应了？"洪双眸迸发出实质般的目光。

罗峰微笑点头："对"

"幻灵王会派遣麾下人员前往黑龙山岛屿九星湾,带我们去她的宫殿去拜见她。"罗峰说道,"所以我们从现在开始,要时刻分出一丝意识留在虚拟宇宙网络中,等待那幻灵王的接见。"

洪点头。

……

虚拟宇宙,黑龙山岛屿九星湾小区。

罗峰、洪看着眼前的男子。

这是一名身高约为三米,有一对黑色羽翼翅膀,额头上长着数十根长短不一尖角的黑色战铠男子,这名黑色羽翼男子正面带微笑地看着罗峰:"真衍王的弟子罗峰?你好,我是幻灵王的弟子布舍喇。"

"你好,布舍喇。"罗峰点头。

"这就是想要娶小师妹的家伙?"黑色羽翼男子看了一眼洪,嘴角微微翘起,似乎有些不屑,洪刚要回答,黑色羽翼男子就转向罗峰,"我们走吧,老师在等你们。"

"也好。"罗峰点头,当即带着洪跟随这名黑色羽翼男子迅速离开九星湾小区,在离九星湾小区不远的一个传送点,直接传送。

……

刷!

罗峰、洪、黑色羽翼男子布舍喇三人凭空出现了一座浩瀚的宫殿广场上。

"轰隆隆——"海浪拍击着岸边。

整个宫殿高约十万公里,分九层,最低层第一层就是临近海边,而罗峰他们所出现的宫殿广场是第五层的宫殿广场。

"随我来。"黑色羽翼男子在前面带路。

进入幽深的宫殿中,一路前进。

就算是洪,也是跨入宇宙级的人物,所以三人前进速度还是很快的,片刻后便来到了第七层。

这是一间幽静的殿厅。

殿厅门口站着一名名穿着仿佛云雾般轻柔的白纱衣的女子,一条毛茸茸的尾巴在后面微微甩动着,这些女子都有着动人心魄的美丽紫色眸子,当她们看过来时,让人感觉到她们眼眸中蕴含的欲望。

在黑色羽翼男子带领下，罗峰、洪步入殿厅内。

随着不断地前进，旁边站着的女子，从之前的白纱衣女子变成黑纱衣女子，显然这些女子都是来自同一个种族，都有着紫色眸子、毛茸茸尾巴。

又走了上千公里，旁边站着的女子又变成了紫色纱衣女子。

"好奇妙的幻境。"罗峰走在这巨大的神灵殿厅中，看着旁边站着的那排列开的女子，竟然不知不觉中陷入了一个淫靡的幻境中，仿佛这些女子一个个都赤裸着施展着各种魅惑引诱般地靠近过来。

罗峰、洪都是修心方面极高的人，这种幻境根本影响不到他们。

"老师！"黑色羽翼男子恭敬躬身，声音回荡在广阔的殿厅中，不断回荡着。

罗峰、洪同时停下。

抬头一眼就看到远处那雕刻成无比复杂的各种淫靡雕像的巨大王座上，正蜷缩躺着一名有着一头紫色长发，紫色眸子、紫色毛茸茸尾巴的女子，当那双眼睛朝下方俯看时，仿佛周围天地都陷入到一种淫靡气息中。

"幻灵王。"罗峰屏息。

听过幻灵王的威名，罗峰不敢怠慢。

"罗峰？"轻柔的声音从那远处高台上的巨大王座上传来，"果真不愧是宇宙级就能闯到幻境海第十座岛屿的天才，心性果真坚定，我喜欢你这种心性坚定的小家伙……你老师真衍王，也的确很有眼光，之前培养一个嗜血王，而看你的资料，也是杀戮很疯狂的人……真衍王一脉还真是个个如此，老师杀戮疯狂，这徒弟的杀戮也个个疯狂。。"

"谢幻灵王夸赞。"罗峰躬身。

老师真衍王，的确有过疯狂逆天的一段时期。

只是现在低调很多，一直在混沌城潜修，否则单单论暴力程度，老师是丝毫不亚于嗜血王三师兄的。

"嗯。"那巨大王座上慵懒躺着的魑魅族的伟大存在，那双紫色眸子又俯看向洪，"你就是青青说的'洪'？"

"是。"洪躬身应道。

"你也的确有胆子，敢来见我。"巨大王座上那幻灵王俯看着下方的洪，轻声笑道，"你就不怕我一声令下，让人在现实中杀死你？"

幻灵王的权势，一声令下，那乾巫宇宙国绝对会有很多不朽神灵争着来杀洪。

"怕！"洪恭敬道。

"哈哈……原来你也会怕。"幻灵王声音仿佛世界上最好的乐器、最好的乐器师演奏出的动人音乐，听得人心神摇曳，"既然怕，你还来？"

"怕死，怕心中诸多梦想无法实现。"洪恭敬道，"可是有些事情不能因为怕就退却……青青真诚待我，我又怎能龟缩怕死，不管怎样，我都会竭尽全力想尽方法，即使是身死魂灭，我也不会后悔。"

"咦？"王座上的幻灵王仔细地看着下方的洪，惊咦了声。

"怕死，可有些事却虽死不后悔？"幻灵王看着下方那身影，眼神变得有些迷蒙，喃喃道，"身死魂灭很可怕，可依旧能够义无反顾地去做……"声音在她身体周围十米内回荡，殿厅内其他人却都听不到。

"如果他，当时也能这样……"幻灵王表情变幻，眼眸时而温柔，时而变得非常可怕。

轰隆隆——

整个殿厅内都隐隐震动，无数诡异的声音回荡在每一人耳边。

令罗峰、洪以及其他那些纱衣女子们都脸色微变。

"嗯？"幻灵王恢复了平静，一切幻音也随之消失，她在王座上俯看着下方的洪，"洪，我给你一次机会，赌命的机会！"

罗峰面色一变。赌命？

"请幻灵王明示。"洪躬身。

"很简单。"幻灵王微笑，"我给你两个选择，一，等你界主巅峰时去域外战场参加宇宙战争。假设你的战功积累到能得到一等勋章，我就不阻碍你和青青的事。同时我也保证不会驱逐青青出我门下。"

"第二个选择，是你闯我布下的十八爱欲幻境！你若成功闯过十八爱欲幻境，我一样不阻碍你和青青的事，也保证不会驱逐青青出我门下。"

"可是，只要你失败，那么，我一定会下令，让宇宙佣兵联盟派出高手直接击杀你。"幻灵王双眸盯着下方的洪，"这是赌命！你失败，就是死！成功就有和青青在一起的机会，你们俩是恩爱，是分手，是婚嫁，我都不会管。"

"选择第一条，你可以拥有从现在到界主巅峰时期的修炼时间，我可以保证你能修炼到界主巅峰时期。"

"选择第二条，就是马上去闯十八爱欲幻境。"幻灵王看着洪，"你……敢不敢赌命？"

气氛仿佛凝固了。

整个殿厅一片寂静，包括那黑色羽翼男子徒弟都不敢出声，他以及那些纱衣女子们个个都能感觉到……此时幻灵王和平常不太一样。

"大哥！"罗峰看向洪。

赌命？这岂是开玩笑的？

假设洪真的接受赌约，被宇宙佣兵联盟派人追，那么就算是真衍王也没有任何资格去阻拦。

"我选择第二条。"洪抬头看着那高高在上的幻灵王，"闯幻灵王你布置的十八爱欲幻境，假设我失败，不用大人你派遣人来追杀我，我会直接前往某个宇宙佣兵联盟驻地，在驻地人员面前自杀，并且进行虚拟宇宙网络同步传播给幻灵王大人。"

王座上的幻灵王瞳孔一缩。

"你确认是去闯十八爱欲幻境？"幻灵王说道，"你如果选择界主巅峰去参加宇宙战争，可以多活很久，而且我还能帮你达到界主巅峰期。最后问你一次，是否要改变选择？"

"不变。"洪脸上反而浮现了一丝淡淡笑容。

罗峰看着身侧的洪，看着他脸上的那一丝笑容。

那是一种全力以赴，无所顾忌的笑容。

"大哥！"罗峰真的急了。

大哥修心境界的确极高，堪称地球从古到今的稀有存在。可是，这些幻境不是幻境海的幻境，而是接近自己老师真衍王那无比强大的封王级不朽神灵——幻灵王布置的幻境！说不定蕴含的威压，就能令洪崩溃。

"呼！"

幻灵王站了起来，俯看着下方的洪，看着洪的眼睛，洪的眼睛中没有一丝犹豫迟疑，也没有那种咬牙切齿的疯狂，只是隐隐有着一丝锐利。

"很好！"幻灵王下令，"布舍喇，带洪去幻境殿，直接带去第 101 层！"

刷！

幻灵王直接消失不见了。

"是，老师！"黑色羽翼男子布舍喇恭敬地行礼，随即怜悯地看了一眼洪，"跟我来。"

幻灵宫沸腾了，一个宇宙级小家伙竟然要闯十八爱欲幻境，一旦失败就身死魂灭！顿时惹得幻灵宫内很多人都迅速跑向那幻境殿看热闹。

"青殿下，那个洪选择赌命，去闯十八爱欲幻境。成功，幻灵王大人就不阻止青殿下你和那男人，而且还不会驱逐你出门。可一旦他失败，那他就得在现实中被杀死了。"一座幽静楼阁门口站着两名少女，其中一名青纱少女低声说道。

楼阁内，一名齐耳短发女子站在门口，那纤细手指握得惨白。

"我要出去。"齐耳短发女子轻声道。

"青殿下，幻灵王大人下令，谁敢违背？我们可以将外面发生的一切都通报给青殿下，可青殿下也别让我们为难。"青纱少女连忙说道。

齐耳短发女子眼眸掠过一丝厉芒。

吱呀！

关上门去。

这楼阁是她进入虚拟宇宙网络绑定的一个点，只要她进入虚拟宇宙就会出现在这楼阁中。而现在……在虚拟宇宙中她被限制出去。在现实当中，她也被困在族祖银雪侯的神国中。

"洪大哥。"齐耳短发女子走到一扇窗户前，打开窗户。

她没逃跑，门口的两名魅魅族少女是界主级实力，专门在这看着她，而她却仅仅只有宇宙级实力，只要那两女子不放水，她怎么逃得出去？

"别做傻事！""别做傻事！""别做傻事！"……齐耳短发女子发送一封又一封邮件，拼命地发送给洪。

片刻。

"没事，等我。"这是洪的回信。

她沉默了。

"洪大哥，你……我……"齐耳短发女子抬头，透过窗户，看着远处的一座高耸入云的宫殿，那就是幻灵宫宫殿群中的"幻境殿"。

"活着！"

"一定得活着！"

幻境殿聚集了很多人，如魅魅族的族人们，还有幻灵王麾下的一些弟子。

54

"我敢说,那个小家伙一定会死。"

"怎么可能成功,十八爱欲幻境,他宇宙级小家伙就算再厉害也不可能成功。"

"这是死路啊!"

"看,那就是闯十八爱欲幻境的家伙。"

"谁?银色战甲的那个?"

"不是,银色战甲的据说是虚拟宇宙公司原始秘境的绝世天才罗峰,黑色衣服的那个才是。"

"哇,那就是罗峰?真帅!"

"别犯花痴了。"

"我觉得洪也挺帅,可惜,得死了。"

……

罗峰、洪跟随黑色羽翼男子布舍喇行走在廊道上,看着四周,远处四周都是大量的紫眸少女,整个幻灵宫内几乎99%都是女子,而且那些侍女们几乎都是魑魅族女子,个个都生得倾国倾城、妖媚无比。

"大哥,你修心境界是高。可是这幻境……是幻灵王施展的幻境啊。"罗峰焦急传音道,"你是强,可也不能小觑宇宙间的超级存在!一旦失败,你就必死无疑了……而且那幻境中还可能蕴含着意识威压!说不定直接一个威压,你就死了。谁知道幻灵王这十八爱欲幻境到底是什么威力,假设威力超强,你不是哭都没地方哭?"

一个知道轻重的超级存在,或许会根据洪的实力布置出幻境。

可是幻灵王的脾气,是出了名的古怪。

明明是不容许任何男人碰她,却总是那般妖媚无比。明明脾气暴戾凶残,却总是故作温柔。谁知道幻灵王布置的十八爱欲幻境不是一条绝对死路?假设幻灵王真的想让洪死,洪还能活下么?

洪看了一眼罗峰:"没事!"

"刷!"

幻境殿101层的殿门口出现了一道人影,正是全身笼罩在迷蒙彩衣中的女子,只能看到那一双紫色眸子,至于她的面孔却怎么都看不清。

顿时周围一片寂静,那些看热闹的少女们、几名弟子个个恭敬而不敢出声。

"现在你还有机会后退。"幻灵王看着远处的洪,"你如果选择后退,我虽然会瞧不起你,可至少……你保住了性命。"

"如果不后退,那就沿着这道大门,直接进去!"幻灵王指着她身前的殿门,"这是第 101 层大殿,每一层大殿都是一层幻境,你闯过一层幻境后就沿着楼梯往上前进!进入 102 层,成功后再继续沿着楼梯进入 103 层……不断下去,如果你从 118 层成功出来,你就成功了。"

"否则,你的命,就没了。"幻灵王看着洪。

洪微微一笑。

"大哥!"罗峰面含焦急之色,却不知道怎么劝大哥才好。

洪这个人,就算亿万人同时劝说,恐怕也改变不了他的主意。

洪微笑地看了罗峰一眼,随即直接走向远处的殿门。

嗖!

人已经到了殿门前,随即一步,便跨入殿门中。

"轰!"整个第 101 层殿厅内顿时一片模糊,肉眼根本无法看清里面发生什么。

此时——

洪已经无法回头。

成功,则生。

失败,就死!

第六章　十八爱欲幻境

眼前这座恢弘的宫殿直插云霄,如果在地球,罗峰站在太空中能够看清半个地球,可他却无法看清这座巍峨的神殿——幻境殿。

迷蒙气流环绕幻境殿。

第101层殿厅中一片昏暗模糊,罗峰拼命瞪眼看去,想要看清洪在殿厅内的情况,却都是白费功夫。不单单是罗峰在看,连周围魑魅族大量女子还有幻灵王弟子们都看向殿厅,个个都想知道,洪究竟能否闯过十八爱欲幻境。

"轰!"

第101层殿厅内一阵震荡,殿厅内变得清晰可见。

只见站在殿厅中央的洪抬头微笑地看着远处的阶梯,直接飞向阶梯,随即迅速沿着阶梯,前往第102层殿厅。

"第一爱欲幻境闯过了。"罗峰暗松了一口气。

哗!

只见人流沿着外围廊道的阶梯,迅速朝楼上第102层殿厅涌去,幻灵王走在最前面,罗峰、黑色羽翼男子以及其他幻灵王弟子紧随其后,其他魑魅族女子们则跟在最后面的。

……

第二爱欲幻境、第三爱欲幻境,洪破除幻境消耗的时间越来越长。

"怎么办?"罗峰目送着洪沿着阶梯,上了一层楼,去闯第四爱欲幻境,不由焦急,"这毕竟是幻灵王布置的幻境,而大哥才宇宙级,恐怕一不小心就栽了跟头。如果真的失败,难道我真的要看着大哥去宇宙佣兵联盟的某个分部驻地去自杀?"

"可是我又劝说不动大哥,而且这是他和幻灵王的赌约,就算老师也不好插手。"罗峰焦急得很。

无法帮忙,只能眼睁睁看着这一切发生。

这就是实力的缘故！假设他拥有着宇宙国主的实力，完全能力压幻灵王，哪还有必要这么麻烦。他这小小天才，在幻灵王面前只是一个小辈而已，还是一个没有真正成长起来的小辈。

　　"你大哥的意志很强，竟然能够闯过第五层爱欲幻境。"在 105 层殿厅门外，穿着彩衣的幻灵王轻声笑道。

　　"幻灵王前辈，还请手下留情。"罗峰在一侧恭敬躬身请求道。

　　"你也不必求我。"幻灵王那动人心魄的紫色眸子瞥了罗峰一眼，"我只是让他闯十八爱欲幻境，考验的单单是'爱欲'这一种欲望，只要在'爱欲'方面他真的不受诸多迷惑，看清爱欲本质，那么就有希望活下。"

　　"爱欲？"罗峰眉头一皱。

　　"人类！"幻灵王轻声笑道，"或者说……生命！只要是生命，就一定会有欲望。"

　　"想要长寿成为永恒存在？想要高高在上操控万千人生命？想要有美丽的妻子？想要亲人们过得好？想要出人头地？想要成为真正的强者？"幻灵王笑道，"这一切的一切，都是各种各样的欲望。"

　　"欲望是生命进步的源泉。"幻灵王微笑着，"就算再清心寡欲的人，也会有欲望，只是他们的欲望追求和常人相比更加特殊而已。"

　　罗峰一怔。

　　欲望？

　　是啊。不管是追求强者之路，追求修炼之路，追求享乐，追求口舌之欲，总之，人生在世，就必定会有欲望！

　　就算是野兽，也个个有着本能欲望，比如交配、想要拥有更多雌性同伴，吃得更多更好……

　　"欲望是无穷无尽的。"幻灵王轻声道，"它本身没有好坏之分，而生命，却有被欲望控制，或者控制欲望的区别。"

　　"爱欲，是欲望的一种，也是非常非常复杂的一种。就算一些无比强大的不朽神灵，也不一定能够看透爱欲。"幻灵王轻声笑道，"我布置这十八重爱欲幻境，穷尽爱欲各种滋味，就算是神灵也会坠入其中无法自拔。"

　　"而他，既然深陷于爱情，那么爱欲对他而言，就应该是非常难的一关。"幻灵王微笑说着，"只有闯过十八重爱欲幻境，他才有资格去和我的弟子在一起。"

罗峰倒吸一口凉气，震惊地看着眼前这位倾国倾城的幻灵王。

欲望？

作为经常被大哥、二哥指点，对修心方面感悟极深的罗峰，是非常明白"欲望"有多难以诠释的。地球上古语就有"英雄难过美人关"，即使是一些伟大称之为圣的古人，也有着各种各样的梦想与追求。比如治国平天下等等，这些梦想追求，本质上也算是欲望的一种。

想要超脱欲望？不可能！

"难怪幻灵王仅仅闯过通天桥第19层，却拥有那般可怕的威慑力，几乎能和天羽王以及我老师真衍王比肩。"罗峰暗道，"也难怪能够直接控制住两名封王级不朽神灵奴仆，幻灵王，幻灵王……果真可怕。"

"大哥！这十八幻境，都是爱欲类幻境，你能闯过吗？"罗峰看着眼前迷蒙一片的殿厅，心中焦急无比。

虽然对大哥有信心，可罗峰丝毫不敢小觑宇宙中伟大永恒的存在。

地球的修心虽然颇有一些独步宇宙的骄傲之处，可是那些能够纵横宇宙生存无数年的伟大强横存在们，还有一人就建造庞大宇宙国，坐镇宇宙国的伟大存在，这些真正伟大的存在，谁敢说他们在心境上就比罗峰、雷神、洪弱？

不可小觑这些永恒存在！

"三弟！你和大哥去谈得怎么样了？"

罗峰的护臂屏幕上浮现一封邮件，正是来自于二哥雷神，关于罗峰、洪要去见幻灵王，这雷神当然是被告知的。

"二哥。"罗峰意识闪过一些文字，屏幕上就自动浮现那些文字，形成一封邮件内容，迅速就寄给了二哥雷神。

"十八爱欲幻境？大哥他修心境界极高，一定能闯过的，这我很相信。"雷神的回信。

"二哥，这是幻灵王亲自布置的十八爱欲幻境，作为宇宙中非常可怕的存在，活的岁月比地球华夏文化都不知道久远多少倍，绝对不能小视。"罗峰回信道。

"大哥闯到第几幻境了？"

"第九幻境！现在大哥破幻境时间越来越久了。"

……

罗峰迅速和二哥雷神交流了 番，同时继续焦急地观看着大哥闯这十八爱欲幻境。

时间流逝,幻灵王和她的弟子以及她魑魅族的大量女性族人们个个也都感到了压力,她们都是跟随着幻灵王一层层往上前进,观看着洪闯十八爱欲幻境的过程。

　　十八爱欲幻境,第一幻境闯得最快,越往后越慢!

　　第十爱欲幻境……

　　第十一爱欲幻境……

　　第十二爱欲幻境……

　　洪,越来越艰难地破除幻境,可每一次他都是那般的坚定。

　　"这,大哥,大哥,一定要成功,一定要成功啊。"一直在每一层殿厅门外观看的罗峰,心中默默期盼着。

　　"竟然能闯到第十四层爱欲幻境!"

　　"这罗峰的大哥还挺厉害的,能够闯到第十四爱欲幻境,说明他的意志是非常非常强的。"

　　"真不可思议!"

　　"没看出来。"

　　魑魅族那些女子们彼此间传音嘀咕着。

　　而幻灵王从一开始的很平静,到洪成功闯出第十四幻境后的皱眉。

　　"我就不信,他一个痴迷于爱情的人,能够闯过这十八爱欲幻境。"幻灵王双眸如电,脸上隐隐有一层煞气,紧盯着那115层殿厅内。

　　……

　　幽静的楼阁中。

　　那齐耳短发女子正默默站在窗户前,遥看那幻境殿殿厅方向,在她视线范围中,那幻境殿直接插入云霄,云雾弥漫,肉眼根本无法看到那顶端。

　　"青殿下,青殿下,那洪已经闯过第十五爱欲幻境了。"

　　"成功了,他真闯过第十五爱欲幻境了。"

　　楼阁门口的两名魑魅族少女喊道。

　　齐耳短发女子抬头默默地看着,眼中有着焦急、担心,默默道:"洪大哥,你一定要闯过来,一定要!"

　　……

　　"一定得闯出来。"罗峰站在第117层殿厅门口,死死地盯着殿厅内。

60

整个幻境殿第117层外周围聚集的大量魑魅族女子们完全屏息了，连那幻灵王脸色都已经完全沉下去，眼睛一眨不眨地盯着殿厅内。所有人都感觉到压力越来越大……因为越往后，这爱欲幻境难度也越加夸张。

许久！

轰！

第117层殿厅内那朦胧一切直接破碎，显现出了那脸色略显苍白的黑发男子洪。

"还有最后一层！"

洪抬头，甚至都没有朝殿厅外围观的人们看一眼，就直接沿着殿厅内部的阶梯，前往那最后一层——第118层殿厅，去闯那第十八爱欲幻境。

人流仿佛水流一般，来到第118层殿厅门口。

"一定会成功，一定会成功。"罗峰眼睛一眨也不眨盯着118层殿厅内，额头都渗出了颗颗汗珠，而在他前方的幻灵王则死死盯着这殿厅内。

她不信！

她不信，她为一个深陷于爱情的人布置的十八爱欲幻境会被闯破，深陷于爱情的人显然是受到爱欲影响的，可是破开十八爱欲幻境？

"不可能！"幻灵王双眸寒光闪烁。

轰！

第118层殿厅内猛地震荡，随即便很快平静下来，一名面带微笑却略显狼狈的黑发黑衣男子走了出来，跨出门槛，走到殿厅外。

"幻灵王前辈，我已经成功闯过十八爱欲幻境。"黑发黑衣男子恭敬地说道。

这幻境殿的第118层外的宽阔廊道足有一公里宽，聚集的人成千上万，都难以置信地看着这黑发黑衣男子。她们这些常年服侍幻灵王，跟随在幻灵王身边的，都非常清楚幻灵王是何等的可怕。

几乎没人相信洪能够闯过十八爱欲幻境，连幻灵王本人也不敢相信！

"不可能！"幻灵王盯着眼前人，心中迅速掠过诸多念头，可很快就平复了。

"没想到一个能够为爱情而死的人，竟然能够闯过十八爱欲幻境。"幻灵王看着洪，紫色眼眸中掠过一丝奇异光芒，"你让我惊讶。"

"爱，没有什么可怕的，沉浸于它，享受它。"洪说道，"心灵中会滋生出非常美妙的感觉，这就是爱。"

幻灵王看着洪,审视着洪。

"我现在有些明白,你为什么会让青青一见倾心了。"幻灵王点点头,随即转头看向黑色羽翼男子,"布舍喇,你带罗峰、洪去见青青。"

"是,老师!"黑色羽翼男子恭敬应道。

"嗯。"幻灵王身体刷的一声便消失不见。

待得幻灵王离开,廊道上顿时响起一阵无比热闹的喧哗声,只见周围那些魅惑动人的成千上万的魑魅族少女正一个个悄悄指着洪、罗峰,议论纷纷,似乎对罗峰、洪二人非常重视似的。

"请跟我来。"黑色羽翼男子微笑地看向洪、罗峰。

"也恭喜你闯过十八爱欲幻境,在场我们恐怕没几个相信你会闯过。"黑色羽翼男子笑道。

"我也是很艰难才闯过,这十八爱欲幻境的确很可怕。"洪说道。

"那是当然,我老师布置的幻境怎么可能差?"

黑色羽翼男子在前面带路,罗峰、洪二人并肩跟随。

"大哥,恭喜。"罗峰传音道,脸上露出一丝贼笑,"恭喜你和嫂子以后能永远在一起了。"

"呵呵。"洪脸上满是笑容。

"大哥,这十八爱欲幻境怎么样,刚才我都担心死了。"罗峰传音道。

"幻境很厉害,可对我并无威胁。"洪传音道。

罗峰眼眸中掠过一丝惊色:"什么,并没有威胁?可是我看大哥你每闯一层幻境就越来越疲倦、越来越慢,似乎很吃力的样子,这……"

"伪装的。"洪看了罗峰一眼,传音道,"那幻灵王就在外面看着,而这十八爱欲幻境就是她本人布置的,假如我表现得非常容易又迅速闯过一层又一层,她面子哪里放?她堂堂幻灵王,布置的十八幻境被一个宇宙级小家伙迅速破掉,实在太丢脸了。"

"假设我破得很快很容易,羞怒之下,她说不定在我闯十八爱欲幻境的中途,就立即对后面的爱欲幻境进行变化,"洪传音道,"她真的想要我失败是非常容易的,比如直接用灵魂攻击,让我在幻境中死去等。"

"她暗中出手,在场谁看得出来?"

"就算是你,看我在幻境中死去,也只会认为是我没闯过幻境,对吗?"洪看向罗峰。

罗峰一怔。

是啊。

"所以,我得根据幻灵王的心理,让她感觉到我似乎要失败,就那么无比艰难的,很是狼狈地最终破阵。这样一来,我的目的就实现了。"洪微笑看着罗峰。

罗峰点头。

的确,大哥从头到尾竟然都是在表演,而这表演也的确令自己都无比紧张,似乎大哥要撑不住似的,一层幻境比一层幻境更加艰难、耗费时间也更长。

原来一切都是演戏。

"有实力很重要,可是,有时候也得配合一些其他因素,才能得到最佳效果。"洪传音道。

"可是大哥,这爱欲幻境,那幻灵王说是穷尽了爱欲等……怎么你这么容易?"罗峰疑惑追问道,大哥明明是一个深陷于爱情的人,为了那姬青,在不知道十八爱欲幻境底细的情况下就来闯。

这样一个人,竟然轻易闯过爱欲幻境?

爱欲,毕竟是非常强大的一个欲望,多少英雄豪杰深陷爱情中无法自拔。

"我们华夏有这么一段话:看山是山,看水是水。看山不是山,看水不是水。看山依旧是山,看水依旧是水。"洪传音道,"一个没经历过爱情的人,很自然地认定,爱情就是爱情。可是真正经历爱情的人,才会觉得爱情无比复杂……好似雾里看花,一切那般迷蒙梦幻,怎么都看不清,爱情在他们眼中无限复杂,因为各种感情上的体会,让他们发现爱情的复杂。这时候看山不再是山,看水也不再是水。"

"只有经历红尘,研究人心,看清其中的诸多感情恩怨,最终才能看清爱情的真面目。"

"已然到了返璞归真的地步。"

"自己对爱欲的认识,已经无比清晰,看透实质,自己想要什么,自己可以为什么而死。自己能抵挡什么诱惑,这一切的一切,都已经心中有所悟。"洪看着罗峰,微笑传音道,"这时候,看山,依旧是山。看水,依旧是那水。爱……在这等境界人的面前,已经很透彻了。"

罗峰眼睛一亮。

心中有些明白。

"并非深陷爱欲的人,就真的不可自拔了。"洪微笑道,"子非鱼,焉知鱼之乐?"

"真正看透爱欲的人才会知道,沉浸爱欲乃是大道,而禁断爱欲才是违背本心的。"洪说道,"我所做一切,遵循本心。有些该做,有些不该做。有些明知道有生命威胁,也得去做。"

罗峰微微点头,和大哥一边交谈,一边跟随着那黑色羽翼男子布舍喇,前往姬青的住处。

刷!

穿着彩衣的幻灵王,出现在了那座幽静楼阁前。

"大人。"楼阁前的魍魉族两名少女见到幻灵王吓得连忙恭敬行礼。

"嗯。"

幻灵王直接推门而入,进入了楼阁内。

楼阁中原本站在窗前遥看外面的齐耳短发女子转头看向门口,看到幻灵王后,恭敬行礼:"老师。"

"你应该得到消息,知道那个叫洪的小辈闯过我布置的十八爱欲幻境了。"幻灵王看着自己的徒弟姬青。

姬青,是一个非常优秀的徒弟,也是她麾下诸多弟子中堪称最优秀的一个,幻灵王真是发自心底的喜欢这个弟子。

"是,青青知道,谢老师手下留情。"姬青恭敬感激行礼。

"哼!"

幻灵王冷哼一声,随即坐在旁边的椅子上,看向姬青,"青青,我并没有对他手下留情,只是你喜欢的这个叫洪的人,的确是超乎我之所料,竟然真的能够闯过十八爱欲幻境。"

齐耳短发女子听了脸上不由浮现一丝羞红,以及一丝自豪之色。

"我说过,一旦他闯过十八爱欲幻境,我不会阻拦你们,也不会将你驱逐我门下。你们俩不管是缠绵相爱生子,还是彼此分手,还是其他,我都不会管。"幻灵王看着齐耳短发女子。

"青青谢谢老师。"齐耳短发女子眼眸亮起。

"不过有些话,必须在这之前告诉你。"幻灵王手指点击半空,半空中出现一屏幕,屏幕上浮现了一本书籍,"这是我的……"

片刻后,楼阁外已经传来脚步声以及一些很低微的嘈杂声,只见楼阁外廊道远处,黑色羽翼男子、洪、罗峰走在最前面,后面还跟着大批大批的少女,都是魑魅族的少女显然是来看热闹的。

"罗峰,洪,这就是姬青的住所。"黑色羽翼男子布舍喇遥指前方那座幽静美丽的楼阁。

"哦?"

洪眼睛一亮,目光落在那座楼阁上,走了过去。

罗峰、黑色羽翼男子则是跟随在洪身后。

"吱呀!"

那楼阁门打开,一名齐耳短发女子走出。

"嗯?"罗峰看着这名女子,虽然从虚拟宇宙网络搜索的资料中曾经看过姬青的图片,可是当真正看到姬青时,罗峰也感觉到一些不同之处,她身高比较高,身材比例却很完美。

齐耳短发,显得英姿飒爽。看她那眉宇间的神情,显然是个很果断、很坚毅、很独立的女性。简单地说……是给人有点女强人的感觉。可她的眼眸中却仿佛有着一汪泉水,在看着洪时,好似都快哭了。

"你真傻。"齐耳短发女子看着洪轻声道。

洪只是微微一笑。

齐耳短发女子直接冲上来,紧紧抱住洪,控制不住的眼泪不断流下来。

远处观看的魑魅族女人们很多都露出了笑容,罗峰也笑着看这一幕。

"别这么冒险,不值得的。"姬青紧紧抱着洪。

洪轻轻抚摸着姬青的头发,随即二人分开,四目相对。

"一切都过去了,那些阻碍都烟消云散了。"洪看着姬青,微笑着。

哗!

姬青忽然松开洪的手,不断往后退。

"青青。"洪眉头皱起。

"对不起,不值得的。"姬青看着洪,"你走吧,就当我只是你的一份记忆,走吧。"

洪面色一变。

旁边的罗峰也愣住了,搞什么?大哥他想尽了办法终于能够让幻灵王不再阻碍,可是现在姬青本人怎么说这番话?

"青青!"洪盯着姬青,透过姬青眼神判断,姬青是不是中了催眠、迷魂等一些秘法。

第七章　无言的结局

洪看着姬青的眼睛，眼睛是心灵的窗口，特别是在修心境界上极高，观察极为敏锐的洪……完全能够透过眼睛的一些细微反应判断姬青是否是中了催眠、迷魂等秘法，还是发自本心说出这些话。

"怎么回事？"

"青殿下说那些话什么意思？"

"还有什么意思，分手呗。"

"怎么突然就分手了，之前青殿下不是死活不肯屈服，所以被关押在楼阁中，怎么突然就改变主意了？"远处廊道上观看的魑魅族女子们一个个低声议论着，她们也觉得很疑惑，明明一场大喜事怎么变成现在这样。

洪默默看着姬青。

姬青也看着洪。

从眼睛中……洪能够判断出，姬青并没有被催眠、迷魂。

"怎么突然就决定离开我？"洪看着姬青。

"你跟我说过，有些事该去做，有些事不该去做。做决定的时候，要果决，该牺牲的就应该牺牲。"姬青轻声道，声音虽然轻，可是站在洪后面的罗峰都能清晰地感觉到这个齐耳短发女子话语中的坚决。

"所以就牺牲我们彼此的感情？"洪追问。

姬青没有说话，只是咬牙点了点头。

"牺牲？"洪盯着姬青，低沉道，"为什么你族祖阻拦，你老师阻拦的时候你不说这些，还硬撑着抵抗族祖、老师，然而现在我让我兄弟帮忙，总算亲自见到你老师幻灵王，最后赌命闯过了十八爱欲幻境，开心来找你时，你却跟我说这些？"

"为什么？为什么突然变卦？为什么之前不说？"洪盯着姬青。

姬青沉默。

洪整个人怒气不断上涌……

站在旁边的罗峰也有些不忿,这一切怎么会变成这样,姬青一直坚持着抵抗族祖、老师,可现在最后时候却突然变卦。

"看,那个洪要发飙了。"

"是人都得发飙啊,听说他之前都赌命闯十八爱欲幻境呢,一不小心,恐怕现实中命都没了。现在青殿下突然说这些话,他怎么可能不怒?"

"是我,我也怒啊,这么好的男人,能放弃么。"

魑魅族那些女子们彼此边议论边观看着事情发展。

……

洪看着姬青。

姬青低头:"我必须做出抉择,爱情重要,可有些比爱情更重要。这也是你告诉过我的。"

洪深吸一口气。

"真的决定了?"洪轻声道。

"嗯。"姬青点头。

洪露出一丝苦笑:"没想到我这么多年,再一次喜欢上女人时,竟然是这般结局。"

姬青咬咬嘴唇,不发一言。

虽然她是一个女强人,而且在家族内很多事情她都能做主,甚至她自认为她比她父亲要强得多……就算面对那些不朽神灵的师兄师姐们,姬青也没有丝毫低头的念头,可是在她唯一倾心的男人面前时——她总觉得自己很软弱。

"姬青。"洪看着姬青。

"嗯。"这齐耳短发女子抬头,看着心中最爱的男人。

"希望你能实现你的目标梦想。"洪微微一笑,"同时也说声……抱歉,这段时间,打扰你了。"

说完,洪直接转身,走向罗峰。

"老三,走吧。"洪看着罗峰说道,随即呼地一声,凭空消失不见。

罗峰沉默看着这一切,又看了看远处强忍着眼泪的齐耳短发女子,低叹了一声,也凭空消失,意识回归到现实世界了。

"洪大哥。"姬青看着洪转身离开、消失不见的瞬间,脑海中不出回荡起洪最后说的那句话——"抱歉,这段时间,打扰你了。"

"打扰我了？"

"打扰我了么？"

姬青心底默默念叨。

她很清楚洪的为人，他那看似平淡简单的一句"抱歉，这段时间，打扰你了"，说完后就转头离开，这隐藏着何等的痛苦。

而且，姬青明白，洪这一走，恐怕不会再回头。

"对不起。"姬青在心底默默道。

……

那些观看的魑魅族女子们一个个都有些发蒙，原本她们以为靠赌命闯十八爱欲幻境得到机会的洪，会因此而痛苦、伤心、愤怒，会有一些很过激的表现。可是她们谁都没有想到，竟然仅仅说了一句话后就转头走人了。

就好比虚拟宇宙公司麾下那群不朽神灵们的宫殿都在雷霆岛上聚集着，宇宙佣兵联盟麾下的不朽神灵们的宫殿也聚集在一个位面中。故在那幻灵宫中发生的一切被那些仆人们彼此传达议论，很快就传播开去。

……

"连闯幻灵王布置的十八爱欲幻境，这小子很不错啊，至少在面对爱欲类幻境方面很强，估计其他方面也不会差。"

"哦，还是我们巨斧斗武场的特等精英？你去安排人，将他尽快招纳进现在正在培训的训练营中。"

"是，大人。"

乾巫宇宙国，九大一级行政星中的穿玉星。

罗氏庄园内，罗峰看着眼前的洪，心中暗叹，自从三天前本来看似能够圆满结局的一件事，突然横生波澜，当时罗峰就认定了，甚至直接和洪说："我敢肯定，她本来那般坚定抵抗老师、族祖，可却最后时刻突然变卦，这是很不正常的一件事。中间不是那银雪侯捣鬼，就是幻灵王作梗！"

洪当时却回答："我当然明白，银雪侯或者幻灵王从中影响了姬青。"

"可大哥你怎么就这么走了？就这么放弃了？"罗峰当时追问道。

"或许别人影响，可做决定是青青。"

洪淡然一笑，"而且我很熟悉青青的性格，她和我很像，做出的决定很难改变。而且我听得出来……她的确是发自心底做出那个决定。"

"为什么？"罗峰追问，"她为什么放弃？"

"因为她自己，或者是为了家族。"洪轻声叹息道，"我很熟悉她，她是一个非常要强的人，她成为超级强者的决心丝毫不亚于对爱情的渴求！而且……她对继承家族，也有着很强的执着。"

"……"

站在庄园内，罗峰看着洪，回忆着三天前的二人对话，暗叹不已。

不管怎样，自己这位大哥这次的确是以悲剧收场。

"罗峰，别为大哥不值。"洪微笑看着罗峰，"人生本来就有悲欢离合……而且，这次我闯过十八爱欲幻境，反倒让巨斧斗武场的高层注意到了我，还专门下令将我调进正在进行培训的一批特等精英训练营中。如果不是特别下令，我恐怕必须再等好几十年才能进训练营。"

"嗯。"罗峰点点头，"保重。"

"放心。"洪微笑点头。

"罗峰，我和徒儿就先走了。"那花白头发老者洛也说道。

罗峰点点头。

洛、洪二人进入了旁边草地上停着的直径约有 620 米的圆形飞碟型紫色、金色驳杂的一艘宇宙飞船，这是巨斧斗武场专门派来迎接洪的宇宙飞船。

"大哥，闯出个名堂来，让那幻灵王瞧瞧。"罗峰喊道。

"哈哈……"走到舱门口的黑衣洪转头笑道，"闯出个名堂，我从未怀疑过！老三，你可不能松懈，否则大哥说不定就追上你喽。"

"有本事尽管追。"罗峰哈哈一笑。

随即洪朗声笑着直接进入那宇宙飞船中。

片刻后，这巨型飞碟状的宇宙飞船就缓缓起飞，飞离了罗氏庄园，很快就一飞冲天，消失在云层最深处。

草地上，罗峰仰头目送着那艘宇宙飞船离去。

"殿下。"迪伦站在身后。

"大哥去巨斧斗武场的特等精英训练营了。"罗峰感慨一声，"不管怎样，大哥的事已了！我现在也没必要逗留在穿玉星了……迪伦，去安排下，准备出发回我的家乡。"

"是。"迪伦点头。

罗峰仰头看天。

银河系！地球！已经超过两百年没有回地球了，自己的罗氏家族现在都已经是一个大家族了。

"该回去看看了。"罗峰默默道。

……

当天，罗峰带着护卫军，乘坐陨墨星号离开了穹玉星，开始前往家乡银河系！

乾巫宇宙国，离穹玉星大约数万光年的一颗很普通的生命星球"瓦罗星球"。

瓦罗星球一座地下基地内。"组长，情报已经透过虚拟宇宙网络传送到。经过 369 重连环翻译以及宇宙坐标位置对应的字符更换，得出情报内容：罗峰刚刚带领护卫军乘坐 F 级宇宙飞船离开了穹玉星，去向不明，情报部给出推论，罗峰前往他家乡的可能性高达 72%。"一名穿着银色制服的光头三眼男恭敬道。

"嗯。"

另外一名穿着黑色制服的光头三眼男，则看着面前的屏幕。

屏幕上有着一些详细资料。

正是有关罗峰的资料。

"No.9 的情报资料还非常少，必须搜集足够的资料，有绝对的把握，才能实施暗杀行动。在人类 1008 宇宙国疆域内每一次施展行动，我们都要付出巨大努力。必须做到一次即可成功，上次暗杀 No.1 失败，我们损失很大，这次不能再失败。"黑色制服光头三眼男说道。

第八章　回到地球

"同时命令离银河系最近的第 13 小队去探查 No.9 的家乡——银河系地球。"黑色制服光头三眼男吩咐道。

"是！"银色制服属下恭敬应道。

幽静的地下基地内再度恢复了平静，这神秘组织的成员们平时都很沉默，也很少会说话。

……

当罗峰带着护卫军乘坐陨墨星号在暗宇宙中以 50 倍光速前进时，有一艘看似普通的 C 级黑色飞碟状宇宙飞船已经抵达银河系所对应的暗宇宙内的一片区域内，在慢速飞行着。

"队长，这一片空间已经被强大的不朽神灵施展空间秘法，遮掩了坐标。我们无法前往银河系地球。"绿色制服魁梧猿人恭敬道。

尖细声音忽然响起——

"情况和搜集的资料一样，我们的确没有办法直接前往地球。除非透过虫洞，再耗费近三年时间才能飞到地球。或者申请组织派出强大的不朽神灵出面，直接破开这空间秘法。"另外一名绿色制服高瘦女子恭敬道。

一排共有八名绿色制服男女，站在他们前面的是一名银色制服老者。

"嗯。"

银色制服老者点头，"第一种情况透过虫洞，在原宇宙中飞行三年，这是组织无法忍受的。而要破开空间秘法，必须得让强大的不朽神灵来。潜伏在人类 1008 宇宙国疆域内的任何一个不朽神灵都是组织无比宝贵的资源。这事我会提交给组长。"

暗宇宙内。

血色三角外形的宇宙飞船正在以惊人速度前进，由于穹玉星距离银河系地球的距离足有近亿光年，所以就算是在暗宇宙中以50倍光速前进，也需要大约两个月左右才能抵达。所有护卫军都在休息舱内默默地休息。

主休息舱的金属墙壁上爬满了藤蔓，密密麻麻的藤蔓遍布，绿油油的蔓叶摇曳着，将这宽敞的休息舱都变成了小森林。

那台营养舱舱门忽然自动开启。

哗哗——

赤裸的身体从营养液中起身。

"哈哈，一个多月时间，总算是达到域主九阶巅峰极限了。"罗峰微笑后一脚迈出营养舱，赤裸地站在休息舱内，看着周围遍布整个舱室的藤蔓，忽然眼睛一亮，一眼就数清楚这密密麻麻的藤蔓中的主藤蔓共有216条。

"成功了？摩云藤已经进化完毕？"罗峰惊喜地看着摩云藤。

哗！

周围无数的蔓叶飞扑而来，仿佛一个无比喜悦的孩子抱着父母似的，完全包裹住罗峰，随即迅速缩小融合，很快，原本将数十米直径超大休息舱完全遮掩的摩云藤变成了贴身的碧绿色战衣。

"嗯？"罗峰眼睛一亮。

摩云战衣的颜色也不断变幻，时而银白色，时而碧绿色，时而火红色，时而纯黑色……同时它的意识也传来一阵阵喜悦、开心，摩云战衣上也冒出一片片蔓叶，欢快地晃动着。

"摩云过去虽然也能变幻颜色，却没有这么的自然，界主级，不愧是人类身体进化的巅峰极限。"罗峰暗赞。

从行星级到界主，人类都是身体基因进化的跃迁，界主到不朽，主要是灵魂进化，所以界主时期已经算是人类身体进化的一个巅峰极限。当然其他种类生命与人类相比还是有区别的。

"进化出216根主藤的界主级摩云藤，比普通摩云藤强大得多。"罗峰暗喜。

越是到后期，即使同级同阶，普通者和优秀者的差距也会越来越大！

在恒星级时，宇宙中的天才们也没多少人能感悟法则，就算强也不会强太多。这时候，天才和普通人实力差距并不大。可等到宇宙级时，同样是宇宙级九阶，能称得上天才的宇宙级九阶，大多能感悟部分宇宙法则了。

这时候实力差距开始拉大！

到了界主九阶，法则感悟、体内世界、自创秘法、特殊际遇等等，使得一个普通界主和天才界主实力会相差很大很大。甚至历史上一些超级界主能够击杀封侯级不朽神灵……

由此可见，界主九阶中的优秀者和普通者差距有多大。

越到后期，两极分化就越严重！一个道理，金角巨兽和摩云藤也是一样。

刚开始在恒星级的金角巨兽、摩云藤，在各自族群中实力差距并不明显，随着实力提升，优秀者越来越惊人。在界主级时，最完美的摩云藤能进化出360根主藤蔓，最低的却只有36根主藤蔓，实力相差超过了十倍。

"摩云，进化得越完美越优秀，突破成为不朽神灵也就越难。"罗峰抚摸着肩膀上冒出的一片蔓叶，轻声说道，"老师当年培育的摩云藤界主时仅仅才108根主藤蔓，你却是216根主藤蔓。不过，我一定会让你进化成不朽神灵的。"

肩膀上的蔓叶立即开始舞动着。

"你已经达到界主级，现在要做的是尽早达到界主九阶巅峰。"罗峰放开那蔓叶，蔓叶微微上下摆动，随即嗖的直接缩进摩云战衣内消失不见。

"摩云藤突破不朽神灵很难，可是……金角巨兽突破不朽神灵更加困难。"罗峰盘膝坐在休息舱内，思索着。

血脉传承记忆非常庞大繁杂，记忆中就有突破成为不朽神灵的一些警告、例子。历代金角巨兽被困在界主巅峰的例子数不胜数，99%的金角巨兽都是无法突破的，很多金角巨兽甚至在界主巅峰时，实力已经强大到能和不朽神灵媲美，可是依旧困在界主九阶，直至死去。

这就是宇宙所谓的公平规则。越是强横种族生命，想要成为不朽神灵，难度也会成几何倍数的飙升！

相对金角巨兽而言，人类要成为不朽神灵要容易成千上万倍了，当然人类成长时拥有的资源是没法和金角巨兽比的。

……

"自从离开原始秘境，就一直没有尝试融合血洛晶了，试试看。"盘膝坐着的罗峰眼睛一亮。

体内世界中。

犹如黑色山脉连绵起伏的金角巨兽，轰隆隆的起身。自从魔音神将传承结束到现在，已经十余年，本来罗峰以为按照规律，几年时间就足以自己融合第100颗血洛晶，可是事实却出乎罗峰意料。

融合第 100 颗血洛晶，无比艰难！

特别是那煞气，100 颗血洛晶叠加形成的煞气似乎因为量变而引起质变，每一次罗峰都是以失败收场。

"嗤！"

金角巨兽那宛如两个大湖泊的巨大眼睛盯着右蹄爪，右蹄爪已经被划出一道伤口，鲜血仿佛泉涌般不断冒出，血洛晶直接浮在这鲜血上。

"轰！"前后融合的 100 颗血洛晶无尽煞气叠加融合，形成无比可怕的意志冲击，就仿佛汹涌浪涛，一重比一重更强更高，不断地叠加冲击，前一重冲击都成了后一重冲击的踏板，不断累积——

罗峰意志凝练圆润如一。

"这次比上次好很多。"

"感觉应该能撑住。"

"撑住！"

"必须撑住！"片刻后罗峰就陷入一种浑浑噩噩，甚至要马上昏迷崩溃的状态，可是那信念却一直硬撑着。

只有那煞气冲击超过一定界限，才能彻底让罗峰崩溃。

不知道过了多久……

无尽的煞气冲击仿佛退潮般迅速退去，留下的是一片宁静，罗峰那陷入近乎昏迷状态的意志几乎瞬间就清醒了。

"我成功撑住煞气冲击了。"罗峰心中狂喜。

随即一阵无比可怕的剧痛瞬间透过金角巨兽身体，传递到罗峰的三个身体意识上。

"呀！"舱内，地球人本尊直接猛地跪在金属地板上，手指死死地扣着金属，只留下一些白痕，死死咬着的牙齿都流出血了。

体内世界。

魔杀族分身和金角巨兽都开始疼得发疯，特别是融合血洛晶的主体金角巨兽，时而撞击体内世界的那些金属山脉，时而用利爪撕裂大地，时而仰头咆哮，一会儿一飞冲天嚎叫，一会儿俯冲而下撞击大地。

疼痛感已经辐射到令意识都快崩溃的疼痛。

"快点过去。"

"给我过去啊！"罗峰、魔杀族分身在嚎叫。

"嗷唔——"

"呜！"金角巨兽也发出一声声痛苦吼叫。

忽然，金角巨兽庞大的身体仿佛一座大山轰隆隆地跌落在大地上，它仿佛无比疲累地趴在大地上。这是融合血洛晶以来最最痛苦的一次，而且比融合第99颗血洛晶要痛苦得太多，疼到令罗峰差点崩溃。

"总算成功了。"

金角巨兽轰隆隆起身，驱动右蹄爪中潜伏着的庞大血洛之力，顿时右蹄爪迅速发生异变，骨骼、肌肉、鳞甲等细胞物质的基本构成也迅速发生变化，这种变化导致金角巨兽的右蹄爪表面的鳞甲变得无比紧密，略显粗壮一些，变成了耀眼的金色！整个右蹄爪变成纯粹的金色！

同时蹄爪上也遍布密密麻麻的血色秘纹，秘纹的血色和鳞甲的金色完全混合在一起，形成很突兀的血色、金色混合的效果。而且如果将右蹄爪的利爪、包裹的鳞甲秘纹完全组合起来，正是一头咆哮的兽神雕像头颅。完整的兽神头颅咆哮图！

"呜……"金角巨兽轻轻一踏那血金色的右蹄爪，轰隆隆，整个大地都震动得龟裂开来。

"好……好……好可怕！"

旁边的魔杀族分身、金角巨兽本身，都盯着这异变后的血金色右蹄爪。

这时候罗峰才真正明白在血洛大陆上得到那么多血洛晶，自己是真的赚大了！比得到部分魔音神将传承的益处要大得多，当然主要是因为金角巨兽的基因比人类要更加适合融合血洛晶。

融合100颗血洛晶的结果，令罗峰惊喜无比。

在融合99颗血洛晶的时候，金角巨兽的右蹄爪对宇宙本源法则契合有九倍多，同时右蹄爪本身就相当于整个金角巨兽原本身体力量的总和！相当于在身体力量上提高了整整一倍！

而此刻宇宙法则契合大约是10倍！提高得很少。

可是这右蹄爪，这仅仅一个蹄爪，却相当于未蜕变前整个金角巨兽身体力量的整整10倍！

是的，从1倍跃升到10倍！单单右蹄爪就相当于10倍蜕变前身体整体力量，力量完全凝成一股就是11倍！

金角巨兽单纯身体力量为 1 个单位，施展《本尊天地》，现在《本尊天地》第二层已经小成，达到约 5 倍，身体力量大概 5 个单位。然后再驱动血洛之力，在此基础上来个 11 倍，就已经近 55 倍。

再施展天赋秘法"强化"，右蹄爪狂猛一击，就达到基本身体力量的近 110 倍！

110 倍！

什么概念？

即使金角巨兽不动用念力、原力，单单身体力量爆发就是原先的 110 倍，而且它本身基础就很彪悍，再配合那感悟兽神雕像，悟出的超级绝招"撕天一爪"，那威力想想就觉得实在太可怕。

如果仅仅融合 99 颗血洛晶，实力相差太大了。因为肉体力量这种增幅，是可以经过《本尊天地》天赋强化，进行连续叠加的。所以才造成这般可怕！

"正常的金角巨兽，修炼《本尊天地》条件恐怕没我这么好。"罗峰暗道，"而且正常情况下，根本没机会得到'兽神雕像'这般逆天宝物，更别说融合那么多血洛晶了……我的意志比很多不朽神灵都强，那些金角巨兽即使得到血洛晶，恐怕也融合不了。"

诸多际遇结合，罗峰的意志为主要动力、金角巨兽是身体条件、虚拟宇宙公司提供的资源，再加上一点点运气，最终才造就出这么可怕的金角巨兽！

和金角巨兽一比，魔杀族分身正面战斗力就差多了！

"金角巨兽，现在还不够强！"

"首先是法则感悟远远不够，撕天一爪，根本没有那兽神施展撕天一爪意境的百分之一。"

"其次，《本尊天地》我现在第二层，都只是修炼了部分而已。这第二层大成，身体力量达到了之前整整 9 倍。如果《本尊天地》第三层也完全练成，那就真正逆天了。"罗峰心中思索着。

在心底，罗峰自从听老师提过那位绝世天才科谛能在界主巅峰期就能击杀封侯级不朽神灵。也开始有了野心——我，罗峰，在界主巅峰期也要能够击杀封侯级不朽神灵。

"他能做到，而我拥有金角巨兽分身，为什么就做不到？"罗峰就是这么想的。

那科谛的际遇肯定很多，也有很多秘密，否则单单凭借感悟法则不可能这么逆天。所以罗峰自己有了这些际遇,丝毫没有得意。

"宇宙广阔无边,际遇特殊的、有奇遇的,肯定有很多。真正将一切都结合好、利用好的,才能成为绝世强者。"罗峰暗道,"只要在地球潜修数十年,我才能正式踏入界主期,到时候我的法则感悟就能进入一个飞速提升期。"

界主,才是真正的爆发期。

罗峰现在做的,就是把自己的基础打得越来越牢,这样,达到界主巅峰时就能爆发出让人侧目的可怕实力!

……

转眼半月即过。

陨墨星号的控制室内,罗峰和迪伦都站在控制室内。

"马上开始宇宙穿梭,进入太阳系。"

"倒计时,10……9……8……7……6……5……4……3……2……1!"

飞船微微一震。

很快,透过外景虚拟罗峰他们看到了一片熟悉的星空,一颗炽热的恒星,在它周围绕着一颗颗行星,不断绕着它旋转着。

这片星空,就是太阳系。

"回来了!"

罗峰长长松了一口气,眼眸中有着一丝复杂神色。

嗖!

陨墨星号迅速朝地球靠拢,作为一艘F级宇宙飞船,且经过人类族群科技最强大的虚拟宇宙公司改造过,这艘陨墨星号的科技含量实在是很高……至少,地球的警戒系统是根本无法探测到一艘F级宇宙飞船的。

飞行了片刻……

"嗯?"罗峰遥遥看着那颗离地球很近的原本是红色的星球——火星。

"竟然……啧啧,竟然大变样了。"罗峰笑起来。

"殿下,你笑什么?"迪伦疑惑问道。

"看,那颗星球。"罗峰指着火星。

"绿色星球?"迪伦疑惑。

"不,在两百年前,它还是一颗红色星球。"罗峰笑道,"不过因为这是整个恒星系中最容易被改造成适合人类居住的星球,加上它的面积又不算太大,至少远不如地球面积大。以地球现在实力,都已经将整个火星改造成一颗生命星球了。"

"改造？"迪伦疑惑道，"改造出一颗生命星球的代价，可比购买一颗生命星球大多了。"

罗峰一笑。

对，是大多了。

现在罗家是银河领主，地球的地位极高也极为富有，可是，一旦宇宙穿梭离开，想要回来则必须通过虫洞乘坐飞船近三年。三年旅途时间对地球人而言实在太漫长，所以很多人宁可去改造火星，将火星整个改造成一个生命星球！

太阳系内，人类现在居住的，一是地球，二就是火星。当然……还有月球等一些卫星改造，不过卫星改造就容易多了。

……

很快，陨墨星号就靠近了地球大气层。

"哇，这么多飞船往来？"迪伦忍不住惊呼，"我去过很多生命星球，很少有这么多飞船往来的。"

罗峰看着远处一艘艘宇宙飞船飞出地球，有的是飞向月球，有的是飞向火星，也不由得笑了。

"这些飞船几乎都不是进行宇宙穿梭。"罗峰笑着解释，"地球和火星以及一些卫星，每天都有大量的宇宙飞船往来，交通也非常方便。"

就仿佛长途客车、公交汽车似的，大量宇宙飞船往来地球、火星、诸多卫星，地球上的人类可以在一天内，在火星、地球往来。完全可以早上在地球吃早饭，中午去火星吃午饭，晚上再回地球睡觉。

而且，对于银河领主罗家而言，大批量购置一些 A 级、B 级宇宙飞船，简直是九牛一毛。地球上的人类只需要花费很少的票价就能乘坐飞船往来地球、火星。罗家运营的这些宇宙飞船，仅仅是收的员工工资罢了。

"所有人，离开飞船。"罗峰忽然下令。

轰隆隆——

陨墨星号上的护卫军成员们一个个迅速离开了休息舱。

"迪伦，你负责隐藏好大家踪迹，我不想被地球那边发现，突然有一千多号人在地球大气层外。"罗峰笑道。

"这点容易。"迪伦点头笑道。

堂堂不朽神灵,如果都躲避不开地球探测,那也未免太可笑了。

片刻后,罗峰以及护卫军便站在外太空中,至于陨墨星号则被巴巴塔收入它的储物空间中。

"迪伦,你将护卫军都收入你随身携带的世界内。"罗峰笑道,"我回家乡,还是不要大张旗鼓的好。"

"是。"迪伦点头。

迪伦看了眼周围悬空站立的一千多名护卫,一挥手,便全部收入他携带的世界内。界主制造的"世界",非常方便,而且这种世界也能让一些生命居住!不过,世界上也仅仅只有界主能够制造,一旦成为不朽神灵,反而不能制造世界了。所以,在界主时,一般都会制造好些个世界备用。

因为代价较大,所以制造出的世界数量还是很少的。

"嗯,我们走!"罗峰直接迅速地冲向大气层,迪伦跟在身后。

……

穿过大气层,很快,罗峰就看到了地球上的大地。

"那是……太平洋。"罗峰辨别着下方的地理板块,"这边!"

嗖!嗖!

罗峰、迪伦的飞行速度简直快到可怕,几乎一秒钟就从太平洋临近北美区域,直接飞到亚洲大陆上空。

"好美丽的星球。"迪伦看着下面星球感慨,"你家乡真不错。"

"你没有两百年前来。"罗峰笑看着下方。

是啊!地球大变样了。

在大涅槃时期前,地球很热闹,可是那时候污染很严重,天都是灰蒙蒙的。

大涅槃时期过后,整个地球进入了末世,很多城池变成了怪兽的乐园,成为一片废墟,而地球上最为广袤的海域更完全是怪兽的天下。人类只能居住在基地市中,而且小心翼翼!

随着罗峰、洪、雷神离开地球闯荡宇宙后,地球终于开始大变样了。

有了大量科技、资源,甚至于都能做到将一颗普通星球改造成生命星球,那么,改造地球自然就容易得多了。

"真美啊。"罗峰看着下面,也不由感叹一声。

整个地球,成为绿色海洋,各种植物花草遍布整个地球,还有一些小动物生活在一些森林中,这些动物只是普通动物,并非当年的那些怪兽。

废墟城市完全消失不见了，哦……不！

还是存在少量废墟城市的，犹如博物馆一般，让现在地球新生人类参观。

"变了。人口密度小多了。"罗峰飞行在高空，俯瞰下方城市。

地球上几乎没有粮食种植区域，陆地上大多是人类居住区，郊区、城市建设都非常漂亮，天空蔚蓝如洗，地面上绿树成荫，就算是在最繁华的城市也很少看到摩天大楼，只剩下一些具有纪念价值的摩天大楼而已。

"殿下，你当年是生活在哪？"迪伦笑着问道。

"那！"罗峰遥指远处一座繁华大城市，"江南基地市八大卫城之一的扬州城，这城市名字依旧保持，不过整个扬州城变化太大了。"

扬州城，现在是地球上名气极大的一座城。

单单常住人口就达到了两千万，加上往来的大量旅游人口，追寻罗峰足迹的地球上无数崇拜者，令扬州城变得非常繁华。在整个地球大改造中，扬州城的地位已经到了能和江南基地市并肩的地步。

扬州城，罗家老宅所在的城市。

"迪伦，等会儿你模样稍微变幻下。"罗峰笑着看着身侧的黑袍光头男，"你这样子明显不是地球人，会引起围观的。"

"明白。"迪伦点头，同时用不朽之力涌动，身体面部宛如流水浮动，很快就变成了一个看似普通的光头黄皮肤男子，和正常地球人没区别，连身上衣服都变成了一套很常见的休闲服。

嗖！嗖！

罗峰、迪伦迅速俯冲而下，二人根本没有引起丝毫城市警戒，就悄无声息来到扬州城的一条街道上。

"这是我当年上学的高中。"

"这是我经常路过的街道，依旧保持原样。"

"那，是我曾经居住很久的廉租房。"

罗峰、迪伦一边走，一边看着两百多年前的一些记忆，作为一个宇宙强者，罗峰的记忆力非常强，甚至连婴儿时期的一些记忆都能翻出来。

"这里真热闹。"迪伦指着远处一座广阔的极限武馆。

"那就是我练武的地方。"罗峰笑道，"当年我就是其中的学员。"

"殿下当年在这修炼，现在又是银河领主，难怪这座武馆会这么热闹。"迪伦也笑着点头,罗峰转头指着不远处的一座餐厅:"走,去那家餐厅吃饭,没想到过了两百年,这家餐厅还在。"

罗峰戴着一副墨镜,和迪伦直接进入这家餐厅。

进入餐厅后。

罗峰、迪伦就发现有不少人聚集在餐厅内,都在围观什么似的,显得很是热闹。

"家乡人喜欢围观看热闹的习性,一直没变啊。"罗峰反而露出笑容,也走到餐厅角落,看着里面发生什么。

餐厅内,一片狼藉。

桌子椅子碗筷碎裂打翻在地,一名微胖的黄发青年身后跟着四名穿着黑衣的保镖,另外一名穿着练功服的青年则是挡在一名女孩面前。

"严胖子,你别拿着鸡毛当令箭。"练功服少年擦拭下嘴角血迹,怒指那微胖青年,"你不就是要清场吗,你清场归清场,专门找我杨志麻烦干什么,怎么想要靠你老大的保镖,趁机废了我?"

"我可没针对你,谁让你小子敢不给我老大面子。"黄发胖子冷笑一声,"现在赶紧滚!"

心底却暗道,这个杨志进步真快,竟然能扛过老大保镖的攻击而没被废掉。

"噗。"练功服青年气血上涌,一口血忍不住又喷出。

"阿志,阿志。"少女扶着练功服青年,"没事吧,你没事吧?"

"放心,我没事。"练功服青年低哼一声,看了眼黄发胖子,"如果不是刚刚突破,恐怕刚才就真的被废掉了。哼哼,不过现在已经到了楼下,大庭广众,这又是扬州城,这个严胖子也就一个跑腿的,没那个胆子乱来。"

黄发胖子冷喝道:"老板,老板,我说过清场,怎么还不让这小子滚蛋。"

餐厅老板一名消瘦青年赔笑走出。

"严欢!"在练功服青年身后的女孩愤怒指着黄发胖子,"我哥马上就过来,你别太嚣张!"

"都让开!"一群警察化作一道道残影,迅速将人群隔开,数十名警察迅速占据了餐厅重要位置。

站在角落的罗峰一看,不由咧嘴一笑。

警察?现在地球上的警察,看样子个个至少都有战将级水准了。也对……

毕竟现在地球上最弱的人都是战士级。

"谁在闹事？"这群警察为首的魁梧壮汉扫视在场一眼。

"哥！"那女孩仿佛看到救星，喊道。

"小妹。"壮汉看着妹妹没什么伤，略微松一口气，可看到女孩身侧的练功服青年脸色苍白、衣服上都有血迹，顿时面色一变，"杨志老弟，怎么回事？"

"哥，是这严胖子带着人给他老大来清场，我们当然不会招惹他老大，所以准备走人。可是那严胖子纯粹是和阿志过不去，竟然故意找茬，还让其中一个保镖出手……幸亏阿志硬是冲到一楼，这大庭广众、外面人流极多，他们才没敢乱来。如果是在楼上，恐怕，恐怕……"少女双目含泪说道。

壮汉转头盯着那黄发胖子。

黄发胖子却面带笑意，身后四个黑衣保镖也微笑地看着壮汉。

"王队长。"黄发胖子微笑。

"严欢，做事留点分寸，这是扬州城！闹大了，谁也保不住你。"壮汉低喝道。

黄发胖子微笑道："对，这是扬州城，罗家的扬州城！别说扬州城，就是整个银河系都是罗家的……在这地方，惹了罗家，谁也保不住你们。"

那一群警察都沉默不语。

警察队长壮汉更是盯着那黄发胖子，而后低喝一声："小妹，我们走。"说着去扶那位练功服青年。

"哼！"黄发胖子微笑看着这一幕。

餐厅角落。

"似乎和殿下你家有关。"迪伦笑看罗峰。

罗峰也笑了："似乎是这样。"

忽然外面一阵喧哗，原本堵在外面的大量围观的人都迅速躲开，只听到压抑的声音："是罗家的那个天才的飞船。"只见餐厅外一艘直径约为三十米的深蓝色飞船缓缓下降，在下降过程中一道道黑色制服保镖迅速跳落下，迅速在餐厅周围保护起来。

"老大来了。"餐厅内黄发胖子面色一变，双手如同幻影，迅速地将大量破碎的桌椅碗筷捡起。

"快点处理垃圾啊。"黄发胖子朝周围低喝一声。

顿时——

他身后的四名黑衣保镖以及那群服务生都迅速地收拾垃圾，短短十余秒，整个餐厅一楼内变得空荡荡。同时铺上崭新地毯，而这时候，外面的飞船舱门口，一名卷发的微胖少年走出舱门落地，身后还跟着一名魔鬼身材的紫衫女孩。

罗彦长朝四周看了眼，在诸多护卫外围有不少人正在激动地观看。

"那是罗家的天才罗彦长少爷。"

"是罗彦长少爷啊。"

"你看，他的眉毛跟罗峰领主很像呢。"

"嗯嗯。"

"我来扬州城旅游，这是第一次看到罗家的人呢。"

周围的人们完全轰动了。

罗彦长对此却很平静，罗家作为银河领主家族……而且由于罗峰关系，就算是黑龙山帝国的那些皇室们也热情无比丝毫不敢得罪。而周围的其他一些宇宙初等文明国度，更是都哄着大爷似地巴结罗家。

虽然没有建国称皇族，可是在地球人眼中，银河领主罗家等于是皇族。

作为一个自罗峰以来仅仅传承两百年多年的家族，和那些传承至少百万年的一些国度的皇室相比，罗家的成员数量要少得多，单单算罗家的男性，也不过才数百人而已。所以能亲眼看到罗家的成员那实在太难得了。

"娜娜，我们进去。"罗彦长笑着和女孩说道。

"我早就想来呢，听说这家餐厅在大涅槃时期就存在了。"那妖娆少女兴奋地说道。

罗彦长微笑点头，二人并肩入内。

餐厅内，那群警察因为没来得及走，所以还在餐厅内。

"罗少爷。"警察们恭敬行礼，包括那位警察队长也是，他们行礼都是发自内心的，罗家虽然权势滔天，可是在地球上几乎没什么丑闻，最多一些鸡毛蒜皮小事……毕竟，罗家的那位传奇人物——家主罗峰对家族要求是很严格的。

"嗯。"罗彦长微笑点点头。

随即目光一扫餐厅内，不由眉头微皱，因为他发现这餐厅内隐隐还有些许打斗留下的痕迹。

"老大。"那黄发胖子连忙跑过来。

"哼。"罗彦长眼中一丝怒气，那黄发胖子连忙挤出笑容陪笑。

严欢是他罗彦长的同班同学，加上严欢和他一样都比较胖，而且会哄人，所以罗彦长也就交了这个朋友……

罗彦长看到旁边身上还有血迹的练功服青年，微笑道："杨志，没事吧。"

"没事，罗少爷。"练功服青年说道。

"嗯。"罗彦长点点头。

"都出去吧。"罗彦长吩咐道。

顿时那群警察，那练功服青年、女孩，以及一些没来得及走的客人们个个连忙走开，罗彦长吩咐他们，他们觉得是很正常的一件事。不谈其他，单单罗彦长本身实力就已经是行星级！

餐厅内。

"上次我是吩咐你教训他，可也得分场合。"罗彦长冷视一眼黄发胖子，传音道，"做事别丢我的脸，明白吗？"

"是，老大。"黄发胖子道。

罗彦长身体一颤，面色一变，忽然转头看向餐厅角落，眼眸中露出一丝惊骇之色……因为他刚刚明明让其他人都出去，而且他感觉其他人的确都出去了。那二人站在餐厅角落，他堂堂行星级高手却硬是没有丝毫警觉，仿佛那是空气似的。

"这小家伙感觉挺狠的，表面一套，暗里一套，啧啧，在宇宙中闯，这性格至少能活得够长。不过和你性格不太像，是你罗家的不？"迪伦问道。

"对，的确是我罗家的，他叫罗彦长，是我八世孙。"罗峰正跟迪伦说着。

注意到罗彦长看过来，罗峰这才拿下墨镜，同时面部肌肉稍微变动，看着罗彦长。

"啊！"罗彦长脸色顿时煞白，额头渗透出颗颗冷汗。

第九章　罗家团聚

他完全被吓呆了。

他，罗彦长，罗峰的八世孙。

作为罗家人，就算在银河系乃至在黑龙山星域，都是非常有身份有地位的。可是就算他地位再高，在罗家的家主，令整个地球都因此地位得到飙升的传奇存在罗峰面前，只是一个小家伙而已。

而且！罗家的家规很严！

"一定看到了，家主他一定看到了，一定看到了。"罗彦长额头的汗珠滚滚而落，看着眼前比他略高些、看似普通、可是那眼神却锋利到让他心颤的男子。

眼前人……便是他最崇拜的罗家的家主，也是地球上最具有传奇色彩的人物——罗峰！

"老大？"黄毛胖子疑惑低声喊道。

"彦长。"那妖娆少女也低声喊道。

罗彦长却站在罗峰面前，无比忐忑惊恐，一时间不知道说什么好。

他，仅仅只是八世孙。

罗家子弟众多，加上罗峰经常一沉浸修炼就很多年，偶尔才回虚拟宇宙黑龙山岛屿九星湾一次，导致这些刚刚出生十余年的小辈们最多只见过罗峰两三次。比如罗彦长，从出生到现在仅仅见了罗峰三次！

罗峰跟他说话，更仅仅只有一次！

在罗彦长心底，家主罗峰，是高高在上的超然存在。

……

餐厅内一片寂静，所有人都觉得气氛不对，特别是部分黑衣护卫们都疑惑地看着站在餐厅角落的那黑发男子。

怎么那么像罗峰？

"马上回家里，不用跟其他人提起我，马上他们会忘记看到我。"黑色短发男子看了眼罗彦长。

"是。"罗彦长屏息恭敬道。

周围其他人见到罗家的那位天才少爷竟然这么恭恭敬敬，且听到那酷似罗峰的男子说"马上他们会忘记看到我"，更令他们忍不住有一丝惊骇之色。

"我们走。"

"是，殿下。"

黑色短发男子和另外一名光头高瘦男子一闪便消失不见。

餐厅内只剩下罗彦长等一群人以及餐厅的服务生、老板，而原先还震惊不已的护卫、服务生们都已恢复正常表情，似乎刚才那二人从未出现过似的。

"家主的确拥有不可思议的实力。"罗彦长看着周围手下人的模样，不由屏息道，"刚才我和严欢的传音交谈肯定是被家主发现了，这下怎么办？怎么办？虽然早知道这一两年家主会回来，可谁想到家主不是直接回家，反而出现在这小餐厅！"

罗彦长心中发苦。

"老大，上去吃饭吧。"黄发胖子说道。

"彦长。"妖娆少女也喊道。

"闭嘴！"罗彦长恼怒喝道，吓了黄发胖子、妖娆少女一跳。

"成事不足、败事有余！"罗彦长冷冷地看了眼黄发胖子，同时对周围喝道，"走，回去。娜娜，你自己回去吧，我有重要事情。"

"是。"一群黑衣人虽然疑惑自家少爷为什么明明来吃饭，却又突然要回去，个个还是恭敬应命，簇拥着罗彦长乘坐那艘私人飞船迅速升空离开。

地球，罗家。

罗家是具有无比超然地位的家族，虽然，现在的地球依旧是被"地球联邦"管理，可由于整个银河系都是罗家的，自然而然罗家地位变得有些特殊。而地球联邦，前身主要是五大强国高层。

扬州城，罗家老宅。

老宅最外围每天都有大批穿着制服的护卫们巡逻，这些护卫们个个都很骄傲自豪，因为想要成为罗家护卫实在太难了，首先罗家很多护卫都是直接购买的宇宙奴隶，有不少恒星级奴隶、宇宙级奴隶。

所以，在地球上吸纳护卫的标准自然比较高，即使念在同胞的身份，最低等的门槛都是战神级武者!

不过只要加入罗家,就算原先只是战神级也能很快达到行星级!行星级,在罗家是非常普通的存在。

"最近很多大人都回来了。"

"对啊,连普扬大人都从距离黑龙山星域非常远的沉景星域赶回来了,据说乘坐飞船在暗宇宙中就赶路了足足半年。"

"听说海少爷也放弃宇宙冒险赶回来了。"

老宅内那些仆人们低声议论着,罗家作为一个强大的家族,平常家族内很多子弟都是在其他星球的,只有极少数留在地球。可是最近一段时间,一个个子弟都迅速从宇宙各地赶回来,这些仆人们也察觉到不同寻常。

……

罗家老宅核心,一幽静的庭院内,这座庭院在罗家具有很特殊的地位,因为这是罗峰的弟弟罗华居住的地方。

庭院中。

"哥!"

"阿华!"

罗华推门而出,看着站在庭院中的罗峰和迪伦,忍不住惊喜地喊道。

两兄弟当即便熊抱了下。

"有两百多年了吧,没在现实中见面了。"罗华笑道。

"嗯,很久没回来了,地球的变化很大。"罗峰点头看着自己弟弟,两百多年,弟弟不见丝毫衰老,只是有着学者气质。

"爸妈呢?"罗峰问道。

"还用问,当然是在虚拟游戏中征战。"罗华笑道,"不知道爸妈怎么回事,竟然那么痴迷于虚拟游戏,幸好他们强化成了宇宙级实力,意识思考能力等极强,这才不会将虚拟和现实混淆。"

罗峰摇头一笑,整个罗家最痴迷于虚拟游戏的,就是老爸和老妈了。

听老爸说过,当年大涅槃时期他们逃亡的时候,就曾经看过一些纸质网络小说打发时间,其中就有一些网游小说,所以老爸和老妈对于那些虚拟游戏格外痴迷。而那虚拟游戏是100%模拟,这就导致游戏时间过长的话,容易让人类分不清现实和虚幻,这是一种宇宙中一些富家子弟经常有的心理疾病。

不过,罗峰纯粹用各种资源去堆,硬是让父母、弟弟都弄到宇宙级!这种硬是制造出一个宇宙级的资源，足以购买一个小型的宇宙级奴隶军团了。当然，制造出几个宇宙级对罗家而言算是九牛一毛。

"哥，你不知道，爸妈每次见我，都和我激动地谈论游戏的事，说他们在游戏中大杀四方，成为一方大佬什么的。"罗华摇头笑道，"还说这辈子过得值了，每玩一个游戏就好像经历一辈子似的。100%模拟，真的很爽。"

罗峰笑了："爸妈开心就好。"

"每一个虚拟游戏，玩几十年，就跟过了一辈子似的。"罗华笑道，"稍微花点钱就能让爸妈拥有1000纪元寿命，的确能玩很多虚拟游戏，也经历很多故事。"

罗峰点点头。人生是不一样的。

父母幼年时地球灾难爆发，四处逃亡，偶尔能弄点纸质小说看看。逃亡多年，最终在基地市落根。可还是住在廉租房，一直辛辛苦苦地工作照顾他们兄弟俩。一直等到四十多岁快五十岁，儿子罗峰才崛起！父母终于能享福了！完成儿时的梦想，在一个个虚拟游戏中闯荡，无比痛快淋漓。

当然，想那么尽兴玩游戏，一是得有钱，二是有时间。

"宇宙人族的稳定，普通人的享受，是靠无数强者去维护的。"站在罗峰身后的迪伦低沉道，"宇宙中无数族群，一些巅峰族群彼此战斗，弱小的族群或是成为附庸，或是彼此形成联盟，依旧为各自生存而战斗！每时每刻，人类都有人因此死去……若是有一天，那些伟大强者们一一陨落，人类衰败，普通人们也无法这么继续享受下去了。"

罗峰、罗华一怔，随即都点头。

"殿下，你有成为超级存在的资质。"迪伦看着罗峰，"连我老师都夸赞你、看好你，你会成为支撑我们人族的其中一个支柱"

"罗峰！"

"罗峰！"

一道人影冲进庭院。

罗峰转头一看，正是披散着长发的徐欣。

"老婆。"罗峰嘿嘿一笑。

"一回来，就来找你弟弟。"徐欣哼道。

"不是，刚才我念力一扫，没发现你在家里嘛。"罗峰笑着走过去，转移话题，"对了，我回来的时候，看到那个叫罗彦长的小家伙，似乎做事有点……"

"你说彦长?"

徐欣眉宇间也有了一丝怒意,"嗯,他做事的确有点问题,族内关于他正暗中搜集证据。不过还好,这小家伙至少没有做过罪大恶极的事。既然你提了,就尽早让他上族内法庭,进行审判惩罚吧。"

管理一个家族,特别是一个即将传承万年、百万年乃至亿万年的家族,是绝对不能靠个人的判断去随意决定的,而且罗峰也没那精力去管理整个家族奖惩,所以必须有家法族规,也就有了"族内法庭"。

"这些年你什么事都不管。"徐欣盯着罗峰,"说到族内法庭,我也给你汇报下,这么多年,家族内子弟有三人被执行死刑,37人被惩罚,或轻或重。彦长那小子天赋很好,进步也很快,做的事也不算大罪,加上年纪小,估计审判结果也只是惩罚他去矿物星球3—10年。"

罗峰点点头。

罗家的家法族规,和宇宙中一些大家族比起来算是比较严格的。

和妻子聊了许久,也分别见了两个儿子,当天晚上罗家老宅内就举行一场宴会。

罗家子弟们从宇宙各地全部赶回。傍晚,家族聚会开始,熙熙攘攘的家族子弟们同聚一堂。

"拜见家主!"整个大厅内两千多号人全部恭敬跪伏下行礼。

"哈哈……"罗峰坐在主位,面带微笑地看着下面这两千多号人,这两千多人有男有女,两百多年下来,已经传了很多代了,辈分最低的一个算是十一世孙!下面跪伏着的两千多人中单单家族男性一共有500多人。

其他就是族内生的一些女孩。当然更多的是一个个儿媳、孙媳、重孙媳、曾孙媳、玄孙媳等等。

家族男子们虽然一夫一妻的有不少,可是越是后代,因为在宇宙中闯荡,见过世面,受宇宙中一些家族影响,很多都娶了几个妻子,甚至多的有数十个妻子。因为在宇宙中,地位高者、实力强者拥有很多妻子是很正常的。

当然,今天参加这场家族宴会的,家族男子们最多只是带三个妻子参加,不敢带太多。

"都起来吧。"罗峰吩咐道。

"是,家主。"两千多人全部起来。

罗峰看着下面一些被父母抱着的婴儿，很多婴儿正眨巴着眼睛看自己，有些婴儿眼睛呈淡蓝色，显然有些是混血。

"徐欣。"罗峰和旁边的妻子低声道，"现在族内后代越往后似乎娶的妻子就越多，孩子也越多。"

"嗯。"徐欣点头，"像你的九世孙罗克敌，有妻子51位，地球血统的有三分之一，其他的都是宇宙中其他种族的，当然都是很近似地球人的一些种族女子。这是我们族规！他儿子21个，女儿28个。"

罗峰无语。

罗克敌？真够猛的！

"现在族内风气就这样，罗家越来越强，特别是你担任监察特使，贵为乾巫分部四大巨头之一后，乾巫宇宙国很多很强大古老的族群都来结交。"徐欣无奈道，"这些后辈子弟们看得多，自然也受到影响。那些宇宙大家族，有的人妻子就娶上万，儿女过万。"

"和他们相比，我们罗家算好的了。"徐欣说道。

"……"罗峰沉默。

"这是家族发展正常的方向，而且一个家族要兴盛，的确规模要够大，人口数量足够多，出现精英的概率才更高。"徐欣笑道，"那些古老家族大家族，哪个不是家族子弟亿万计。单单家族内部，就能培养出一群界主来，域主、宇宙级更是数不胜数！"

罗峰苦笑。

假设自己后代，每个都娶几十个老婆，生几十个子女……数百年上千年下去，恐怕罗家子弟真是亿万计了。

"人类之所以强大。"坐在旁边的迪伦低沉道，"就是因为繁衍能力够强，数量极多。"

罗峰转头看了眼迪伦。

繁衍？几十个儿女？怎么感觉就跟母猪下崽子一样，一来就是一群。

"迪伦先生说得对。"徐欣笑着点头，"家族想要强大，也不能总靠一个人。也需要大量子弟。家族内男子才500多人，和宇宙中那些古老家族一比，算是少得可怜了。"

"好吧。"罗峰摇头一笑。

自己这一代，罗平、罗海这一代，至少前几代，大多都是一夫一妻，偶尔有婆两三个妻子的。

越往后,特别是六世孙、七世孙……越来越夸张。

"现在罗克敌是有几十个老婆,恐怕将来我罗家还有更狠的子弟。"罗峰轻声笑道,旁边徐欣说道:"将来出现拥有数千妻子乃至上万妻子,恐怕都不奇怪。"

"罗克敌,罗克敌。"坐在罗峰旁边的弟弟罗华笑道,"哥,这名字谁起的,起的很准啊。罗克敌那小子本身实力很一般,可是这么多老婆这么多儿子……而且他岁数还小,我见过这小子,经营很有头脑,家族给他三个生命星球领地,他不但在领地内建造了好几个宫殿,甚至在宇宙中很多地方建造宫殿,就是用来金屋藏娇的。这么年轻就 51 个妻子,恐怕再过几十年,就变成几百个上千个妻子了。"

"罗克敌罗克敌。"罗华摇头晃脑,"就凭借一大群子女就克敌制胜了!名字取得好啊。"

"提醒几位一下。"徐欣笑道,"51 位妻子,是报备的数字。按照家族情报系统,那罗克敌没在家族报备的女人还有 62 位。"

罗峰、罗华对视一眼,双双无语。

"人才!"不朽神灵迪伦在旁边轻笑着说道。

……

这场宴会,罗峰也和那群婴儿们逐一闹腾了一番,当然这场宴会最让罗峰震撼的是家族中的那个罗克敌。

罗峰有一种感觉——

家族会变得越来越庞大,虽然和黑龙山帝国皇族以及姬氏家族等等古老家族相比,就算家族人口上亿恐怕都不及万分之一。

宴会后。

罗峰,徐欣,罗平,罗海一家四口人聚集在一起。

"爸。"罗海问道,"你这次回来能呆多久?"

"小海,这次在地球,我会呆很久。"罗峰笑着摸了摸儿子脑袋,两个儿子中,罗平循规蹈矩比较沉稳,而罗海却有一颗热血的心,在乾巫道场中学习,在宇宙中冒险,再加上家族资源培养,已经是恒星级八阶了。

"很久是多久?"罗海追问。

罗平也看着父亲。

"短则数百年,长则过千年、万年。"罗峰微笑道,"我担任监察特使期间,现实中会呆在地球。除非是遇到虚拟宇宙公司下派的任务偶尔出去执行,其他几乎大多时间都是在地球。"

"哈哈,万岁。"罗海欢呼。

啪!

罗平、罗海兄弟二人击掌欢呼起来。

罗峰和徐欣见状都笑了,家族子弟很多很多,可最有感情的还是这两个儿子。

"这些年我也不出去冒险了。"罗海喊道,"我要在地球,哈哈,老爸你的护卫军,竟然有十名界主,百名域主……啧啧,还有一位不朽神灵,以后能指导我的人多的是啊。"

"没重要事情,别去打扰迪伦,偶尔一两次还行。"罗峰嘱咐道,"而且你一个恒星级八阶的小家伙……我护卫军的十名界主,可都是得到本源法则承认的界主。个个都轻易能够指点你,你找他们就足够了。"

罗海点头:"知道了,老爸。"

本源法则承认的界主?整个黑龙山星域加起来,才多少?

"徐欣。"罗峰看向老婆,"我计划,向虚拟宇宙公司购买一些高技术含量的产品,进行地球改造。"

"地球改造?"徐欣、罗平、罗海都惊讶地看向罗峰。

"嗯!"罗峰点头。

"迪伦。"罗峰喊道,同时声音传到一公里外的一间屋内。

嗖。

迪伦凭空出现了。

"殿下。"迪伦喊道,而罗平、罗海、徐欣立即态度认真得多,毕竟迪伦是一位不朽神灵。

"将我改造地球的计划告诉他们。"罗峰说道。

"嗯。"迪伦看向徐欣、罗平、罗海,"殿下是真衍王的弟子,而且第一次资格战就冲进原始秘境,绝对是虚拟宇宙公司最最精英的几个天才之一,而虚拟宇宙公司无比重视天才,同样——宇宙中其他族群也会重视。"

徐欣、罗平、罗海一惊。

"宇宙并不和平,战争一直在持续。"迪伦说道,"各个宇宙国的宇宙军队,大量战士陨落。可是那些人都只能算是炮灰,像殿下这样的绝世天才,才是对那些族群非常有威胁的。如殿下这等天赋,只要不陨落!"

"那么成为封侯级不朽神灵简直板上钉钉,成为封王级不朽神灵也有希望,甚至有那么一丝希望成为高高在上的宇宙国主。"

"对这等绝世天才。"

"人类重视,其他族群也重视。"

"人类重视的表现是……培养,而其他族群重视表现则是……提前灭杀!"迪伦说道,而徐欣、罗平、罗海脸色都变了。

迪伦笑道:"不过请放心,其他族群能够潜伏在人类中的一些精英是不敢轻易暴露的,毕竟潜伏进来不被我们发现是很不容易的一件事。"

"加上绝世天才毕竟还没真正成长,地位最多等同于封侯级不朽神灵。"迪伦说道,"而实际上要破解那空间秘法来到地球,最起码得是精通空间类的封侯级不朽神灵,即使如此,那封侯级不朽神灵也不会亲自出手,因为一旦出手他就暴露了身份,在人类疆域腹地,他是逃不掉的。"

罗峰点头:"所以你们也别太担心。"

徐欣、罗平、罗海都点头。

"能潜伏进来不容易,潜伏进来一位封侯级不朽神灵,对那些族群而言,价值可能等同于没能潜伏进来的封王级不朽神灵。"迪伦笑道,"他们舍不得!越是强大的人,就越难渗透进人类疆域。一旦成功潜伏……个个都是极为重要的棋子!"

"不过也不能大意!所谓灭杀,有很多手段,他们可以用毒,用机械族武器,用一些奇特手段。"迪伦说道,"总之,杀人手段有很多。"

徐欣、罗平、罗海都被惊住了。

"你们也放心,每一任监察特使外放后,如果居住在某颗星球都不能保证安全的话,那天才们早死绝了。"迪伦笑道,"虚拟宇宙公司对于天才们的常住星球,早就有了完美的改造方案,至少能保证天才们在星球内是绝对安全的。只有离开星球,出去执行任务,可能才会有危险。"

罗峰笑道:"相信虚拟宇宙公司的能力吧。"

"对了,那虫族母巢怎么样了?"罗峰接着问道。

第十章　罗家宝库

来到地球主要两件事，一是改造地球，二就是虫族母巢计划。

"按照你要求的，建造了一座古堡，且一直看守得很严密。"徐欣郑重道，"那地方的确非常危险，就算那群奴隶护卫们看守很认真很小心，可那虫族母巢偶尔毒液毒气弥漫，这些年还是死了三名奴隶护卫。"

罗峰点点头。

虫族母巢，是个定时炸弹！

"虫族母巢？"迪伦惊讶道，"难不成还是活的？里面有虫族母皇？"

"对。"罗峰微笑点头。

"赚了，殿下大赚一笔啊。"迪伦赞叹道。

"不算太赚，我查过资料，这虫族母巢应该只能算是界主级。"罗峰说道。

迪伦道："就算是界主级水准的虫族母巢，也能培育出大批大批的界主虫族战士。这头虫族母巢，还是活的。如果在宇宙中卖，绝对能卖到超过百万混元单位！不过，要控制一头虫族母巢却很难。"

活捉虫族母巢，的确非常难。控制，也很难。

一旦真的完全控制一头虫族母巢，那就相当厉害了。就算最多制造界主虫族战士的母巢，一旦造出一个界主军团来，界主虫族军团合力攻击，就算是不朽神灵也得躲着点。而不朽级的虫族母巢，就更可怕了！

每一头能制造不朽虫族战士的虫族母巢，简直是一个噩梦！

虫族，就是凭借这些可怕特性，纵横宇宙，成为宇宙巅峰族群之一！

"明天，我准备去看看那虫族母巢。"罗峰说道。

"随时可以。"徐欣点头。

"爸，小心点。"罗平说道。

"哈哈……放心，就算它没陷入沉睡状态，我也有把握，更别说现在了。"罗峰眼中掠过一丝期待。

虫族母巢,自从加入虚拟宇宙公司后,罗峰就一直记在心底。

老师呼延博没有控制虫族母巢的办法,可是……虚拟宇宙公司有啊!毕竟人类中,虫族母巢买卖交易也是存在的,这也是迪伦能迅速报出一个价格的缘故。能有买卖,可见绝对有控制的秘法!

不过当罗峰在"太初秘境"时,并没有搜到这一类秘法的资料。而成为原始秘境成员后,罗峰权限也得到提高,终于查到了资料。

要控制虫族母巢,人类 1008 宇宙国的悠久岁月中,创造出 29 种控制的方法,难度都很高。这 29 种秘法在有些方面明显强于呼延博所创的《魂印》,不过《魂印》中的奴隶魂印,还是很独特的。

29 种秘法,修炼条件不一,有的秘法,是要求"不朽神灵"控制制造界主虫族战士的虫族母巢,要求宇宙国主才能控制制造不朽神灵的虫族母巢。

有的秘法中,人类界主即可控制制造界主虫族战士的虫族母巢。同样,修炼更加难,价格也更加昂贵。

"在没有接受魔音神将传承前,恐怕就算到了界主级,我也没有把握收服虫族母巢。"罗峰暗道,"不过,接受了魔音神将传承后,我的念力振幅达到 3200 多,这是很接近不朽神灵们的层次。"

很多不朽神灵,都是在传承第一阶段末期就结束了。

能进去的不朽神灵,一般都是封侯级或者封王级,接受传承后,念力振幅也就 3000 左右。

由此可见,3000 左右的念力振幅,其实是非常夸张的。

"我的念力振幅这么高,刚好适合 29 种秘法中的《万心控魂秘法》,这种秘法最苛刻的要求就是一心多用,最高层更是需要一心万用。"罗峰暗道,"等我达到界主级,就能使用这《万心控魂秘法》完全控制那头虫族母巢!"

"到时候我得花费巨额积分去购买秘法。"罗峰眼睛发亮,"不过只要能控制一头虫族母巢,这些代价也不算什么。"

控制一头虫族母巢,培养一头虫族母巢,将来的投入会越来越惊人。

可是,罗峰反而期待虫族母巢让自己投入越来越大,最好,这头虫族母巢将来能够制造出不朽级虫族战士,那么自己就真的厉害了!不过罗峰也明白,那种虫族母巢,在整个虫族中都是非常非常稀少的。进化的概率,比金角巨兽突破到不朽神灵还要难上千倍、万倍!

"不能奢望太高。"

"能控制一头普通的虫族母巢，就很强了。制造一个界主虫族军团，军团的集体攻击……啧啧……"罗峰很期待，虫族因为可以透过"虫族母皇"的精神念力进行统一指挥犹如一体，无数虫族的攻击可以合成一体！

亿万虫族战士的能量攻击合成一体，那简直太强大了。这就是虫族的可怕之处。

……

"我在地球修炼，数十年后，就能踏入界主级。到时候就能琢磨那套《万心控魂秘法》，等学会了，实力也差不多够控制那头虫族母巢了。"罗峰暗自期待，"反正界主级时，体内世界就会发生根本性变化，体内世界就能放生命了。"

金角巨兽未到界主前，如果放人进去会直接被炼化掉，炼化受不了，体内世界会崩溃。

界主级的体内世界，就如同人类界主拥有的体内世界一样，能放生命了。特别是金角巨兽的体内世界，那真是无比的庞大！

"将虫族母巢放在体内世界，谁也不知道，到时候悄悄炼化。"罗峰暗道，"而且到时候以我体内世界之庞大，非常适合让虫族母巢培育大量的虫族战士，平时就培育出大量的虫族战士，关键时刻将它们全部放出去战斗！"

罗平、罗海都去休息了，罗峰、徐欣夫妻二人也回到自己住处。

……

床上。

徐欣抱着罗峰，低声道："峰，有件事我得跟你说。"

"什么？"罗峰抚摸着老婆的长发。

"你也发现了，地球和当年你离开时变化很大。"徐欣说道，"这改造地球，完全是我罗家在出钱出力。"

罗峰点头。

很正常，罗家不出钱出力，谁出？

"在改造地球过程中，由于大规模改造，所以深挖土地、开山通道等等，发现了地球上一些遗迹物品。"徐欣笑道，"这些遗迹物品，有些是上一个文明时代留下的，这些年很多物品我们都研究透了。可有一件物品，却一直没能研究明白。"

"哦？"罗峰惊讶道。

地球在很久以前,是被宇宙国度统治的,只是后来被呼延博强行占领了,所以自然有一些遗迹物品。

可是,罗家现在地位权势极高,研究不透的物品,实在太少了。

"这件物品,连太阳内部高温都无法伤害它一丝,从一开始小心翼翼地研究,到后来越来越大胆,硬是没法伤害其一丝。这物品至少是 F 级金属硬度,可它却绝对是一件制作好的物品,而且绝对不是虚拟宇宙公司内可以查到的任何一种 F 级金属。"

罗峰吃了一惊。

至少 F 级金属硬度?却又不是任何一种 F 级金属?

F 级合金?浩瀚宇宙中,关于合金,可以这么下结论:

1、合金最高是 E 级。没错。

2、超越 E 级的合金,是存在的。也没错。

看似自相矛盾,实际上这是从两个不同角度得出的结论。

因为茫茫宇宙中,其他任何种族制造出的合金最多是 E 级,唯有机械族拥有超越 E 级的合金。可是,那是机械族的"智能生命"们蜕变成不朽神灵后,融合那合金身体,令合金身体产生进化,最终成为超越 E 级的合金。

也就是说,宇宙中的超越 E 级的合金,其实只有一种——机械族不朽神灵的身体!而真正说起来,机械族根本没法进行制造。

"那玩意,看似一块板。"徐欣说道,"很小的板。"

"那物品呢?"罗峰追问道。

机械族身体材质宛如一体,不应该是板。

"被我放进家族 1 号藏宝库了。"徐欣说道。

"1 级藏宝库,那就是在地球喽?"罗峰忍耐不住,"带我去看。"

古老家族都会留有一些藏宝库,用备将来家族败落时东山再起,而这些藏宝库,有些是寄存在银行,有些是藏在宇宙中一些不起眼甚至没名字的矿物星球。

罗家,有 12 个藏宝库。唯有 1 号藏宝库在地球。

……

"这藏宝库内的其他物品都不算太贵重,加起来,价格在 10 混元单位左右。"徐欣走在地下通道中,两边满是激光设置,通道顶部还有些其他隐秘机关,都是徐欣以虚拟宇宙公司核心成员身份购买到的,"也就那奇异金属板,价值难以确定。"

喀喀喀——

藏宝库金属门自动开启了。

"就是它。"徐欣从暗格内取出来。

罗峰一眼看去。

这是纯黑色金属板，表层还有些花纹，只是这块金属板应该被砸碎裂过。

"花纹很普通。"徐欣说道，"没发现什么特殊之处，可是，这块破裂金属板，并非任何一种可查F级金属，又没有任何办法破坏。而且根据挖掘时它周围出土勘测，这破裂金属板在地底最起码有6亿年历史，可它却没有丝毫腐朽痕迹。"

"哦？"罗峰疑惑接过这金属板，一接，不由一惊，"好轻！"

这块石板因为破碎过，有六条边，最长的一条边长度为11.2厘米，最短的一条边是3.1厘米，显然仅仅只是一个巴掌大的黑色金属板。可感觉其重量就跟一支铅笔一样轻。

"嗯？"罗峰仔细观察着这块从地球上发现的奇异金属板。

第十一章 黑色金属板

抚摸着手中这块巴掌大的黑色金属板,冰凉、光滑,如玉石般的触感。

"峰,这黑色金属板到底是什么东西,你知道吗?"徐欣问道。

罗峰轻轻摇头。

自己从未见过这种黑色金属板,甚至在金角巨兽的庞大传承记忆中,F级乃至 G 级金属,自己都曾经非常认真地研究过,可是连金角巨兽传承记忆中都没有这种物质。

"巴巴塔,你知道吗?"罗峰通过意识询问。

"已经扫描,扫描仪器无法探测讯息,无法渗透,这黑色金属板我也从未见过。"巴巴塔那略带疑惑的声音在罗峰脑海中响起。

罗峰双手拿着这黑色金属板。

"嘿!"

罗峰眼中厉芒一闪,一声低喝,猛地双手用力掰……作为一名域主级九阶强者,完全能够令一颗生命星球陷入大灭绝!可是这可怕的力道作用在小小金属板上却没有丝毫影响,仿佛罗峰的力量对它而言只是蚍蜉撼树般微小似的。

"好古怪的金属板。"罗峰疑惑皱眉,"走,我们先回屋。"

罗峰带着妻子离开了藏宝库。

……

卧室阳台上,罗峰默默坐在阳台上,此时已经是深夜大概三四点,月亮高高地挂在夜空,夏日深夜的凉风也透过窗户吹了进来。

"以我现在的权限,虚拟宇宙公司搜查的诸多神奇物质资料,全部大略看了一遍。连金角巨兽传承记忆牵扯到一些金属等奇特物质,我也大略看了一遍。"罗峰抚摸着手中这黑色金属板,"可都没有讯息!"

"一定有来头。"罗峰眼睛发亮。

罗峰很清楚,自己虽然地位高,可是那也只是单单在人类族群中高而已,比自己地位高的多得是了。比如自己的原始秘境成员权限看似很高,可在其上,还有封王级不朽神灵们,而老师真衍王的权限,估计比普通封王级还高些。更往上,还有宇宙国主们。

总之,即使在人类1008宇宙国中,自己都只能算是上层,却算不上真正的高层。知道的讯息当然少。

"可是……竟然连金角巨兽历代传承记忆中都找不到相关信息,那么这黑色金属板就真的很特殊了。"罗峰想。

是宝贝。绝对是宝贝!

"这破裂的黑色金属板表层的花纹,怎么看都很普通。"罗峰盯着看,他的肉眼视力,如果观看解剖开的一些标本的话,甚至能够清晰看到细胞内的细胞核!可就是这样,也找不到什么特殊点。

"我肉眼看不出,用念力试试看,念力探查得更仔细。"罗峰心意一动。

嗤嗤——

无形、无色、无比纤细的念力丝线温柔地轻轻扫荡在这黑色金属板上。

"嗯?"罗峰面色一变,随即露出惊喜之色。

"哈哈!原来是这样,还真特殊!"

罗峰惊喜得双眸放光。

当他操控念力丝线扫荡过黑色金属板时,念力丝线却根本没有"碰"到金属板,仿佛金属板是空气似的。那念力丝线直接扫荡进黑色金属板的内部,感觉到了一层层阻碍。

"金属具有一定的阻挡念力效果。"罗峰激动无比,"可是这金属板在念力探测中却犹如空气……或许它并不是金属板,而是其他坚硬度无比可怕的物质,又或许是一种非常特殊的金属板!总之……念力能渗透进去!"

"里面有什么?"

罗峰操控着念力,数百根念力丝线仿佛绣花针,在进入黑色金属板内部遇到层层阻碍时,努力冲破一层层阻碍。

片刻——

"嗯?"罗峰面色微变,感觉到念力怎么都无法再继续深入了。

"钻不透?"

"我就不信了!"罗峰眼睛眯起。

体内世界中,浩瀚的大陆上,那头连绵如山脉的金角巨兽正仰头发出一声巨吼,同时它额头上四根尖角上的秘纹同时亮起。

天赋秘法"强化"!

不但金角巨兽身体各方面得到强化,连金角巨兽的灵魂——原核中的灵魂也得到了强化!

"出!"卧室阳台上,坐在那的罗峰双眸如电。

他现在地球人类身体是域主级九阶,而金角巨兽也是域主级九阶,既然是同级同阶,所以原核内的灵魂就算强化后施展出的念力释放出去,人类身体也能够承受而不会出现崩溃的情况!

假设人类身体仅仅宇宙级九阶,原核内的灵魂念力就无法透过人体施展了。

由于级别相差太大,人类身体会受不了。一般在两阶——三阶之间,肉体都是能承受的。

"嗤!"受到宇宙中莫名法则影响的念力,威力飙升!立即将罗峰手中的黑色金属板内部的阻碍一层层再度钻透。

"轰隆隆——"

"我的孩子!"一道恢弘的淡淡的声音在罗峰脑海中响起,瞬间罗峰的意识便陷入了那声音蕴含的幻境中……

许久——

傻坐在阳台上的罗峰忽然身体一颤,面色狰狞,咬牙切齿,猛地睁开眼。

"从来没有遇到过这一类幻境!"罗峰额头冷汗淋淋,这是有史以来遇到最诡异的一个幻境,不同于罗峰所知道的人类各个流派的幻境秘法,一般幻境秘法都是直指人心,根据欲望、内心等等让人陷入幻境不可自拔。

可刚才的幻境,却纯粹是一种令人恐惧的幻境!

随着那玄妙的声音,幻境一个个接连产生……罗峰破开一个幻境时,却有更多幻境诞生了。这就导致——即使罗峰不断破开幻境,可诞生的幻境却越来越多,令罗峰有一种陷入无底深渊爬不出的噩梦感。

"我破开了近万个幻境,总算那无尽的幻境连环自动崩溃。"罗峰深吸一口气,在黑色金属内的念力继续往深处渗透,忽然一个个文字讯息不断地融入罗峰的念力,被罗峰得知。

片刻后,文字讯息传递结束。

"嗯？"

"这竟然是一个储存传承讯息的奇特物品。"罗峰摸着这黑色金属板，疑惑，"这信息文字，也是方块字。可是我却一个都不认识。"

一个个方块字。这讯息中总共有 36923 个文字。

"感觉挺像华夏古文化中一些古文字，不过却不是。"罗峰意识计算速度惊人，对华夏古文化一些玄之又玄的各种文字都有一些了解，而自己从黑色金属板中得到的文字，虽然类似，却并不是。

"巴巴塔。"罗峰喊道。

"嗯？查出什么了？"巴巴塔追问。

"这个字你认识吗？"罗峰选取其中一个很复杂的文字，足足 92 个笔画，直接凌空书写。

"这，这……"巴巴塔震惊道，"这是焱神族的文字！"

"焱神族？"罗峰疑惑道。

仔细寻找金角巨兽传承记忆中的一些资料，很快就找到有关焱神族的记载。

焱神族，是浩瀚宇宙中亿万族群之一，属于强大族群，不可招惹。

传承记忆中的资料非常少，只是重点提醒"不可招惹"。

"巴巴塔，你对焱神族知道多少？"罗峰追问。

"我跟随主人时根本没听说过焱神族。"巴巴塔说道，"不过，你成为原始秘境成员后，我作为你的虚拟助手，当然可以帮你查询网络，所以以你的权限，我查过很多资料，已经将大量资料都记忆储存下来。"

罗峰笑了。

平常自己修炼，巴巴塔无聊时就去搜集各种资料，总算派上用场了。

"说说焱神族。"罗峰追问道。

"宇宙中族群亿万计，能够存活的族群，个个都不能小视。"巴巴塔开始描述，"当然，人类、虫族、机械族、妖族等等都属于巅峰族群。巅峰族群，是那些站在宇宙巅峰的，他们都拥有着无比可怕的势力。"

"如虫族，虫族无比团结、思想可合为一体！而且一些厉害的虫族母巢能够制造大批量不朽虫族战士……"

"无穷无尽的虫海中，任何一个虫族母巢，都能轻易占领一个星域。"

"机械族，任何一个机械族族人都是智能生命，越是高等的机械族人就越加可怕！他们的很多高科技武器，都可以用来击杀不朽神灵……"

"人类，个体都能独立发展，独立性极强。加上数量无比庞大，庞大的数量中，可以筛选出很多天才，培养出很多能够纵横宇宙的绝世强者。"巴巴塔说道，"或许人类论个体，不如虫族巅峰强者、机械族巅峰强者可怕，可是人类的个体数量多！"

"总之，巅峰族群，有两大优势，一是巅峰武力强，二都能施展虫海战术、机械海洋战术、人海战术等。"

"除了巅峰族群外，还有一些种族，数量稀少，但是个体却极其强大。所以他们在宇宙中也占据一定的地位。地位或高或低！"巴巴塔说道，"一些弱小种族，早就成为附庸或者被吞并了。而焱神族，就是一个强大的独立的神秘种族。"

"他们人口少，所以地盘不大。因为焱神族中超级存在很多，加上地盘不算大，所以人类、虫族等一些巅峰族群也不愿去招惹，免得得不偿失。"

罗峰点点头，根据他传承记忆中的资料来看，族群，可大略分巅峰族群、强大族群、普通族群、弱小族群。

人类属巅峰族群，而焱神族属强大族群。

金角巨兽族群，比焱神族还要弱些，主要是因为金角巨兽实在是太稀少了。

一头大象，和一亿只蚂蚁来比，毫无疑问是蚂蚁群更强。

"你刚才书写的文字，正是焱神族的文字。"巴巴塔说道，"焱神族的历史很古老，宇宙诞生最久远时期，它恐怕就已经存在，这黑色金属板既然在地球存在六亿年，也不奇怪，毕竟焱神族历史远超六亿年。"

"可焱神族有这种奇特的金属板？"罗峰疑惑，"我的传承记忆，还有我的权限都无法在虚拟宇宙网络中发现这种金属板资料。"

"首先罗峰你得明白，你的传承记忆是你先辈们一代代传承累积你的那些金角巨兽先辈们愿意透过血脉传承给下一代资料时，你才会收到。有些太过神秘的资料，或许你的先辈们就没留。"

罗峰一怔。

也对。

"其次，焱神族作为一个强大族群，数量那么稀少，都能称得上强大族群。那么，它毁灭一个宇宙国也是非常轻松的。"巴巴塔说道。

"它，强大、神秘，很少和外界接触，每个族群都有一些特别的东西，你知道他们有什么？"巴巴塔说道，"当然这金属板内的文字是焱神族文字，也不代表一定就是焱神族的物品，毕竟懂得焱神族文字的伟大存在有不少。"

罗峰点点头。

"最简单的方法，你先学会焱神族文字，然后翻译下不就什么都知道了？"巴巴塔说道。

"哈哈……"罗峰笑着点头。

那焱神族文字和汉语有共同点，都是方块字，整个焱神族所有稀奇古怪的文字加起来，总共也就数万！其实就像汉字，历史上所有汉字加起来或许很多，可实际上很多都废除了，平常真正使用的也就那么几千文字。

几千文字，组成了一个完整的语言文明。焱神族的文字，以罗峰的意识记忆力，仅仅全部看一遍就全部记住。

"好简单好神秘的文字，和汉字很像。"同时罗峰开始翻译自己从残缺黑色金属板中得到的文字讯息。

讯息内容——

"九劫 XX"

"血肉类生命主要是身体和灵魂，二者重要性相当。本典籍主研身XXXXXXXXX，改变身体基因内在结构，令身体逐渐发生变化，身体基因主动发生进化……（后有 829 个文字）"

"修炼存在危险，九劫，每一劫修炼一旦失败都会令灵魂身体崩溃，当场身死。"

"第一劫：……（后有 31231 文字）"

"第二 X：……（后有 92 文字）"

"第三劫：……（后有 71 文字）"

……

"第九劫：……（后有 1292 文字）"

这应该是一部很神秘的修炼秘典，一共三万多文字，通篇残缺不全。甚至连秘典的名字都残缺，秘典名字有四个字，前两个字是"九劫"，后两个字未知。

"按照这篇内容最前面描述的，这篇秘典一共有九劫，从这翻译出来的来看，仅仅第一劫修炼内容是全的，其他第二劫——第九劫都不全。"罗峰看着手中握着的残缺黑色金属板，由于这金属板是残缺的，所以蕴含的讯息也是残缺的。

不过看起来,蕴含的是这篇秘典的最前面的部分内容。

可是单单观看前面的部分内容,就已经让罗峰震撼了,因为这不同于罗峰接触的任何一种秘法,很多秘法都是法则运用之法,战斗秘法,就算像《本尊天地》这种,也让身体大小变化,密度增加。

罗峰从未听过,有令身体基因主动进化的秘法!

"身体基因的进化跃迁,也就那么几次,从学徒级到行星级、行星级到恒星级、恒星级到宇宙级,宇宙级到域主级,域主级到界主级!"罗峰暗道,"主要是这几个关卡突破,才会造成身体基因的跃迁。而从一阶到九阶,主要是量的积累。"

"即使达到界主九阶巅峰,修炼这套秘法,依旧能推动身体基因再度进化?"罗峰难以置信。

身体进化!灵魂进化!

这都是每个关卡突破时自然而然发生的。其原理罗峰也不懂,纯粹是这浩瀚宇宙的一种运转规则。就好比那宇宙规则规定了灵魂大限是 1000 纪元,规定了行星级、恒星级、宇宙级、域主级的寿命大限。

寿命大限,乃宇宙规则之一。这种身体基因进化,也是宇宙规则之一。主宇宙空间最高速度是光速,也是宇宙规则之一。

"这套秘典,竟然超脱了宇宙规则?"罗峰感到心跳扑通地跳着,眯着眼,脑海中不断掠过翻译后的详细秘典内容。

这篇秘典名字不全,就暂定为无名秘典。

"无名秘典……从身体基因出发……即使是域主级九阶,即使是界主级九阶,依然能够让身体基因再度进化。"罗峰暗道,"这简直不可思议……很多人修炼到界主九阶,身体强度达到极致,已经无法提升了。就算金角巨兽的《本尊天地》,也只是压缩体积增加密度,基因本身是没变化的。"

罗峰眼睛一亮。

基因变化?

"血洛之力!"

"我记得,我一旦驱动血洛之力,那金角巨兽的右蹄爪本身基因结构等等迅速发生着变化。单单一个右蹄爪就相当于之前全身力量的 10 倍。"罗峰暗道,金角巨兽身躯庞大,一个右蹄爪正常情况下占据的力量恐怕不足十分之一。

可血洛之力下,右蹄爪却是之前全身力量的 10 倍。

这种基因本质的变化,是何等惊人!

第十二章　无名秘典

窗外，天渐渐亮起来。

坐在阳台上的罗峰咽了咽喉咙，感到前所未有的震撼与惊恐。

是的。惊恐！

"就算我看到的《九宇混沌碑》，就算那《时空随笔》……这些都只是引导人去感悟宇宙法则，而感悟宇宙本源法则，属于宇宙规则之内。"罗峰暗道，"我从未听过能违背宇宙规则的，这简直——"

"不朽存在们，都是在琢磨宇宙法则，身体早已无法再进化。"

"如果他们知道有这部逆天的秘法，达到极限后，依旧能主动修炼推动身体进化，恐怕都会疯狂来夺。"罗峰眯着眼，"嗯，当然我现在在人类族群中的地位，说高也高，说低其实也很低，毕竟我没有真正接触到人类族群的高层！"

人类族群，巅峰族群之一。那些在人类族群最高层的超级存在们，拥有着很多资源，许多都已经垄断掉，如血洛晶，如魔音神将传承名额等等……

总之，像罗峰这种小家伙，很多机会是根本得不到的。

"我敢肯定，这种能够逆天推动身体进化，超脱宇宙规则外的秘典绝对是无比珍贵的宝物。不管怎样，绝对不能泄露。"罗峰暗道。

此秘典，是遭宇宙嫉妒的！一共九劫，每一劫修炼失败都会令灵魂、身体崩溃而死。

成功，则基因进化；失败，则物质结构完全崩溃化为飞灰。真的是很诡异很可怕的修炼秘法！

第二天一早，罗峰先是去了神农架看了看那虫族母巢，随后就告诉麾下护卫军自己要闭关潜修一次，至于地球改造计划由迪伦负责。

……

家族密室内，空荡荡的密室中别无他物，只有一排兵器。

罗峰盘膝而坐。

"啪！"罗峰随手将战刀扔在兵器架内。

罗峰看了眼兵器架上的血影战刀："现在我的魔杀族分身变成血影战刀，而原核更是在血影战刀内……不管怎样，我的生命核心是在魔杀族分身内。不管我这地球人本尊怎么修炼，即使灰飞烟灭，照样能够再度复活。"

这套秘典是很可怕。

可是，罗峰恰恰是浩瀚宇宙中极少极少不怕那危险的生命之一。

这无名秘典修炼时，是需要灵魂晶球、原力晶球为两核心，释放念力、原力，不断融入全身身体细胞每一处，让灵魂晶球、原力晶球、身体这三者犹如一体形成平衡，然后开始修炼秘法推动身体基因进化。

一旦失败，身体、原力晶球、念力晶球会全部崩溃化为飞灰。如果是正常的血肉类生命，则必死无疑！

"不过，这原力晶球、念力晶球对我而言并不是太重要，只能算是能量而已。"罗峰暗道，"一旦失败，大不了，再凝聚出一尊地球人身体来。"

"呼！"

"吸！"

罗峰深深地呼吸一次，那强劲气流在这数十米宽阔的密室掀起一阵狂风，随后罗峰缓缓闭上眼，脑海中掠过那无名秘典第一劫的三万来字详细修炼内容，随后开始尝试修炼起来。

嗤！嗤！

一颗滴溜溜转着的念力晶球代表着灵魂，直接飞入脑部核心识海的位置。

一颗原力晶球，则留在丹田中。

"三者……"

"一体！"

顿时念力晶球、原力晶球几乎同时射出 720 根能量丝线，迅速钻入了罗峰全身 720 个关键能量窍穴位置。

"身体自成内宇宙，起！"

轰！

原力晶球和念力晶球猛地一震，再度射出 36000 根丝线，迅速融入罗峰身体的每一处，那密密麻麻的能量丝线贯通罗峰身体每一处，就仿佛一个崭新的能量经脉似的……让原力晶球、念力晶球与身体结合得前所未有的紧密。

三者达到完美平衡,好似宇宙运转,丝丝能量沿着那72000根细丝线、1440根主丝线不断地传送到全身各处,无比的完美。

72000根辅助晶莹丝线、1440根主丝线,将原力晶球、灵魂晶球和身体完美地结合在一起,整个身体内部模拟成一个"内宇宙"。正常武者修炼时每个关卡基因进化,是自然而然发生的。而这套神秘的修炼秘典,却让身体模拟成的内宇宙开始缓缓地推动身体基因进化。

基因每进化一些都是身体实力的一个大的前进,所以基因进化实际上是非常缓慢的,且必须谨慎,一旦失误,就会造成身体、灵魂晶球、原力晶球一起崩溃。

"这,这实在太震撼了!"

点点滴滴能量沿着丝线不断传递,渗透进身体细胞,开始推动细胞基因的改变。72000根辅助晶莹丝线、1440根主丝线,形成了一个完美的宇宙循环,不断推动着细胞基因的缓慢变化,虽然缓慢,却在持续进行。基因的丝丝进化会引起全身翻天覆地的蜕变。

"噼啪!"

"嚓!"罗峰全身肌肉筋骨都发出了声音。

"太,这,这太……太震撼,太美妙。"

罗峰闭着眼睛,脸上露出激动之色,并不是为身体基因的细微进化而激动,而是因为那变化构成的一个完美宇宙循环。

72000根辅助丝线、1440根丝线、原力晶球、灵魂晶球、身体——这几方面竟然就模拟出了宇宙循环。罗峰纯粹是按照秘典上所说,根本不懂其中奥妙,直接按照秘典施展出来,可当感应到这一切时,只觉得无比的心醉!就仿佛见到这世上最最美丽的事物一样。

……

时间在持续。

罗峰完全沉醉在体内构成的完美宇宙循环中,而这基因进化也在宇宙不断循环中自动缓缓推动着。

一天两天……转眼十二天过去。

"啊!"

罗峰全身忽然猛地抽搐起来。

"不好！"罗峰眼睛瞪得滚圆，双目赤红，只见全身皮肤肌肉直接破裂、骨骼断裂，自己已成了一个血人。而体内原本完美的宇宙循环也因为身体的缘故受到影响，无声无息地震了一下，罗峰整个人瞬间化为飞灰。

呼！

衣服跌落在地，只留下一地灰烬，罗峰已经消失不见。

体内世界内。广袤的金属大陆半空中，无尽的金色气流疯狂聚集在半空核心，形成了一个金色圆球，大量金色雾气能量融入其中，越来越强。

嘭！

金色圆球仿佛鸡蛋似的裂开，一全身赤裸的黑色头发男子凌空而立，正是复活后的地球人本尊。

"秘典中说的没错。"罗峰微微点头，"这推动基因进化的秘法非常危险，九劫每一劫一不小心就会惹得崩溃。增高安全系数的方法，一是身体要够强，二是要让宇宙循环构建更加完美。"

身体越强越好，假设是一些强大的不朽神灵，达到了有一丝细胞残片即可复活的地步，那么修炼根本没危险，即使化为飞灰也能够再度凝聚起来继续修炼！

当然，罗峰因为有分身的缘故，所以也有同样的效果。

而体内模拟构成宇宙循环，虽然秘典中有描述怎么去布置，却只是一个大概说明……按照秘典中，假设布置的宇宙循环真的接近完美，接近真正的宇宙循环奥妙的话，那么修炼时再弱的身体都不会出问题。

"宇宙运转循环？"

"太不可思议了！"

"创造这套秘法的到底是谁？"罗峰简直难以置信，"难道，他已经到了勘透宇宙本质的地步？"

宇宙，神秘不可测。

单单法则，便有那么多种。而宇宙真正运行时，诸多法则是合为一体彼此纠缠在一起运转的，就好似诸多齿轮个个契合滚动起来。如时间、空间……它们是不会分离的，只有时间空间一体，才有了这宇宙空间最基本的框架。

所以宇宙运转循环要悟透，比单独悟透时间法则、空间法则还要艰难。

"这是何等伟大的存在，才能创出这种模拟宇宙循环推动基因进化的秘法啊。"罗峰眼眸中闪烁着睿智的光芒,就仿佛上学时候要研究透一道数学题一样,罗峰现在就像透过那 72000 根辅助晶莹丝线、1440 根主丝线、原力晶球、灵魂晶球、身体来观察宇宙!

空间法则、时间法则、金、木、水、火、土、风、光线、雷电……这些宇宙本源法则,都只是宇宙运转的一部分。

"我根本无法想象,无比抽象的宇宙运转,竟然能透过 72000 根辅助丝线、1440 根丝线、原力晶球、灵魂晶球、身体,给模拟出来。即使只是模拟部分特性,也很不可思议了。"罗峰已是震撼不已。

……

当然再心醉,也仅仅只是心醉。

罗峰还未能悟透一种宇宙本源法则,也未能成为不朽神灵,甚至根本连窥探宇宙真正运转玄妙的资格都没有。

"这位大师真是厉害。"罗峰只能这么感慨。

嗖!

罗峰凭空消失在体内世界。

密室中。

罗峰赤裸凭空出现,而跌落在地面上的摩云藤变化成的衣服迅速融入罗峰身上,形成了新衣。

"地球人本尊和金角巨兽都是血肉类生命,既然地球人本尊失败,那么让金角巨兽试试看。"罗峰盘膝坐在地上。

……

体内世界,金角巨兽正盘踞在苍茫大地上,仿佛一座静止的庞大黑色山脉。

金角巨兽和人类不同。首先,它的原力晶球其实就是它额头上那四根尖角,从出生开始,它便几乎将所有原力不断灌入尖角中;其次,它真正的灵魂所在"原核"是一直在地球人本尊体内或者是在魔杀族分身体内。

可是,意识是需要载体的,有灵魂晶球才能有意识。所以金角巨兽体内凝聚出一颗灵魂晶球,和地球人本尊的灵魂晶球其实一模一样。

不管地球人本尊,还是金角巨兽体内凝聚出的灵魂晶球,其实和原核内的灵魂是一模一样的。唯一的区别是,原核内的灵魂是连接体内世界的, 旦那个灵魂崩溃,体内世界就会崩溃,罗峰也会真正完蛋。

而地球人本尊、金角巨兽、魔杀族，这三个分身完蛋，却对原核没影响。

"让金角巨兽试试看，能不能练成。"

"希望别失败。"

"地球人本尊就那么大一点，失败了，凝聚一具肉体，消耗能量并不多。可是金角巨兽，简直比一座山脉还要大的庞大身体，一旦崩溃，要凝聚成功，消耗的能量是人类身体的千万倍都不止了。"

人体身高不足两米，金角巨兽主要身躯长 90 公里，尾巴也有近 90 公里长，比地球上任何一座高山都高了不知道多少倍。

凝聚地球人本尊，小菜一碟。可孕育出庞大的金角巨兽，体内世界需要消耗的能量，恐怕会令罗峰推迟数年才能踏入界主级！

时间一晃，一个月又过去了。

密室内。

罗峰睁开眼，露出一丝笑容。

这一个月都在修炼那无名秘典的第一部分，当然自己也仅仅只有第一部分内容。

首先地球人本尊前后失败过三次，可身体强度却提高了近一倍！而金角巨兽则是小心翼翼地修炼，根本不敢乱来，每次都是按照地球人本尊修炼的经验来做。

每前进一些就停止，等地球人本尊积累经验后，金角巨兽再继续修炼。

即使如此，金角巨兽还是死亡了一次，庞大的身体瞬间崩溃。可是令罗峰惊喜的是，崩溃时候庞大的碎末飞灰山竟然非常完美地凝聚成一尊新的金角巨兽身体。也就说，那些碎末飞灰山从能量角度考虑，和金角巨兽是等同的。

"能量守恒？"罗峰当时也乐了。

也对。金角巨兽不管是崩溃还是复活，都是在体内世界内，能量守恒也不奇怪。

"金角巨兽的基因，比地球人本尊的基因要强，进化起来显然难度更大。这一个月，金角巨兽的身体强度力量方面是之前的 1.5 倍左右。进步没地球人本尊快。"罗峰虽嘴上嘀咕着，脸上却是笑容。

是啊，进步是没地球人本尊快。可是金角巨兽本来就强得可怕，再提高了50%，已经很惊人了。

"嗖！"罗峰起身，打开密室大门。

走在廊道上，边走边问道："巴巴塔。"

"罗峰，什么事？"

"虚拟宇宙公司派遣29个技术人员，我罗家安排1000多万宇宙工人进行施工，进行地球改造。我让你从头到尾进行监视，没出娄子吧？"罗峰问道，现在地球改造已经到了后期，当然是虚拟宇宙公司科技极高，所以地球改造才这么快。

"当然没出娄子，我是将1000多万个比蚊子还小的机器人弄在那些施工工人身上进行随时监察，一旦发现类似黑色金属板的物质，就立即来报告的。"巴巴塔回答。

"怎么样，有没有发现第二块？"罗峰问道。

在闭关时，罗峰就吩咐了。

很显然自己得到的黑色金属板是残缺的，至少其中内部的秘典内容仅仅只是第一部分，后面八部分都残缺。

"没找到。"巴巴塔回答。

"这样，进行大规模制造探查机器人。"罗峰双眸发亮，这份秘典是无价之宝。在罗峰看来，恐怕比自己得到的其他宝物都要贵重得多，"你来不及制造，就直接去定制，定制大批量的小型探查机器人，给我将地球进行大规模搜索。"

"明白。"巴巴塔也兴奋得很。

第十三章　宇宙公司新任务

罗峰根本没有想到，自己的家乡"地球"中能够找到黑色金属板那种珍贵物品。根据推断，自己得到的仅仅只是碎裂的一部分，很可能其他部分也在地球上。随着罗峰的一声令下和迅速下单，亿万计的密密麻麻小型探查机器人直接被运送到离"地球虚无区域"很近的一颗矿物星球，进行交接。

随即罗家的飞船再带着大批量的探查机器人回到地球，从暗宇宙透过空间秘法掩盖的坐标回到太阳系的方法，是罗家的绝密。

当巴巴塔操控那无数的小型探查机器人，不断地从地球各个大陆、海洋开始渗透时，一道黑色流光在寂静无声的暗宇宙中急速飞行着，速度已经超过光速。忽然这黑色流光速度开始不断地下降……很快，肉眼都能看清，这竟然是人形存在，他，笼罩在古朴紫色战甲内，唯有头盔面罩中一双眼睛隐隐能看到。

肉体飞行暗宇宙？这几乎是不朽神灵的标志。

宇宙中一些强大的种族的界主巅峰强者也能进行宇宙穿梭，当然人数极少。

"用空间秘法掩盖宇宙坐标？"沙哑的声音回荡在周围暗宇宙空间。

"哼！这手段真的很一般，随手即可破解。不过，既然不能让虚拟宇宙公司发现痕迹，就不能破解。那么想要宇宙穿梭，只能多花些时间！"紫色战甲强者缓缓飞行着，幽冷的眸子扫荡着四周空间，周围方圆万里的宇宙空间都随着他的目光而震颤起来。

空间隐隐扭曲，变幻着。

紫色战甲强者也变得模糊不清，同时他还不断移动着位置。

大约经过半个小时。

一直处于移动状态的紫色战甲强者忽然静止停下，同一刻，暗宇宙也将这紫色战甲强者给排斥出去。

……

一颗巨大的仿佛火球般的恒星,周围一颗颗行星环绕着它。

这,就是太阳系。

美丽而宁静的太阳系星空中,那紫色战甲男子凭空出现。

"任务已经完成,不能逗留。"紫色战甲神灵的目光扫过远处星空中的一颗蔚蓝色星球,"嗯,那颗星球就应该是任务情报中说的地球吧,绝世天才罗峰的家乡?哼……很快,人类中会有又一个绝世天才倒下。"

他一挥手,半空中直接出现了一艘直径 120 米左右的灰蒙蒙的宇宙飞船。

"嗖!"紫色战甲神灵瞬间化作一道黑色流光,很快其肉体加速到光速,直接消失在原宇宙空间,只留下那么一艘灰蒙蒙的飞碟外形宇宙飞船。

飞船中智能主脑响起声音——"宇宙坐标确认!"

"已经抵达目的地!"

"第 13 小队,开始执行探查计划!"

嗖!

灰蒙蒙的飞碟悄然飞向地球。

"队长,是谁将我们直接送到这的?哪个不朽神灵,我还没见过组织内的不朽神灵呢。"

"闭嘴,这些问题连我都没权限知道。"

第 13 小队成员们在飞船中议论着,同时抵达地球。

……

三天后。

很普通的一颗生命星球"瓦罗星球"的一座隐秘的地下基地内。

"组长,地球那边发来情报。"

"No.9 有情报了。"

黑色制服光头三眼男咧嘴露出一丝笑容。

"经过 402 重连环翻译以及宇宙坐标位置对应的字符更换,情报内容是:禀队长,如预料到的最糟糕情况一样,地球现在已经完成了安全改造。我第13 小队没有任何接近罗峰、暗杀罗峰的可能。"银色制服男子恭敬道。

"人类一直都很会保护他们的天才的。"黑色制服光头三眼男微笑道。

他本来就没打算现在就暗杀,更何况,每杀人类 1008 宇宙国的某个超级绝世天才,就像将天捅个窟窿似的。虚拟宇宙公司肯定会在事后进行大规模的查探、扫荡等等。

"传令。"黑色制服光头三眼男开口。

银色制服男立即恭敬聆听。

"按照之前命令,潜伏地球,侦查一切有关罗峰的情报,此任务暂没有时间限制。"黑色制服光头三眼男说道。

"是。"

随着神秘组织的安排,那第13小队正式在地球潜伏下来,而罗峰也没有丝毫察觉。

……

罗峰继续在地球潜修。

一是研究那无名秘典,当然更多精力还是花费在《时空随笔》、《九宇混沌碑》、《撕天一爪》等参悟方面。按照罗峰计划,域主外放期间,几乎都会留在地球,除非虚拟宇宙公司安排任务来。

在平静中,时间一年年地过去。

转眼间,罗峰回到地球已经超过五十年。

……

地球,亚洲大陆,扬州城罗家。

"伟大的罗峰殿下,你被虚拟宇宙公司外放担任乾巫分部监察特使的重职,这五十年过去了,你都做了哪些功绩啊。"一名白袍光头男子正笑眯眯地说,"说出来,也让俺么这些没见过世面的听听?"

"二哥,你这刚回地球一见到我,就打趣我。来,坐。"罗峰微笑着喊道。

"哈哈……"雷神笑着坐下。

罗峰一边和二哥聊着,同时也感叹这50年的变化。

回到地球50年了,很平静。

自己明面上挂着监察特使的职位,平常也会在虚拟宇宙网络,去那紫晶岛仔细核查乾巫分部的运作……从中,自己的确也察觉到了一些猫腻。可是面对那三巨头的热情,当然也睁一只眼闭一只眼。

这50年,法则方面进步的确比较慢。宇宙本源法则,越往后越加难,而且难度呈几何级数般不断跃升!

《九宇混沌碑》的雨滴图、细雨图、暴雨图,三幅图,一幅比一幅艰深。细雨

116

图的36种空间本质早已完全悟透,可这暴雨图蕴含的更加深奥的72雨滴,虽然有所感悟,却没有悟透任何一种本质。

按照书籍中描述和罗峰的预估,最艰难的72种空间本质,比之前36种空间本质,耗费的时间恐怕要多百倍都不止。

当初练落在混沌城时也需要参悟3000年才悟透,可见深奥程度之高。

感悟空间法则,和悟透空间法则本质,根本不是一个层次的。

不过,自己和练落不同!

首先自己三尊身体感悟,特别是金角巨兽有"血洛之力"去感应振幅,足足提高10倍宇宙感悟契合。魔杀族分身作为空间法则宠儿,感悟空间法则方面也非常的可怕!二者结合,绝对属于人类族群史上天赋最最可怕的一群人之一。

"等我踏入界主级,感悟法则速度暴增,再配合金角巨兽分身、魔杀族分身两大优势修炼。"

"我在原宇宙中恐怕都不需要3000年。"罗峰很自信。

在混沌城的好处,是有机会去亲眼观看《九宇混沌碑》,以及亲眼观看宇宙法则运转。

而自己拥有效果接近《九宇混沌碑》的兽神雕像,又有《时空随笔》详解,就算不去混沌城,也差不了多少。

"可惜我一直没找到第二块黑色金属板。"罗峰心中有些不甘。

这50年,法则感悟进步少,在预料中。

而修炼那无名秘典,地球人本尊仅仅三个月就修炼成第一劫,而金角巨兽分身则修炼了足足29年,才修炼成第一劫!这第一劫一旦修炼成,身体基因进化下会令身体强度足足提高到原先的3倍!

天赋秘法强化,也仅仅只能达到原先两倍。

这无名秘典第一劫威力就这么强,简直不可思议。

"可惜,没其他部分。"罗峰暗自摇头。

"嗯。"

"不过我也不能太贪心,能机缘巧合下得到这无名秘典第一劫内容,已经很不错了。"罗峰心中想着,嘴里和二哥雷神聊着。

忽然——

"罗峰!"巴巴塔声音在罗峰脑海响起,"有邮件!"

"邮件？"罗峰一丝意识迅速连接虚拟宇宙网络。

……

雨相山原始区，罗峰的庄园内，书房中。

罗峰坐在书桌前，拳头大小的巴巴塔在他肩膀上，二人此时都盯着面前的笔记本电脑屏幕。

邮件中的内容非常多，可归纳起来很简单，只有一件事。

"哈哈哈哈，50年了，虚拟宇宙公司总算下达任务了。"巴巴塔激动地欢呼着。

"是啊，总算有任务了，积分还挺高，按照任务完成度给予积分奖励，最高可以得到20万积分。"罗峰也微笑地看着邮件内容，担当监察特使，一直负责监察特使的本职工作，等卸任那天即可得到10万积分奖励。

当然……原始秘境成员在域主级，很多都会待数万年。

数万年仅仅得到10万积分，这是根本不可能的。所以当时任命罗峰担任监察特使时，就明确说了，会安排一些特殊任务工作去做，每一项特殊任务工作都会有相应的积分奖励。

宇宙级，可以自主选择一些修炼任务。

域主级，却只能默默地等待虚拟宇宙公司下达工作任务。

苦等50年，总算有工作任务下达了！

"要大开杀戒了。"罗峰盯着邮件中描述的内容，"这工作任务要达到100%完成度很不容易，需要杀的目标中竟然还有一个封侯级不朽神灵。"

"完成100%，屠杀至少过亿。"巴巴塔也嘀咕，"虚拟宇宙公司够狠的啊！"

"牵扯到族群战争，虚拟宇宙公司手段狠辣也丝毫不奇怪。"罗峰观看着屏幕上邮件内详细的讯息。

经过虚拟宇宙公司详细探查，确认乾巫宇宙国梦幽帝国皇族曜亥家族族祖曜亥以及他徒弟杰弗里斯这两大不朽神灵，都被虫族强者实施了灵魂侵袭操控。曜亥、杰弗里斯这两大不朽神灵已经成为虫族的爪牙。

整个曜亥家族都被虫族利用，322万年来都在悄悄渗透，在域外战场上因为曜亥家族是内奸，人类损失极大。

任务概述：曜亥家族嫌疑人员、麾下暗中操控18组织的精英成员共1.2亿人，以及不朽神灵曜亥、杰弗里斯，全部予以击杀！

目标实力细目：

1、曜亥、杰弗里斯都是乾巫宇宙国普通的不朽神灵。实际上在得到虫族的灵魂方面的秘典后，二人已实力大进，曜亥具有封侯级不朽神灵实力，杰弗里斯也具有上等不朽军主实力。

2、普通成员 1.2 亿人。共有界主 39 人，域主 812 人，宇宙级 91256 人，余下为行星级、恒星级不等。

任务细目：

1、击杀曜亥（封侯级不朽神灵），任务完成度增加 20%，任务失败则扣除完成度 20%

2、击杀杰弗里斯（上等不朽军主），任务完成度增加 10%，任务失败扣除完成度 10%。

3、杀光 1.2 亿人，任务完成度增加 15%，有一人未杀死，则算失败，任务失败不惩罚。

4、亲手击杀目标盖斯离（界主一阶），任务完成度增加 10%，任务失败不惩罚。

亲手击杀目标艾芙（界主一阶），任务完成度增加 10%，任务失败不惩罚。

亲手击杀目标坦布林（界主二阶），任务完成度增加 15%，任务失败不惩罚。

亲手击杀目标雷德（界主三阶），任务完成度增加 20%，任务失败不惩罚。

可动用资源：

1、乾巫宇宙国第九军团（集团军）

2、金角族群"塔文部"行动队

3、虚拟宇宙公司情报系统

任务期限：1 年（过期未完成的分任务，一律认定为失败）

任务奖励：总完成度乘 20 万，为最终奖励积分。

任务接受人：罗峰

"好长的任务介绍。"罗峰坐在书桌前，看着面前的笔记本电脑屏幕，微笑道，"虚拟宇宙公司也没全让我亲自动手，如果让我亲手去杀封侯级不朽神灵，我干脆直接放弃任务了。"

"金角族群塔文部？"罗峰肩膀上的巴巴塔盯着屏幕。

邮件内容很长，除了最基本的一些外，还有第九军团的介绍，以及金角族群塔文部的介绍。

"这次需要杀 1.2 亿人，我一个人肯定没办法，更做不到一个不漏。"罗峰低沉道，"让第九军团动手刚刚好，而对付那两位不朽神灵，将其击败容易，而击杀不朽神灵是非常艰难的一件事，刚好需要那塔文部行动队。"

第九集团军，很强。塔文部行动队，更是巅峰武力不朽神灵小队。

"事不宜迟，我准备今天就出发前往梦幽帝国红晨星和金角族群的人汇合。"罗峰郑重道。

……

当天罗峰和妻子儿子、父母、弟弟说了声，便悄悄带着不朽神灵迪伦以及五名界主，乘坐陨墨星号离开了地球。

陨墨星号飞船在暗宇宙中以 50 倍光速恒定速度前进着。

飞船控制室内，罗峰、迪伦二人都坐在那。

"迪伦，以你的经验来看，我这次任务怎么做才能获得尽量高的完成度，最好是 100% 完成度。"罗峰看着面前的黑袍光头迪伦，论经验，论见识，自己和迪伦比的确差很多。这第一次执行任务，罗峰丝毫不敢怠慢。

"这四个分任务中。"迪伦郑重道，"反而最麻烦的是杀那 1.2 亿目标，毕竟人太多，一旦真的动手，会引起目标组织恐慌逃逸，1.2 亿人在宇宙中乱逃，想要个个杀干净，根本就是不可能的事。"

罗峰微微点头。

宇宙如此浩瀚，要找那些躲起来的人，真的很难。

"所以，四个分任务，击杀 1.2 亿目标需要非常小心。"迪伦说道，"不动手则已，如果要动手，必须快如闪电，在极短时间内将 1.2 亿目标给屠戮杀光。"

"明白。"罗峰点头。

"而击杀两大不朽神灵曜亥、杰弗里斯，也有一定的危险。"迪伦眉头紧皱，双眸目光幽冷，"任何一个不朽神灵都是非常难以杀死的，更别说一个封侯级不朽神灵了。而且一旦消息泄露引起对方提前逃跑，透过神国传送，他们可以被瞬间传送到宇宙中极为遥远的某地，想找都没法找。"

罗峰点头，这点绝对不能大意。

"四个分任务，击杀曜亥、杰弗里斯，失败是要扣完成度的。"迪伦郑重道，"失败，不但得不到完成度，反而倒扣。"

"嗯。"罗峰点头。

假设自己完成其他两个分任务,连续亲手击杀四大界主,得到55%完成度,将1.2亿目标全部屠戮光,得到15%的完成度。可一旦没能击杀两个不朽神灵,那可就要倒扣30%完成度……最后只剩下仅仅40%的任务完成度。

"最后就是亲手击杀任务。"迪伦微笑起来,"其实这四个界主,对虚拟宇宙公司而言并不重要,可他们的实力刚好给你练手,算是对你实战能力的一种考验。"

罗峰点头。

四名界主,两个界主一阶,一个界主二阶,一个界主三阶。

让域主级九阶的天才去杀,这种事情恐怕也只有虚拟宇宙公司才会安排。

"而且这亲手击杀任务占的完成度很高哦,击杀四人,就能得到55%完成度,比击杀那两个不朽神灵还高呢。"迪伦笑呵呵地说。

不管罗峰还是迪伦,对于虚拟宇宙公司屠戮1.2亿人,只是惊叹震撼,却没有丝毫不满。

因为罗峰和迪伦,一个拥有传承记忆,一个是寿命很长地位高,所以二人都很清楚浩瀚宇宙中族群的争斗是何等的惨烈!一些潜伏到人类中的其他族群强者一旦暴露,逃又逃不掉,发疯似地屠戮乱杀,恐怕能杀死万亿人口都不止!故一旦判定有人是背叛整个人类族群在为其他族群做事的,一律杀无赦!

"殿下,从这到红晨星,以陨墨星号速度大概需要16天。"迪伦笑道,"殿下,你先去休息吧。"

"嗯。"

罗峰点头,当即回了休息舱。

在罗峰回休息舱的同时,一丝意识迅速连接虚拟宇宙网络,进入到虚拟宇宙紫晶岛了。

虚拟宇宙,紫晶岛是一座耀眼无比的通体紫晶构成的一眼看不到尽头的岛屿,就是乾巫分部办公点。

"特使。"

罗峰行走在巍峨的主宫殿内,一路上那些域主、界主,乃至不朽神灵见到罗峰,都恭敬行礼。片刻后,罗峰就来到了一座接待厅门口。

"罗峰,罗峰,赶紧过来。"紫电侯热情喊道,"第九军主都来很久了。"

"哦?"

罗峰笑着和紫电侯一起步入接待厅内。

宽阔的接待厅内,有一通体黑色的岩石圆桌,圆桌四周摆放着一个个高大的王座,这时候正有着三人坐在那王座上,分别是金羽侯、黑湮侯以及一名通体笼罩在青色战铠中的高瘦男子。

这高瘦男子,身高约在 8 米,皮肤呈现钢铁之色,双眸幽冷,嘴唇泛着紫色。即使高坐在那,依旧有着一股让人心悸的气息,仿佛那高瘦男子整个人化作无尽的闪电,让人不敢轻易靠近。

而在高瘦男子身后,则站着密密麻麻的不朽神灵们,一眼看去,足有百人。

"第九军主?"罗峰笑着走过去。

"特使。"高瘦男子也走下王座,微笑地走来。

二人彼此相视,面带笑容。

"按照虚拟宇宙公司的命令,我乾巫宇宙第九集团军百万战士,听候特使差遣,无敢不从。"高瘦男子声音低沉,仿佛两块铁块撞击的低沉声。

"没什么差遣不差遣,都是为虚拟宇宙公司,为我人类战斗。"罗峰笑道。

高瘦男子听了不由得笑容更盛。

毕竟,他堂堂第九军主也是封侯级不朽神灵,地位也极高,所以听一个域主级九阶小家伙差遣,心底总是有点不爽。不过罗峰这么客气,也满足了他作为封侯级不朽神灵的高傲。

"罗峰。"那黑纱少女笑道,"我给你简单介绍下第九军团。"

罗峰仔细聆听着。

"第九军团,又称第九集团军,由 100 个军组成。"黑纱少女说道,"每一军,由一位不朽神灵、100 位界主、1000 位域主、10000 位宇宙级组成。整个第九军团宇宙战士超过百万名。"

罗峰点头。

前往域外战场的正规军,每一个军足有万人。

而罗峰的护卫军,却仅仅只有 1 名不朽神灵、10 名界主、100 名域主、1000 名宇宙级,规模缩小到十分之一。主要是护卫军更加重质,所以护卫军中的界主个个都是界主巅峰,个个都得到本源法则承认。

而去战场上厮杀的宇宙正规军,就不可能这么奢侈了。一个军,100 名界主,恐怕也只有那么几个是界主巅峰得到本源法则承认。

122

第十四章　金角族群

乾巫宇宙国的宇宙军队,由100集团军组成,宇宙战士过亿!

实际上这么庞大的军队对一个宇宙国而言,压力并不算大,首先乾巫宇宙国有上亿星系,就算自然发展,一个星系都能诞生一个宇宙级!更何况界主、域主一大群,乾巫道场开遍了整个宇宙国。

在教导的情况下,平均一个星系的宇宙强者数量超过10个,总体超过了10亿!

这么一算,宇宙军队过亿宇宙战士,的确不算太大负荷,宇宙国内有充足血液可以不断供应。

"罗峰,这第九军主是来自我虚拟宇宙公司,也是我虚拟宇宙公司成员。"黑纱少女笑着介绍。

"以后恐怕会经常麻烦第九军主。"罗峰微笑道。

"应该的。"高瘦男子看向黑纱少女,"我们也受乾巫分部军部管辖……特使如果有事,尽管吩咐,谈不上麻烦。"

罗峰看了一眼高瘦男子身后那一大群不朽神灵。

高瘦男子见状,低沉道:"这些都是我第九军团麾下100军主,部分来自虚拟宇宙公司,部分来自乾巫宇宙国。"

罗峰点头。

按照之前看邮件得到的资料介绍,乾巫宇宙国的宇宙军队一共有过万不朽神灵担任军职。这些不朽神灵中,一半来自虚拟宇宙公司,一半来自乾巫宇宙国,彼此混淆在各个集团军中,以保证整个宇宙军团不会分裂。更何况,乾巫宇宙国也不敢跟虚拟宇宙公司搞分裂。

"特使,不知道这次任务有什么需要我第九军团去做的?"高瘦男子看着罗峰。

"不急,很快我会将详细任务过程发给你。"罗峰说道。

"哈哈哈……那我就等特使你下达命令了。"高瘦男子微笑道。

在这之前，整个第九军团对任务是一无所知的。任务，必须绝对保密。

按照罗峰计划，就算最后执行，也不可能将所有讯息都告诉第九军团。第九军团，只是他能用的一个资源、棋子而已。

时间流逝，罗峰透过虚拟宇宙网络和公司情报系统那边联系，确认了所要击杀1.2亿目标的详细讯息。然后迅速制定了作战计划，将这1.2亿人详细信息，所在的一些星球地点，告诉第九军主。

一旦令下，直接封锁星球，进行瓮中捉鳖！务必做到一个不留，全部屠戮干净！

……

"下一步，就是要接触金角族群塔文部了。"罗峰坐在虚拟宇宙雨相山原始区，自己的庄园书房内，看着眼前的笔记本电脑屏幕上显示的大量讯息，这都是金角族群塔文部的讯息。

"金角族群，和金角巨兽的名字很像啊。"罗峰笑道。

巴巴塔撇嘴道："金角巨兽，是血肉类生命星空巨兽的其中一支，而这个金角族群根本就不属于血肉类生命。"

宇宙中生命按大类，可分血肉类生命、金属类生命、智能生命、能量类生命、植物类生命、岩石类生命。即使属于同一种生命，长相、身体结构等等依旧会有很大的区别。

如岩石类生命，有些族群长相就类似岩石，有的如一座大山，有的如巨石，而有些表面上丝毫看不出岩石的痕迹，乍一看有的甚至和人类一样，有的和某些血肉类怪兽一样，只是内部构成有区别罢了。

"好奇妙的种族。"罗峰看着详细介绍，惊叹道，"金角族群，属于岩石类生命的一种，长相酷似人类中的波拉族，从表面上看根本看不出区别。"

"而实际上，它们吃的是泥土、橡胶，拉出的也是一些晶体。"巴巴塔不屑道，"就算切开他们的身体，也仿佛切开一些合金似的，不会有丝毫血迹，更加不会有五脏六腑等器官，因为岩石类生命天生都不需要呼吸。"

罗峰点头。

"金角族群属于宇宙亿万族群中的普通族群。"巴巴塔不屑地说道，"实力太弱，人口又不少，所需要的疆域地盘较大，导致在宇宙中实在混不下去了，所以就投靠人类,成为巅峰族群人类的一个附庸族群了呗。"

宇宙族群,可分巅峰族群、强大族群、普通族群、弱小族群四种。

之前的焱神族,属强大族群。金角族群,属普通族群。

"不弱啊,至少金角族群有很多部落,随便一个部落派出的行动小队就有一名封王级不朽神灵、七名封侯级不朽神灵。"罗峰感慨道,"一个部落就那么强大,整个金角族群还是非常可怕的。"

"我说的弱,是相对人类而言!"巴巴塔撇嘴道,"你要明白,再怎么样,那也是一个族群!"

"宇宙中再弱小的族群,都不能小瞧,否则那些族群根本不可能在宇宙中生存,早就被一些强大族群给吞掉了。"巴巴塔说道,"就说这金角族群,据我估计……至少封王级不朽神灵上百个,宇宙国主强者也能有三两个吧,横扫乾巫宇宙国绝对没问题的!"

罗峰点头。

情报资料上透露的来看,金角族群的确能轻易横扫乾巫宇宙国。

不过,人类的巅峰实力实际上都聚集在五大势力上。单单虚拟宇宙公司透露出的实力……比如独立在原始宇宙外的初始宇宙,比如轻易镇压血洛世界,比如轻易制造一方时空,人类实力的确是深不可测的。

"当然,他们仅仅只是人类的附庸。"巴巴塔说道,"脏活累活危险活,它们做!好事喜事宝贝事,我们人类上。"

罗峰笑了,同时心中慨叹宇宙族群生存的不易。

金角族群那般实力,也只能当人类附庸,给人类卖命,以获得整个族群发展所需的资源。

"他们算好的了,一些更弱小的族群,连成为附庸的资格都没有。"巴巴塔不屑道,"直接被抓来,当成奴隶般去奴役。"

罗峰点头,也生出了一个想法:自己,也该成为人类立足浩瀚宇宙的其中一个支柱!让人类疆域内的 1008 宇宙国的无数人类们可以过上相对和平的生活。

……

当陨墨星号还在暗宇宙中,朝那红晨星赶路时,一支神秘强大的小队已经抵达了红晨星。

红晨星是一颗很普通的生命星球,在虚拟宇宙公司的一个驻点内。

豪奢通体金色的大殿内，九名强者正分散坐下，他们皮肤都呈现青色，眉心部位都有竖着的金色痕迹，而他们面前的餐盘内都摆放着一个个精致的或是条形化合物，或是圆形材料。

"咔嚓咔嚓咔嚓。"其中一名穿着黄金色战甲的青年，拿着一圆形金属，大口大口吃着，赞叹着，"味道真不错，这合金搭配的味道真是绝美啊。"

"大家看一看资料。"一苍老声音响起。

坐在最上面全身笼罩着金色铠甲，只是露出一双苍老眼睛的老者低沉道："这是人类这次安排给我们的接头人，也是我们需要听命的人类的一些资料。卡什那，你等会儿再吃！先看看这资料。"

"是，老师。"战甲青年点头。

其他七名不朽神灵也都看向那投影光幕上的资料。

"罗峰？"战甲青年念叨着，"来自土著星球'地球'的一个年轻人，恒星级时参加虚拟宇宙公司天才战，一鸣惊人。在1008宇宙国的无数绝世天才巅峰对决中获得前十，进入太初秘境。嗨，老师，这个家伙挺厉害的啊。"

"继续看！"老者低喝道。

"哦。"战甲青年继续看着。

"哇！"战甲青年一瞪眼，"竟然内部第一次资格战就冲进原始秘境，属于人类数万纪元都难得一出的绝世天才？嗯，担任监察特使，啧啧，这都担任监察特使50年了，就没一点新消息了。"

"大家都已经看到了。"老者环顾四周，随即目光落在战甲青年身上，"卡什那，这次是应首领要求带你过来。不过，你仅仅只是界主实力，所以乖乖听乖乖看，不要给我们惹麻烦，知道吗？"

"明白了，老师。"战甲青年点点头，可眼睛却滴溜溜地转动。

老者不再看这个弟子，而是朗声道："从资料判断，这不是普通的原始秘境天才，他的进步速度非常惊人。就算将人类虚拟宇宙公司原始秘境的界主天才都算在里面，这罗峰的潜力都要排在前列！"

"嗯。"金角族群塔文部的七名不朽神灵都点头。

"按照族内法规，这种人类的绝世天才，将来有机会身居人类高层的，必须交好。"笼罩在金色战铠中的老者，声音渐渐变得狠厉起来，仿佛刀剑撞击，"这次任务是结交这叫罗峰的人类的绝佳机会。我们金角族群要生存，即使很难结交人类的高层，也要结交他们未来的高层。一切，为了族群！"

126

"一切，为了族群！"七名不朽神灵，包括那名战甲青年，也肃容应道。

"享受餐宴吧。"金色战铠老者说道。

塔文部的精英队伍成员们开始吃着虚拟宇宙公司专门为他们定制的合金、特别的化合物，笑声朗朗。

时间一天天过去。

红晨星的外太空一片宁静，忽然星空中荡起涟漪，凭空出现了一艘血色三角形宇宙飞船。

"殿下，前面就是红晨星。"控制室内，迪伦遥指前方。

罗峰站在那，身后则站着五名界主护卫。

"嗯。"罗峰微笑点头，"走，去见见金角部落的不朽强者们。"

嗖！

陨墨星号迅速冲进红晨星大气层，开启隐身系统，不引起红晨星星球警戒系统以及星球上人们的丝毫察觉，陨墨星号就已经降落到虚拟宇宙公司在这星球的驻点。

广阔的庄园内，九名金角族族人都站在那，看着这一艘血色三角形宇宙飞船。

"这是……F级宇宙飞船！"战甲青年双眸放光，他激动得青色皮肤都隐隐闪烁丝丝银光，"而且应该是赤混铜母材质，通体赤混铜母的一艘宇宙飞船，这得花费多少资源？这个罗峰，真是个财主！"

"嗯！"金角族群塔文部的七名封侯级不朽神灵双眸中也有着渴望。

唯有那金色战铠老者微笑地看着这一切，此刻，这老者并没有戴头盔。

"好好努力，等你们拥有封王级实力，族内也会帮你们弄一艘F级宇宙飞船。"老者看了身侧七名封侯级不朽神灵族人说道。

作为附庸族群，金角族群得到的资源自然是远不如人类的。

人类中，封侯级不朽神灵几乎人人都能拥有一艘F级宇宙飞船，至于封王级，数百万混元单位对他们只是小钱而已。

可金角族群不同，在金角族群内，拥有封王级不朽神灵实力，才能做到个个拥有一艘F级宇宙飞船，至于封侯级不朽神灵，只有极少数极少数才有那等荣耀。

"哗！"

舱门开启。

在金角族群九名族人的注视下，穿着银色战铠的黑发青年带着身穿黑袍的不朽神灵护卫、五名界主护卫沿着舱门飞出，随即那艘庞大的陨墨星号便凭空消失不见。

"金角族群塔文部长老'寺番祁'携队，迎人类特使罗峰殿下。"金色战铠老者朝罗峰微微颔首点头，他那眉心的金色痕迹也同时光芒一闪，在他旁边的另外八人则全部躬身，同时眉心部位金色痕迹也闪烁亮起。

"寺番祁长老，不必客气。"罗峰笑着走来，同时目光扫过在场其他八人，眉头微皱，"长老，你们怎么多一人？"

"罗峰殿下。"

金色战铠老者微笑道，指向那名彪悍的战甲青年，"这是我塔文部首领的独子卡什那，从出生到如今，已经超过十万年，可是他却从来没有离开过家乡。这次是跟随我们小队出来在宇宙中看看，多点见识，还望殿下你见谅。"

罗峰点头一笑，看向战甲青年："卡什那，很高兴能够见到你。"

战甲青年眼中顿时有着兴奋之色，他那青色皮肤上银光闪烁，道："罗峰殿下，见到你，我也很激动很开心，谢谢你。"

罗峰发现这战甲青年说话时似乎有些傻气。

也不奇怪。宇宙中血肉类生命，在诸多种类生命中是最强的，都是因为血肉类生命的智慧极高。像植物类生命，恐怕就是界主级的植物生命都赶不上一个普通人类的头脑思考速度。

像金角族群，作为岩石类生命，头脑本来就不够聪明，当然域主级、界主级智慧是丝毫不亚于普通人的。只是让他们学习人类的宇宙通用语，说话显得傻气也就不奇怪了。

"罗峰殿下，我们先到里面，再商量这次任务的详细过程吧。"金色战铠老者说道。

"嗯。"罗峰点头，和金色战铠老者并肩走向客厅，而迪伦则和其他七名封侯级不朽神灵并肩往里面走。

……

客厅内。

罗峰等一大群人都依次坐下，看着眼前金角族群族人，长相样貌还是很酷似人类的，只是仔细观察，还是能够感觉出他们和人类的区别，比如说话的声音,就仿佛钢铁撞击声。

"根据虚拟宇宙公司给我们下派的任务,这次是要对付两个不朽神灵,一个封侯级叫曜亥,一个普通上等军主层次叫杰弗里斯。"金色战铠老者微笑道,"我们内部已经商量好,我携三名封侯级族人对付那名封侯级目标曜亥,而另外四名封侯级族人联手对付那名上等不朽军主杰弗里斯,绝对不会让他们逃逸,一定能成功击杀!"

罗峰笑着点头。

虚拟宇宙公司安排的确很不错,毕竟队伍内还有位封王级不朽神灵。

其实也是没法子,击败神灵容易,可击杀神灵是很麻烦的,大多数时候,最多是封印不朽神灵,或者让不朽神灵陷入沉睡。而真正要杀死不朽神灵,比击败要难上数十倍百倍! 这也是为什么派出这么强大小队的缘故。

"寺番祁长老的安排,我没意见。"罗峰笑看着眼前金角族群九人小队,"如果两名不朽神灵目标分在两地,就按这么来。可如果其他地方,就得灵活机动了。"

"嗯。"金色战铠老者点头。

"有一点我需要说清。"罗峰看着眼前九位,"任务过程,我需要九位完全听从我的命令,不可擅自行动。"

"这点我们明白,任务要紧。"金色战铠老者点头。

"很好! "罗峰点头,"那么,我们现在就出发吧。"

"现在出发? "那战甲青年一瞪眼。

顿时惹得金色战铠老者和其他七名封侯级族人都看过来,吓得那战甲青年嘿嘿陪笑。

"依我看,你们这位族人卡什那,跟在我的身边为好。"罗峰笑道,"我不想到时候出什么纰漏。"

"我要跟着老师。"战甲青年道。

"没问题,罗峰殿下。"金色战铠老者应道,同时冷冷地看了眼战甲青年,令那青年只能乖乖低头听从。

当即,罗峰他们一群人分乘两艘宇宙飞船,离开了红晨星,前往梦幽帝国的帝都星。

陨墨星号飞船和金角族群塔文部的那艘飞船,同时前进着。

而罗峰本人的一丝意识则进入虚拟宇宙网络，来到雨相山原始区自己的庄园中。

"我需要准确的情报，目标人物曜亥和杰弗里斯的准确位置。"罗峰坐在书桌前，面色铁青地看着眼前的笔记本屏幕，屏幕上正有着一名美丽的动人心魄的碧发女子。

"罗峰殿下，杰弗里斯现在就在帝都星，可是曜亥……一直没出现，我们怀疑他在他的神国中。"碧发女子恭敬道。

"放屁！"罗峰直接冷喝道，"他在神国中，怎么进行击杀？找不到他的神国，而且他随时可以透过神国前往无比遥远的区域。我现在不是问你原因，我只需要结果！我要你给我一个准确的星球地址，同时要保证曜亥就在那星球上。"

碧发女子吓得冷汗淋淋。

"我知道你们情报系统，规模庞大，需要肩负很多责任，同时也要做很多事。不过我这件任务重要性也不低，再无结果。"罗峰喝道，"我只能向总部反映你们的无能，并且我亲自来办理了。三天，最后三天，三天后一定给我一个准确的答案。"

"是！殿下！"碧发女子恭敬道，甚至都不敢抬头。

随即通讯关闭，罗峰坐在书桌前，气得鼻孔直喷气。

"别生气，这很正常，虚拟宇宙公司是何等大的一个势力。它麾下的情报系统是何等庞大臃肿，同时处理1008宇宙国的事，恐怕和其他族群来探测情报、暗杀、间谍活动啥的，全部都花费精力。你这事恐怕在重要性上排得很低，所以他们那边不会花费太大精力。"巴巴塔嘀咕道。

"我知道。"罗峰淡漠道。

任务期限是一年。虚拟宇宙公司情报部门当然知道任务期限，所以刚开始不会太急，那1.2亿人的地址等详细信息可以轻易得到，可是一名藏身在神国内的不朽神灵，情报系统没法查，自然也懒得花费更大精力了。

他们只要在任务期限内给出准确地址，那么就不算失职。

至于罗峰能否完成，他们可懒得理会。

"以虚拟宇宙公司情报系统能力，找不到那曜亥，直接引出来不就行了？"罗峰冷笑，"随便一个强大不朽神灵聚会，广发邀请函，也同时邀请给曜亥，曜亥不就现身了？方法多的是！只是他们不想动用太大精力而已。"

三天后。

罗峰本人的陨墨星号宇宙飞船、金角族群塔文部的宇宙飞船,连第九军团的足足 30 艘无比庞大的星际战舰,都停在距离梦幽帝国帝国帝都星大概 1200 光年的一颗矿物星球上,只要时机一到,他们即可迅速通过宇宙穿梭,一个小时不到,就可直接抵达帝都星!

第九军团的 30 艘星际战舰,也就是 30 个军。一名封侯级不朽神灵,30 名不朽军主,3000 名界主,3 万名域主,30 万名宇宙级战士。

之所以安排这么多人,就是因为 1.2 亿的目标,有足足近 3000 万都是在帝都星,且其中有很多重要人物。

"情报部到现在都没给我曜亥的准确位置。"罗峰站在陨墨星号控制室内,看着外界矿物星球上的一片荒凉,眼眸隐隐有着怒色。

"罗峰,虚拟宇宙网络通话申请,是情报部门。"巴巴塔的声音在罗峰脑海响起。

第十五章　猎杀行动

血红色的三角形宇宙飞船停在这颗荒寂矿物星球的一座土山上。

这颗矿物星球的其他区域还有另外无比庞大的 30 艘星际战舰，以及一艘金角族群塔文部小队的宇宙飞船……诸多宇宙飞船战舰的核心，显然就是陨墨星号。

陨墨星号的一间餐厅内。

"我们这得等到什么时候？"坐在餐厅内大吃着的战甲青年不耐烦地喊道，"情报部门不给我们准确情报，连目标现在到底在哪我们都不知道，根本就没办法下手啊，难道我们就一直等下去？"

"安静点。"餐桌边的金色战铠老者看了他一眼。

"等候命令！"高瘦的第九军主冷漠道，"情报部门可不会在乎你们的唠叨。"

战甲青年嘟哝了下嘴巴。

"脚步声？"第九军主、金色战铠老者几乎同时转头，远处餐厅的舱门哗的一声自动分开，只见穿着银色战甲的罗峰微笑着，身后跟随着不朽神灵迪伦，大步走了进来。

看到罗峰脸上笑容，第九军主和金色战铠老者都不由得笑了。

"似乎有好消息。"战甲青年也默默嘀咕着。

"朋友们！"罗峰朗声笑道，"现在我们那位不朽神灵曜亥也正在进行一场宴会，就在帝都星！"

"哈哈，太好了。"战甲青年兴奋得跳起来。

金色战铠老者、第九军主也都站起。

"难得情报部门效率这么高。"第九军主微笑道，旁边的金色战铠老者笑呵呵道："估计他们不敢怠慢罗峰殿下吧。"

"走，随我去控制室。"罗峰一声令下。

132

总首领罗峰、护卫迪伦、塔文部小队首领金色战铠长老寺番祁和卡什那以及第九军主，堪称这次行动的整个指挥高层，集体来到了陨墨星号的控制室。

罗峰站在控制室内，看着外面苍茫荒凉的矿物星球景色，冷声道："塔文小队、第九军团 30 军，目标梦幽帝国帝都星，出发！"

"是！"

……

控制台屏幕上有着一些头像，一共足足 31 个头像，正是那 30 艘星际战舰以及塔文部小队的飞船指挥。

"轰！"

陨墨星号以及塔文号，一前一后，化作两道流光迅速冲天而起，飞向太空。

"轰隆隆——"

地动山摇。

30 艘长度超过万米的庞大星际战舰缓缓起飞悬空，随即速度越来越快，最后化作 30 道流星光芒，直接飞入宇宙太空。

当罗峰率领着宇宙军队在暗宇宙中迅速前往梦幽帝国帝都星时，那帝都星内是一片繁华热闹景象。

帝都星，一直是经济中心、政治中心，聚集着这个宇宙国度最上层的一群人。

而今天在帝都星的皇宫内正举行着一场规模庞大、规格极高的宫廷宴会，参会的绝对是梦幽帝国最上层的一群人。

"二公主，听说这次来我们梦幽帝国的那位不朽存在，是乾巫宇宙国的一位大人物。"穿着一身紫色套装的美妇人端着酒杯，正在宴会厅角落和一名貌美的碧发美妇人低声聊着，"所以连族祖都亲自赶来招待呢。"

"族祖招待，那来人应该是不朽神灵。"碧发公主眼睛放光，"我还没见过宇宙国那边来的不朽神灵呢。"

"等会儿公主你就能看到了。"美妇人笑道。

此时餐厅内已经很热闹了。

早早来到的帝国高层豪族成员们彼此低声交流着，一些美貌的女子也从中物色她们看中的豪族青年……一般这种高层次宴会，也是年轻人们最好的相亲宴会。

······

帝都星外。

哔！

星空中仿佛泛起道道涟漪，一艘血色三角形宇宙飞船率先出现，紧跟着就是塔文号宇宙飞船，最后一个个无比庞大的星际战舰也出现了，黑压压一片聚集在太空中。

"殿下，那就是梦幽帝国帝都星。"迪伦笑着遥指前方。

罗峰从宇宙太空中观看，那梦幽帝国的帝都星就仿佛蒙着一层薄雾，通体隐隐呈现一种淡绿色。

"好美丽的星球。"罗峰轻声夸赞道，"可惜，今天就要被战火波及了。"

"无可避免。"迪伦也郑重道。

这次是要击杀封侯级不朽神灵曜亥、上等不朽军主级的杰弗里斯，作为随手即可波及整个星球的不朽神灵们，一旦行动真的开始，毫无疑问整个星球肯定会被波及。

"寺番祁长老。"罗峰喊道。

"殿下。"塔文部长老寺番祁仔细地聆听命令。

"等会儿你带队去击杀曜亥、杰弗里斯。"罗峰轻声道，"我希望，有可能的情况下，尽量让普通民众活命吧。当然……第一目标，是击杀那两个不朽神灵。"

"明白。"寺番祁长老点头。

罗峰看着星空中那颗美丽的星球，眼神渐渐变得锐利起来，冷声喝道："第九军团30军，从太空中封锁整个帝都星，行动期间，任何从帝都星逃逸的飞船，一律摧毁！"

"明白！"

"明白！"

连续30道声音几乎同时响起。

"行动！"罗峰一声令下。

顿时原本围绕在陨墨星号周围的30艘星际战舰开始分散，准备从外太空包围那帝都星，封锁整个帝都星外太空区域。

"寺番祁长老，你们也行动吧。"罗峰看向寺番祁。

"殿下，你放心，我塔文部小队一定会击杀那曜亥、杰弗里斯。"金色战铠老者眼眸中信心十足。

"记着，要和虚拟宇宙网络开启同步传送直播。"罗峰说道。

同步传送，能够将战斗发生的情景瞬间拍摄记录同步传送给虚拟宇宙网络，因为这种传送是"虚拟宇宙系统"进行主控，所以根本不可能作假。像这种任务的详细过程等等，都必须要做同步传送。

"明白。"金色战铠老者点头。

"一切拜托长老了。"罗峰郑重地看着老者，"击杀他们二人是这次行动最重要的一部分，如果失败，这次行动就算失败大半了，绝对不能让他们逃掉。寺番祁长老，我在这太空中，静候你的佳音！"

"出发吧！"罗峰下令道。

那金色战铠老者化作一道幻影，迅速从陨墨星号的舱门飞出，进入了旁边那艘塔文号。

塔文号飞船内有一名封王级不朽神灵以及七名封侯级不朽神灵，都迅速化作一道道流光，直接飞向那帝都星的大气层。

"巴巴塔，战斗一旦开始，进行远程转播，我需要看到帝都星内的战斗过程。"罗峰说道。

"没问题！虚拟宇宙公司改造的许多系统都非常优秀，我们距离那帝都星非常近，完全在探测范围内。"控制台屏幕上巴巴塔兴奋地喊道。

"记着，战斗进行再探测，否则容易打草惊蛇。"

"明白。"

罗峰默默地看着那颗宁静的美丽星球，也看着那 30 艘狰狞的星际战舰，仿佛 30 颗卫星环绕那帝都星。

"开始了！"

罗峰深吸一口气。

宴会厅。

"神主到！"一道恢弘声音响彻整个金碧辉煌的宴会厅，原本还喧哗议论声不断的宴会厅瞬间就完全安静下来，皇族的精英高层们，整个梦幽帝国的豪族大人物们，个个无比谦逊恭敬地在那默默等待。

只见从宴会厅的侧门，三道人影先后走出。

无形的不朽法则波动，令在场那些界主、域主、宇宙级以及很多普通人，都感到十分压抑。

"拜见神主！"

随着一名界主率先跪伏下，顿时整个宴会厅所有人齐刷刷地全部跪伏下，高声喊着："拜见神主。"

站在宴会厅高台上的是一名穿着碧绿色战铠，容貌俊秀，额头还镶嵌着一枚奇异结晶，整个人乍一看就仿佛是邻家男孩似的阳光，就这么一个看似淳朴青春的少年，却是梦幽帝国的开国皇帝，曜亥家族的族祖！

他，曜亥，掌控着梦幽帝国最高权力。

"今天，我很开心。"曜亥微笑着，声音回荡在在场每一个人的耳边。站在那高台旁边的另外两名不朽神灵，其中一人身材魁梧，头顶尖尖，正是梦幽帝国的二号人物，曜亥的弟子——不朽神灵杰弗里斯！

还有一人则穿着华贵的暗金色长袍，有着洁白如雪的长发，面带微笑，整个人好似太阳般耀眼。

"因为宇宙国的隆赤尔大人，来到我们梦幽……"曜亥声音戛然而止。

他眉头一皱。

杰弗里斯以及那白发如雪的不朽神灵同样眉头皱起，都抬头，因为他们三大不朽神灵都感觉到一种强大的神力掠过他们这，这是一种非常不敬的行为。

宴会厅内聚集的那群豪族高层们都疑惑地抬头。

"哈哈，好热闹的宴会。"

"嘎嘎，人类还真是会享受啊。"

"是啊，你看那个站在台上的小娃娃，哈哈。"

各种刺耳就仿佛玻璃划过的说话声音，在整个宴会厅内回荡，令那些豪族高层们不禁个个捂住耳朵。

碧绿色战铠少年曜亥双眸冰冷，喝道："放肆！"

轰！

声波远远超越正常声音传播速度，在不朽之力传动下，几乎瞬间直接轰击向皇宫外那说话的敌人。以曜亥的能力，轻易地发现了在帝国宫殿上空隐匿着三股庞大的法则气息，正是三名不朽神灵。

"怎么回事？"洁白如雪长发老者皱眉道。

"有敌人。"碧绿战铠少年曜亥传音道，"三个，实力都很强，不过感觉不是人类。"

136

"外族入侵？"那白发老者怒气上涌。

"哼，看我把他们解决，胆敢擅闯我人族疆域，找死。"曜亥冷笑一声，当即瞬间化为一道绿色虹光直接破开宴会厅的顶部，那宴会厅顶部的建筑材料就仿佛被瞬间焚化般化为虚无，当这绿色虹光冲破宴会厅屋顶的瞬间，通体黑色的大锤闪烁着刺眼金光，突兀出现在那绿色虹光前方。

"啊！"

碧绿战铠少年曜亥脸色大变，他根本没有丝毫察觉就被敌人冲到了面前，眼前这瞬间砸来的巨大黑锤仿佛将周围一片空间完全给裹挟，令人感觉就仿佛天整个塌下来了，那股可怕的压力令曜亥没有抵抗的信心。

"封王级！"曜亥尖叫着，同时直接挥动他的右拳，拳头上仿佛戴着网格状的拳套。

二者瞬间撞击！在撞击前不管是黑锤，还是曜亥的拳头，都没有引起其他波动，显然是能量无比地凝聚，可是当碰触的瞬间——

"轰！"

拳头和黑锤撞击处瞬间仿佛诞生了一颗耀眼的太阳，单单撞击时产生的可怕高温就令周围空间扭曲，在无比强大的不朽之力碰撞产生的冲击波下，首先下方的那座宴会厅瞬间就直接被摧毁，那些帝国豪族们、皇族精英们个个惊恐地喊着，一个个被强大不朽之力的余波直接横扫，或是化为飞灰，或是直接贯穿肉体。

惊恐喊声、叫声，在可怕的冲击波面前不绝于耳。

皇宫方圆三千公里外，那些帝都星居民们发现，皇宫中忽然无比寂静，仿佛连风声都完全隔绝了。

"轰！"

紧跟着整个皇宫猛地爆炸开，仿佛海浪似的，整个皇宫都震荡起伏起来，所有的建筑在震荡中瞬间化为废墟，那冲击波蕴含的不朽之力冲击，连部分倒霉的界主被波及到后都直接爆炸死去。

"看，皇宫爆炸了。"

"皇宫，啊！"

帝都星很多居民们看到那噩梦般一幕，感到脚下大地的震颤，完全惊呆了。

……

帝都星的外太空，陨墨星号正悬浮在星空中。

"探测帝都星,将战斗情景转播过来。"陨墨星号控制室内,罗峰吩咐道。

"是。"巴巴塔兴奋地应道。

嗤!

三维投影虚拟,罗峰、第九军主、迪伦、卡什那都看着屏幕,屏幕上同时出现了三处图像,其中两处是和平的场景,另外一处则是已经有大半区域化为废墟的皇宫。

"不知道那个曜亥有没有死。"卡什那嘀咕着。

"曜亥,一定会死。"罗峰盯着屏幕。

皇宫内。

战斗是突然发生的,封王级不朽神灵寺番祁一开始便潜伏看准机会瞬间偷袭,虽然那曜亥拼命抵挡,可是依旧被一锤砸得整个身体完全化为灰烬,连血肉骨头都碎得不能再碎。

"老师!"杰弗里斯面色大变。

"外族,也胆敢在我人族嚣张。"那白发老者全身散发着耀眼光芒,就仿佛一颗恒星般耀眼。

"隆赤尔大人,请帮我救下老师,杀死那群外族。"杰弗里斯急切喊道,而这时候有三道雄浑气息瞬间从天而降,同时从另外一个方向,几乎闪电般同样又冲来三道雄浑气息,正是六名封侯级不朽神灵同时出现!

六大封侯级不朽神灵冲向废墟内。

"呀!"杰弗里斯咆哮冲天而起。

"外族,受死。"白发老者隆赤尔也咆哮冲起。

"轰!"

杰弗里斯瞬间和金角族群塔文部的其中一位封侯级不朽神灵交手,可怕的不朽之力冲击波令早已化为废墟的宫殿群再一次遭受沉重摧毁。

"呀。"杰弗里斯面色狰狞。

"嗤!"

一道金光瞬间划过杰弗里斯的腰部,令杰弗里斯直接被切割成两半,紧跟着更加强盛的一道金光降临,浇在杰弗里斯断裂的身体上,令杰弗里斯的身体发出"嗤嗤嗤"的声音,身体不断地被腐蚀,直至完全消失不见。

"隆赤尔!"死前,杰弗里斯咆哮声还在宫殿群废墟上空回荡。

杰弗里斯恐怕死都不相信,隆赤尔会对他下手!

白发老者站在半空中冷然一笑:"胆敢背叛人族,死!"

"背叛人族?没想到竟然被你们发现了。"冷厉尖利的声音响起,远处大量不朽之力汇聚成一道模糊人影,正是曜亥,曜亥怨毒地看了一眼白发老者,又看了眼追杀来的一道道塔文部不朽的身影。

嗖!

曜亥迅速逃逸。

"逃?就等着你凝聚身体呢。"随着苍老声音响起,那金色战铠老者几乎瞬间就挡在了曜亥前方。

"瞬移?"曜亥尖叫,脸色煞白。

而远处默默站在半空观看的白发老者隆赤尔冷笑一声:"真是白痴,背叛人族难道还想活命不成!虚拟宇宙公司的安排,怎么可能给他逃命希望。不过这次派出的异族不朽强者还真强,竟然是封王级不朽,且已经能施展瞬移……曜亥,你死定了!"

星空中。

陨墨星号内,罗峰、第九军主、迪伦、卡什那四人都看着屏幕,屏幕上正播放着探测到的战斗情景。

"嗯,杰弗里斯死了?"罗峰惊讶道,"就这么死了?"

不朽神灵是很难死的,可这杰弗里斯死得倒真快。

"殿下。"迪伦微笑道,"那杰弗里斯本身实力就弱些,还没达到完美的'不死之身'地步。而且对他动手的是宇宙国的隆赤尔,隆赤尔是精通光线本源法则、时间法则的封侯级不朽神灵,光线本源法则强者本来就精通'净化',时间、光线结合,形成时光效果,要完全净化湮灭掉一名普通不朽神灵并不难。"

罗峰点头。

"不过,要杀曜亥就难多了。"迪伦皱眉看着屏幕。

"曜亥已经达到'不死之身'地步。"第九军主低沉道,"即使将他轰成渣,他也能再度将身体凝聚,要杀死他只有两个方法,一是湮灭,二是灵魂毁灭。不过那金角族群的寺番祁长老并不精通灵魂,那么……只有湮灭一法了!"

罗峰微微点头。

不朽神灵,真正达到完美不死之身的不朽神灵,真的非常难以击杀。

当年在混沌城，那高高在上的混沌城主也未曾杀死那两个不朽神灵。当然主要是混沌城主手下留情，可即使如此，混沌城主的那一手掌拍下还是很可怕的，极难死亡就是不朽神灵的可怕之处。

普通不朽神灵，精神印记和身体细胞凝练结合未完美，那么，连续轰杀几次即可灭杀。

而成就不死之身，不朽神灵的任何一个细胞碎片即使被轰碎也会再度凝聚起来，甚至对全身能量几乎没什么消耗！单单靠轰杀手段，就算轰杀百次千次，依然杀不死对方，反而不如直接将对方给封印简单。

"灵魂毁灭"，就是当初呼延博的死法。

全身能量虽然没损失，却仿佛中了"毒"似的，所有灵魂印记全部遭到渗透，随着时间流失，所以灵魂印记会破碎……自然就死了！

可能做到这一步的人，首先实力差距得大，其次必须精通灵魂方面的攻击手段。

而湮灭，纯粹是能量消耗，将对方的不朽之力不断湮灭化为虚无。当一名不朽神灵完全被湮灭干净，没有一丝能量，能使用这种手段的人——首先具有压倒性的优势，其次需要消耗无比惊人的不朽之力。

消耗太大……会严重影响自身实力！

"轰！"

屏幕上，八道光影不断围着一道光影战斗厮杀。

"嗷——"

"嘶——"

屏幕中被围杀的不朽曜亥发出咆哮，眉心部位的结晶放出肉眼可见的碧绿光芒，向周围射去。顿时控制室内迪伦、第九军主都惊呼起来。

"怎么了？"罗峰一惊。

"虫族的灵魂攻击手段。"迪伦郑重道。

"跟真正虫族施展的一样。"第九军主也郑重道。

战斗在进行着。

在一名封王级不朽神灵、七名封侯级不朽神灵围杀下，特别是其中那位封王级不朽神灵寺番祁长老，宁可牺牲自己大量的不朽之力去湮灭他……这名梦幽帝国的开国皇帝曜亥，不朽之力不断被湮灭，身体强度也越来越弱，终于在不甘的咆哮声中，身体直接崩溃了。

"恭喜殿下,曜亥已死！他的不朽之力已经弱小到无法凝聚神体了。"迪伦微笑道。

"恭喜殿下。"第九军主也笑道。

罗峰点点头。

看着那足有五分之一区域化为废墟的帝都星,下令道:"行动,开始击杀1.2亿目标。"

第十六章　虫族追杀

罗峰一声令下，不但那 30 艘庞大的星际战舰开始行动，就连分散在其他诸多星球的第九军团 70 万宇宙战士也都同时开始行动了。

梦幽帝国帝都星。

经历之前的狩猎不朽神灵大战后，整个帝都星五分之一区域化为废墟，其他区域也遭受震动波及，房屋倒塌，人们受伤等等。

帝都星上的一座小镇，随处可听到呜咽哭泣声，房屋倒塌随处可见，不过人们的身体素质都较强，最多只是被砸伤，只有极少数死去。

"别哭，乖，别哭。"

"哥哥，房子没了。"小女孩哭着，眼睛红红的。

男孩抱着小女孩，在他们后面还站着一对年轻夫妇，年轻夫妇看着眼前倒塌的房屋也是一脸悲凉，因为帝都星上的房产是非常昂贵的，他们最大的家产就是这么一座房屋。现在倒塌了……事后，肯定会有新豪族权贵阶层将这一片地收回去。

每次灾难，都是一次利益的重新分配。

他们这些底层，永远是被剥削的。

"哥哥，你看。"小女孩瞪大眼，遥指远处。

"啊。"男孩也瞪大双眼，傻傻地看着远处天空。

天空中，一艘无比庞大通体漆黑显得很狰狞的宇宙星际战舰，就仿佛一座巍峨的大山悬浮在高空，遮盖住了阳光。而在天际尽头远处，有一艘看似渺小、却一模一样的星际战舰降临。

此时，30 艘星际战舰同时缓缓降临，悬浮在帝都星的高空，并且绝对制空，任何想要乘坐宇宙飞船逃离的都被摧毁。

"天呐！"

"宇宙星际战舰!"

帝都星上,处处都能看到天空远处那庞大的狰狞的星际战舰。

这种参加域外战场的星际战舰比普通常见的战舰不知道强了多少倍,单单30艘星际战舰形成的能量罩将整个帝都星给罩住,就令帝都星的人们惊恐万分了。

"哥哥,那边有艘飞船过来了。"小女孩瞪大双眼喊道。

她的哥哥、爸爸、妈妈都仔细看去,一艘血色三角形宇宙飞船缓缓降临,直接穿透能量罩,最终降落在小镇的一个广场上。小镇的人们都屏息看着,他们很清楚,能够直接穿透那庞大星际战舰布置的能量罩进来,又没有受到星际战舰攻击,这艘宇宙飞船肯定来历不凡。

"哗!"舱门开启。

在小镇居民惊恐不安的注视下,穿着银色战铠的黑发青年带领身后两名不朽神灵(迪伦、第九军主)、六名界主(卡什那以及罗峰的五名界主护卫)飞出了舱门,然后轻轻落在这片刚刚遭受震荡的土地上。

"嗖!"

一道人影凭空出现。

这是一笼罩在金色战铠中的耀眼身影,他手持一巨大的黑色大锤,整个人站在那就仿佛能令整个天地颤抖。

"殿下。"金色战铠老者微笑道,"曜亥已经死去。"

"嗯。"黑发青年点点头。

这对话并没有刻意被屏蔽,周围盯着看的小镇居民完全惊呆了,曜亥?曜亥死了?

作为梦幽帝国的居民,谁不知道梦幽帝国皇族是曜亥家族。整个皇族当中只有一个人敢叫曜亥这个名字,那,就是这个家族的创始人!族祖!也是他们梦幽帝国最伟大的"开国皇帝"!

"开国皇帝是神灵,竟,竟然死了?"

"不……"

小镇居民们震惊不已。

可是他们看着天空中让他们心悸的庞大狰狞的星际战舰,又看看那艘血色三角形飞船,以及那黑发青年周围的一群人散发的不可思议的可怕气息。

"如果他们没杀死开国皇帝,怎么胆敢这么封锁整个帝都星,而皇族那边又没丝毫反应？"很多人都明白，这一切已是事实。

嗖！

小镇居民中一道人影悄然飞窜。

"艾芙！"一道低喝在这座小镇上空回荡，只见原本闪电般逃逸的人影竟然被直接定在了半空。

那艘血色三角飞船旁的黑发青年以及他的手下们这才飞了过去。

"罗峰殿下。"清脆柔弱声音响起，"我看过宇宙天才战，我知道是你，可是你为什么抓我？"被定在半空中的人是穿着朴素的美丽棕发女子。她的鼻子很挺，眼睛略微内陷，皮肤则呈现淡绿色。

罗峰等人降落在她面前。

"你这叛徒，我老师可是封王级不朽，在我老师面前，你一个界主也想逃走？"战甲青年卡什那指着这棕发女子喝道。

"封王级不朽？"棕发女子艾芙震惊不已，她努力挣扎了两下，可是空间束缚下她岂能摆脱？

"罗峰殿下，你为什么抓我？"棕发女子艾芙看着罗峰，似乎很委屈。

"你只有两条路。"罗峰看着她。

"一，和我一战，如果我杀不死你，你即可活下。二，死。"

罗峰根本懒得和这女子废话，棕发女子艾芙被凝固在半空，咬牙看着罗峰，却也明白，连曜亥都死了，恐怕她的一些事也真的暴露了，好歹也是一名刚刚突破成为界主的强者，她也懒得再装。

"罗峰殿下，你说，让我和你战斗？我只要不死，就能活下？"艾芙看着他。

"对。"罗峰点头。

"我能相信殿下你吗？"艾芙盯着罗峰。

"哼。"罗峰身侧的迪伦低哼一声，冷漠道："殿下的信誉，比你的命要贵重得多。"

"好！"艾芙眼睛发亮，"那就一战吧！"

轰！

顿时原本的空间束缚消散，无形的空间壁障出现在四周百米范围，那金色战铠老者寺番祁声音有力："殿下，我已经布置下空间壁障，100米长宽高的空间，是殿下你和这女人交战的空间。"

罗峰点头。

"来吧!"艾芙原本朴素的衣服瞬间开始变形,凝结,变成流线型的灰色战铠,同时她的手中也出现了两柄短剑。

罗峰则站在原地。

"我就不信,我界主实力还击败不了你!"艾芙叱喝一声,顿时在无形的世界之力压迫而下,她的体内世界开始投影,令空间范围内顿时变成一片黑色森林世界,艾芙她就仿佛这黑色森林中的主宰。

轰!

世界之力延伸下,艾芙手中的两柄短剑,瞬间化为两条巨大的黑色长鞭,缠绕向罗峰。

"法则感悟上和虚拟宇宙公司的天才们差距的确大。"罗峰摇摇头。

罗峰都不想使用衍神兵。

"吼!"

瞬间,罗峰宛如一头绝世凶兽猛地冲出,强行踩踏着那森林内的大树、草叶,横冲直撞,直接冲向那两条黑色长鞭。

呼呼呼——

罗峰的双手犹如闪电,带着凶厉气息,直接引动了宇宙的金之本源、空间本源,强大的法则之力融入罗峰那快如闪电的双爪,竟然只是闪电般抓了几下就将那两根黑色长鞭直接给从中断裂了。

爪法——《三千星空》

"不愧是天才,但——"艾芙双眸迸发出凶光,手中的双剑瞬间引动了强大的世界之力,形成无穷无尽的树叶藤蔓缠绕向罗峰。

可罗峰在断裂那长鞭的同时,速度丝毫不减,继续扑向艾芙,当那无穷无尽的树叶藤蔓笼罩而来时,罗峰面色狰狞,就仿佛当年那头巨型独角蜥蜴兽神挥爪撕裂那巨大手掌一般,也挥动他的右爪!

轰隆隆——

金色的右爪足有数米高,带着一股兽吼声,空间法则、金之法则的法则之力完全融入右爪中,形成了实质的一个右爪,摧枯拉朽般直接撕裂那些树叶藤蔓。

"怎么可能。"艾芙瞪大眼睛。

轰!

右爪直接将她整个人给撕裂开来,鲜血飞溅,一颗命核从她碎裂尸体飞出，仓皇逃窜。

"嗖。"罗峰一闪，便已经抓住那颗命核。

"仅仅比我多一点世界之力、世界投影，可法则感悟方面比我差太多了。"罗峰摇摇头，直接捏碎了这颗命核。

"巴巴塔，关闭虚拟宇宙网络同步传送。"罗峰说道。

战斗已经结束。此战，让自己得到了10%的任务完成度。

"可惜，任务中给我的四个亲手击杀的目标，仅仅只有一个在帝都星上。"罗峰暗自摇头。

嗖！

罗峰忽然冲天而起，迪伦、第九军主、寺番祁长老等一群不朽神灵也跟着飞起。

站在半空中。

罗峰遥看远处，以他域主级九阶视力能轻易看到数千公里外，只见那一艘艘星际战舰上，大量宇宙战士俯冲下来，去猎杀名单上的目标。整个帝都星都处于血腥杀戮中……当然，只是击杀目标。

"殿下，看那边。"战甲青年卡什那惊呼着盯着远处。

罗峰也转头看去。

只见迷蒙的光芒在上千公里外亮起，同时周围空间都荡起丝丝涟漪，并且一个个狰狞的庞大身影若隐若现，一个个庞大的金色虫族战士密密麻麻地从中飞出，在大量的金色虫族战士中央，还有着一高足有十多公里的金字塔形状的巢穴，那巢穴上满是窟窿，各种毒液毒气弥漫，同时耀眼的光柱从一个个金色虫族战士喷发而出。

瞬间，整个帝都星成为了金色的海洋。

"殿下，快逃！"

"神国传送，是不朽级虫族母巢！"在看到那迷蒙光芒中的无数狰狞身影时，迪伦首先抓着罗峰闪电般地冲向陨墨星号，封王级不朽神灵寺番祁、第九军主、卡什那等一群人也个个冲向陨墨星号。

帝都星完全成为金色光柱的海洋。

"轰隆隆——"

嘭！

整个帝都星直接爆炸开，连内部最坚硬的星核都碎裂开来，只此一击，原本在星球上进行猎杀任务的大量宇宙战士死伤无数。

而这次行动的总指挥飞船陨墨星号也仓皇逃窜!

那高足有十多公里的金字塔形状的虫族母巢,在那耀眼的金光海洋中忽然传出无比刺耳的声音。

"吵!"

高亢刺耳的声波令密密麻麻的金色虫族战士们咆哮起来。这些金色虫族战士模样主要分成两类,一类是类似人形,高度约在 30 米,全身宛如无数甲铠构成,它有着甲虫般的翅膀,眼睛类似于蜻蜓复眼。

另外一类则比较奇特,高约 100 米,它们身体微微弯曲好似驼背,脑袋和身体上长满了眼睛,足有上千双眼睛,背部还长着百对翅膀。

这两类虫族战士身体完全是金色的,散发出的气息令周围空间都震动起来。

随着虫族母巢中发出的高亢刺耳声波,顿时两类虫族战士都咆哮起来,首先那一群金色人形甲虫战士个个张开嘴巴,锋利的类似玻璃管直径约 30 厘米的口器,忽然发出刺目的白光。

数千名金色虫族战士统一张开嘴,伸出那口器。

"嗤!"

"逃!"

"快逃,全部都给我快逃!快,快,快!"在陨墨星号中的第九军主已无丝毫平静,只是惊恐着急,拼命对着陨墨星号的控制台向其他 30 艘星际战舰咆哮着,那 30 艘星际战舰都已经启动,想要加速逃逸。

可是,星际战舰的启动速度,又怎么及得上那群强大虫族战士们的速度?

数千名身高在 30 米仿佛传说中魔神般的金色虫族战士,口器同时射出一道刺眼白色光柱,数千道白色光柱同时在高空的一个"点"汇聚!数千名强大虫族战士的配合,简直犹如一个人。

当数千道白色光柱汇聚到一个点时——

"噗!"那一点处的宇宙空间猛地震荡起来,直接爆裂,露出了可怕的空间乱流,顿时,各种混乱的破碎空间、层叠空间乱流涌动。

同时,以那一点为中心,震动的宇宙空间仿佛多米诺骨牌效应似的,直接朝四面八方天上地下各个方向弥漫开!一瞬间,就好似超新星爆发似的壮观!

轰！

产生了一颗耀眼的直径足有千万公里的超大光球，那启动速度慢的30艘庞大的星际战舰仿佛暴怒大海中的30艘小舢板，瞬间就被那膨胀得可怕光球给包裹了，完全消失在了视野当中！

紧跟着！

这比普通恒星还要大得多的超大光球猛地化为无数冲击波，朝四面八方冲击开，这时候那无比可怕的刺耳声音才响起。

"轰隆隆隆隆——"

宇宙震颤！空间碎裂！就仿佛世界末日！

在那喷射向宇宙四方的无数冲击波中，30艘星际战舰摇摇晃晃地翻滚着，就仿佛玩具般，在宇宙中被冲击波冲撞得乱飞。

"嗖！"

在无数冲击波中，一艘血色三角形的宇宙飞船好似乘风破浪，直接飞出。

……

陨墨星号内。

"不！"第九军主面色难看，死死转头看着后方，外景虚拟令他轻易看到那犹如玩具翻滚的30艘无比庞大的星际战舰。

"这，这太可怕了。"战甲青年卡什那瞪大了双眼。

罗峰咬着牙。

仅仅一次合击，竟然就将直径千万公里范围完全毁灭，冲击波幅散范围更广，这是何等可怕的威力！一些普通行星直径都不足一万公里，就算是恒星，直径也很少有超过上千万公里的。

如此攻击力，谁能抵挡？

身侧那金色战铠老者寺番祁低吼道："快，快走，另外一队数千名不朽虫族战士正在追杀过来！"

"不朽虫族战士？"罗峰一转头。

外景虚拟下，罗峰一眼看到在陨墨星号后方正有密密麻麻数千名的金色虫族战士。它们一律身高在百米，全身长满眼睛，弯着腰，背上有着密密麻麻数百对翅膀，所有眼睛都盯着逃逸的陨墨星号。

这些金色虫族战士，飞行速度丝毫不亚于陨墨星号！

不朽级，完全能够肉身进行宇宙穿梭。

"宇宙穿梭,倒计时……"陨墨星号内巴巴塔的声音响起。

"别穿梭!"金色战铠老者寺番祁连吼道,"没用,在暗宇宙中这群精通速度、追杀的不朽虫族战士,在没有光速限制下,它们瞬间迸发速度是远远超过这飞船机器的。"

"那怎么办?"迪伦吼道,"老家伙,快,快想办法!"

"快!"罗峰看着后面越追越近的那一群狰狞的金色虫族战士,也急了。传说中的不朽级虫族战士,一下子就出现了数千头,这是何等可怕的一股势力?在数千头不朽级虫族战士的合力攻击下,就算强如封王级不朽神灵也得逃窜。

"你们什么都别管,我来。"金色战铠老者一声低吼,同时整个人凭空消失在控制室。

"嗯?"罗峰面色一变。

"是瞬移,他已经出了飞船。"迪伦传音道。

"你们都别反抗,我直接将宇宙飞船收进我携带的一方世界。"那寺番祁长老的低沉声音在陨墨星号内所有人脑海中响起来。

嗖!

陨墨星号瞬间消失在半空,半空中只剩下笼罩在金色战铠下的寺番祁长老。

"可恶的虫族。"寺番祁长老站在宇宙星空中,回头看了眼那迅速冲来的数千名金色虫族战士,眼眸中有着仇恨之色,"下次在域外战场,我一定会让你们知道我的厉害。"

"嘈——"

追杀的数千名高大的金色虫族战士见到人类宇宙飞船瞬间消失,就仿佛是一个人般动作协调,所有金色虫族战士全身的密密麻麻眼睛同时射出了道道金色丝线,无数金色丝线弥漫开去,令无限空间凝固。

正准备再次瞬移的寺番祁长老也感觉到宇宙空间的凝固,顿时咬牙。

"混蛋!"寺番祁长老一声低吼,猛地加速。很快老就达到光速,宇宙空间荡起涟漪,他直接被传送到暗宇宙。

"嘈!"

飞速追杀的数千名金色虫族战士也再度加速,直接达到光速,周围宇宙空间荡起涟漪,集体统一进入暗宇宙。

……

一方世界内。

陨墨星号减速后停在一片广袤森林的上空，飞船的控制室内，一群人站在那沉默许久。

罗峰、迪伦、五大界主护卫、塔文部七名封侯级不朽神灵、卡什那、第九军主，这一群幸存者站在控制室内，心却完全悬着。因为所有人都清楚，他们仅仅是在寺番祁长老随身携带的一方世界内。

一旦寺番祁长老完蛋，他们也全部都要完蛋。

"能不能逃掉？那寺番祁长老能不能逃脱虫族的追杀？"罗峰看向迪伦。

"不知道。"迪伦摇头。

"绝对没事的，我老师有着无比强大的实力。"战甲青年卡什那喊道。

旁边高瘦的第九军主低沉道："不朽级虫族母巢，是属于虫族中的真正高层，每一个不朽级虫族母巢都无比可怕！在域外战场上，不朽级虫族母巢的出现简直就是一场噩梦！"

控制室内一群人默默地等待命运的审判。

他们现在最担心的就是这一方世界崩溃，那么，就代表寺番祁长老死亡。这一方世界被毁掉，他们自然会暴露。到时候，他们这群绝世强者的集合，在那不朽级虫族母巢面前毫无反抗之力。

"嗖！"

陨墨星号飞船直接消失在这一方世界内。

陨墨星号出现后，罗峰他们一眼就看清外面无际的寒冰。

"这是一颗温度极低的矿物星球。"熟悉的声音响起。

罗峰、第九军主、迪伦等所有人转头看，只见金色战铠老者突兀出现在控制室内，这就是瞬移能力的可怕。瞬移，并非是快速移动，快速移动是没有办法突破陨墨星号飞船阻碍的，可是，瞬移，根本可以无视高墙岩壁阻挡。

当然，即使是封王级不朽神灵中，也只是少数拥有"瞬移"能力。

"老师。"

"长老。"

控制室内一片欢腾。

罗峰也看着这金色战铠老者，微微躬身："寺番祁长老，感谢你的救命之恩。"

"这是应该的。"寺番祁长老眼眸中有着一丝疲惫,笑着道,"那群可恶的虫子们真是很难缠,幸好我是钻研宇宙空间本源法则中关于逃跑方面的,论空间封锁、绞杀,我或许差点,可是逃跑方面还是有点把握的。一次次宇宙穿梭,被追杀了数千星系,总算摆脱掉那群虫子。"

空间法则分很多方面,瞬移属于其中一个方面的极致。

"老师,你受伤了?"战甲青年卡什那盯着寺番祁长老的战铠,惊呼道。

寺番祁长老的战铠上已然有了裂缝。

"追逃过程中被攻击到一次。"寺番祁长老摇头,"这些可恶的虫子,个个拥有不朽级实力。虽然说它们没有什么本体智慧,全部听从那母皇控制。如果一对一,它们要比真正不朽神灵弱很多。可是一旦形成集体,它们拥有着共同的意识——母皇意识。虽然单独一个远不如真正不朽神灵,可几千个不朽虫族战士联手,远超几千个真正不朽神灵的联合之力,真的很可怕!"

第十七章　盘点

陨墨星号控制室内，听着寺番祁长老说的话，大家都沉默不语。

罗峰也情不自禁回忆起之前在帝都星发生的那一幕，当那不朽级虫族母巢和它麾下的大批不朽虫族战士们出现时，单单一开始那些虫族战士随意喷发的能量，就已相当于近万不朽级的能量喷发，直接令帝都星完全炸裂。

要毁掉一颗星球，是非常困难的一件事。

虽然界主一招即可让一颗生命星球陷入大灭绝，可那也只是令星球地表陷入灭绝，而星球本身依旧是存在的。

不朽神灵，也需要蓄力全力一击，才能毁掉一颗星球。

而那些不朽虫族战士数量实在太多，全部聚集在一起，一起喷发能量就会造成这般惊人的效果。

"刚才，刚才那一招，竟然毁灭直径千万公里的区域。"罗峰郑重道。

"是很强。"迪伦轻声道，"就算配合再好，数千名不朽神灵想要同时准确地施展攻击，让所有攻击都非常精妙地聚集于一个点，不允许任何一个出现误差，就算配合得再好，恐怕千次万次也难有一次成功。可是一旦成功，数千不朽的攻击力聚于一点，引发的空间乱流震荡，威力之可怕，简直能媲美宇宙尊者了。"

众人点头，依旧都有些心悸。

"一是意识一致。"寺番祁长老低沉道，"二是丝毫不怕死，三是在那虫族母皇意识操控下，数千不朽虫族战士可以施展出无比精妙的甚至蕴含法则的攻击，比如刚才追杀我时，就一直封锁着空间，令我根本无法瞬移。"

瞬移，就好似鱼儿在水中游。空间封锁凝固，就仿佛水瞬间变成冰，鱼儿自然没法游了。

"它们还懂得法则攻击？"战甲青年卡什那惊呼道。

"那是当然。"第九军主冷笑道，"虫族，作为能和我们人类媲美的巅峰族群之一,数量堪称宇宙中最多的几个族群之一,又可以堪称宇宙数量最少的几个族群之一。"

"假使计算那些没指挥的虫族战士,那么数量无穷无尽。"

"如果不计算,单单计算有智慧且智慧超高的'虫族母皇'们,一共也就那么些。即使是最普通的虫族母皇,成年巅峰期,也是界主级,能够产出大量的界主虫族战士。"第九军主说道,"更别提不朽级虫族母巢了,就连封王级不朽神灵遇到,一不小心都可能会陨落。"

"虫族母皇,智慧极高,意识计算能力极强,能分心操控无数虫族战士,还能精确攻击,这是何等厉害!"

"虫族,在灵魂上的运用,堪称宇宙最巅峰的几支族群之一。任何一个虫族母皇都是灵魂类大师,这也是想要灵魂控制虫族母皇那么难的原因之一。"第九军主冷笑,"而且虫族内的最巅峰的存在们,他们之中任何一个到来,恐怕一个灵魂侵袭,我们所有人都会被控制住,一个都逃不掉。"

战甲青年卡什那眨着眼:"这么厉害?"

其他人都看了他一眼,连塔文部的其他七名封侯级不朽神灵们都觉得丢脸。

罗峰也看了卡什那一眼,没说话。

虫族的厉害,在金角巨兽传承记忆中有详细的讯息描述,记忆中非常庞大的一部分讯息都是描述虫族的,由于实在太多,罗峰也仅仅了解些基本知识。可就这样,已经让罗峰感到惊骇和震撼了。

虫族!连金角巨兽族群也畏惧不敢招惹的一个族群,特别是虫族的一些核心地带,那无穷无尽的虫海战术,会让任何强者都丧失信心的。

"虫族母巢怎么会过来?怎么敢过来?"罗峰皱眉,"他们就不怕人类强者过去,将那虫族母巢灭掉,虚拟宇宙公司的一些强大存在,完全可以神国传送过来,到时候追杀那虫族母巢。虫族母巢假使透过神国传送到,更能趁机确认那虫族母皇神国的位置,一旦确认神国,那虫族母皇必死无疑。"

"殿下。"金色战铠老者声音宛如钢铁撞击,"曜亥、杰弗里斯既然被灵魂控制,或许就是被之前那不朽级虫族母皇给控制的。曜亥、杰弗里斯一死,那虫族母皇立即知道了,所以立即带领精英通过神国传送赶来,进行报复!"

"至于说它们为什么敢这么做?"

"我猜,那虫族母皇并非透过自己的神国传送过来,而是透过它控制的某个不朽神灵的神国过来。这样一来，就算遇到人类的超级存在追杀，那虫族母皇也能乘坐母巢，带领麾下虫族战士迅速逃逸。人类确认的坐标，仅仅只是个它控制的不朽神灵的坐标，对它自身并无威胁。以它控制的不朽神灵神国为跳板，它能非常安全地迅速逃亡到虫族核心疆域，人类的强大存在自然也不敢深入。"

罗峰听了点头，随即疑惑道："难道，它就没弱点？我们人类任凭它宰割？"

"当然有弱点。"金色战铠老者笑道，"人类的强大存在们，会在宇宙人类疆域无数地点留下坐标，一旦某个坐标出现了虫族母巢这种大威胁时，那些强大存在会瞬间神国传送过去，以压倒性实力将那虫族母巢直接灭杀。"

"当然！灭杀具有一定难度，可即使杀不死母皇，杀死大批不朽虫族战士也是有把握的。毕竟，要制造出不朽级虫族战士也不容易。"金色战铠老者摇头一笑，"那头虫族母巢也带来了大批家底。"

……

许久后。

控制室内的气氛稍微轻松了一些，不朽级虫族母巢作为高端威慑武力，罗峰他们也不想多谈。毕竟面对那种存在，人类中恐怕最起码是封王级不朽神灵才有反抗的能力。

"第九军主，军队伤亡怎么样？"罗峰看向第九军主。

"我正在透过虚拟宇宙网络，和控制其他30艘星际战舰的不朽神灵们进行联系。"第九军主显得有些颓败，声音都沙哑了，"现在情况还没有完全确认，请罗峰特使你稍等一会。我在和那些不朽神灵交谈，很快会将情报汇总起来，向罗峰你描述。"说完，第九军主闭上眼。

片刻。

第九军主睁开眼。

"怎么样？"罗峰追问。

"损失很大。"第九军主面色铁青，"刚开始那虫族母巢和麾下不朽军队神国传送抵达，肆意能量喷发，导致帝都星直接炸掉……令当时正在执行任务的大群宇宙级战士、域主战士乃至极少数界主都直接死亡了。"

罗峰沉默。

当时那一炸，不但大量战士死亡，连帝都星上无数无辜民众也全部死去，超过百亿人就这么死去。

"然后虫族母巢麾下那虫族大军集体性攻击,引起了空间震荡风暴,也引动了物质空间内爆炸,直径千万公里内化为灰烬。即使前一波攻击中有极少数界主幸免,这一波中也全部必死无疑了。"第九军主说道。

"就算一开始就在星际战舰,以及逃到星际战舰上的那些宇宙战士。"第九军主摇头,"在第二波那可怕的空间震荡风波、物质大爆炸中,普通不朽神灵都得死去。就算躲在战舰中,可单单那可怕的冲击力震动,就令所有在战舰内的宇宙级战士被震得身体化为烂泥,直接死去。而域主们虽然也重伤,可命核不碎,他们只是重伤而已。"

"30艘星际战舰,全部宇宙穿梭逃逸,并没有引起追杀。估计那虫族母巢,主要是追杀我们这些首领人物了。"

"统计下来,30艘星际战舰,存活下的有28名不朽神灵、1923名界主、5990名域主、0名宇宙级战士。"第九军主铁青着脸,报出了一串数据。

这数据,让罗峰沉默许久。

死伤惨重!

30艘星际战舰,本来是有30名不朽神灵、3000名界主、30000名域主、30万名宇宙级战士。

然而这一次袭击下来,所有宇宙战士在经历几次冲击后全部死光,就算躲在星际战舰内,可由于可怕宇宙空间震荡风暴、物质爆炸引起的震荡,也都个个死绝!

界主级因为狩猎目标中界主极少,几乎不需要他们出马,所以除了少部分带队,大部分界主都留在战舰内,所以才剩下过半!

域主因为大多带队出去猎杀目标,所以死得只剩下大概五分之一!宇宙级,死绝!

"不朽神灵怎么会死掉两个?"旁边的迪伦问道。

"根据幸存者说,因为当时30艘星际战舰在帝都星上空时,大批宇宙战士去猎杀目标,有两名不朽神灵也出了星际战舰。"第九军主叹息,"那虫族母巢传送过来,因为我们这边强者聚集过多,所以第一时间就攻击那两名不朽神灵。"

众人点头。

指挥部这边强者的确最多,第九军主、塔文部七名封侯级、隆亦尔、迪伦、封王级的寺番祁……这股势力,就算那虫族母巢派出大军,双方硬碰硬,虫族战士也要牺牲无数。所以想要瞬间灵魂攻击罗峰这批人，根本不现实。

"这次的任务。"罗峰苦笑。

"第九军主。"罗峰忽然想起另外70军，追问，"第九军团另外70军执行任务，结果怎样？"

"请等会儿。"第九军主闭上眼，意识连接虚拟宇宙网络，去和那70军联系。

片刻后，第九军主睁开眼。

"情况还好。"第九军主看向罗峰，"另外70军去执行任务都没有出现什么大的纰漏。"

罗峰松了一口气。

之前帝都星瞬间就有无数人死去，连30万大军都死得只剩下不足一万人，的确令罗峰有了很大的心理压力。特别是那原本很无辜、生活很平静的帝都星的居民们都全部死绝，令罗峰发自心底的震颤，如果今天这种惨剧换成地球，那怎么办？

这就是战争！族群战争！

在族群战争面前，特别是真正纵横宇宙的超级存在们，任何一个都拥有着毁天灭地的可怕实力，一颗星球在那些存在面前简直犹如玩具般被随意揉捏。

"我，必须成为真正的绝世强者！到时候位居虚拟宇宙公司高层，成为人类1008宇宙国真正高层的一群人，那样，我才能真正保护地球。甚至我还可以将很多地球人移民到我的神国中去。"罗峰心中掠过诸多念头，同时内心也更加坚定。

人，正因为有着各种追求、目标，所以才能不断坚定内心！

内心的坚定，也是意志坚强的一种体现！

在不断反思自己、坚定自己的过程中，罗峰意志也变得更强大，更加不可撼动。

"没出现大的纰漏？"罗峰皱眉看着第九军主，"你的意思是，有些小问题？"

"嗯。"第九军主点头。

"另外三名界主没能活捉？"罗峰追问道。

因为任务中是要求自己必须亲手击杀四名界主，而且占据任务完成度的55%，现在自己才刚刚击杀一名界主艾芙，另外三人都是在其他一些星球，所

156

以在计划当中,是安排第九军团其他人马去活捉那三名界主的。

"三名界主,已经活捉。"第九军主说道,"其他超过 9000 万目标,分散在 368 颗星球上。根据目标的实力、数量多寡,那 70 万大军,自然是分成了 368 个部分。"

罗峰点头。

"按照计划去做应该不会出任何问题。"第九军主微微低头,"特使,很抱歉,在 368 颗星球任务中有一个任务出了问题,导致那颗星球上有 12 名目标逃离。"

"哦?"罗峰眉头一皱,最怕出现这种情况。

按照任务要求,分成三部分,一是击杀两名不朽神灵,二是亲手击杀四大界主,三是杀死 1.2 亿所有目标。

1.2 亿目标实在太大,幸好有第九军团整个辅助,可没想到最后还是出现了漏网之鱼!帝都星毫无疑问都死绝了,那么漏网之鱼也就那么 12 个目标。

"怎么会逃离?"罗峰皱眉。

"368 颗星球的击杀行动,不可能百分百一致。"第九军主解释道,"而出问题的这颗星球——莫斯星球的组织最高管理人,估计得到另外一颗星球同伴的紧急传讯,所以他命令组织所有人,包括能够影响到的一些公司、私人团体等等,全部乘坐宇宙飞船立即离开。因为飞船不计其数,而当时去对付这颗星球的,只是派出一队 111 人,又没有星际战舰进行制空,根本来不及阻拦,在混乱下无法确认目标是否在那艘飞船,即使拼命追杀,只是杀死这颗星球上的 39 名目标中的 27 个,还有 12 个逃离。"

罗峰面色一沉,下令:"追杀这 12 人,不管如何,务必要杀死他们!"

1.2 亿目标,只要是在名单上的,就算只要有一人逃脱,那么这个分任务就算失败。

"一定。"第九军主点头。

"必须抓紧时间,等会儿我会请虚拟宇宙公司情报部门配合。"罗峰皱眉道,"当然只能寄希望于那群人还是朝一些生命星球逃亡。"

只要那 12 人去生命星球,在虚拟宇宙公司势力范围,那么找起来会容易得多。

可假设那 12 人直接躲在宇宙的某一个无人的矿物星球中,纯粹靠宇宙飞船内的供给维持生活的话,这样一来,谁找得着?

"特使。"第九军主安慰道,"离开群体,一直在孤独星球上生活,他们熬不住的。"

"只要他们熬过一年,我任务就失败了。"罗峰皱眉道,"尽力吧。还有,吩咐下去,将那三个被活捉的界主送到红晨星去。"

红晨星也是计划中罗峰和金角族群塔文部聚集的一个点。

红晨星的一座大厅内。

罗峰、寺番祁长老、迪伦、第九军主等人都在厅内。

"殿下。"第九军团的一位不朽神灵恭敬地向罗峰行礼,"那三个被关押的界主,都在我随身携带的一方世界内。"

"拿出来。"罗峰吩咐。

"是。"这穿着银灰色鳞皮甲铠的不朽神灵微微躬身,同时看向厅内巨大的空地,凭空出现了三个足有三米高、三米宽、三米长的暗红色箱子,这三个箱子刚刚一出来,就直接冲天而起。

"哼。"那银灰色鳞皮甲铠不朽神灵一声低哼,不朽之力幅散出,直接压迫束缚住那三个箱子。

"殿下,这三个箱子都是 E9 级合金建造成的,那三个界主逃不出。"不朽神灵解释道,"不过他们会乱飞。"

"你可以退下了。"寺番祁长老吩咐道。

"是。"不朽神灵微微行礼后便退下。

寺番祁长老冷漠地看着那三个箱子,轻易操控空间而直接困住那三个箱子,同时无形的不朽之力迅速将那三个合金箱子牢房直接打开,出现了三名界主,都是男性。

"吼——"

"放开我!"

"为什么抓我?"三人反应完全不一样。

可当他们感应到眼前这群存在的强大气息,确认竟然大半都是不朽神灵时,顿时个个焉了。

"事情很简单,我给你们活命的机会,只要……你们能击败我。"罗峰看着这三人,"否则,只有死路一条。"

"击败你?"盖斯离、坦布林、雷德,这三名界主强者都惊愕地看着眼前这

158

个域主级九阶的青年。

"你是罗峰？"

"天才战那个罗峰？"

"你说击败你？"

……

这三个看到一群不朽神灵时本已经绝望的界主听到罗峰那番话后都燃起了斗志，可是当真正战斗时——

厅内长宽高 100 米的空间被寺番祁长老弄成了空间牢狱。

"噗！"罗峰的手指如同无比锋利的利爪，直接贯穿坦布林的喉咙，可怕的爪劲直接透过手指迸发，将那坦布林体内的命核直接震碎，原本还瞪大双眼的坦布林眼神顿时暗淡了下去。

"哼。"罗峰插着坦布林的喉咙，随意一甩手，坦布林的尸体就仿佛一颗陨石般狠狠飞出去，砸在空间壁障上，震得骨头碎裂，鲜血乱飞。

罗峰双眸中满是煞气。

本来骨子里就充满煞气，加上这次任务又看到无数人死去，特别是帝都星上过百亿普通人死去时，罗峰已经憋着一肚子火。

"最后一个。"罗峰转头看去。

表情郑重的身高约 2.3 米魁梧男子，远远地站在那，就是罗峰需要亲手击杀的四名界主中最强的一位——界主三阶雷德。雷德也没有了刚开始的轻视，他终于意识到，宇宙中最最巅峰的天才，照样能在域主级九阶逆天击杀界主一阶二阶强者！

"罗峰殿下，我可和他们不一样，我的实力比他们强。"雷德被束缚着落入空间牢狱内，随即恢复了活动自由。

"而且——"

雷德双眸一闪。

咻！

无声无息一股念力攻击直接刺入了罗峰脑海。

"嗯？"雷德脸色一变，灵魂攻击竟然没成功！

罗峰却冷漠地看着他，靠地球人本尊对付界主三阶的精神念师并没太大把握。因为按照资料看，这名界主精神念师在法则方面也颇有领悟，加上界主拥有自己的一方世界，以及世界之力的压制，对自己是有非常大威胁的。这也是虚拟宇宙公司给自己最大的一个考验。

为了预防万一,罗峰早就将魔杀族分身变成了一战刀,放在静室内,原核也在魔杀族分身体内。

正因为毫无牵挂,所以罗峰才能真正力拼界主三阶的精神念师。

"虚空之塔的四层宝塔境,配合我强大的意识意志,抵抗这界主三阶精神念师的灵魂攻击竟然真的成功了,太好了。"罗峰暗道,《虚空之塔》是灵魂防御手段,对念力以及法则感悟要求比较苛刻,而罗峰的法则感悟……

媲美普通的界主巅峰强者!

罗峰的念力振幅达到 3200 多,很多封王级不朽神灵都没这么强!

这令罗峰在这 50 年中终于练成了四层宝塔境,且已经完全巩固!

须知,呼延博死去时是六层宝塔境,四层宝塔境已经是很多界主巅峰强者的极限! 这一尊四层宝塔守护灵魂,配合意识意志的强化,令宝塔防御更强,自然就硬扛住了冲击。

"你是比他们强,所以,值得我动用衍神兵。"罗峰看着雷德,身后凭空出现了一暗金色长棍。

……

空间牢狱内罗峰和雷德的厮杀,二人一个是体内世界投影形成的一方世界,另外一个是直接靠衍神兵、法则最终构成了"剑之世界",两个世界的碰撞,实力的一次次厮杀碰撞。

"好强的实力,域主九阶难道能杀界主三阶,而且这界主三阶可不是之前的水货,而是法则感悟上颇高的精神念师!"金色战铠老者寺番祁面色微变,"人类的绝世天才,还真可怕,难怪人类在宇宙中能强盛那么久。"

"长老,我们是不是该邀请罗峰去我们族内,增加些交情?"一名矮壮的仿佛钢铁墩子的金角族人低沉道。

"请他去我们那?"寺番祁长老的皮肤顿时闪烁着隐隐银光,僵硬的脸上浮现一丝笑容。

第十八章　伟大元老

"看，罗峰殿下要赢了。"寺番祁长老微笑地看着那空间牢狱内。

空间牢狱内。

界主雷德的脸上直接被刺穿，凌厉的剑气灌入他的体内，嘭的一声，身体就直接爆炸开来，血肉飞溅，撞击在那无形的空间壁障上后跌落在地。

"呼。"

脚踏暗云梭的罗峰缓缓降落在地，盯着那一地鲜血碎肉，"这雷德仅仅是界主三阶，没想到我要击杀他竟然这么吃力，单单从力量角度考虑，他应该比我强上数十倍。"

域主九阶和界主一阶，属于大层次的跨越，一旦达到界主一阶，便拥有世界之力、一方世界，实力直接提高十倍。

单纯能量角度考虑，界主三阶，是界主一阶的四倍。

整体算来，能量方面，界主三阶是域主九阶的数十倍！而这雷德在法则感悟上也差不多达到"通天桥第六层"地步！罗峰完全仗着法则感悟比对方强，以及念力振幅惊人的缘故来压制对手，最终得以成功击杀对方。

"我已经全力以赴施展法则攻击，没想到他逼得我要将念力振幅施展出1200的地步。"罗峰默默道，"一个小小界主三阶，都能达到通天桥第六层的法则感悟。他果然厉害。"

"界主期，修炼感悟法则，果然快。"

"轰！"

空间牢狱直接消散。

"恭喜殿下，获得大胜。"寺番祁长老当先走过来，笑着说道，"殿下域主九阶竟然正面击杀界主三阶精神念师，真是让人佩服啊！人类能诞生出殿下这等绝世天才，人类族群只会越加强盛。"

罗峰一笑，同时意识下令："巴巴塔，关闭同步传送。"

"你刚刚战斗完,我就直接关闭了。"巴巴塔说道。

罗峰无奈。智能生命和智能光脑的区别就是,智能生命会自作主张,当然前提是不违背罗峰的一些最根本命令。

"罗峰殿下。"那战甲青年卡什那问道,"这个界主三阶的家伙,让殿下你用了几成实力?"

"卡什那。"寺番祁长老顿时低喝一声,"给我闭嘴。"

卡什那顿时低头不语。

作为一名界主,看到罗峰域主九阶就能击杀界主三阶,自然有些心痒疑惑。

"寺番祁长老,卡什那问得也没什么。"罗峰淡笑道,"这个雷德,也逼得我使出大半实力了。"

"大半?"

寺番祁长老、卡什那,以及在场其他人,甚至连不朽护卫迪伦都吃了一惊。

罗峰刚才已经施展出衍神兵"剑之世界"的无所不在的境界,这竟然还没到其极限么?

罗峰暗自一笑。

刚才自己念力振幅仅仅施展到1200,离自己的极限3200还差一大半。再加上自己最强的飞行兵器是洛夫鹦盘,一旦使用洛夫鹦盘,飞行速度、诡异程度等还会有一个飙升!不过,洛夫鹦盘实在太过昂贵,一般是封侯级不朽神灵的标准配备,罗峰当然不至于因为这一战就拿出洛夫鹦盘来。

总的来说,此战,罗峰大概发挥出了三分之一的实力!当然,这仅仅是地球人本尊发挥的而已。

片刻后。

宴会厅内,摆满了丰盛的宴席。

罗峰、迪伦、五名界主护卫、第九军主面前摆放的是人类的食物,一些奇异的瓜果、美味肉食等等。而另外一边寺番祁长老、七名封侯级不朽神灵、卡什那面前摆放的则是一些特质的合金、一些特殊材料等,就跟金角巨兽主要是吃金属一样,不同生命构造爱好的食物也会天差地别。

"寺番祁长老,这次实在是谢谢各位帮忙,如果不是各位以及隆赤尔先生,要杀那曜亥、杰弗里斯,绝非容易的事。"罗峰端起酒杯,微笑道,"我敬各位一杯。"

"殿下客气了。"寺番祁长老等塔文部不朽神灵们个个举杯,连卡什那也举杯。

"这次隆赤尔先生功劳很大,可惜他早早回去了。"寺番祁长老笑着举杯,喝下一些很浓稠的液体,罗峰等人看了就喝不下,可是寺番祁长老他们却个个非常享受似的将这些都喝下去。

"殿下。"寺番祁长老放下酒杯笑道,"吃完后,我等就要回归家乡,回归族群。在这之前,我很诚挚地邀请罗峰殿下你前往我金角族群生活栖息之地参观。"

罗峰一怔。去这金角族群的生存之地?

"殿下,我金角族群毕竟也是宇宙中一个庞大的族群。"寺番祁长老颇为骄傲地说道,"拥有着和人类同样无比悠久的历史,也有着自己独特的底蕴,不谈别的,就谈殿下你使用的这个衍神兵。"

"衍神兵?"罗峰疑惑,谈这干什么。

"这衍神兵,是精神念师九大神兵之一。"寺番祁长老微笑道,"不单单是人类会使用衍神兵,宇宙中很多族群,只要是走精神念师路线的,有很多都使用衍神兵。真正的好发明,宇宙诸多族群都会使用的。"

罗峰点头。

"殿下可知道,这衍神兵创造者,乃是我金角族群历史上的最伟大的元老。"寺番祁长老说道。

"元老?"罗峰疑惑。

元老,在金角族群内是什么职位?

"哦,殿下可能还不清楚。"寺番祁长老笑道,"我金角族群和人类不一样,人类是宇宙国度的统治形式。而我金角族群却有十万部落,无数的部落彼此竞争,而统领管理整个金角族群十万部落的就是高高在上的元老院!只有成为元老,才能进入元老院。"

"元老什么实力?"罗峰追问。

一个族群最巅峰的存在,是什么实力?

"必须成为宇宙尊者,才能成为元老。"寺番祁长老眼眸中有着一丝渴望,"元老院中的元老们,都已经成为宇宙尊者。"

罗峰倒吸了一口凉气。

乾巫宇宙国仅仅就一个宇宙尊者存在——乾巫国主,没想到这金角族群的最巅峰武力，竟然一群元老个个都是宇宙尊者。

"不知道金角族群有多少元老？"罗峰好奇问道。

"抱歉。"寺番祁长老摇头，"任何一个族群的巅峰武力，永远都是秘密。我金角族群到底拥有多少元老，就连我都不知道，这是族内的最高机密之一。"

罗峰微微点头。

很正常。当底牌完全被弄清，很多时候，离灭族也就不远了。

"而创造衍神兵的，是我族群历史上最伟大的元老——希罗多！"寺番祁长老声音高亢起来，其他七大封侯级不朽神灵以及卡什那的眼眸中都有着骄傲崇拜之色，"希罗多，伟大的希罗多！我金角族群永远的骄傲——希罗多！"

寺番祁长老等九名族人，都处于激动崇拜中。

罗峰也感觉到那种浓浓的狂热。

"在伟大的希罗多带领下，我金角族群在宇宙中也能有立足之地。"寺番祁长老眼眸忽然黯淡下来，"不过，自从希罗多元老进入一个可怕的宇宙秘境中再也没有回来后，我金角族群地位顿时下降了许多。"

罗峰一怔。

一个族群，竟然因为一名伟大领袖存在的失踪、陨落，而地位下降？这只能说明这位领袖个人太强，而族群整体实力和领袖实力差距大了些。

"之后，我们金角族群就成了人类的附庸族群。"寺番祁长老说道，"在人类帮助下，我们才有足够的疆域领地，让族群生存。"

罗峰叹息。

希罗多么？

看来……他是一个纵横宇宙的真正超级存在，要比乾巫国主强很多，否则怎么能坐镇一个族群？

"希罗多元老当年曾留下一尊圣碑。"寺番祁长老自豪道，"这圣碑，类似你们人类族群的混沌碑。"

罗峰一怔。

对。混沌城内共有 52 尊混沌碑，那 52 尊混沌碑培养了人类一代代的绝世强者。没想到在金角族群内竟然也有这么一尊类似混沌碑的圣碑，却是那希罗多留下。

"在我们族群，唯有最优秀的天才勇者，才有资格去参悟圣碑。"寺番祁长老感叹道，"亿万年岁月，我族群内大量的不朽神灵，都是透过这圣碑最终突破为不朽的。即使希罗多元老消失了,可他依旧是我族最伟大的存在。"

罗峰点头。

没有希罗多留下的圣碑,金角族群培养强者的速度恐怕要慢很多。

"殿下,衍神兵是希罗多元老当年创造的一个神兵,非常适合界主的神兵。"寺番祁长老说道,"而希罗多元老的传承,则是衍神兵的一种深化。亿万年来,我族无数精英参悟圣碑,却大多只是领悟了一鳞半爪。"

"如果殿下你前往我金角族群,我亲自去向元老提出申请,只要得到元老的点头,殿下你就能去观摩圣碑,参悟圣碑。"寺番祁长老笑看着罗峰,"殿下你是使用衍神兵的,应该是走空间、金路线,相信参悟圣碑,对你益处极大。当然这也需要元老的同意,才能让殿下进入我族最高圣地,我现在不敢说有十足把握。"

罗峰炽热起来。

混沌城的 52 尊混沌碑,是有两种法则混合的,也有专门描述时间,专门描述空间,甚至有描述时空的。

可是——

空间、金结合路线的混沌碑,并没有。

没想到一异族最伟大的存在,竟然留下这么一尊圣碑。

"不知殿下是否愿去我金角族群生存之地?"寺番祁长老笑眯眯地看着罗峰。

"哈哈,既然有这样的机会,当然得去好好看看。"罗峰朗声笑道,"而且使用衍神兵这么久,还真的没注意过到底谁创造了它,对于希罗多元老,我也很是钦佩。"

寺番祁长老、七大封侯级不朽神灵、卡什那听罗峰这么一说,顿时都开心地露出笑容。

希罗多是整个金角族群最受尊敬的存在。

……

宴席结束。

"寺番祁长老,请容我安排下,等会儿和你们一起出发。"罗峰起身说道。

"哈哈,我们不急,殿下你先忙。"寺番祁长老微笑道。

罗峰点头,转头就带着人类阵营的一群人先离开。

走在走廊上。

"第九军主。"罗峰边走边道，"这次任务已经几乎完成，只剩下追杀那 12 个漏网之鱼的事，所以还烦请第九军主安排部分宇宙战士，到时候和情报部门配合，继续追杀那 12 人，希望在一年期限内成功击杀。"

"一定。"高瘦的第九军主点头，"如果没其他事，我就离开回军队了。"

"行。"罗峰笑道，"这次谢谢第九军主你率领军团鼎力相助。"

"应该的，只是我麾下那 30 军损失惨重。"第九军主摇头，"幸好不朽神灵只是死了两个，根基未损，否则我就麻烦大了。"整个宇宙军队最重要的反而是数量最少的不朽神灵，而数量最多的宇宙级战士们的性命却并不被重视。

在战场上，宇宙级就是炮灰。

这也难怪，因为即使战场上不死，宇宙级战士一般也就十万年左右的寿命！只有永恒的不朽神灵才能随着岁月的流逝不断增多，让一个族群拥有越来越多的不朽神灵。只是不朽之路太过坎坷。

成为不朽，太难！

这次也就仅仅死掉两个不朽神灵，如果死掉超过十个，第九军主恐怕会直接没了官位。

目送第九军主离开，罗峰对迪伦说道："迪伦，得麻烦你随我去一趟金角族群家乡了。"

"哈哈，殿下，我可从来没有去过那等地方。"迪伦眼眸中闪烁着奇光，"金角族群，这是完全迥异于人类族群的另外一个族群！能够在宇宙中传承无数年，这样的族群，绝对拥有自己独特的文明、独特的传统，很值得期待。而且希罗多之名，我也听过，这是一个真正名震宇宙的伟大存在。"

罗峰点头。

开玩笑。宇宙族群亿万计，创出的精神念师兵器更是不计其数，最终被人类选中，并且被自然而然称为九大神兵，显然每一件都是造诣深厚。非一般人所能创造出的兵器，至少这九大神兵威力极大，还能够符合很多人的使用。

当然，真正最适合的念力兵器，无疑是给自己贴身打造的兵器。只有贴身打造的，才是最适合的。

……

罗峰将琐事安排了下，将魔杀族分身收回体内世界，原核留在地球人本尊

166

体内,随后便带着迪伦、五大界主护卫,和金角族群塔文部一起乘坐陨墨星号,前往金角族群的家乡。

……

暗宇宙中。

陨墨星号正以 50 倍光速恒定速度不断前进着。

"没想到你们的家乡竟然就是在乾巫宇宙国内。"罗峰惊诧无比,坐在对面的寺番祁长老端着特制饮料喝着,说道:"宇宙中,人类作为巅峰族群之一,是有很多其他族群附庸人类而生存的,既然是附庸人类而生存,为了安全,当然是生活在人类的疆域范围。随便在人类疆域的某个宇宙秘境中,划出一片区域,建造一片浩瀚大陆,即可成为生存之地。"

罗峰点点头。

根据寺番祁长老之前说的,金角族群居住地,在乾巫宇宙国疆域的边缘地带,一个颇为危险的宇宙秘境中。

"生存在宇宙秘境中,嗯。"罗峰嘀咕道,"不知道到底有多少附庸族群。"

"机密。"寺番祁长老笑道,"附庸人类的族群肯定有很多,至于有多少,恐怕只有人类最高层的一些存在才会清楚知道。真正进行战争的时候,附庸族群也是有利的武器。"

罗峰点头。

武器?人类还真的是将很多附庸族群当成炮灰,许多苦活累活让那些族群上!比如杀曜亥、杰弗里斯……这曜亥、杰弗里斯背后可是隐藏着堪比人类的巅峰族群——虫族,说不定还会引起虫族的部分入侵。所以为了谨慎起见,直接让金角族群的人马上。

"他们干苦活累活危险活,我不一样如此?"罗峰暗叹,再天才,依然需要接受各种危险磨砺,这是虚拟宇宙公司一直以来的传统,不会因为个人而改变。

从红晨星前往处于乾巫宇宙国边缘地带的金角族群家乡,距离十分遥远,足有 1.2 亿光年。即使是乘坐陨墨星号,以 50 倍光速在暗宇宙中前进,也得耗费近三个月。

……

一个月后。

陨墨星号的主休息舱内,罗峰正盘膝而坐,意识则连接虚拟宇宙网络,进入雨相山原始区自己的庄园内。

"特使，那逃亡的 12 个目标现在已经击杀七个，还剩下五个在逃。"屏幕中第九军主汇报情况。

"还有五个？"罗峰脸色一变，"一个月了，事情过去已经超过一个月！这 12 人是从同一个星球逃跑，当时追杀是最容易的……一旦逃亡一个月都没抓住，那么以后想抓住就麻烦了。"

"我也明白。"第九军主禀报道，"不过特使……情报部门是虚拟宇宙公司非常强势的部门，事情任务繁多。他们最多在监察诸多生命星球的基础上，稍微帮忙留意 12 个目标，稍微派遣几个调查员就算不错了。根本不可能去追查蛛丝马迹，比如去一些荒芜的矿物星球追查等等。"

罗峰点头。

"我只能尽力。"第九军主说道，"现在离任务期限还有很长，只能希望那剩余 5 人忍受不住寂寞回到人类居住的生命星球，到时候情报部门监察系统会迅速发现的。"

"只能这么想了。"罗峰叹息。

这次任务，其他分任务全部优秀完成。

仅猎杀 1.2 亿目标出现了纰漏，这样一来，任务完成度恐怕只有 85% 了。

"就看运气了。"罗峰不再多想，意识退出虚拟宇宙网络，开始默默修炼。

……

时间流逝。

转眼宇宙飞行的日子已经过去三个月。

"罗峰，已经抵达目的地，一分钟后进行宇宙穿梭。"巴巴塔那清脆宛如邪恶孩童的声音，回荡在休息室内。

盘膝静坐的罗峰直接睁开眼。

"还是没成！"罗峰嘀咕咒骂了一声。

早在接收任务前，自己的体内世界就已经成长到域主级九阶最巅峰状态，这种状态下随时可能突破！可是，巅峰状态突破也会有误差，快者达到巅峰后很快就突破，而慢者可能拖上十年八年。

"一旦跨入界主级，我就能修炼那《万心控魂秘法》，修炼有成后即可真正控制那虫族母巢。"

"一旦跨入界主级，我意识可直接进入宇宙本源，感悟法则速度也会暴涨。"

"一旦跨入界主级，我就能拥有孕育第三个分身的机会。"

"一旦跨入界主级，我的体内世界也会有一个根本性的变化，特殊能力将会展现。"

罗峰急啊。能不急么，作为金角巨兽成年巅峰的标志——界主级，只有达到，才能算真正的成年金角巨兽。可是现在站在这门槛，看似随时都能突破，却硬是没突破，让罗峰也无可奈何。

"心急吃不了热豆腐。"罗峰忽然起身，"我踏入界主级就仿佛鱼跃龙门，很多方面会有根本性的蜕变，不管是控制一头虫族母巢还是第三分身，都将对我将来的发展有着无比重要的影响。"

虫族，那是巅峰族群，能控制一头虫族母巢，绝对不亚于拥有强大的一个分身。而最后一个分身席位在罗峰看来，却更加重要。

尝过拥有分身的甜头，罗峰很清楚，这三大分身机会，用得不好，是浪费机会。一旦用得好，完全可以成为逆天人物。

……

"哗！"

金属门拉开。

罗峰不断朝外走，一座座门自动分开，很快，罗峰就来到了控制室。

控制室内已经聚集了一群人。

"殿下，宇宙飞船刚刚穿梭。"寺番祁长老笑着遥指远处外界，"你看，那边就是我金角族群的家乡。"

罗峰抬头看去，飞船外无限虚空中，有着一座无限大的浩然大陆，这片陆地之大，令罗峰站在陨墨星号上根本一眼看不到尽头。

"无数年前，我金角族群整个族群迁移而来，当时族群内的无数界主运用制造世界的能力，制造出大片大片的世界。十万部落的无数界主合力，瞬间即可建造上亿公里大地，还有大量不朽神灵也在各自神国内孕育着大量陆地，而后直接转移到宇宙中，所有陆地凝聚在一起。而元老们则将周围的一些星辰尘埃直接轰散，让周围大片虚空没有其他任何阻碍物。"寺番祁长老双眸中有着丝丝奇异色彩，"于是，便有了这么一个让我族群生存亿万年的庞大世界——拉斯奥！"

第十九章　星空巨兽

罗峰沉默了。

看着飞船外虚空中那无限广阔的世界,心中泛起一种震撼!他一想到那金角族群的宇宙尊者级的元老们毁灭虚空一切阻碍,硬是弄出广阔的空间区域。无数不朽神灵们在各自神国内建造陆地,数量更加庞大的界主们个个制造陆地世界,齐心合力,凝聚出这么一片广阔大陆。

何等气魄?

"寺番祁长老,拉斯奥世界多大?"罗峰问道。

"地厚三千亿公里,世界陆地直径在 2.1 光年。"寺番祁长老颇为骄傲地道。

"这世界不会散掉?"罗峰低声问道。

不是说足够多的陆地凝聚在一起就能形成庞大的陆地,就好像,无比庞大的星球会塌陷,乃至于形成黑洞。虽然在宇宙秘境中的宇宙规则限制不强,可也不是说想要建造就能建造的。

"拉斯奥世界,也是件兵器。"寺番祁长老笑道,"其实宇宙中一些宇宙星空内,你也应该看到过一些庞大陆地。比如你们虚拟宇宙公司的大本营。"

罗峰点头。

"这些超级陆地,特别是正常宇宙星空中的超级广阔的陆地,个个都是人为制造出的,并非宇宙正常演变的。"寺番祁长老说道,"至于在宇宙秘境,宇宙秘境无奇不有,是会偶尔有一些很庞大的陆地。可如果是要建造庞大陆地,也很麻烦。"

"所以,宇宙中一个很流行普遍的方式,以制造兵器的方法来制造大陆。以此来令大陆结构无比平衡稳定,得以永久存在。"寺番祁长老笑道,"按理说当年十万部落的无数界主联手,完全可以制造出很庞大的陆地。可为什么还要当时十万部落的不朽神灵们出手?就是因为'兵器'需要。"

罗峰哑然。

兵器制造方式,以此让大陆结构平衡稳定?

陨墨星号飞船不断飞近拉斯奥世界。

"滴。"

"确认权限。"一道信号直接传送到陨墨星号飞船内。

罗峰看着控制台上出现的信号内容,转头看向寺番祁长老,寺番祁长老微笑道:"没事,我来。"

刷!

寺番祁长老凭空消失,来到了外面虚空中,直接释放不朽之力传入拉斯奥世界大陆内。

"瞬移,真厉害,无视这飞船阻碍啊。"罗峰感慨道,"就算有了防御再强的飞船,在瞬移面前也没用。"

"除非这飞船能阻碍空间波动。"迪伦轻声道。

刷!

寺番祁长老又出现在控制室内。

"现在可以进入拉斯奥世界了,不会受到攻击的。"寺番祁长老笑道,"如果乘坐我们之前的那艘飞船,那艘飞船是在警戒系统备案的,没必要这么麻烦。不过那艘飞船的飞行速度远不如殿下这一艘。当初任务下派,我们乘坐飞船在暗宇宙中飞行了近一年。"

罗峰也笑了。

就算呼延博当年的陨墨星号,速度也远没这么快。自己这陨墨星号也是被虚拟宇宙公司改造后,才变得这么快的。

这技术,在人类内部都是限制的,更别说这些附庸族群了。

……

陨墨星号进入拉斯奥世界,不断飞行着。

透过飞船往下看,可以看到大片大片的草地、森林、山脉、河流、海洋,当然更多的还是冰雪世界!绝大多数区域温度都很低,就算是陆地上也有着厚厚的积雪。

"因为我们金角族群最喜欢的温度比正常人类习惯的温度低很多,所以当时建造世界也考虑到这点。"寺番祁长老站在控制室,直接遥指下方,透过外景虚拟,就仿佛站在虚空中俯瞰下方似的。

"那是羚烟部落，一个中等部落，有数十位不朽神灵。"寺番祁长老指着下方一座座好似堡垒似的居住房屋群。

"中等部落？"罗峰疑惑地问，"塔文部落是……"

"上等部落！"站在罗峰后面的卡什那骄傲道，"殿下，我们塔文部是强大的上等部落。比这羚烟部落强多了，我们部落连封王级不朽神灵都有两位，而羚烟部落恐怕连一个封王级不朽神灵都没有。"

罗峰听得倒吸一口凉气。

之前听说有十万部落。一个部落就强成这样？十万部落，得有多强？

"总共多少部落，怎么分的？"罗峰问道。

"亿万年前搬迁来时，有十万部落。"寺番祁长老笑道，"至于现在，还真不清楚。不过有些部落衰败分散，有些部落崛起，而拉斯奥世界又太大，还真不清楚。至于高低之分，分为下等部落、中等部落、上等部落以及最高的元老部落。"

"元老部落？"罗峰眼睛一亮，"有元老的部落么？"

"不是。"寺番祁长老说道，"而是排名前十的部落，有资格得到元老部落这个光荣名称。因为只有前十有这个资格，亿万年来，元老部落一直固定是十个。且十个元老部落都会有元老院的一位元老驻扎，这也是元老部落的特权。"

"没想到乾巫宇宙国疆域内最强势力，并非乾巫国主那边，反而隐藏在疆域内的一个异族族群。"罗峰暗惊。

"哈哈，吃惊？"寺番祁长老摇头，"没什么吃惊的，你们人类族群真正的实力，是在虚拟宇宙公司、巨斧斗武场、宇宙第一银行、宇宙星河银行、宇宙佣兵联盟这五大巨头中。至于1008宇宙国，不过是管理统治普通人类的工具。人类……之所以是巅峰族群，绝对是拥有着无比强大的武力的。"

罗峰点头。

这点他毫不怀疑，能占领一个初始宇宙，岂是开玩笑的？

能有那么多附庸族群，自然也能震慑住附庸族群。

陨墨星号飞船一直在高空飞行，飞过一座座大山，一座座冰海，足足十余天后，终于降临。

塔文部落，到了！

……

当天夜晚,塔文部落就为罗峰举行了一场欢迎宴会,专门准备了人类喜爱的食物。

"人类的罗峰殿下,我敬你一杯。"

"谢谢。"

罗峰举杯,和周围大群的不朽神灵们喝着,看着周围的大量人员,罗峰也暗暗吃惊。

根据交谈得知,这塔文部落一共有两名封王级(族长和寺番祁),十二名封侯级,数百名不朽神灵,数万界主,百万域主,过千万宇宙级。整个塔文部的人口却只有十亿左右,还不及华夏人口。

一个部落,十亿人口,却有过千万宇宙级。

"异族和人类果真区别很大。"罗峰暗惊。

"惊讶我们这边的出现强者的比例?"寺番祁长老坐在罗峰对面,笑着道,"每一个来我们这的人类朋友大多都会惊叹这一点。不过你应该想想……人类的人口数量、繁殖能力是何等的惊人。我族的数量又多么少。"

上等族群才十亿人口。

十万部落,加起来人口又能有多少?

人类随便一个星系中,人口可能就远超于它。单单一个宇宙国,就有过亿星系。

"宇宙总是公平的。"寺番祁长老说道,"人口极多的,强者比例低,人口极少的,强者比例高。如那些上等星空巨兽,个个成年就是界主级,而且还都有一些逆天的天赋秘法!如虫族母皇,少得可怜,却个个强大。而且你们人类占据的疆域很庞大,所有诞生出的天才、强者数量是远超我族的。"

"疆域?"罗峰疑惑。

"罗峰。"一高亢强劲的声音响起,一名全身泛着青色、壮硕无比好似钢铁铸就的男子走来。

"族长。"罗峰站起。

"我已经写了一笔亲笔信,等会让寺番祁长老带着它,和你一道前往圣城。"族长双眸如电,声音高亢有力,"有了我族内的申请还有寺番祁长老亲去,驻扎在圣城的元老应该会给你面子,让你拥有参悟圣碑的机会。"

"那实在太感谢了。"罗峰笑道。

"哈哈……你是我们塔文部的朋友,说什么感谢。"族长哈哈笑着。

罗峰也笑着举杯。

……

整个塔文部落对于来到他们部落的人类是无比热情、尊敬的,因为人类中的普通人是没资格来这的,被邀请过来的,不是绝世天才,便是一些有强大背景的人,或是真正身居高位的大人物。

在塔文部呆了两天后,罗峰、迪伦、五名界主和寺番祁长老,以及陪玩的族长之子卡什那,一道乘坐陨墨星号出发前往圣城。

"圣城,是我们金角族群的核心、圣地。"寺番祁长老解释道,"那里聚集着整个金角族群最优秀的天才们,那些天才、强者都在那彼此竞争厮斗……那里也聚集着很多强者,强者们在那开辟宗派收徒。"

"而圣碑,就是在圣城的最核心之地。"寺番祁长老说道,"在圣城的宗派,个个都属于伟大的希罗多一脉。"

嗖!

陨墨星号飞船在天空一闪而逝,迅速朝金角族群的核心"圣城"飞去。

离开塔文部落后一直以接近光速的速度飞行着,而以陨墨星号的先进程度依旧能轻易将路途上地面上发生的事情全部记录下显现在屏幕上,让罗峰、迪伦等人观看,好更加清楚地认识这一异族的文明。

赶路的第 18 天,即将抵达圣城。

"我们这一路乘坐飞船过来,经常看到下面有战斗、杀戮,怎么回事?"罗峰从休息舱出来,观看了一些视频后,便询问寺番祁长老。

"我金角族群有族规,只要达到宇宙级,就得离开部落开始流浪闯荡,必须在外闯荡千年历练,或者是达到域主级才能回归部落。"寺番祁长老说道,"而在外闯荡时,战斗、杀戮是很正常的。"

"不禁止?"罗峰追问。

"为什么禁止,强者必须从战斗中才能磨砺出。"寺番祁长老淡漠道,"更何况,成为不朽神灵,才能算是一个族群的根基。否则寿命短暂的普通族人,又成为不了强者,对整个族群的生存根本没用。"

"殿下,你看,前面就是圣城了。"寺番祁长老说道。

陨墨星号飞船也开始减速。

罗峰朝下方俯瞰,一座无比巍峨的古老城池正屹立在无尽的荒野上,这座城池直径约数十万公里，整个城池最耀眼的就是那一座高达上万公里的纯金色雕像，就算在飞船上罗峰都能看得清清楚楚。

飞船下降，舱门开启，罗峰、迪伦、五大界主、卡什那、寺番祁长老全部走下飞船，随即罗峰就收了飞船。

"看到那座雕像了吗？"寺番祁遥指圣城中最高最耀眼的那座纯金色雕像，"那就是希罗多！伟大的希罗多！每时每刻都有无数强者从拉斯奥世界各地赶来朝圣。整个圣像高 12319 公里，一双大脚就有 1622 公里。"

罗峰点头，心中有些许激动。能让一个族群祭拜无数年的存在啊！

"走，我们进城吧。"寺番祁长老笑道，"殿下需要记住一点，圣城因为地位特殊，加上我们整个金角族群的无数天才聚集在这，这里是我们族群的圣地。所以，在圣城内是禁止厮杀的，要厮杀的话必须去圣城外面的一座巨大的斗武场。"

罗峰一群人也进入了这座繁华古老的圣城。

圣城内居民极多。

"希罗多。"罗峰站在圣像广场上，仰头看着这座高大的纯金色圣像。它有着一双仿佛包含无限宇宙的眼睛，没有丝毫凌厉、凶悍，有的只是一种平静淡然，就算心情再浮躁只要看着圣像，一切烦恼忧愁情绪都消失了。

"虽然没看到希罗多真人，可单单看这圣像都有如此感觉，难怪他能引领一个族群立足浩瀚宇宙。"罗峰暗自感慨。

正当罗峰在缅怀这位金角族群伟大的先驱时，在圣像广场上金角族群很多族人都是满脸疑惑、惊讶地看着罗峰等一群人。

"看，那是人类。"

"是人类。"

"我都闻到血肉类生命的那股血肉气息了，而且他们也没有生命印记。"

这种骚动越来越大，越来越多的金角族人发现罗峰等几名人类，在拉斯奥世界要看到人类还是很罕见的，但拉斯奥世界"圣城"偶尔还能够看到一些被邀请来的人类。但凡来的人类，个个都不是一般人物。

"嗯？"罗峰也注意到自己被围观了。

"我们走。"罗峰下令。

"是，殿下。"一群人遵守。

忽然——

"人类，你域主级九阶实力竟然来到我金角族圣城，一定是人类中的绝世天才吧。我……卡诺恩勒，要挑战你！"一名背负着暗金色长棍全身皮肤暗红色、整个人好似金属雕刻而成的少年盯着罗峰吼道。

"挑战？"罗峰看了眼这少年。

这少年也是域主级九阶实力。

"殿下不必理会。"站在罗峰身侧的寺番祁长老说道，"因为的确有不少人类来过圣城，其中就有一些绝世天才，也有人类天才和我金角族天才进行比斗过。而且有些还传为佳话，所以就惹得很多年轻小辈一看到人类的天才们就来挑战。不过殿下只要不理会就行，他们也不敢纠缠的。"

寺番祁长老说完，无形的不朽法则波动弥漫开去，令周围一群金角族人吓得连忙避让开去。

"哼！"

寺番祁长老冷哼一声，再无人敢阻拦，寺番祁长老随即微笑道："走吧，我们去元老神宫拜见元老。"

当即，罗峰一群人在圣像广场上无数金角族人注视下离去。

"人类。"

"有人类来到圣城了，为首的还是个域主级九阶。"

"一定是人类天才。"

"人类绝世天才来到圣城了。"

消息就仿佛旋风般迅速在整个圣城传播开，圣城中聚集了整个金角族十万部落的无数天才们，这些天才们个个有着拼斗的欲望……当知道人类绝世天才竟然来到圣城时，一种族群荣誉感更是让无数天才们激动得叫起来，一个个都想要去找人类天才挑战。

罗峰一群人此时已经来到了元老神宫外。

"这，这……"罗峰瞪大眼看着远处。

"这是，这怎么……不可能！"来到金角族群的家乡——拉斯奥世界，罗峰第一次这么震惊。

"殿下？"寺番祁长老、卡什那都吃了一惊，都很疑惑一直比较淡定的罗峰殿下怎么会这么惊讶。

　　远处那连绵的高山上建造有一座巍峨的神宫,神宫通体是暗金色,高约上千公里,占地方圆近万公里。以罗峰的见识,比这座宫殿豪奢得多的宫殿都见多了,应该不会惊讶才对。

　　可在这座巍峨宫殿门口,却是探出一条近一公里粗的黑色星辰锁链。

　　这黑色星辰锁链,粗一公里,长度近万公里,锁链直接贯穿在一头通体青色高度约 620 公里、有点类似猩猩的奇异巨兽的骨肉内,整个巨兽蹲在那,就仿佛一座巍峨高山,跟那座神宫比,都矮不了多少。

　　"星,星……"罗峰瞪大眼,心在发颤,"星空巨兽!!!"

　　第一次!

　　自从夺舍金角巨兽后,虽然也算见识广阔,也算历练不凡,可是从来没有见过第二头星空巨兽,连标本尸体都没见过,更别说见到一头活生生的星空巨兽了!这是罗峰第一次见到其他的星空巨兽。

　　可是,这头星空巨兽却被那黑色星辰锁链给渗透进身体骨肉内,完全捆缚住。

　　"哈哈……"寺番祁长老笑了起来,"殿下可是惊讶这星空巨兽?哈哈,这头星空巨兽是星空巨兽十二大巅峰血统之一的'毁娑巨兽',界主巅峰。虽然仅仅只是界主巅峰,可是它真正的战斗力极强,连很多普通不朽神灵都不是它对手,它是很可怕的。"

　　罗峰盯着那头仿佛宠物一般被捆缚着的星空巨兽,感觉到它散发的那股悲凉的哀伤。

　　"多久了?"罗峰问道。

　　"什么多久?"寺番祁长老一愣。

　　"这头星空巨兽,被抓来多久了?"罗峰低沉道。

　　"有两千万年了吧。"寺番祁长老感慨道,"星空巨兽的寿命就是长,我金角族和人类的界主寿命大限都是 1000 纪元,而这星空巨兽的寿命大限是其十倍。"

　　"为什么捆缚着?"罗峰低沉道。

　　寺番祁长老也发现罗峰语气不太对:"这头星空巨兽,当年被元老给抓来,可它却硬是不肯臣服。元老何等地位身份?一头界主巅峰星空巨兽对他根本没用,只是因为太过珍稀,所以才抓着。"

　　"是啊,元老是宇宙尊者,当然不在乎一头星空巨兽。"罗峰低沉道。

"不过这头星空巨兽非常倔强，死活不肯臣服，当年曾疯狂挣扎嚎叫，经常听到它的嘶吼，看到挣扎时全身流出的血液、破碎的毛发等等。"寺番祁长老感慨道，"可是这周围的陆地早被元老改造过，它根本破坏不了，而那锁链更直接捆缚住它的命核以及身体，它怎么挣扎都没用。时间长了，它也就放弃了。可一直没肯低头，元老当初说……什么时候低头，什么时候才能解开锁链。"

　　罗峰听得心底一颤。

　　星空巨兽很骄傲。

　　当初被自己夺舍的金角巨兽幼儿也是无比骄傲的，高高在上，杀戮人类就仿佛狩猎牲畜。或许它们凶残，或许它们狠辣，可这是秉性，生来就是如此！想要让它们臣服，这实在太难了。

　　"殿下第一次见到星空巨兽？"寺番祁长老问道，"这头毁娑巨兽能耐非凡，界主巅峰可击败普通不朽，要不要我给殿下介绍些它的来历？"

　　罗峰没说话，自己知道的可比这寺番祁多了不知道多少倍。

　　毁娑巨兽，星空巨兽十二大巅峰血统之一，和金角巨兽并列！不过却并非吞噬类巨兽，属"雷电、时间"类巨兽，天生狡猾凶残。拥有的天赋秘法仅仅只有一种——时间静止！

　　这"时间静止"天赋秘法虽仅仅只有一样，可威力之强可想而知。

　　凭借狡猾凶残秉性和"时间静止"天赋秘法，毁娑巨兽战斗力极为惊人，逃命能力也极强，完全能和金角巨兽、炎星巨兽等并列。

第二十章　机遇

罗峰看着远处蹲在那仿佛一座高山的毁娑巨兽，脑海中浮现之前帝都星百亿人类、三十万宇宙战士瞬间灰飞烟灭的场景："命运，这就是命运。弱者注定要被奴役，即使再有傲骨也丝毫无用。"

"强者！"

"只有成为强者，才能掌控命运。"罗峰死死盯着那头毁娑巨兽，要将这一画面牢牢记着。

假使有一天自己以金角巨兽分身出现，如果被某个超级存在抓着，恐怕也会被当成宠物一般对待吧。

"决不允许！"罗峰默默道。

"殿下，你先在这，我带着族长的亲笔信去见元老，向元老详细禀报这事。假使元老同意，殿下你就能进入圣地去观摩参悟圣碑了。"寺番祁长老微笑着说道。

罗峰深吸一口气，保持笑道："寺番祁长老，麻烦了。"

"哈哈。"寺番祁长老笑着回头看了眼卡什那，"卡什那，跟在殿下旁边，别乱跑。"

"是，老师。"卡什那嘴上这么说，可眼睛却滴溜溜看着那头高大的毁娑巨兽。

寺番祁长老微微摇头，随即化作一道金光迅速飞向元老神宫，直接到了元老神宫宫门外，仅仅在宫门外站了片刻，就进入了神宫内部。

罗峰等一群人则在山脚下等着。

"对毁娑巨兽很有兴趣？"罗峰看着卡什那。

"嗯。"卡什那点头，嘿嘿笑道，"毁娑巨兽能够以界主巅峰实力击败普通不朽神灵，很厉害。这也是我们整个拉斯奥世界唯一的一头星空巨兽，不多多观察观察，等将来它老死了，可就没得看了。"

"那就走近点看。"罗峰说道。

"呃——"卡什那一愣。

罗峰却带着迪伦等人直接朝那毁娑巨兽方向走去。

……

片刻后。

罗峰站在一片空地上，前方则有一些守卫将毁娑巨兽所呆着的区域给包围看守住。

"人类，请不要再往前进，否则你会遭到这困锁秘阵的攻击。"一名穿着标志性暗金色战铠男子说道，因为罗峰人类身份，也使得那守卫态度上很友好。

"困锁秘阵？"

罗峰遥看过去。

在毁娑巨兽周围近千公里有着近乎圆形的奇异秘纹，复杂的秘纹完全刻录在边缘区域，就仿佛划地为牢的感觉。

"好复杂的空间类秘纹。"罗峰眉头微皱。

这蹲着都有 620 公里高的毁娑巨兽，体型这般巨大却被捆缚在近千公里范围，就仿佛正常人类被捆缚在两三米直径的牢笼内，当然憋屈得很。可是因为黑色星辰锁链、困锁秘阵的缘故，却一直出不来。

"鲜血，毛发。"罗峰看着困锁秘阵内早已经干涸的黑色血迹以及一些碎裂的毛发，这显然是毁娑巨兽挣扎时流出的血迹和脱落的一些毛发。

"嗯？"

"毛发、血迹？"罗峰心中一动。

"这头毁娑巨兽是界主巅峰期，那么，假使我得到它的毛发，等我达到界主巅峰，不就可以培育出一尊毁娑巨兽分身？"罗峰脑海中顿时浮现诸多想法，思考这个做法的可行性以及这么做是否值得。

因为自己只有一个体内世界，而天赋秘法"分身"是透过体内世界孕育。

那么，注定了自己最多拥有三个分身。

即使自己再弄出另外一个金角巨兽分身，因为没有另外的体内世界……所以不会多出三个分身来。其实想想也能明白，假使多一个金角巨兽分身就能多三个分身名额的话，如此循环下去，简直分身无数了。所以这根本是不现实的。

毁娑巨兽，仅仅只有一种秘法。

天赋秘法——时间静止。

这种秘法有点类似金角巨兽的天赋秘法——强化！都是由于体表秘纹驱动后自然能够施展出的天赋秘法。因为和体内世界没关系，所以一旦弄出一尊毁娑巨兽分身，依然能够施展出"时间静止"这逆天的天赋秘法。

"很逆天。时间静止，绝对是非常可怕的一种秘法，不管是用来攻击还是用来逃命，都非常好。"罗峰越想越心痒，假使对战时突然施展这一招，然后趁机击杀对手。

何等强悍逆天的秘法？

当然天赋秘法不可能无敌，就仿佛一个宇宙级的毁娑巨兽施展"时间静止"，不可能定住界主强者的时间流速一样。这一招并非无敌的秘法，只是很强悍的一招秘法，比罗峰的天赋"强化"还强。

"我现在实力还不够，而且经历不够多。或许将来我能拥有更好的选择。"罗峰看着那困锁秘阵内的高山般的巨兽，"不过如果能得到它的毛发，至少当做备用！等将来积累一些选择后，从中选择最适合的一个……"

"不过，我没法进去。"

罗峰暗自皱眉。

现在自己才域主级九阶，绝对不会早早草率决定。假使自己早早选了毁娑巨兽，等将来自己得到某逆天生命的基因，恰好又能培育，那不后悔死？当年在血洛世界观看过那头"兽神"时，罗峰就清楚这一点……

宇宙中还是存在一些奇特的生命的，而且传承记忆中也记载一些奇特生命。

这些生命，数量极少。

有的或许宇宙诞生以来，就那么单独一个，都算不上族群。不过有些强横生命，如兽神，实力远远超过界主级别。而自己孕育分身有一个限制——孕育的分身是不可能超过本尊的。也就是说孕育出的分身，最多是界主巅峰级。

有限制，但限制极小。

分身名额只剩下最后一个！

一旦浪费，再也没有其他机会。

"等。"

"等我界主巅峰期，或者说又发现让我无比惊喜再也不会后悔的选择。"罗峰暗道。

······

"嗯？"

罗峰忽然感觉到后方传来一阵嘈杂声，不由转头看去，只见后方山下山道上熙熙攘攘足足数百名金角族青年走来，这群金角族青年以罗峰的感应能力一眼看去，几乎大半都是域主级九阶。

"人类天才就在那。"

"站在那边的。"

"域主级九阶的天才！"

"九千万年前，司瞳就曾经击败过人类来访天才。"

一群金角族青年们完全被一种族群荣誉感包围，个个有着一种渴望，击败人类族群天才的渴望！在历史上，人类但凡过来的天才几乎个个都很彪悍，在金角族天才和人类天才的碰撞中，几乎都是人类取胜。

有少数几次是金角族获胜，但凡获胜，必定会被传诵很久很久。

由于金角族群是人类的附庸族群，无数年来一直当着附庸族群，金角族人面对人类时，天生心理上就矮上一截！这种心里上的自卑，令他们族群内但凡出现一个天才能够力压人类绝世天才时，就会倍感骄傲。

在这族群荣誉感面前，他们已经不怕死亡！

只要能成功！

那么就真的功成名就了，比成为不朽神灵的名气还要大！

"人类天才，我，伽埃，向你挑战，是勇者的就接受我的挑战！"

"人类，我，布康朵，向你发出正式的挑战。"

一群金角族青年争先发出邀战，甚至这些青年们彼此之间都有着浓浓的火药味，来自不同部落的青年们，有的皮肤呈现青色，有的是呈现红色，有的是白色，有的是紫色，但是统一额头上有着金色印记。

数百名青年看向罗峰，眼眸中都有着深深的渴望——和罗峰一战！

能够和人类绝世天才一战是可遇不可求的，首先来这的人类天才本来就很罕见，而且界主天才居多，碰到域主级九阶天才是很少的。就算真的到来，有些人类天才自认为实力不够的话，是不会接受挑战的。

要挑战，要获得无上荣耀！

战斗就必须公平！

心理上的自卑,让金角族人们更加苛刻公平!人类天才是域主级九阶,那么来挑战的必定是域主级九阶!宁可实力是域主级七阶八阶,也绝对不允许出现界主一阶来挑战。这是对他们的侮辱!

"殿下。"迪伦笑看向罗峰。

"这么多来挑战的。"罗峰摇头,无奈一笑。

这情况的确出乎意料。

"请接受我的挑战。"

"人类天才,请接受我的挑战。"这群天才们个个都能说出标准的人类宇宙通用语,毕竟意识到了这程度,宇宙通用语只需要片刻就能学会。

……

罗峰等人被金角族一群青年天才们包围着。而且随着时间推移,越来越多的青年天才们赶来,部分是来挑战的,还有不少是来观战的,很快就达到数千人。

"你们都干什么?聚集在我族祖元老的神宫下干什么?"一道浑厚的暴戾怒喝声响起。

罗峰转头看去。

金角族数千名青年也转头看去。

远处那巍峨的暗金色神宫宽阔通道上,一名身高在三米多,背负着一暗金色长棍的穿着青色战铠的黑色皮肤青年,带着一大群神宫护卫直接怒冲过来,同时还暴喝着:"这是神宫重地,竟敢在这喧闹争吵,全部给我打出去!"

"是!"一群界主巅峰级神宫守卫齐声应命。

"统领,那边,那几个是人类。"忽然一名神宫守卫在黑色皮肤彪悍青年旁低声道。

"人类?"黑色皮肤青年目光瞬间落在罗峰几人身上,很快判定罗峰等人的确是人类。

"你是为首的?"

黑色皮肤青年吃惊看着罗峰,从罗峰站的位置就能看出,罗峰站在最前面,迪伦这个不朽神灵是站在一侧,其他五名人类界主和卡什那是站在后面。

"你好。"罗峰微笑看着他。

"哈哈……"刚才还戾气逼人的彪悍青年此刻却露出笑容,扫视了那一大群青年一眼，"我算是看明白了，难怪你们都聚集过来。哦，伽埃，你也赶过来了。哈哈……看来一个个都是想挑战人类天才啊。"

这皮肤泛着黑光，仿佛铁铸的彪悍青年盯着罗峰："人类，我，元老神宫一脉卑牂，正式向你挑战！"

"这个卑牂真恶心。"

"卑牂受元老神宫教导，实力的确很强。"

那边数千名金角族人议论纷纷。

"卑牂？"罗峰看着那黑色皮肤彪悍青年，一眼能看出，这青年的确是域主级九阶。

"请接受我的挑战。"黑色皮肤彪悍青年双眸如电，仿佛要吃人似的，死死盯着罗峰。

罗峰摇头一笑，便要拒绝，可当目光扫过远处那数千名金角族群青年，心中忽然一动："元老神宫一脉？嗯，看样子我的人类身份，的确惹得金角族很多天才都想要挑战我，这般连绵不绝的来挑战，还不如接受一场，展露下实力，至少让一些实力差的天才别来惹我。"

"请接受我的挑战！"这彪悍青年再度吼道。

"接受，可以，不过……你要答应我一个条件。"罗峰看着他。

这凶悍青年卑牂一怔，随即露出狂喜之色，盯着罗峰："什么条件，你说？"

"我听之前那些神宫守卫喊你统领，你在元老神宫也算有些地位。"罗峰指着旁边远处那高大的比神宫都矮不了多少的毁娑巨兽，"我从来没有见过星空巨兽，所以想近距离看看，接触下，不知道是否可以？"

"近距离？"青年卑牂眉头微皱，"进去看看是小事，可是那头毁娑巨兽拥有相当于普通不朽神灵的实力，你如果进去，安全……"

人类绝世天才，如果死在金角族群的世界，这后果会非常严重。

"放心。"罗峰看向身侧迪伦。

迪伦点点头。

迪伦毕竟算得上接近封侯的神灵，实力极强。

"既然你能保证安全，近距离观看毁娑巨兽是小事，我能做主。"青年卑牂看了眼那困锁秘阵内的守卫，"让这几个人类进去看看，让他们从安全通道进去。"

"是，统领。"

184

一群守卫应命。

近距离观看毁娑巨兽，这的确只是小事，只是看看……又能怎样？在金角族群内一些有背景的大人物是经常会近距离观看毁娑巨兽的，这毕竟是整个拉斯奥世界唯一的一头星空巨兽。

"咔！"

金属门开启。

"这是唯一能进去又不惹起困锁秘阵的通道。"青年卑牪说道，罗峰微笑带着迪伦等人沿着这条通道进入了那方圆上千公里的区域，那个地方就是那头毁娑巨兽平常生存的一个区域。

……

走在荒野山地内，闻到那毁娑巨兽身体隐隐的一股略带腥味的特殊味道。

地面上可见一些黑色干涸的血迹，还有一些脱落的凌乱毛发。

"罗峰，那血迹干涸太久估计已经不能再用来提取生命基因孕育分身，那些未完全腐烂的毛发肯定是可以的。"巴巴塔的声音在脑海中响起。

"嗯。"

罗峰蹲下，轻轻抚摸着一根毛发。

说是毛发，实际上比大树还粗，一根毛发大概足有数米粗，长度更是达到骇人的数公里长，所以远观就显得很纤细柔长，好似猩猩身上的毛，不过相比那站立起来身高超过1000公里的毁娑巨兽而言，也很正常。只见一眼看去，荒野地有些凌乱毛发缠绕在一起，随便一处就有足足数百根毛发。

整个荒野山地脱落的毛发很多。

"卑牪，我取一根毛发留作纪念，可以么？"罗峰转头看去。

在困锁秘阵外的青年卑牪不由暗自疑惑，要一根毛发留作纪念？这东西纯粹是垃圾，只有极少数族人曾经过来近距离接触时带走一两根毛作为纪念，可实际上真的很无用。

"人类你要带一根毁娑巨兽的脱落毛发，当然可以。"卑牪高声道。

"谢谢。"

罗峰点头，随即将这毁娑巨兽的一根毛直接收入空间戒指。

"搞定，有了这毛发，就能通过金角巨兽天赋分身，孕育出胚胎诞生出一头毁娑巨兽来。"罗峰暗道，随即朝那头毁娑巨兽走去。

抬头看着，走着靠近过去。

看着这头被捆缚着的蹲在那的毁娑巨兽，一头本该纵横宇宙逍遥宇宙的星空巨兽，被捆缚猫狗似的这样捆缚住，简直是一种悲哀。而且加上罗峰的特别身份，看到毁娑巨兽这样，也心有戚戚。

"吼——"一声低沉的吼声在山中震荡。

蹲在那的毁娑巨兽睁开了那双巨大的眼眸，那是一双青金色眼眸，俯瞰着罗峰。

罗峰也仰头看着他，而迪伦站在一旁小心戒备着。

"人类？"毁娑巨兽发出低沉的声音。

"你好。"罗峰点头。

一人一星空巨兽，一抬头上望，一低头俯瞰。

眼眸中……

都隐隐感觉到一丝相同的东西——

同样的心性冰冷！

同样的压制收敛的凶残杀意！

罗峰是因为人类身份所以将金角巨兽那股凶厉杀意给压制收敛，而这毁娑巨兽因为一直被捆缚住所以同样将那凶残杀意给压制住。

"人类。"毁娑巨兽的声音直接传入罗峰的脑海，"你给我的感觉，很亲近。你和我有一些相似地方。"

相似？

罗峰暗叹。

是啊。

相似啊，因为自己从一定程度上来说，也是一头星空巨兽啊！如果自己有能力，一定会将这头毁娑巨兽给救走吧。可是自己仅仅只是人类天才身份，金角族群的元老乃是宇宙尊者般的存在，就算族群附庸人类，宇宙尊者般那等存在，也不是自己能轻易招惹的。

"我有什么能帮你的吗？"罗峰意识询问。

"不用。"

毁娑巨兽那青金色眼眸俯瞰着罗峰，意念传音道，"你帮不了我，而且旁边神宫的那位元老在束缚我三百万年时就给我一个承诺——只要我能突破为不朽神灵，他就放我自由。"

"什么？"罗峰吃了一惊。

竟然还有这么一个约定？

捆缚三百万年后给这么一个约定，估计那位元老也被星空巨兽的倔强所感动，可骨子里，高高在上的元老绝对不会轻易放走它。所以给了一个达到不朽神灵的要求。

"达到不朽，很难？"罗峰问道。

"比你们人类难千倍万倍。"毁娑巨兽道，"我已经能击败普通不朽神灵，可还是无法打破最后门槛。两千万年我已经熬下来了，突破为不朽……我一定能成，一定能！"

"人类。"

"难得看到一个让我感觉亲近的生命，我说的够多了，你走吧，走吧。"毁娑巨兽又再度缓缓闭上眼。

罗峰叹息一声。

是的。

自己帮不了它，连去观摩参悟圣碑都得发出申请，看元老是否答应。自己根本没资格提出要求。

"罗峰殿下，你怎么在里面？"

"嗯？"罗峰转头看去，困锁秘阵外正是金色战铠老者寺番祁长老。

罗峰带着迪伦等人迅速沿着通道出去。

"去近距离看了看毁娑巨兽。"罗峰看着寺番祁长老，"长老，怎么样？"

寺番祁长老哈哈笑道："元老和我交谈一番后，便点头同意殿下你去观摩参悟圣碑，并且特准你独自一人观摩参悟圣碑一个月！而且，等观摩参悟圣碑结束后，殿下可以任意选择圣地储存的秘法一份。"

"独自观摩参悟一个月，秘法一份？"罗峰惊讶不已。

"嗯，圣碑毕竟只是让人参悟并没有系统的秘法，而圣地内储存的秘法，都是我金角族群历代一些伟大强者留下的系统的秘法，都是'空间、金'结合的秘法，属于希罗多一脉的秘法。"寺番祁长老微笑道，"殿下可以任选一份，当然，也只能是一份。"

罗峰眼睛一亮，当即点头。

"你原来叫罗峰？这近距离观看毁娑巨兽也看过了，你总不会想将这一场对战拖到你参悟圣碑之后吧？"站在旁边不远的穿着青色战铠的黑皮青年卑牀声音凶悍，"我们现在还是去斗武场，比斗吧。"

罗峰看向他。

"罗峰殿下，你跟他比斗？"寺番祁长老吃了一惊，传音道，"殿下，别答应。你刚刚提升到域主级九阶不久……可是这卑狌，是旁边神宫那位元老培养的两大天才卑氏兄弟之一，法则感悟上按照你们人类划分，应该算是达到通天桥第九层的能耐了。"

罗峰一怔。

法则感悟达到通天桥第九层？

金角族群最巅峰的一些天才，也很可怕啊。

第二十一章　对决

"罗峰殿下。"寺番祁急传音道，"我金角族群的绝世天才普遍要比人类绝世天才们弱不少，可是，金角族群毕竟有十万部落，域主级数量至少是远超一个宇宙国的，而且族内最顶尖天才会得到元老们的指点，水准自然不会低。"

罗峰暗自点头。

是了。

因为时刻感觉到威胁，金角族群对天才培养恐怕还更加重视，连宇宙尊者级的元老们都来指点天才。

"这一代域主级天才排名前十的，就有卑氏兄弟。"寺番祁传音道，"前十中，其他九人大概都是通天桥九层的法则感悟程度，而最强的卑氏兄弟的兄长卑虬则是唯一一个有通天桥第十层实力的。"

"看，那之前要挑战你的数千青年中，几乎都是有些实力的，如那伽埃，就属于域主级天才排名前十的其中一个。"

罗峰眨巴着眼睛，看了看那群聚集来的金角族青年，不由一阵惭愧。

自己本来还没太将对方放在眼里，可是却忘记了……这可是一个族群的天才啊。

就算比人类弱，也不会弱得太离谱！

人类域主级天才名列前十的也就是原始秘境成员，九个闯过通天桥第十层，还有一个闯过通天桥第十一层！

"第十层，和第九层有着本质的区别。"

"每三层一个大级别，1-3，4-6，7-9，域主级太初秘境有大把大把的天才都困在通天桥第九层，想跨入第十层非常非常难。"罗峰暗惊，"没想到金角族群域主级中竟然有一人跨入了通天桥第十层，看来他应该有人类原始秘境成员实力了。"

那个叫卑虬的，是唯一的可以和人类域主级原始秘境成员媲美的。

"幸好和我对战的不是卑虬，只是排名前十的卑狀。"罗峰暗叹，"以我现在实力，对战卑虬……几乎没丝毫胜算。"

"即使对战卑狀，也很危险。"

听到卑狀有闯过通天桥第九层的实力，罗峰就明白，麻烦大了。

"人类天才罗峰，你不会是怕了吧？"黑色皮肤彪悍青年卑狀低吼道，双眸如灯，盯着罗峰。

"哈哈，既然我答应你，自然会出战，时间地点你选。"罗峰说道。

"好！"

卑狀大喜，高吼道，"那我们马上出发，对战时间就是今天，地点就是城外斗武场！"

"可以。"罗峰点头。

简简单单的对话，一场人类和金角族群这两族天才的对战，就这么定下了。这简单的对话顿时惹得旁边聚集来的数千号人甚至那些神宫守卫们都欢呼起来，一时间欢呼声、嚎叫声响彻山野。

"卑狀！"

"卑狀！"

"卑狀！"

一时间，金角族天才们激动无比，几乎个个高呼着卑狀的名字。

是的。

作为域主级排名前十天才的卑狀，的确有资格代表他们金角族和人类天才对战。

"大家放心。"青年卑狀转头看着数千名族人，立即高声吼道，"我，卑狀，一定会为我金角族获得这一场胜利，一定会！"

"胜利！"

"胜利！"

"胜利！"

数千青年激动咆哮着。

罗峰则默默看着这一幕，心中也暗暗道："胜利，是的，这一战……我已经毫无退路，必须胜利！"

这一战代表的不是自己，而是人类的荣耀！

一旦自己输掉，那么金角族那边会无数年传诵着卑狀的名字，他们会一直记得有一个叫卑牪的天才击败了人类一个叫罗峰的天才！金角族越是重视这事，那么这脸面丢得也就越大，唯一的办法就只有一个——

击败卑牪！

获胜！

"人类罗峰。"青年卑牪意气风发，心中前所未有地激动，"斗武场就在城外，我们出发吧。"

"那就走吧。"罗峰点头。

嗖！

罗峰一群人和卑牪以及一些金角族天才们朝斗武场飞去，同时不少天才都立即连接虚拟宇宙网络，透过虚拟宇宙网络将这消息迅速传送给他们的朋友。告诉他们——人类天才和我族天才卑牪马上就要在斗武场进行对战！

金角族是人类的附庸，于是，也获得使用虚拟宇宙网络的资格，不过他们被局限在一个位面空间内，大多只能族内相互聊，在很多权限上都是受到限制，比如没机会使用杀戮场等。

最基本的一些通话等还是可以的。

消息如同闪电，迅速在圣城传开。

"人类天才罗峰和我族天才卑牪，即将对战。"

"就在城外的斗武场。"

"马上就进行了。"

"对，就是人类天才，你没听错。是人类！"

消息疯狂地传播着。

那些本来忙着各自事情的圣城居民们，一个个都放下手中事，无比狂热地迅速飞向城外，如果从高空看，能发现整个圣城出现了一个人群洪流，就仿佛潮水般全部朝一个地方涌去——

城外斗武场！

强烈的族群荣誉感！成为人类附庸族群无数年的不甘！面对人类自然存在的自卑，令这群生活在拉斯奥世界的核心"圣城"，平常最是骄傲的一群居民们，此刻陷入了无比狂热。

他们渴望胜利！

渴望族内天才能击败人类天才！

......

圣城外的斗武场,占地极广,在整个圣城具有特殊的地位。

其实在金角族群当年迁移前,并没有斗武场的传统,只是后来族群领袖希罗多失踪,令金角族群有了无比强烈的危机感,才有了各种各样的措施。比如禁止天才们彼此生死厮杀,可又怕天才们没了血性斗志,所以才弄出斗武场来。

圣城禁止战斗。

唯有斗武场,才可以进行一场战斗。这斗武场的建设,也模仿人类巨斧斗武场。

"主人,我们斗武场的观众席位有一亿。平常各种斗武战中,这席位都够多了。可是今天……主人,我们这的席位可能不够了。"一名灰色皮肤少年遥指着远方,另外一名体型高大的金色皮肤男子也抬头看去。

远处天空中。黑压压一片,以"亿"为单位的金角族群族人正黑压压飞来。

圣城,作为金角族群的圣地核心,这里的居民人口足有数十亿之多,能成为这里的居民,很多都是修炼者苦修者。平常很少有战斗能吸引到他们,可是今天,整个圣城大概超过一半人都赶来了。

一半人?

绝对超过十亿了。

"席位是不够。"金色皮肤男子低吼道,"传令,迅速撤掉所有席位,按照族内庆典规格进行。"

"是。"灰色皮肤少年应道。

圣城外的巨大斗武场正进行闪电般的改动,原本一些装饰、舒适的座位全部被拆卸,甚至连一些舒适的包间和豪奢的顶层观景台也全部都被进行拆卸改造。整个斗武场一切以尽量容纳更多观众为主。

"好多人。"罗峰在休息室内坐着,透过窗户看着外界天空上黑压压不断飞来的人,这种状况已经持续超过十分钟了。

"估计都是来观战的。"迪伦也抬头看着,"很是让人惊叹啊!在我们人类世界也不可能弄出这么大的地盘来让人聚集观战。一些超大规模的对战一般都是在虚拟宇宙网络中进行的,这样更加轻松而且也不会混乱。"

"虚拟宇宙网络和现实,还是不一样的。"罗峰摇头。

"殿下。"迪伦看着罗峰。

"嗯？"罗峰转头看来。

"有把握吗？"迪伦看着罗峰。

"把握没有，但是……这一战，我必须赢。"罗峰双眸锐利。

……

时间过去了大概三个多小时。

"罗峰殿下，可以进入斗武场内了。"寺番祁长老从门外走进来说。

罗峰直接起身。

"小心点。"寺番祁长老说道，"斗武场战斗，一不小心就会一方陨落。"

"嗯。"罗峰点头。

这点他当然明白。

这是现实中的对战，并非虚拟宇宙网络对战，这种生死对战，特别关系到两个族群荣耀时，根本不会留手，个个都拼尽全力，而且战斗快如闪电，一旦中招可能就是陨落的结局。

……

罗峰走出休息室，在迪伦的跟随下以及斗武场人员的引导下，沿着一条廊道，直接走到那广阔的斗武场对战台上。

"轰隆隆——"

那可怕的欢呼声气浪，仿佛要将整个对战台给掀掉了似的。

罗峰朝四周看去，只见对战台外围的观战场地上站着密密麻麻的人影，还有那倾斜的第二层观看台，以及最高处的顶层观看台上全部站满密密麻麻的人影，还有更多的人直接在远处天空上悬空站着观看。

"卑牀！"

"卑牀获胜。"

"失败，你就自杀吧。"

"你必须赢。"

"一定要赢。"

"胜利。"

"胜利。"

各种声音令整个周围空间都仿佛沸腾了，超过十亿金角族族人的嘶吼，令罗峰都不由得一阵屏息。

罗峰看向对面，对战台上那边站着青色战铠、黑色皮肤的彪悍青年卑牪，这时候的卑牪额头的金色印记隐隐环绕着丝丝血芒，他已经陷入无比疯狂的地步，强烈的族群荣誉感、历代族群和人类天才的对决、超过十亿族人的关注咆哮，完全令卑牪陷入疯狂。

他必须赢！

死也得赢！

通往对战台的廊道内正站着不朽护卫迪伦、寺番祁长老。

"等会儿战斗开始，寺番祁长老。"迪伦看向身侧寺番祁长老，"不管怎么样，你我必须保证殿下无性命之忧！"

"我懂。"寺番祁长老低沉道，"我会小心戒备，一旦判定胜负，我便立即中止战斗保证罗峰殿下的安全。"

"嗯。"迪伦表情严肃，转头看向对战台上一脸平静的罗峰。

"师祖让我保护你，绝对不容有失，绝对！"迪伦默默道。

……

此战中，单单这无比巨大的斗武场四周连续三层站着的密密麻麻人影，还有远处天空悬空站着的人影，加起来金角族人超过十亿！单单不朽神灵便有过千位，封王级不朽神灵也有好些位。

"不管怎么样，最后关头必须保证卑牪和那人类天才的性命。"

"不能因为这事和人类交恶。"

"大家尽力。"

那些不朽神灵们几乎个个都如此想。

不过在场没有一个不朽神灵敢说有十足把握，因为罗峰、卑牪都是精神念师，战斗时最终判定胜负，自然是念力兵器或者其他直接刺穿身体时才能判定胜负……而这时候，很可能已经丧命！

当然，罗峰也就人类中的一个天才，这种公开对战中如果陨落，人类那边虽然会不满，可对两个族群之间的关系，根本不会有什么太大的影响。

"安静。"一道声音响彻天地。

十亿族人声音不断降低直至完全安静下来，可是他们个个狂热无比地盯着斗武场内的对战台。

"此战！一方是我们金角族的天才卑牸,另外一方是人类的天才罗峰。"恢弘的声音仿佛响雷般回荡在天地间,"战斗规则很简单,一方认输或者是被击败,则对战结束！现在……斗武对战,我族卑牸对战人类罗峰,开始——"

声音回荡。

金角族超过十亿族人盯着对战台个个屏息着。

而对战台上穿着银色战铠的罗峰和青色战铠青年卑牸,正遥遥相对。

"金角族,卑牸！"青年卑牸高声喊道。

"人类,罗峰！"罗峰遥看着对方。

呼！呼！

罗峰、卑牸二人相距十余公里,同时缓缓升空,悬浮在半空中,他们的背上都出现了暗金色长棍,脚下也都有飞行念力兵器。

"你用的也是衍神兵？"卑牸咧嘴盯着罗峰,"我金角族伟大的希罗多才是衍神兵的创造者。"

"那就看谁用得更强。"罗峰冷漠地说道。

"好！"

卑牸双眸光芒猛地大盛。

轰！

背后的暗金色长棍射出无数金光。

罗峰双眸如电,盯着对手,背后的暗金色长棍同时轰地一声也射出万千金光,一时间无数剑影漂浮,金色法则丝线串联,沟通宇宙本源空间法则、金之法则,念力结合法则之力,瞬间凝聚成一方世界——剑之世界！

"那人类天才用的也是衍神兵。"

"都是衍神兵第六重剑之世界。"

"卑牸似乎形成的剑之世界好像更大。"

超过十亿金角族人们低声议论着,激动地观看。

……

"轰！""轰！"

两大剑之世界刚刚一凝结,便相互撞击。

地动山摇。

无数剑气崩溃,罗峰所操控的剑之世界产生裂缝,好像要碎裂般。

"要破了。"

"人类天才处于劣势。"

"卑牪要赢了。"

金角族人们兴奋万分。

"不愧是被寺番祁长老认定拥有闯过通天桥第九层实力的金角族天才！剑之世界，明显比我强得多。"罗峰一声低吼，顿时念力操控瞬间释放到极限，超3200的念力振幅完全释放，令原本摇摇欲坠的剑气世界瞬间变得稳定，也变得更加真实。

轰！轰！

两个剑气世界的接壤处，一次次碰撞，连空间都震颤起来。

"嗯？他也将剑气世界修炼到完美地步？"青年卑牪脸色微变，第六重剑之世界是分三个层次，随着感悟的越来越高，首先剑之世界的稳定性会越来越强，最终达到一个极限！一般需要达到通天桥第九层的法则感悟度才能将剑之世界达到最稳定状态。

罗峰即使经过50年的潜修，法则感悟方面也就大概是通天桥第七层巅峰。

奈何，超3200的念力振幅，差不多令罗峰念力方面飙升到正常极限的32倍！令罗峰在操控剑之世界上，一下子就达到正常通天桥第九层才能达到的地步。所谓"别人只有一个人，我有32个人去稳定世界"，即使法则感悟低，依旧能达到极好。

"人类天才，如果做不到这一步，才奇怪。"青年卑牪暗道，嘴角微微上翘，眼眸中迸发出前所未有的精芒，"那就看谁更强吧。"

"世界之剑！"

"凝！"

青年卑牪一咬牙。

原本两个剑之世界彼此碰撞，可忽然青年卑牪所操控的一方世界迅速缩小，不断地缩小……同时，剑气密度也越来越高，最终变成了一个长度大概仅仅十余米的好似水晶做出的巨剑，将青年卑牪包容其中。

十余米长的巨剑，完全将剑气世界容纳其中。

能量没有丝毫浪费，极端地凝聚。

这……正是"剑之世界"第三层的状态。

"凝！"罗峰同样一声低喝。

超3200的念力振幅的极限发挥，顿时令那浩浩荡荡连绵十余公里直径的巨大剑之世界迅速缩小,瞬间就凝聚出同样大约十余米长的水晶巨剑,此时,他整个人都站在水晶巨剑内。

"你输定了!"卑牪一声低吼。

"来吧。"罗峰眼眸中只有对手。

呼!

呼!

二人都在水晶巨剑内,操控着各自的水晶巨剑,只是各在半空留下一道淡淡的金色虹光,便瞬间交击起来!

卑牪所操控的水晶巨剑,快如闪电,诡异莫测、凶悍无匹。

罗峰所操控的水晶巨剑,仿佛携天地之威,锋利无匹,横冲直撞!

完全两种风格。

"轰!"两柄完全包容剑之世界的水晶巨剑,快得可怕,一次次交手,就仿佛两个绝世剑手的彼此攻击。

"咔。"

罗峰猛地抬头,发现自己所操控的水晶巨剑已经有裂痕,在咔咔裂着,不由心中一惊。这般冲撞,自己的剑之世界凝聚一体化为的水晶巨剑已经不稳了,要崩溃了。

……

"要赢了。"

"那个人类天才的剑之世界巨剑要崩溃了。"

"哈哈,赢定了。"

"卑牪他还没有拿出他的最强绝技呢,他已经将剑之世界巨剑的特殊剑术——震空剑术练成,一旦施展出来,那个人类天才肯定输得更惨。"

"哼,那还用说,我们金角族才是衍神兵的发源地,各种衍神兵施展的秘术数不胜数,那人类天才使用衍神兵,看来输定了。"

……

"刚不可久,这么简单的道理,你都不懂吗?"卑牪低吼着,"真是让我失望啊,人类天才竟然就这么一点实力。我到现在也不过才拿出七成实力……看我最强的——震空剑术吧!"

昂!

卑牪所驾驭的水晶巨剑,隐隐沟通着天地之威,并且速度更加快,更加飘忽不定,瞬间便冲向罗峰!

"好精妙的操控之法。"罗峰大吃一惊。

他仅仅得到衍神兵,也就知道最基本的一些操控之法,而每一重到底怎么发挥到最强威力,全凭自己感悟。可是在金角族中,衍神兵九重,每一重都有对应的各种秘术,这些秘术都是历代金角族的天才们创出,需要一定的法则感悟才能施展。

一人创出的战斗之法,怎么及得上金角族历代天才们无数秘术的积累?

"轰!"

卑琳所操控的剑之世界水晶巨剑已经产生迷蒙幻影,连周围的宇宙空间也诡异地被引动融入这一剑中,一剑之威……简直强得可怕!

"天赋秘法——强化!"罗峰眼中厉芒一闪。

体内世界。

那巨大无比的金角巨兽仰头高吼,额头金角发出耀眼金光,幅散全身,天赋秘法瞬间启动,意识强度瞬间再度飙升一倍!

"血武者,血洛之力,驱动!"罗峰开始疯狂。

在面对对方压倒性的衍神兵的一剑面前,罗峰瞬间就施展了天赋秘法强化以及地球人本尊拥有的"血洛之力"。

融合三颗血洛晶,令地球人本尊的法则契合度翻了一倍,导致蕴含法则攻击的"水晶巨剑"威力飙升!

天赋强化,意识飙升,操控的"水晶巨剑"威力再度飙升!

……

连续两重飙升后,罗峰操控的水晶巨剑沟通的宇宙空间天地之威更加可怕,速度更加快,那横冲直撞的霸道劲也更强。

"金,至阳至刚,锋利无匹!"

"给我破!"

罗峰双眸发红。

"震空剑术!"卑琳驾驭的水晶巨剑已经穿过数公里距离,瞬间便到了罗峰前方。

"轰隆隆——"

仿佛两列火车头对撞!

仿佛火星撞地球般壮观!

卑狱所操控的水晶巨剑节节崩裂嘭,随即嘭的一声无比凝聚的剑之世界爆裂开来,大量的金色小剑四处乱飞抛落,而罗峰操控的水晶巨剑更加霸道、横冲直撞,撞碎对方的水晶巨剑同时也撞到了卑狱的身上。

"嘭!"卑狱整个人直接倒飞数十公里,狠狠撞在斗武场边沿的墙壁上,然后跌落下去。

"嗯?"罗峰驾驭半透明的水晶巨剑遥看着卑狱。

最后撞击到卑狱身上时,明显感觉到一股强韧的力道阻拦,那卑狱看似飞得够远,可实际上真正致命冲击力早已被卸去超过九成,否则卑狱会当场被震成肉泥。

"最后时刻,应该是不朽神灵暗中救了卑狱。"罗峰暗道,也好,主要是刚才施展最强一击时,自己根本来不及收手。

鸦雀无声。

当罗峰驾驭水晶巨剑在斗武场半空上时,超过十亿的金角族人们沉默不语。

他们……输了!

第二十二章　踏入界主级

这一场对战从一开始,他们金角族的卑狝就已经显露出优势,甚至在战斗结束前一刻,卑狝还自信十足地施展出最强的绝招,凭借剑之世界水晶巨剑来施展"震空剑术"想要干脆利落地击败罗峰!

可局势突然逆转!

人类天才突然爆发,以压倒性优势击败了卑狝。

"怎么会这样?"

"怎么就输掉了,刚刚还……"

无数的金角族人们都无法接受这一结果。

而主持这一场对战的恢弘声音再度响起:"此战,人类天才罗峰获胜!"

在听到最终结果时,罗峰顾不得去看那重伤爬起的卑狝,而是迅速飞入了廊道内。

"恭喜殿下。"迪伦笑着说道。

"罗峰殿下,实力的确非凡,进入域主级九阶时间这么短,竟然就能击败我族天才卑狝。"寺番祁长老恭喜着,可是从语气中也能感觉出,寺番祁长老并没有多么的开心。

"我们赶紧走。"

罗峰耳朵清楚地听到那斗武场超过十亿金角族人的喧哗声、议论声、喝斥声,甚至还有各种挑战声,很多金角族青年都在嚎叫着"人类罗峰,我要挑战你!""人类罗峰,接受我的挑战!""接受我巴斯瓦的挑战吧!"……

挑战声、愤怒骂声,各种声混合,声浪仿佛将天空都要掀掉似的震耳欲聋。

"是得马上走。"迪伦点头。

"太热情了。"罗峰摇头笑道。

"族群普通民众更加期盼获得一场胜利,卑狝的失败,的确会引起很多族人愤怒不甘。"寺番祁长老摇头感叹，"不过他们都是普通民众，视野狭窄。根本看不清我们金角族和人类最大的区别，单单天才对战获得胜利，其实对整个族群并无用途。可……为了让族群更团结，明知道这事很无聊，却还得支持。"

罗峰点点头。

"罗峰殿下，我们从后面走。"寺番祁长老说道。

"嗯。"

……

罗峰、寺番祁长老、卡什那、迪伦、五名界主护卫悄悄沿着一条通道离开了斗武场，可刚刚走出斗武场外时，便遭到了一群青年的阻拦。

"人类罗峰，请接受我的挑战。"

"人类天才，我救诺正式向你发出挑战。"

那群金角族青年们个个激动无比。

"赶紧走。"罗峰皱眉。

"是。"迪伦点头。

"放心吧，没事。"寺番祁长老凭借不朽之力，直接压制了那一群族内青年的骚扰。

嗖！

罗峰一群人迅速破空而去，飞向圣城内。

圣城广阔无比，而在圣城内还有一座城中之城——圣地。

圣地，是整个拉斯奥世界最耀眼最神圣的地方，那里有一些潜修的居所，是专门为金角族一些强者准备的，还有两座塔楼，一座是"秘典塔"，一座是"圣碑塔"，论重要性自然是圣碑塔更重一筹。

"看！"寺番祁长老遥指着远处的一座上百公里高的白色塔楼道，"那就是秘典塔，有我金角族历代无数强者的各种秘典的'试读本'。"

"试读本？"罗峰一怔。

"对。"寺番祁长老点头，"族内秘典无数，为了让后来者更好地选择秘法，将每一种秘典都弄出一本试读本。试读本内只有这秘法内容最前面的部分内容，纯粹是让观看者明白这本秘典修炼的内容方向，至于详细修炼方法，一律没有。"

罗峰微微点头。

"只有确定选择哪一本，然后发出申请，才会被赐予真正的秘典。"寺番祁长老笑道，"毕竟我金角族无数年积累的秘典，价值无量，如果所有全本秘典都放进去，恐怕很快会遭到很多强大族群的抢夺。而现在仅仅只是试读本，没有一本有修炼之法，很安全。"

罗峰理解这么做的原因。

"另外一座圣碑塔，就是存放圣碑的地方。"寺番祁长老指着另外一座通体金色的高塔，"罗峰殿下你拥有独自参悟圣碑一个月的机会，到时候就进入那圣碑塔中。"

"你看。"

"整个圣地，乃是城中之城。"寺番祁长老指向周围，周围有着一座座幽静古朴的住宅，并没有什么华美装饰，一切显得很古老朴素，一眼看去，大部分的住宅都散发着一种特殊的古老韵味。

街道上随时可看到一些不修边幅的金角族修炼者们往来，一个个若有所思。

整个圣地内没有任何用餐的设施。

完全沉浸在一种修炼氛围中！

"想要在圣地内拥有一座住宅安心潜修，或是真正受无数族人尊敬的强者，或是让无数族人赞叹的绝世天才，或是元老们重视的人物。"寺番祁长老感叹，"这圣地内潜修的人们，都是我金角族未来希望。"

"殿下，我们金角族也为你准备了一处住的地方。"寺番祁长老笑道，"请跟我来。"

片刻后，一座占地大概十余亩的古朴修炼居所出现在视野内，罗峰等一群人站在前面，寺番祁指着眼前这栋居所："这算是圣地内极大的修炼住宅了，殿下你可以将护卫安排住在里面，等去圣碑塔参悟一个月后，也可以住在这好好地参悟圣碑中的一些奥妙。"

"罗峰殿下。"修炼居所外，一名黑色战铠金角族人恭敬行礼道，"这座居所从今天起就是殿下你的居所，殿下想住多久就能住多久。"

罗峰微笑着点头。

"你们五个先在这休息。"罗峰吩咐五大界主护卫。

"是，殿下。"五人恭敬行礼。

"迪伦，陪我去那圣碑塔看看。"罗峰笑道。

带着迪伦、寺番祁长老、卡什那片刻便走了数百公里路,来到巍峨璀璨的圣碑塔下。

罗峰仰头看着这座通体金色,高过百公里的圣碑塔。

"人类罗峰。"一道低沉声音在罗峰识海响起,"我,圣碑塔守护者,你拥有独自在圣碑塔参悟一个月的机会,是否现在开始参悟?"

"就现在吧。"罗峰点头。

"好。"

圣碑塔守护者直接将此刻正在参悟圣碑的一些金角族人们打断,然后将他们赶出了圣碑塔,或许这些金角族人们的参悟时间还没完……可是由于人类的关系,那些金角族人们只能等一个月后继续来参悟了。

"人类天才?"

"看,就是那个。"

"我参悟得好好的,竟然被打断了。我还有三天参悟时间的,只能等到一个月后,才能再来参悟三天了。"

"真是。"

"谁让对方是人类呢。"

数十名金角族人从圣碑塔中走出,看了罗峰等人一眼,便彼此传音议论纷纷。可他们也不敢惹事,只是传音议论一番后便离开了。

"迪伦,你们都先回去吧,我去圣碑塔参悟,一个月后出来。"罗峰说完直接朝圣碑塔的入口走去。

……

刚进入圣碑塔内,就感到刺骨的寒冷,略微呼吸都能感觉到超低温渗透进体内。

"人类罗峰,我,圣碑塔守护者,你可以称呼我为守护者。"一全身笼罩在华丽的黑色战铠中,只露出一双泛着紫色的眸子,透过那头盔隐隐看到这位守护者的皮肤呈现暗红色,整个人散发着一股无比可怕的锋利气息。

他旁边,有一柄约三米高的巨型刀刃插在地面上。

那给罗峰的无形威压,丝毫不亚于真衍王。

"守护者。"罗峰微微行礼。

"进去吧。"圣碑塔守护者低沉道。

罗峰点头。

沿着黑漆漆的通道不断地往里面走，很快，便进入了一个广阔无比的大厅，仰头往上看，甚至都能看到上百公里高圣碑塔的顶部岩壁，显然整个圣碑塔总共也就一层，这一层广阔大厅内正放着一巍峨的晶体！

晶体圣碑！

整个碑高约300米，宽约100米，厚度大概在50米，通体由一种淡绿色的晶体构成，一股让人屏息的气息透过这晶体圣碑弥漫开来，整个晶体圣碑的最中央有一个孔。

孔直径大概在30公分，深约一米，是一个圆锥形孔洞。

"和我们人类的52尊混沌碑不一样，首先材质就不一样，感觉也不一样。"罗峰站在圣碑的正前方，顿时看到了这高300米的淡绿色晶体圣碑上画的竟然是一幅非常诡异的恶魔图——一头人形恶魔在咆哮的图。

"恶魔咆哮图？"

"整个晶体圣碑就是这么一幅图，而圣碑的中央还有圆锥形的孔洞？"罗峰暗自嘀咕，随即不再多想，开始仔细观察这圣碑。

刚刚一凝神观看，意识便不由自主地被那恶魔咆哮图吸引。

"轰隆隆——"意识被那恶魔咆哮图的"人形恶魔"的翅膀的其中一个羽翼吸纳进去，仿佛看到无限星空，在演变的宇宙星辰。

"嗯？"

罗峰心中刚有所悟时，这段时间一直卡在域主级巅峰的"体内世界"似乎受到这一丝契机影响，忽然开始震动起来。

"啊。"罗峰一惊，立即从感悟圣碑的状态中脱离出来，同时也明白发生什么事，"体内世界要进化了，要踏入界主级了。"

罗峰站在巨大的圣碑前，闭上眼睛，意识完全沉浸在体内世界中。

体内世界，原本长宽达到90万公里的浩瀚金属大陆，开始疯狂吞吸大陆外围的无尽金色雾气，也吞吸着大陆高空之上的无尽金色雾气，雾气笼罩整个金属大陆，和之前几次世界蜕变完全不同的是，吞噬无尽金色雾气的浩瀚金属大陆并没有扩大，而是缩小！

嗤嗤嗤——

随着吞噬的金色雾气越多，金属大陆本身也越来越小，而整个体内世界空间也越来越大。

仅仅片刻,整个体内世界空间直径就比之前大了十倍还不止,长宽90万公里的浩瀚金属大陆在无数年积累的金属雾气不断融入下越来越小,最终变成了一座金色山脉环绕成的无尽深渊。

"两界渊,成!"

轰隆!

两界渊悬停在广阔的体内世界空间中,在两界渊的深渊崖壁上满是无比复杂的秘纹,比之前看过的血洛之力"兽神头颅咆哮图"的秘纹还要复杂得多。

在两界渊的山脉内凝聚着无数金色光点,这些金色光点乃是之前长宽90万公里的金属大陆以及无数金色雾气凝聚后的精华所在。此刻,密密麻麻的金色光点不断旋转着,仿佛星云般缓缓凝聚。

"金角界石,凝!"

罗峰意识强横,直接操控着这一进程。

"轰隆!"

星云般的无数金色光点瞬间凝聚一体,变成了一颗金字塔形状的大概只有手指头般大小的金色石头,这块金色石头悬浮在两界渊山脉内,令周围空间都荡起涟漪,无形的波动完全令整个体内世界都在随它震颤。

"金角界石!一头金角巨兽一生只能诞生出唯一一颗金角界石,由金角巨兽那庞大的体内世界真正金之精华凝练出的一颗金角界石,蕴含金、空间属性,堪称真正的至宝。"罗峰心中感叹不已。

金角界石,金角巨兽最重要的财富!

因为从域主级突破到界主级后,金角巨兽的体内世界不再是纯粹的"金之能量",而是变成正常的有江河山水,可以让生命居住的体内世界!所以那股凶悍充满攻击性的金之能量便凝聚成了一座"两界渊"。

两界渊的能量精华则在于金角界石!

……

在体内世界发生剧变时,罗峰地球人本尊体内的"原核"同样开始发生剧变。

"轰隆隆——"

灵魂晶体和原力晶体在一股无形力量影响下直接融化为液体洪流,两股洪流开始触碰,当精神念力和原力真正触碰,意识意志第一次融合时,第一缕世界之力诞生了！世界之力一诞生，便让罗峰的一丝意识仿佛共振般感应到了浩瀚宇宙的本源。

原始宇宙，是最为古老最为广袤庞大，孕育族群生命最多的强大宇宙。"初始宇宙"虽然是独立于原始宇宙外的一个宇宙，可不如原始宇宙的万分之一。

原始宇宙是真正本源之地。

当罗峰体内第一丝世界之力产生时，便沟通了那无比遥远的本源之地。

"啊。"

"这就是宇宙本源之地？"

罗峰一丝意识在"世界之力"共振下瞬间进入到宇宙本源之地，那是一片无比广袤的大地，以罗峰的意识仅仅只感觉到这无尽的大地，根本感觉不到任何其他存在。而这无尽的大地每一颗泥土都仿佛是一个空间，每个空间中存在着无尽的宇宙晶。

"一沙粒一世界？"

"一世界，无尽宇宙晶？"

"这，这是宇宙本源之地的真面目吗？"罗峰震撼不已。

自己所能感受的亿万公里无尽大地，恐怕只是这宇宙本源之地的其中很小一部分，可即使如此，已经很让罗峰为之震颤。

"两界共振！"

……

当罗峰意识真正接触宇宙本源之地时，原核内和体内世界同时发生了惊人的变化。

体内世界中原本仅仅只剩下两界渊。

此刻，仿佛瞬间将"体内世界"和"原始宇宙本源之地"打通了一条通道，无穷无尽的宇宙本源能量"世界之力"涌入体内世界，就仿佛洪水般汹涌而来，无比狂猛，几乎一瞬间就将体内世界空间给完全填满！

须知，体内世界空间已经比之前直径扩大十倍，却依旧能被瞬间填满。

显然，对于原始宇宙本源之地而言，随便一颗沙粒空间蕴含的宇宙晶释放的能量即可充满罗峰的体内世界。

"好爽。"

"瞬间就拥有这么多宇宙能量，可惜，这样的机会仅仅只有在域主级突破到界主级关卡时才有这么一次,也是唯一的一次。"罗峰暗叹,随即不再多想,意识操纵那充斥整个体内世界的宇宙本源能量"世界之力"。

"凝!"

"中央大陆,金木水火土五座边缘大陆。"

直径大概在 500 万公里的广袤中央大陆形成,还有五座直径大概在 100 万公里的边缘大陆,那五座边缘大陆或是火热,或是冰冷,或是草木无尽,或是金属山脉处处,或是无尽的厚土。

"六座大陆间,为无尽之海。"

轰隆隆——

天地间滋生出无尽洪水,洪水浇灌,充斥整个体内世界大半的面积,海域面积远远超过了陆地面积。

"中央大陆内,有内海。"

顿时那直径大概 500 万公里内的中央大陆,最中央位置开始不断塌陷,随后那些泥土化为虚无,无尽海水诞生,瞬间便诞生了一座直径约 90 万公里的广袤内海,这座内海完全在中央大陆内部。

"内海之心,为两界渊。"

汩汩——

海水翻涌。

两界渊缓缓升起,仿佛一座内海孤岛。孤岛中央是无尽深渊,好似通往着另外一个世界。

"无尽万物,生!"

罗峰将一切都交给体内世界自然演变,中央大陆、五大边缘大陆、内海、无尽之海,全部都自然而然地衍变出许多植物、花草、山脉等等。仅仅片刻,整个体内世界就跟真正的世界没有两样。

"体内世界,成。"

哗哗——

还未用完的大量宇宙本源能量迅速化为宇宙晶,瞬间在大陆上凝聚出一座宇宙晶山。

体内世界已经凝聚成功,那些宇宙本源能量"世界之力"自然也就凝聚成了宇宙晶山,一般刚刚跨入界主级,都会有这样的际遇。不过,正常的界主,根本不可能得到这么庞大的一座宇宙晶山。

因为那些界主们的体内世界，要比罗峰的体内世界小很多。

"据我所知，很多界主的体内世界，直径一般为上万公里。"

"而我的体内世界，直径超过了千万公里。"

……

越是强大的体内世界，所需要承载的"原核"就要更加强大！从长宽90万公里的体内世界蜕变成直径超过千万公里，罗峰体内的原核再度发生根本性的蜕变，在蜕变过程中，原核也自然而然地吸纳了体内世界泄出的丝丝最精华气息，也就是那金角界石的极少部分能量。

"轰隆隆——"原核内部，那精神念力洪流和原力洪流已经完全融合，按照宇宙中冥冥的自然进化，演变成了一颗本源珠！

本源珠微微旋转着，释放出无尽丝线，连接原核，原核也因此完全改变。

从行星级到域主级的原核，一直是那种半透明的表层有着复杂金色秘纹，释放出金色毫光，显得很是神秘。可是在踏入界主级别后，原核在吸纳丝丝体内世界精华气息、本源珠气息、宇宙本源之地气息后，变成了一颗看似普通的原核。

古朴，没有丝毫光芒，连金色秘纹也已经完全被收敛。

"我的老天。"罗峰震撼道，"我现在的原核承载千万公里直径的庞大体内世界，已经比很多界主巅峰强者的原核还要可怕得多。等我达到界主巅峰，这原核得达到什么程度。"

"难怪金角巨兽有三大天赋秘法，又有传承记忆，还有长于人类十倍的寿命大限。"

"可突破到不朽的，依旧极少。"

感应到原核的强悍后，罗峰也明白了突破到不朽的艰难。

就算现在，罗峰放开防御，让强者来劈自己的原核，就算界主巅峰强者也劈不开。当然罗峰也不会随意将自己的命根子给人家劈。

"踏入界主级后，体内世界已经是真正的世界了，不一定非得吞噬金属。普通界主们都是用宇宙晶推动世界演化，之前我体内世界诞生扩张时，也是靠无尽宇宙晶瞬间演变而成的。"

"我有两条路。"

"第一条路，用宇宙晶来让体内世界扩张，这样，就算达到界主巅峰时，体内世界直径也超三千万公里。"

"第二条路，依旧用珍贵的金属组合来吞噬，那些金属最适合金角巨兽，在被'两界渊'吞噬后，最精纯最珍贵的一丝金之能量会融入金角界石，其他能量直接推动体内世界演变。金角界石蜕变后，也会有丝丝金角界石精华能量影响到原核，令原核更强，能够承载更大的体内世界，这样的界主巅峰极限的'体内世界直径'超过九千万公里。"

罗峰很清楚。

第一条路，稍微容易点，很多金角巨兽会选择这条路。

第二条路，无比艰难。因为桎梏更强。可好处是体内世界更大，实力更强，将来的神国也更强，不断吸纳精华的金角界石，堪称最极品的金角界石。

第二十三章　本源法则承认

两条路，一条容易，一条艰难。

选择哪一条？

塔内，正在圣碑面前闭眼站着的罗峰，却露出了一丝笑容。

"我心如镜，看清一切幻惑。我心如刀，斩破一切阻碍。"罗峰没有丝毫犹豫，很平静地做出了决定，"如果连以'巅峰金角巨兽'身份突破为不朽的勇气都没有，还谈什么成为宇宙的超级存在，还谈什么成为人类族群的真正高层大人物！"

"我相信我能做到！"

"一定能做到。"

罗峰默默道。

作为接受雷神、洪指点的修心的一员，他对于"心"方面更加重视。

假使一个人如果连挑战难关的勇气都没有，那么注定将一事无成。而假使面对真正的超级难题依然有着十足的信心和勇气，那么一路拼搏且不断超越极限，向目标靠拢。即使最终失败了，那成就也会极高。

……

于是罗峰理所当然地选择了第二条路——选择吞噬大量金属来强化体内世界的方法。其实关于界主期所需的金属组合罗峰早就购买了。由此可见，在心底，罗峰早就对未来做出了明确的规划。

"当年我是地球上一个普通武者，谁人想过，我会成为银河领主？"

"当我以地球最强者进入宇宙时，谁人想过，我会成为天才战中整个人类1008宇宙国排名前十的天才？"

"谁人想过，我能第一次资格战就冲进原始秘境？"

"而现在很多人都认为我有希望成为封侯级、封王级不朽神灵，可是又有几人想过我将来能成为宇宙尊者那等层次伟大的存在？"罗峰默默道，眼眸中光芒更加耀眼。

真正的强者,是有绝对的信念。

首先自己敢想,其次努力,才有可能成功。如果心中都不敢有这个目标,怎么成功?

广袤的体内世界,中央大陆的其中一大草原上有一头宛如黑色连绵山脉的星空巨兽,在星空巨兽旁边还站着黑色魔杀族罗峰。

"金角巨兽,突破到界主级!"

"魔杀族分身,突破到界主级!"

随着意识推动,原本形成一座巍峨宇宙晶山的无数宇宙晶,顿时碎裂化为雄浑的世界之力,就仿佛两条洪流,一条世界之力洪流不断涌入金角巨兽体内,另外一条洪流则是不断地涌入魔杀族罗峰体内。

两条洪流,一条大概十余米粗,而另外一条有十余公里粗!

"喀喀喀——"金角巨兽全身发出了各种声响,修炼过那无名秘典后本来就强大的身体也开始发生蜕变,吞噬着大量世界之力,令身体逐渐变大,鳞甲变得更加紧密,甚至鳞甲表层中隐隐有着一层透明层。

在金角巨兽额头上开始生长出第五根尖角,其他四根尖角同时也逐渐变长。

"轰隆隆——"旁边的魔杀族分身完全化为了一道黑色气流,且黑色气流变得越加浓郁,隐隐看到黑色气流中央那一颗璀璨的闪烁着空间法则波动的生命晶核。

轰!

十余公里粗的世界之力洪流、十余米粗的世界之力洪流同时断绝。

金角巨兽的身体长度已经达到惊人的100公里,鳞甲羽翼一旦施展开,可以轻易地遮蔽地球上任何一个超级大城市,眨眼即可绕地球一圈。对于这等强横存在而言,星球实在太渺小了,它们生存的地方是在宇宙星空。

"哗哗——"那滚动的黑色气流忽然凝结,直接化为黑衣罗峰。

界主金角巨兽、界主魔杀罗峰此刻都站在大草原上。

"嗷唔——"

金角巨兽扬起头颅,发出震动整个无尽世界的畅快叫声,宣布着它终于正式踏入了界主级。

"哈哈……"

魔杀罗峰也发出畅快的笑声。

"踏入界主级后果然不一样啊。"魔杀罗峰满脸喜色，"这魔杀族分身本来空间法则契合度有数十倍增幅，而界主级又是修炼最快的一个层次，现在踏入界主级再配合魔杀族分身的增幅，简直强大得惊人！"

都说界主级修炼速度极快。

界主级，乃是实力爆发期，连不朽级也无法和界主级媲美！这也是为什么很多强者宁可在界主级呆更久，也不急着突破不朽神灵的原因。

如那时光界主洛，在界主级呆上那么久，导致现在寿命大限将近，踏入不朽级变得很危险。

空旷的圣碑塔内，那巍峨的圣碑前，罗峰默默站立着终于睁开了眼睛。

"嗯。"

"突破到界主级了，有了两界渊，将来施展天赋秘法'吞噬'也比过去安全多了。"罗峰暗暗道，"金角巨兽和魔杀族分身都达到界主一阶，域主到界主，这大级别跨越的实力增加果然够夸张。"

"那《万心控魂秘法》不急着修炼，等圣碑参悟一个月过去再修炼不迟，这一个月不能浪费。"

说来慢，实际上体内世界突破，金角巨兽、魔杀族分身突破，耗时半天不到。

罗峰随即凝神观看眼前的淡绿色的晶体圣碑。

这巍峨圣碑上有巨大的恶魔咆哮图，恶魔有两根弯角、羽翼翅膀，一双宛如火焰的眼睛，乍一看仅仅只是一个普通的恶魔咆哮图，可真正凝神观看时便会发现，这恶魔咆哮图的翅膀上任何一羽毛、眼睛周围环绕的火焰、每一根发丝、弯角上每一个纹理、铠甲上的秘纹……尽皆玄妙不可测。

"轰！"

罗峰部分意识沉浸在恶魔咆哮图中，而罗峰的大半意识——金角巨兽、魔杀族分身的意识则瞬间通过世界之力共振，进入了宇宙本源之地。

……

神秘的宇宙本源之地，是整个原始宇宙的核心，没有人知道它什么时候存在，但是只有达到界主级时，意识才能进入宇宙本源之地。

"真的太爽了。"罗峰大半意识被无尽的大地直接给吸了过去，进入了一沙粒中,并且意识前所未有的清晰感应到金、木、水、火、土、风、雷电、光线、空间、时间的各种本源波动,全部都能感应到。

法则本源,也藏于那神秘的宇宙本源之地!

当意识降临宇宙本源之地,将会是无比接近"法则本源"的状态。因为无比的接近,所以感应起来才最清晰。连过去根本不懂的木、水、火、土、风、雷电、光线、时间,这时候感悟清晰度也丝毫不亚于域主级时候感应金之法则。

当然,假设感悟木、水、火等的清晰度是 100,那么感应金之法则的清晰度大概是 1 万,而感应空间法则的清晰度则是 20 万!

"界主级提升速度能不快么?"

"这法则感悟容易了上百倍不止啊。"

"很多在宇宙级、域主级根本没法感悟的,成为界主后,照样能修炼到达到'本源法则承认'的地步。"罗峰感叹,"界主级的确是得天独厚。"

世界之力,是一种特殊的创造之力。

界主们用来创造一方世界,靠的就是这世界之力,而宇宙本源之地,那无尽的大地就是无穷无尽的世界之力!任何一个沙粒空间,都藏有无尽宇宙晶。正因为世界之力特殊,所以才能让意识进入宇宙本源之地。

一旦达到不朽,能量层次再度发生变化,拥有更加强大的不朽之力,却无法再将意识和这大地融合了。

并非更强就是好的,其实适合的才是最好的。

拥有世界之力,便拥有了感悟各种法则的机会!一旦踏入不朽神灵,很多千万年亿万年都无法悟透空间法则,一是空间法则越往后实在是越难,难到极致。二也是不朽级参悟无法像界主级这么奢侈。

在界主级,有些绝世天才仅仅修炼数万年,法则感悟上就能媲美封王级不朽神灵。

可一个普通不朽神灵,即使不断突破,要修炼到封王级,一亿年都不够!

这就是界主级的优势!也是很多有野心的人不愿过快进入不朽神灵的缘故,他们想要在界主级更多感悟一些法则,让他们一旦踏入不朽神灵,就拥有极强的基础,直接是封侯级……甚至直接是封王级不朽神灵。

如那超级天才科谛,能在界主级就击杀封侯级不朽神灵,假设他没死,而是进入了不朽级,那么一旦踏入不朽,就直接是封王级!

……

体内世界中。

魔杀族罗峰盘膝坐在那，体内的那颗生命晶核上的复杂的空间秘纹不断地波动，令魔杀族分身意识感应空间波动直接振幅数十倍。

"血洛之力！"金角巨兽也驱动右蹄爪的血洛之力，右蹄爪迅速发生着蜕变，同时浮现了一血色的兽神头颅咆哮图，令金角巨兽感应金之法则的清晰度也直接提高了十倍！

之前金之法则清晰度是 1 万，空间法则清晰度是 20 万。而此刻，金之法则清晰度是 10 万，空间法则清晰度大约是 20 多万！远远超过木、水、火、雷电、光线、时间等法则。

"太美妙了。"

"一边感悟这恶魔咆哮图圣碑，一边和空间、金法则形成对照，对照参悟，这速度真是……"罗峰感觉在圣碑前参悟简直一天顶得上域主级 100 年的效果，当然主要是界主级令罗峰修炼时能比域主级提高数百倍。

罗峰在圣碑塔中参悟着，如饥似渴，不敢浪费一点时间。

一天，两天，三天……

圣城，圣地内的其中一座古老修炼居所内，寺番祁、卡什那、迪伦以及五名界主都居住在这。

"罗峰殿下已经进入圣碑塔修炼了，你们一个个还是安心潜修，自认实力超过那卑姅，再来找人类罗峰殿下。"修炼居所门口，寺番祁长老冷漠地看着外面聚集的一群金角族青年，"实力不够还来挑战，还嫌不够丢脸？"

不朽威压弥漫开来，令门口那群找来的金角族青年们个个感到惶恐不已，封王级不朽神灵，就算在那强大的上等部落，一般也就一两个而已，绝对属于高高在上的人物。

"还站在这干什么，全部都给我滚回去！"寺番祁长老猛地一声咆哮。

"是，长老。"

一群青年乖乖行礼，虽然不甘心却还是个个离开。

寺番祁长老目视着这一群青年离去，不由得微微摇头，这些青年完全是被历史上一些曾经击败人类的光荣战绩给鼓动了，一个个完全头脑发热了。

"和人类比，我族智慧上显然要低上不少。"寺番祁长老暗叹，"岩石类生命

214

和血肉类生命差距很大，或许诞生强者概率高，可繁衍能力、智慧方面都差很多，这些族内青年头脑一发热，个个什么都不管了。"

金角族的确是如此，只要头脑一发热个个都能拼命。

人类却不同。

人类更加有智慧，就算是学徒级的人类都无比聪慧，而金角族的强者或许意识计算能力强，堪比智能光脑，可是情商方面就差多了，简而言之就是缺心眼，不过那些生存岁月悠久的存在们，在时间磨砺下，还是有很高的智慧的。

"寺番祁长老。"迪伦带着五名界主护卫走来。

"迪伦先生。"寺番祁笑看向迪伦。

"真是麻烦寺番祁长老了，每当那些来挑战的人群过多时，就得长老你出面才能镇得住。"一身黑袍的迪伦微笑着，"这二十天来就没消停过，寺番祁长老你的确是辛苦了。"

"是我金角族招待不周。"寺番祁摇头无奈，"我金角族青年太多，虽然早就下令禁止来打扰，可还是有不怕死的青年来挑战。我对族内未来也不好下杀手，只能喝斥他们离开。让迪伦先生你们修炼都不得安心了。"

"没什么。"迪伦摇头。

"其实这些族人挑战，没什么。"寺番祁长老摇头道，"我真正担心的是族内一位天才青年。"

"谁？"迪伦连问道。

"卑虬。"寺番祁长老低沉道，"圣城元老神宫一脉的天才卑氏兄弟之一的兄长卑虬，在域主级九阶的族内天才中，之前被罗峰殿下击败的卑牀名列前十，而他兄长卑虬却名列第一，他在法则感悟方面按照你们人类的评判标准，应该有通天桥第十层的能耐。"

"哦？第十层？"迪伦大惊。

从第九层跨入到第十层，是非常难的。

虚拟宇宙公司域主级原始秘境成员一共十个，其中九个是通天桥第十层，还有一个是通天桥第十一层。

没想到在这金角族，也有这么一个天才。

"卑氏兄弟以凶厉彪悍著称，是戾气很重的一对兄弟。"寺番祁长老郑重道，"卑牀败了，他哥哥卑虬得到消息后肯定会从外面迅速赶回圣城，以卑虬那种绝对孤傲凶悍的性格，肯定会向罗峰殿下提出挑战。其他族人挑战也就罢了，可卑虬……那是域主级天才中的第一人！"

"嗯。"迪伦也皱眉。

其实上次罗峰能击败卑牂，已经让迪伦很惊喜了。

迪伦甚至暗中将那一场比斗通知了真衍王！

"殿下遇到那卑虬，估计要输。"迪伦心中暗道，"第九层和第十层差距实在太大，殿下修炼时间太短……"

……

正当寺番祁长老、迪伦二人在交谈时，忽然感应到一股强大的气息。

"嗯？"

寺番祁长老、迪伦、五大界主、卡什那同时转头看去。

"圣碑塔！"

寺番祁、迪伦都惊呼起来。

远处那座高上百公里的巍峨黄金色的塔楼，这时候被无比雄浑的法则气息笼罩，金色秘纹在周围流转，金色光芒四射。一时间，整个金色圣碑塔无比的耀眼，那强烈的本源法则的波动更是让人心悸。

"法则本源降临！"寺番祁、迪伦震惊地彼此相视一眼，他们很清楚这一幕意味着什么。

"殿下在圣碑塔内。"迪伦身后的一名界主护卫惊喜喊道。

"圣碑塔内除了那守护者外，只有罗峰殿下。"寺番祁长老也是双眸光芒闪烁，"现在法则本源降临……且是金之法则，毫无疑问，罗峰殿下已经得到金之法则的承认。"

"本源法则的承认！"卡什那惊呼，"罗峰殿下才，才，才域主级别吧……"

"嗯。"迪伦看着远处的圣碑塔，激动万分，连连点头，暗道，"我得将这事立即传给师祖。"

……

圣地中强者如云，经常会有某位潜修者得到本源法则的承认，出现"法则本源降临"的景象，这圣地中的修炼者们早就见怪不怪了，可是这一次那特殊景象却出现在圣碑塔中。

而且很多人都知道，那位人类的域主级天才，单独在圣碑塔中参悟着。

"人类天才得到本源法则承认了？"

"好快！"

"域主级九阶，就能得到本源法则承认！看来在金之本源法则上，他已经达到极高的地步。"

"厉害。"

圣地内很多修炼者们都仰头看着那座巍峨的金塔。

圣碑塔内。

罗峰默默站在那巍峨的淡绿色圣碑前，双眸观看着眼前圣碑上的恶魔咆哮图。

"轰隆隆——"周围空间微微震颤。

一滴黄金色水滴凭空出现在罗峰头顶上方，然后直接下落。

滴答！

黄金色水滴落在罗峰的头顶，直接渗透进罗峰的肉体，随后这一滴黄金色水滴落在"原核"上，也仿佛穿透虚无似的，穿透了这原核，最后这一滴黄金色水滴落在了本源珠上。

本源珠，是域主级时灵魂晶体和原力晶体的合体。

罗峰的力量核心！也是灵魂核心！

"嗤嗤——"黄金色水滴轻易地被这本源珠给完全吸收，本源珠隐隐多了一丝金色。

罗峰此刻已经正式得到金之本源法则的承认。

罗峰的眉心部位缓缓浮现出一金剑印记，印记隐隐有着让人心悸的法则波动，这是得到本源法则承认后的一种标志！同时，在金角巨兽的额头上也浮现了更加大的金剑印记。

"没想到我的金之法则感悟程度，已经到了令本源法则承认的地步。"罗峰露出一丝笑容，"我已经得到本源法则承认，那么，意识就应该能够进入法则海洋了吧。"

宇宙本源之地，神秘无比。

达到界主级后由于"世界之力"的缘故，罗峰的意识得以融入那无边的大地，而当一滴法则本源之水融入罗峰灵魂后，罗峰的灵魂意识都发生了一丝蜕变，此刻，罗峰都感觉到一种震撼灵魂的呼唤，好似母亲在呼唤儿女。

"嗖！"

罗峰分出一半意识迅速脱离无边的大地，直接被那"呼唤"给吸引过去。

"轰隆隆——"

金色的海洋，无边无际。

这是金之法则本源，整个原始宇宙"金之法则"的本源之地，无穷无尽的法则气息弥漫于海洋各处，强大的威压远远超过了罗峰见过的任何一个强者。幸好，罗峰已经得到这法则海洋的承认，正融入其中一滴水滴。

"轰隆隆——"浪涛汹涌起伏，无穷无尽。

罗峰意识融在一滴水滴内，随着大海飘荡，不断探寻感悟着金之法则。

部分意识融合在无边的大地，部分意识融合在金之法则海洋内，最后部分意识则观摩参悟着眼前的圣碑。

"意识得到金之本源法则承认，我现在感悟'金之法则'的速度，丝毫不亚于感悟空间法则。"罗峰看着眼前的圣碑，心中阵阵喜悦，得到本源法则承认是代表在法则感悟上已经达到了很高地步。

"20 天的参悟。"

"界主级参悟比域主级参悟效率高上数百倍，加上观摩圣碑效果，一天几乎等于之前域主级 100 年的参悟。"

"20 天，就接近域主级 2000 年的效果。"

罗峰感叹不已。

感叹界主级和域主级的区别之大，在虚拟宇宙公司，原始秘境界主级成员的竞争才是最惨烈的，一代代天才战、英雄战、以及全宇宙人类中精英筛选等等，千万年的精英集中在界主级。却仅仅只有 100 人，在原始秘境界主级！

"难怪都重视界主级天才，界主级参悟一天一般抵得上域主级一年，界主们参悟数万年、数十万年……域主天才们怎么能去比？"罗峰暗道。

"嗯。"

"这圣碑刚好是走空间、金这一方向，对我益处极大。"罗峰盯着眼前的圣碑，"还剩下不足 10 天，不能浪费。"

得到法则承认仅仅让罗峰分心了一两分钟，之后罗峰又继续沉浸在参悟中。

第二十四章　秘典塔

转眼三十天过去了。

"人类,参悟时间已满,你可以出来了。"圣碑塔守护者低沉雄浑的声音在罗峰耳边、脑海内回荡着,直接将罗峰唤醒,罗峰的所有意识迅速从"宇宙本源之地"、"法则海洋"以及眼前的圣碑"恶魔咆哮图"中脱离。

"呼。"

罗峰不舍地看了眼这巍峨的淡绿色圣碑。

"可惜只有一个月,这圣碑对我的效果,比那九宇混沌碑还要更好点。"罗峰暗叹,九宇混沌碑的前七幅图都只是空间法则,所以观摩那九宇混沌碑对感悟"金之法则"的帮助并不是太大,至少远不及这圣碑有用。

……

罗峰转身离开,沿着出口往外走。

那穿着黑色战铠仿佛雕塑默默站立在那,身侧插着一柄三米高巨型刀刃的圣碑塔守护者,无形的威压气息笼罩周围区域,让任何一个进入圣碑塔的金角族人都感觉到一种无形的压力。

"轰隆隆——"高大的塔门缓缓开启,外面的光亮照射进来。

罗峰独自一人朝外走去。

"殿下。"

"罗峰殿下。"

塔门外正站着迪伦、五名界主护卫、寺番祁、卡什那,罗峰向自己人微笑点了点头,可随即便面色一变,因为在圣碑塔外还聚集着一大群金角族青年,那些青年们仿佛都是红了眼的牛犊子,个个都死死盯着罗峰。

"人类罗峰,我要向你挑战。"

"人类,接受我的挑战。"

"是勇士,就接受挑战吧。"各种声音嘈杂一片。

罗峰眉头微皱走到迪伦、寺番祁长老等人身边，传音道："我们先回修炼居所，寺番祁长老……这群狂热族人就来靠你应付了。"

随即罗峰带着迪伦等人迅速离开了圣碑塔，真是有些狼狈。

罗峰等人推门而入修炼居所，边走罗峰还说道："迪伦，我准备将这一个月的圣碑参悟稍微梳理下，然后再去秘典塔选择秘典。"说完后，罗峰就直接选择了一间静室去参悟了。

"殿下修炼果真刻苦。"迪伦目睹这一幕后，摇头笑道，"嗯，当年我没到不朽时，也是这般刻苦的。"

达到不朽，获得永恒生命后，便再无寿命大限困扰。

再加上不朽神灵想要进步极度艰难，进步的极度缓慢以及寿命无限，于是不朽神灵们就不再那么勤奋了。

……

罗峰盘膝坐在静室内，闭着眼，不断思索着没有完全悟透的一些奥妙，开始将之细细体会咀嚼

不知不觉中已过去半月。

"嗯。"罗峰睁开眼露出一丝笑容，"圣碑上参悟的算是悟透了。"

圣碑参悟 30 天，媲美自己界主级正常修炼约 8 年，媲美域主级修炼近3000 年。

而罗峰从出生到如今，也不足 300 年。

这 30 天进步速度极大！

奈何《九字混沌碑》的九幅图，难度呈几何级数般飙升。

之前虽然悟透《雨滴图》《细雨图》共 36 滴雨滴本质，可是《暴雨图》中蕴含的另外艰难百倍不止的 72 滴雨滴……就算参悟这 30 天，也仅仅让罗峰的法则感悟提高到大概通天桥第九层的地步。

感悟 108 雨滴，以正常强者们感悟，只要参悟明白就可以了，这相当于是考试 100 分。

而悟透本质，相当于连附加题都要全部答对，弄到 150 分。虽然稍微深奥一点，可是难度却增加了十倍百倍！这也是为什么当初真衍王让罗峰去研究《飘血》时，都担心罗峰没有那个能耐。因为悟透本质，对法则感悟要求实在是太高了。

30 天时间,相当于域主级 3000 年的修炼,让罗峰终于将第三幅图《暴雨图》完全弄明白了,就是说在那更深奥的 72 滴雨滴上可以得到 100 分……弄懂第三幅图,就代表罗峰已经拥有闯过通天桥第九层的法则感悟度了。

"我从通天桥第七层巅峰提升到第九层,耗时仅仅 30 天,就将《暴雨图》弄明白。"

"按理说,这时候就该继续修炼下一幅图——第四幅图!"

"可惜我不行。"

"我得悟透最深奥的 72 种空间本质。"

罗峰参悟这 30 天,也发现了要悟透 72 种本质是多么的难。

前 9 种最容易,当初在混沌城就已经悟透。

中间的 27 种难很多,血洛世界的一些机缘也令罗峰参悟速度飙升,在兽神雕像可以长期观摩的情况下,加上天蚀宫主的提点,最终才悟透!

后面的 72 种最难!

罗峰接绝境级任务后,又在地球潜修 50 年,现在又在圣碑塔中潜修 30 天(相当于域主级近 3000 年),这种情况下罗峰仅仅在《暴雨图》达到 100 分的地步,而那 72 种本质却连一种都没有悟透!

无比艰难!

一般的绝世天才就算界主级耗费掉整个寿命 1000 纪元,都休想悟透那空间法则所有的 108 种本质。唯有真正的宇宙巅峰中的超级天才,才会去花大量时间。当年巅峰天才——练落,界主级时在混沌城中也耗费了 3000 年才悟透。

当然论天赋,拥有血洛之力驱动的金角巨兽、空间宠儿魔杀族分身,加起来恐怕还超过宇宙人类巅峰天才练落。

特别罗峰还有"兽神雕像",随时能透过兽神雕像,来参悟撕天一爪!

罗峰走出了静室,外面顿时有几道影子闪过,迪伦、五名界主、寺番祁长老、卡什那都出现了。

"殿下参悟结束了?"迪伦笑着走来。

"嗯。"罗峰微笑点头。

"恭喜罗峰殿下,罗峰殿下这次圣碑参悟如何?"寺番祁长老看着罗峰。

"很不错。"罗峰道。

是很不错。

现在单单法则感悟方面就达到了通天桥第九层，一旦罗峰再完全爆发念力振幅，高达3200多的念力振幅能令罗峰实力飙升数十倍，如果真的去闯九宇通天桥，完全可以直接闯过那通天桥第十层！

单单法则感悟，是第九层。

战斗力却已经能闯第十层！

"魔音神将传承果然是让我受用无穷。"罗峰暗赞，"不过我进步太惊人，不太适合现在去闯通天桥。"心里有数就行了，没必要去得瑟，反正现在闯通天桥也没有什么特殊好处，只会让自己更锋芒毕露，罗峰不干。

"走，我们去秘典塔。"罗峰说道。

"秘典塔内拥有整个金角族无数秘典的试读本，很多秘典都别出一格，剑走偏锋，连我们人类秘典宝库中都不一定有收录。"迪伦笑道，"殿下可要认真选。"

"当然。"罗峰微笑地点头。

可不是么，在虚拟宇宙公司想要修炼一本秘典，那是需要用巨额积分兑换的，普通好点的秘典就是上万积分，一些珍贵秘典数百万上千万积分，而一些无比昂贵的超级秘典，连罗峰的老师真衍王也只能干瞪眼。

"我得选一本昂贵的秘典。"罗峰暗道。

越是昂贵，价值就越高，这点毫无疑问。

从昂贵中再选适合自己的。

……

片刻后，罗峰等人沿着圣地内的街道走到了那座巍峨的白塔前，整个秘典塔高度和圣碑塔相当，颜色完全是白色，整个塔楼隐隐散发着让人心静的气息，靠近秘典塔时，整个人心灵都前所未有平静。

罗峰等人沿着阶梯进入秘典塔大门，来到了秘典塔的第一层。

"这第一层属于接待层。"寺番祁长老在旁边介绍。

"罗峰殿下。"一道尖利声音响起，只见一高瘦的穿着淡绿色铠甲的女性金角族人走来，让罗峰感觉就像是一个绝色美女蜡像！因为金角族生命结构的原因，导致皮肤和人类皮肤有着很大区别。

女性金角族人嘴角翘起："罗峰殿下，我叫瑟斯，是秘典塔的一名接待者。我们早已经得到元老神宫的命令，罗峰殿下你可以在这秘典塔内选择任何一本秘典试读本，选中后，我们就会将秘典全本给殿下你。我会给殿下全程讲解，让殿下节约选择时间，毕竟这里的秘典数量实在太庞大，整个秘典塔共有999 层，每层秘典都以百万计。"

"那就麻烦瑟斯小姐了。"罗峰说道。

"罗峰殿下，我们在这休息等待，殿下不必着急，认真选择，这机会很难得。"寺番祁长老说道。

"嗯。"罗峰点头。

"我们走。"罗峰看向女金角族人瑟斯。

"我带路。"

那瑟斯走在罗峰侧边，一边引路，随后沿着楼梯迅速登上了第二层。

罗峰一看便倒吸了一口凉气，这第二层空间极大，大约近百米高，一座座书架分散开，书架上平放着一本本书籍，虽然是平放，可是由于空间实在太大，那些书架都有七八十米高，书籍极多。

整个第二层绝对有过百万本秘典。

"每层这么多，999 层？"罗峰暗叹，"一个族群的秘典数量，果真是夸张。"

罗峰目光一扫。

发现每本秘典试读本旁都有价格，比如有的秘典价值 120 贡献点，有的价值 388 贡献点。

"罗峰殿下。"女金角族人瑟斯在一旁讲解道，"秘典塔的 999 层的秘典，是按照贡献点数量来分配的，这第一层秘典中最昂贵的一本也只需要 612 贡献点，而第二层中最便宜的一本都需要 612 贡献点。越往上越贵！"

"第 999 层多贵？"罗峰询问道。

"第 999 层最便宜的一本，需要 9800 万贡献点左右，最贵的一本需要 16 亿贡献点多点。"瑟斯说道，"当然罗峰殿下你可以任意免费选择一本的。"

女性金角族人瑟斯话语中有着掩饰不住的羡慕。

"那我们去第 999 层。"罗峰微笑道。

"是。"女性金角族人瑟斯心中则嘀咕，果然不出所料。

……

罗峰带着这女金角族人瑟斯不断在楼梯上行走，越是往上，每一层所能看到的金角族人就越来越少，到了 800 层往上时经常会出现某一层仅仅只有一名接待看管者,根本没有来选择秘典的金角族人。

瑟斯说道:"我金角族管理严格,想要进入秘典塔,每一层都有严格的贡献点限制。没有足够的贡献点,根本没资格进入更高的一层。比如要进入那 999 层,贡献点就必须达到那一层最便宜的一本秘典的要求,也就是 9800 万左右的贡献点。也就殿下因为可任意免费选择一本,没有贡献点要求。"

罗峰一笑。

贡献点?自己可是一点都没有。

"你们金角族内部的贡献点怎么计算的?"罗峰走在楼梯上问道。

"贡献点有很多来源,比如为族内生出一个孩子就有贡献点,实力的提升,达到域主级、界主级以及突破为不朽,都有贡献点奖励。还有是加入军队……去为人类参加战争时获得一些战功,也可以兑换成贡献点。总之,只要为我金角族贡献,便有贡献点。"女金角族人瑟斯说道,"贡献点的用处极大,可用来购买秘典,购买兵器、宝物,甚至购买大批大批的护卫,总之许多货币无法购买到的,贡献点却能买到。"

罗峰暗惊。

金角族这种附庸族群有着强烈危机感,贡献点的重要性已经提升到极为可怕的地步,连生孩子都有贡献点。在这种措施下,一个种族的向心力非常惊人,爆发出的能量也格外的可怕,从之前那么多金角族青年们狂热的要向自己挑战就可见一斑。

……

不知不觉中就登上了第 999 层。

第 999 层门口还有一名接待看管者,他在这里一是监督那些挑选秘典的对象是否拥有足够的贡献点,二是监督是否有族人胆敢损坏试读本。

"人类罗峰殿下。"门口的老者微微行礼。

罗峰也微笑着点头。

这老者已然是一名不朽神灵,也是整个秘典塔负责接待看管的成员中实力最高的一个。

"人类罗峰殿下。"老者指着周围一座座书架说道,"第 999 层是整个秘典塔最高层,最最珍贵的秘典试读本聚集在这,摆放在第 999 层的秘典试读本一共有 128120 本,殿下可以随意观看,任意选择。"

"嗯。"

罗峰行走在一座座高高的书架前,旁边女性金角族人瑟斯说道:"罗峰殿下,秘典的摆放,从这楼梯入口处不断地往里面盘旋延伸,越是里面的秘典所需要兑换的贡献点就越高,那最角落最上面一层摆放的那一本,就是整个999层最贵的一本秘典。"说着遥指右前方远处顶端。

"哦?"罗峰微笑,随即整个人直接悬空起来,朝那飞去。

一座座书架高度是60-90米不等,摆放的秘典试读本比较宽松,至少比罗峰见到的第2层、第3层要宽松得多,毕竟这一层一共才近13万本秘典。

……

罗峰穿梭过一座座书架,终于飞到了左前方角落的那一书架的最上面。

"嗯?"罗峰一眼看去。

这一座书架上的秘典价格明显贵得多,高有八十米的书架却仅仅摆放了三本秘典,堪称是所有书架上摆放最少的,而这三本秘典试读本旁边标示的价格,最上面一本是标价16 8000 0000,下面就是16 2000 0000,再下面就是16 0000 0000。

全部达到16亿!

"啧啧。"罗峰悬浮在书架最上端,直接拿起那一本标价最高的秘典试读本观看,整个试读本好似奇异金属铸就。

"F级金属铸就的秘典?真奢侈啊。"罗峰吃了一惊,随即摇头笑道,"也对,秘典塔作为整个金角族不断流传的重地,这些秘典试读本也要流传亿万年,普通的材质时间一长肯定会腐朽,用F级金属也不奇怪,反正一艘陨墨星号的赤混铜母就足够铸造无数秘典试读本了,对金角族而言,的确不算什么。"

拿起这本重约两吨的金属书籍。

书籍上有着名字——《金魂》

"什么玩意?一般最巅峰的秘典都该是描述空间,或是描述时间等等,一本单单描述'金之法则'的没多厉害吧。"罗峰暗自嘀咕,因为悟透金之法则也不过是成为普通不朽神灵,而悟透空间本源法则或者时间,就可以直接成为高高在上的宇宙尊者。

就好像,九宇通天桥需要闯过第21层,才代表悟透了空间法则。

而假设没去感悟空间或者时间,单单悟金之法则、木之法则等等,就算悟透成为不朽神灵,也就通天桥第10层的实力。当然单单悟金、木、水、火、土、风、雷电、光线……刚开始都非常容易,可是最后一步跨出也非常难,这也是那么多界主都无法成为不朽神灵的缘故,也是那时光界主洛,在有两万多年寿命的情况下都未能跨出最后一步成为不朽的原因。

最后一步极难。

可是单单得到"金之法则"本源法则承认却容易得多。

相反,因为要闯过九字第21层才算悟透空间法则,所以想要得到空间法则承认,比悟透整个金之法则还要难上千倍万倍,要得到本源法则承认就必须得将这法则的其中一个方面完全领悟到极限才可以。

总之得到空间法则承认是无比艰难的一件事。

"《金魂》?"罗峰翻开这金属书籍,开始阅读起来。

《金魂》,是金角族群历史上的一位伟大元老卡罗夫恩所创,主要是从金之法则入手开始深入研究空间本源法则,二者结合,从而创出攻击力极可怕的《金魂》,这是一套纯粹的战斗秘法,并非指点感悟的。

就像人类宝库中的《黑洞衍变》,那也是战斗类秘法。

战斗类秘法,纯粹是讲解怎么去更加强地战斗。

而罗峰兑换的《时空随笔》,则是属于帮人更好地感悟法则,有助于去理解《九字混沌碑》的,属于两种不同风格。一种属于研究性,另一种属于战斗性。

谁更好?仁者见仁智者见智!战斗类秘法可以提高战斗力,研究性的可以让参悟者更快提高法则感悟,而法则感悟毕竟是根本。

《金魂》的战斗秘法从低到高,共分72种。

第一种战斗秘法——第35种战斗秘法,不朽神灵以下即可施展。

第36种——第70种秘法,成为不朽神灵,宇宙尊者以下即可施展。

第71、72种秘法,则是宇宙尊者级才能施展的。

"如果能在界主级就悟透第35层战斗秘法,完全能击杀普通不朽神灵,甚至媲美封侯级不朽神灵?"罗峰看着秘典讲解不由倒吸一口凉气,这威力的确非常可怕,衍神兵第九重领悟到极限时也就媲美普通不朽神灵而已。

而且,这是一套完整的战斗秘法。

一直可以使用到宇宙尊者级!

"我现在有兽神雕像,有《时空随笔》,可这些都是研究让我怎么去更好地参悟法则的,真正战斗的秘法还真没有。"罗峰暗自思索,"而我界主巅峰就该创造适合我自己的秘法了,战斗秘法当然也得创。可创造前,学习一套顶尖的战斗秘法也有助于开阔眼界。"

"嗯,它当候选之一。"

罗峰将这本金属书籍拿在手里,又继续去看其他书籍了。

……

罗峰并不急着确认选择哪一本,而是迅速地一个个阅读下来,好确认哪些比较适合自己,最终从中选择一本最好的。

罗峰站在一排书架前,无形念力分散开去,同时翻阅着数千本秘典,只见那一本本金属书籍同时翻开,同时阅读着。

刷。

几千本看完。

罗峰念力操控将所有金属书籍合上,又继续翻看另外几千本秘典。

女金角族人瑟斯见状不由咧嘴龇牙:"这个人类罗峰殿下实在是……实在是太狠了。"

有这么选择秘典的么,一次性翻看数千本秘典,这姿态太嚣张了。

……

没多久。

罗峰就抱着三本金属书籍走到了第999层的边缘有椅子的地方,直接坐在椅子上,将手中的三本金属书籍放在那。

"罗峰殿下。"女金角族人瑟斯走来笑道,"选好了么?"她目光一扫看到的第一本就是《金魂》,不由得再次咬牙。

选就选最贵的,这个人类殿下真是……

"差不多了,就从这三本中选。"

罗峰微笑说道,同时看向这三本秘典试读本。

这三本金属书籍上都刻有名字,分别是《金魂》《衍神三十六重》《希罗多语录》。

价格分别是16.8亿贡献点,9.1亿贡献点、1亿贡献点。

"三本各有好处,我该选择哪一本呢,如果能让我选择三本就好了。"罗峰心中掠过这么个念头,随即哑然一笑,自己实在太贪心了。

第二十五章　选择秘典

三本秘典，价格不一。

《金魂》属于战斗类秘法，威力极强。

《衍神三十六重》，是金角族群历史上最伟大的元老希罗多创造，可以说衍神兵属于《衍神三十六重》的一个简化版。《衍神三十六重》是一套战斗类秘法，同时也可以说是一套研究性质的，研究空间、金结合的秘法。

这套秘法共分 36 重。

威力最弱的第一重，只要是稍微感悟空间、金之法则，即可使用。

最强的第三十六重，大约有封侯级不朽神灵的战斗力。

总的来说，这《衍神三十六重》攻击力很一般，最强的第三十六重要求极高，且媲美封侯级不朽神灵战斗力。像这种级别的秘典，即使战斗、研究性并存，对实力弱者有极大的益处，可本身价格依然高不到哪儿去，正常价格能有1 亿贡献值算不错了。

不过因为是希罗多所创，所以才标出 9.1 亿贡献值。

《希罗多语录》，则是希罗多失踪后，麾下的一些不朽神灵弟子们将老师当年指导他们时一些教导、语录全部记载下，整个语录很是丰富，有很多讲解，同时也配备有一些举例用的秘法。

因为是整理收录而成，并非希罗多本身系统书写留下的秘典，所以这《希罗多语录》最多用来当修炼时的一些参考，属辅助性的秘典，由于有希罗多的关系，价格也就给了一个整数——1 亿贡献点。

"我该选择哪一个？"

"毫无疑问，《金魂》是三者中绝对强的战斗秘法，从低到高整整 72 种，连宇宙尊者层次的战斗秘法都有。"罗峰暗道，"《衍神三十六重》对我修炼以及将来我制造适合自己的念力兵器都非常有益。按照希罗多自己的介绍，这《衍神三十六重》就是他这一脉最坚实的基础之学。当然战斗力方面明显就差多了，

228

只是衍神兵的一个深化版，威力最高才媲美封侯级，比《金魂》低了最起码两个大档次。"

"《希罗多语录》，对修炼有益处，虽然没有系统的战斗秘法，不过很多都是希罗多当年亲口指导弟子的，效果肯定不会差，只是不成系统！"罗峰皱眉。

三者各有千秋。

"我到底该选哪一个？"

"《金魂》成系列的一直修炼到极高点的战斗类秘法，《希罗多语录》则纯粹是辅助性的。"罗峰皱眉思忖着，"《衍神三十六重》倒是两者兼备，只是在最强攻击时才媲美封侯级，显然是基础中的基础，如果能得到希罗多所创秘典的全套就好了。"

希罗多有一套属于他创造的秘典，非常繁杂深奥。

可惜，这秘典塔内并没有这一套绝学，只有一套绝学的基础篇——《衍神三十六重》。

"嗯，选定了。"

罗峰忽然站起来。

旁边一直乖乖站着的女性金角族人瑟斯惊讶道："罗峰殿下，你已经选好了？"

"嗯，这一本。"罗峰拿起中央的一本。

"《衍神三十六重》？"女金角族人瑟斯微微错愕，疑惑地看了罗峰一眼，本以为这个人类天才会选择最贵的《金魂》呢，"罗峰殿下，我将你选择《衍神三十六重》消息上报，你可以去秘典塔第一层静等，很快秘典就送来。"

"好。"罗峰笑着点头。

沿着楼梯往下走，飘忽如风。

"十鸟在林，不如一鸟在手。"罗峰暗道，"《金魂》虽然厉害并且还能够拥有宇宙尊者都能施展的战斗秘法，可是，我修炼到宇宙尊者那得要多久，要到哪一年？到了那个时候，我实力强大，眼界更高，完全可以在虚拟宇宙公司购买更好的秘法！"

"这套《衍神三十六重》，毕竟是希罗多绝学的基础篇，当年他创出这套强大的基础篇，随后才创出那衍神兵。"

"衍神兵，能流传宇宙，让诸多族群使用。"

"而希罗多，又是这金角族的最伟大存在。他绝学的基础篇，应该是整个金角族修炼秘典中最好的一个基础篇。"

"威力虽然弱，可对我而言效果却比那《金魂》还好。"

十鸟在林，不如一鸟在手。看不见的终究不实在。

那《金魂》共 72 种秘法，从第 36 种开始，就得达到不朽神灵才能施展。而自己选择的是金角巨兽最艰难的一条路，想要成为不朽神灵确实艰难。

"等我成为不朽神灵，自有更好的秘法。"

"所以《金魂》对我而言，也就前 35 种秘法有效，而这 35 种自然是不如《衍神三十六重》，攻击力或许相当，可在研究性、创造念力兵器方面却远不如它了。"

······

当罗峰在秘典塔选择秘典时，圣城，元老神宫中阴暗的殿厅内。

卑牪默默地坐在那，双眸阴沉，仿佛要爆发的火山似的凝重，周围空间都好似凝固了。

"我亲爱的兄弟，被那人类天才击败，你就完全颓废了么？"一道紫色战铠黑皮肤青年走了进来，他的样貌和卑牪非常像，只是气质上有些区别。卑牪属于凶悍暴戾类型，而这黑皮肤青年眼眸冰冷，整个人孤傲无比。

只是偶尔眼神流转间，一丝戾气迸发着。

"哥。"卑牪站起，眼神复杂，低头道，"我输了……我，我在圣城十亿族人面前输了。"

"输掉这一战没什么，不过如果你真的就这么颓废下去，那么老师也会非常失望的。"紫色战铠青年卑虬冷漠道。

"老师？"卑牪一怔。

他们虽然属于元老神宫一脉。

可他们的老师并非元老本人，元老何等身份，只是偶尔指点天才而已，要让元老收徒？极难。

"振作点。"紫色战铠青年卑虬低喝道，"你输了，哥出手再将他击败就是！"

卑牪眼睛一亮，点头道："哥你出手，一定能够将他击败，他的实力也就比我强那么一些，远远不是哥你的对手。"

"嗯。"卑虬点点头。

忽然外面冲进来一道人影，看到卑虬、卑牪这一对天才兄弟后，那道人影停下，原来是一名神宫守卫，恭敬行礼："卑虬统领，我们已经得到消息，那人类天才罗峰离开居所已经进入了秘典塔，估计要不了多久，就会从秘典塔出来。"

"哦？"卑虬眼睛一亮，轻声道，"机会来了。"

嗖！

卑虬化作一道幻影后迅速离开。

"哥。"那弟弟卑牀猜出自己兄长要干什么，不由心中火焰燃烧，立即喊了一声，也化作幻影冲了出去。

……

秘典塔第一层内。

罗峰、寺番祁长老、卡什那、迪伦、五名人类界主都坐在其中一处休息。

"轰隆隆——"一阵强大的威压弥漫开来，一群模糊影子出现在厅内，并且身形凝聚，正是十二名金角族的不朽神灵。

"罗峰殿下，是送秘典的来了。"寺番祁长老低声道。

罗峰则微笑着站起走过。

那十二名金角族不朽神灵威压隐隐，为首的一名气势威压丝毫不亚于寺番祁长老的绿色皮肤女子声音沙哑道："人类罗峰殿下，我等奉元老之命，将这秘典送来。希望罗峰殿下你就在这观看阅读，看完后再将秘典给我们。同时也希望罗峰殿下你离开我们拉斯奥世界后，不要将这秘典外传。"

"这是一定的。"罗峰微微点头。

绿皮肤女子随即手中一翻，出现了一本厚厚的足有三十公分，仿佛一个箱子般的金属书籍，那金属书籍直接飘起，飞出她的手掌，悬浮在罗峰面前。

罗峰点头，接过这本金属书籍。

《衍神三十六重》，封面清晰印着书名。

罗峰当即翻开开始阅读，这秘典乃是希罗多所创绝学的基础篇，虽然只是基础篇，也让罗峰感受到了那位金角族最伟大存在的无尽智慧。

"竟然是这样。"

"当年希罗多，竟然是这么创造衍神兵的。"

"原来创造一套适合自己的秘法，可以用这么巧妙的办法。"

"不可思议。"

罗峰越看眼睛越亮，脸色都隐隐涨红，这是这么久以来罗峰第一次真正看到一本空间、金这一流派的精神念师绝学！从此绝学的一点一滴中，罗峰能感觉到那位存在的无尽智慧,那种高高在上驾轻就熟般的随意书写,已然直指本质。

就好像《九宇混沌碑》创造者,书写《时空随笔》时,任何一幅图,随手即可有成百上千种秘法来诠释般。

"太,太……不可思议了!"

"一套能让宇宙尊者施展的战斗秘法,也就 16 亿多点贡献点。而这一套基础篇就卖 9.1 亿贡献点,看来绝非是单单希罗多的名字,这基础篇的确让人惊喜。如果有整个全套……那价值不得上百亿乃至上千亿贡献点。"罗峰暗忖道,"对了,整个金角族群最最核心的一些秘典,如果我是族群管理者,也不会放在秘典塔。总要有些底牌的。希罗多那套完整绝学,应该是被藏起来了。"

罗峰越看越感到惊喜,值了,太值了。

一口气翻到最后一页。

最后一页上仅仅有着一段话——"精神念师一脉,最大的优势是能够操控尽量多的念力兵器,所以念力振幅越高越好,若是界主巅峰时念力振幅极限没有 300,那就放弃走精神念师一脉,放弃这套秘典吧,它不适合你。你也不适合成为真正的精神念师。"

罗峰合上这金属书籍,眼眸中有着难掩的喜悦。

自己老师真衍王虽然是超级强者,可实力和金角族整个族群历史上最伟大的领袖希罗多一比,实力上的确差很多。而且真衍王走的是武者一脉,并非是研究空间、金一脉!所以当罗峰阅读希罗多绝学的基础篇时,一时觉得茅塞顿开,甚至觉得一个崭新的世界在自己眼前展开。

从没想过,精神念师可以这么修炼。

也没想过,念力兵器可以这么制造。

更没想过,秘法可以这么创出。

……

"这才是精神念师,这才是真正精神念师该做的事。"罗峰赞叹,"我的念力振幅超过 3200,很多封王级不朽神灵都不如我,按照希罗多前辈说的,精神念师最重要的一点就是'念力振幅',他的绝学基础篇也对念力振幅的要求极高。"

基础篇共三十六重。操纵的都是普通的刀片或者小剑,没有丝毫法则秘纹,一次性操控数千刀片、数万刀片、数十万刀片,都是非常正常的,所以念力振幅自然是越高越好,考校的是"操控力"、"法则感悟"、"秘法创造"等诸多方面。

"巴巴塔,《衍神兵三十六重》你也记住。"罗峰的意识连接巴巴塔,将大量文字等内容迅速交流。

以堪比智能光脑的意识计算速度,片刻后,巴巴塔就得到了一份完整的秘典。

秘典塔内,罗峰将手中这金属书籍操控着,飞到那十二名不朽神灵面前。

"殿下确认已经全部记下?"为首绿皮肤女性不朽神灵沙哑问道。

罗峰点头。

那十二名不朽神灵向罗峰点头示意,随即个个化作了迷蒙幻影,全部消失不见。

"我们走吧。"罗峰转头说道。

"看殿下似乎很是开心。"迪伦走在一侧道。

"收获极大。"罗峰笑着道,旁边的封王级不朽神灵寺番祁听后也顿时开心起来,不管是参悟圣碑,还是一份秘典,都是价值极高的。可是金角族群却让罗峰免费获得,这其实就是一种投资,罗峰收获越大,那么将来罗峰成为人类高层后自然会念着这一份情。

但假如罗峰是白眼狼,得了好处,却根本不记恩情,那金角族也无可奈何。

……

秘典塔的正门长期保持畅通,罗峰等一群人正往外走。

"又是金角族那群狂热青年。"罗峰看了眼秘典塔外聚集的域主级九阶青年们,随即惊诧,"怪了,怎么不向我挑战了?平常这些金角族狂热青年一旦看到我,不是个个都疯狂地冲过来向我挑战的么?"

哗!

秘典塔外聚集的数千名域主级九阶青年忽然自动分开,露出两名黑色皮肤青年。

"卑牭?"罗峰一眼认出其中一人,随即目光落在卑牭旁边的另外一名黑色皮肤青年身上,这黑色皮肤青年有着很自然的孤傲气质,有点类似伯兰,一般寂寞无敌的绝世天才隐约都有这种气质,"旁边另外一金角族人跟卑牭很像，难道就是传说中他的哥哥——卑氏兄弟中的大哥卑虬？"

"罗峰殿下，那就是卑虬。"寺番祁长老传音道。

卑虬穿着一身紫色战铠，双眸冰冷，审视着站在秘典塔台阶上的罗峰，声音中蕴含着一丝戾气："人类罗峰，听说你击败了我的弟弟卑牰，你的确是有点实力。我，卑虬，今天在秘典塔前郑重向你挑战！不知你是否接受我的挑战？"

同时金角族数千名青年也都盯着罗峰。

卑虬眼神中有的只是戾气以及傲气。

罗峰看了他一眼。

"我们走。"罗峰说道，随即便避开这聚集的数千名青年，直接朝远处走去。

这令寺番祁长老、迪伦等人都微微错愕。

那聚集的数千名青年此时更是傻眼。

人类罗峰竟然避战？

那人类不屑跟他们战斗很正常，可是卑虬……那可是金角族域主级天才中的第一人！就算罗峰不敢战斗，至少也得给点面子吧。

"人类罗峰！"卑虬眼眸中冷光闪烁，猛地一声吼叫。

罗峰依然直接朝远处走去，停都不停。

"怎么，你不敢？害怕了？"卑虬怒而吼叫道，"击败了我的弟弟，这算什么，如果你击败了我，我敢说，我金角族域主级九阶所有族人都不会再挑战你。而如果你不接受我的挑战，那我金角族人不会服你！"

……

罗峰带着迪伦等人沿着街道往前走，根本懒得理会后面那卑虬的怒吼声。

"殿下？"迪伦疑惑地看向罗峰。

"我不想和他交手。"罗峰摇头说道。

"之前殿下你拒绝其他金角族人没事，可是你拒绝这卑虬，他毕竟是金角族这一代域主级中最优秀的一个。你不击败他，那么金角族无数族人是肯定不服的，肯定会说你欺辱弱者害怕强者。"迪伦传音道，"当然如果殿下你没有一点把握，那么接受挑战，结果估计也会输。的确是不接受的好。"

"迪伦，你乱想什么呢？"罗峰哑然失笑。

是了。

熟悉自己背景、成长历程的，都会认为自己不是那卑虬的对手。

可实际上达到界主级，又在圣碑塔参悟一个月后，单单正常法则感悟就达到通天桥第九层，一旦念力振幅3200完全爆发，假设再配合天赋秘法强化，又配合血洛之力驱动能得到翻倍的增幅。

击败卑虬，罗峰有着十足的信心！

只是一旦击败卑虬，那么首先以虚拟宇宙公司的情报网肯定会知道，而以迪伦和自己老师真衍王的关系，老师他也会得知。

自己击败卑牸，还可以用血武者身份以及一些特殊际遇来解释，可要击败卑虬，解释起来就麻烦了。

"因为一些奇遇实力暴增的情况也有，像宇宙人类历史上涌现的一群逆天天才们，哪个没特殊际遇。我若是再展露实力，恐怕会被虚拟宇宙公司认定得到某个超级奇遇。"罗峰暗道，"其实也对，我在魔音山得到魔音神将传承，念力振幅达到3200多，的确是不凡的际遇。"

现在论法则感悟，自己才第九层。

念力振幅3200多，才是自己击败卑虬的最大依仗。

"能不冒头还是别冒头，我这魔音神将传承，本来就是无意中占了那蒙苍王的名额。"罗峰暗叹道，"暂时低调点，等再修炼几百年，就算实力爆发，也不会太引人注目了。"

罗峰等一群人回到修炼居所中。

"迪伦，寺番祁长老，我先静修一段时间，将得到的秘典再参悟整理下。之后我们再离开这。"罗峰说道，随即便进入了静室中。

圣碑参悟了，秘典也得到了。

好处到手，当然得走人了。

……

罗峰盘膝静坐在静室中，不断回忆着《衍神三十六重》的详细内容，同时一丝意识进入虚拟宇宙网络，在原始区自己的庄园修炼场内，开始尝试修炼。

不断地研究、尝试、印证！

再和兽神雕像、远古图影联合在一起来对照参悟。

修炼一套秘典需要先从整体把握，思索清楚到底该怎么来更好地研究学会秘典，最后再认真修炼，所谓"磨刀不误砍柴工"，罗峰现在梳埋整个秘典就是在"磨刀"阶段。

转眼，已是三个月之后。

"要求竟然这么高。"

"用普通刀片来施展攻击，果真难度极高，不过希罗多前辈这一种独特的修炼方法，既有参悟法则效果，又有研究制造兵器效果，还有创造秘法效果和有攻击效果，的确很厉害。"罗峰微笑着起身，"以后我就从创造秘法角度来研究这套秘典。"

随即，罗峰便开启静室大门，走了出去。

……

这套秘典有数种修炼路线，任何一种路线都可以修炼到最高，罗峰由于念力振幅极强，所以决定从最难的"创造秘法"角度来研究。

当罗峰走到庭院中，顿时一道道人影迅速出现。

"寺番祁长老。"罗峰直接说道，"我们马上就出发先去一趟元老神宫，去感谢以及拜别！这一次元老神宫对我帮助非常大，让我得以有参悟机会，还让我任选一本秘典。我总不能不声不响地就离开吧。"

"嗯。"寺番祁长老微笑点头，"离开圣城前，是该去一趟元老神宫。不过罗峰殿下，有件事该说下。"

"怎么了？"罗峰疑惑地问道。

寺番祁长老看向身侧的迪伦，迪伦笑着开口道："在殿下你闭关静修的三个月内，我们这修炼居所门外曾居住了非常多的金角族族人，显然殿下你拒绝卑虬的挑战，引起很多金角热族人的强烈不满。"

"很多？"罗峰惊诧，自己可没感觉。

"为了不打扰殿下你静修，我隔绝了殿下静室周围的声音。"迪伦说道。

"谢了。"罗峰点头。

"不单单是大批的金角族人过来叫嚣，而且那个叫卑虬的天才，这三个月来一直盘膝坐在我们修炼居所的大门外街道上。"迪伦说道。

罗峰一怔。

"他坐在我们居所的正门口外的街道上，整整三个月，一动不动。"迪伦苦笑，"所以也导致现在有上万的金角族人也盘膝坐在外面。"

"我……"罗峰哑然。

"走吧。"罗峰说道。

"去外面？"迪伦、寺番祁长老看向罗峰。

"不！"

罗峰摇头，"别管他们，我们直接飞走，去元老神宫。"

第二十六章　会见元老

圣地，罗峰他们居住的修炼居所外的街道完全被堵塞了，大量金角族人们盘膝坐在街道上，而在罗峰居所正门口对着的街道上坐着的就是那紫色战铠黑皮肤青年卑虬，正闭着眼默默盘膝静坐着。

嗖！嗖！嗖！

一窜流光忽然从修炼居所内飞出，迅速朝远处飞去。

"他们飞走了。"

"人类罗峰就在其中。"

"竟然飞走了？"

上万名金角族人很快便喧哗起来，同时接连站起，遥指远方天际，看着那一窜流光消失在天地尽头，不由得个个愤怒无比。

那盘膝坐在地上的卑虬也睁开眼冷漠地看着这一幕，眼眸中燃烧着愤怒的火焰，低沉喃喃道："人类罗峰……胆小之极！"

轰！

卑虬也化作一道流光，朝元老神宫飞去，他的弟弟以及其他一些跟随者也连忙一起跟上。

当罗峰在金角族群拉斯奥世界的圣城掀起一些浪涛时，在遥远的荒蛮宇宙国疆域境内中的一片黑暗寂静的星空中，没有任何恒星、行星，只有偶尔飞过的一些星际尘埃，这片星空对应的空间夹层内，有一座恢弘广阔的神国。无边无际的金色大地连绵起伏，在其中一片草原、森林地带中生活着很多人类，也有很多科技化的设施建筑，一座座科技化的城市被建造其中，近千亿的人类分散在数百座城市内，每一座城市内都有一座巍峨的神之雕像，无数的人们前来拜神。

人类生活的区域，仅仅只是这神国的极小一部分。

238

在距离人类生活区域大概三千多万公里外,有高耸入云的山脉,山脉高过百万公里,在这座山脉的最巅峰,有一座闪烁着耀眼金光的神殿,神殿高十万公里,里面人影处处,显然有不少人正在其中。

神殿内,"吱吱!"

"吼!"

一头头体型庞大,模样各异的虫族战士行走在神殿内,偶尔还能够看到一些金色虫族战士(不朽虫族战士)。除了虫族战士外,还有很多穿着白袍、金袍、铠甲的人类,这些人类和虫族战士经常交错而过,却相安无事。

神殿的最高层,高有十余公里的仿佛破损陨石般的虫族母巢屹立在这最高层中央,周围聚集着大批大批的金色虫族战士,一眼过去,不下于万。

"主人!"

三名金袍人类被大批大批的虫族战士包围着,却恭敬地弯身行礼。

"呼唤我干什么?"一道轻柔的仿佛绝世美女在耳边呢喃的声音,回荡在整个大殿内。

"主人。"为首的金袍人类恭敬道,"安插在金角族群拉斯奥世界的其中一名不朽神灵刚刚传来消息,那人类天才罗峰正在拉斯奥世界的圣城中。"

"No.9?"轻柔的声音反问。

"是的。"为首金袍人恭敬道,"还有一件事需要告诉主人,No.9罗峰的实力进步极为惊人,他在圣城外的斗武场中已经公开击败了金角族域主级九阶天才卑牪。那卑牪的法则感悟,按照人类的划分方式,也有闯过通天桥第九层的能力,而罗峰在第一次资格战时勉强拥有闯过第八层的能力而已。"

"有视频吗?"轻柔声音问道。

"那一战是公开战斗,视频极多,我们安插在金角族拉斯奥世界的不朽神灵也发来了视频。"金袍人当即遥指着半空,顿时出现投影,投影屏幕上开始播放当初罗峰和卑牪一战的全过程。

战斗呈一边倒,卑牪完全压制罗峰。

最后,罗峰爆发直接击败卑牪。

观看完毕。

"人类虚拟宇宙公司,宇宙级天才中,达到通天桥第八层的仅仅只有一个。"金袍人恭敬道,"而这罗峰短短数十年,至少在法则感悟上已经超过之前宇宙级天才中的最强者。按照这种速度,他在数百年后的域主级资格战中,恐怕能够名列原始秘境前。这种进步速度，实在是太可怕了！在人类历史中，数万纪元，乃至数十万纪元中才偶尔出现这么一个绝世天才。"

"嗯。"轻柔声音下令道，"提高级别，将他列为No.3，其他目标依次排名后退。"

"是。"金袍人恭敬应命。

"同时命令安插在拉斯奥世界不朽神灵，吩咐其中一位尝试对其下手。"轻柔声音道，"如果能击杀罗峰，牺牲一个普通不朽神灵傀儡也没什么。不过我虫族在金角族群拉斯奥世界安插的人手太少，最多只可暴露一名不朽神灵，不可再牺牲。如果无法成功击杀，那就静等下一次吧。"

"是。"金袍人恭敬应道，"我立即传令给乾巫宇宙国的分部成员，同时也下令给金角族内的分部成员。"

"去吧！"

轻柔声音说道。

三名金袍人同时躬身行礼，随即便一起退去。

乾巫宇宙国疆域的边缘地带，宇宙秘境中的拉斯奥世界。

圣城中一座幽静的住宅内。

"下手击杀罗峰，不惜一切代价？"全身笼罩在岩石灰战铠的金角族不朽神灵坐在那，心中默默念叨着，"不惜一切代价，不惜一切代价……"

哗！

他的眼睛忽然睁开，一双血色眸子冷漠地看着前方。

"罗峰？"这名金角族不朽神灵低声喃喃道。

"长老，长老。"外面冲进来一名金角族青年，喊道，"刚刚得到消息，那人类天才罗峰根本没和卑虬交战，而是直接飞离了所住的修炼居所，去元老神宫了。这罗峰实在是没有一点胆量，遇到强大的卑虬，他就怕得根本不敢战斗了。"这金角族青年咬牙切齿道。

这岩石灰战铠男子低沉下令道："你可以出去了。"

"是，长老。"金角族青年恭敬应道。

"元老神宫？"

岩石灰战铠男子化作一道幻影迅速飞出了住处，直接朝元老神宫方向飞去。

......

人类疆域广袤,虫族和人类,这宇宙两大巅峰族群已经战斗了超过亿万年,虫族早就在人族疆域各个宇宙国乃至各个星域都安插着间谍。虫族的灵魂侵袭、灵魂控制能力实在是太可怕了,连人类不朽神灵都无法逃脱其控制。

相反,金角族群因为全部聚集在拉斯奥世界,平常虫族根本没机会,唯有一些金角族强者帮人类去参加战争时,才有机会迅速灵魂侵袭某个金角族强者。然后让那金角族强者再随着族人一道回去,才能成功安插一个棋子。

拉斯奥世界广阔浩瀚,而虫族安插得太少太少,导致消息极度不灵通。罗峰在圣城惹出那么大的风波后,才吸引了其中一个"棋子"的注意,最终确认罗峰的一系列事件,效率绝对是极低的。

罗峰一群人降落在元老神宫山脉脚下后,朝元老神宫走去。

此时的罗峰丝毫没意识到,在金角族群这种隐秘之地也出现了其他族群的暗杀,毕竟金角族群生存之地连人类中的很多不朽神灵都不知道,甚至很多不朽神灵都不知道人类有金角族群这一附庸族群。

人类内部都知道这么少,其他族群安插奸细肯定更难。

即使如此,罗峰依旧很谨慎。

毕竟现在是外放担当监察特使,其他族群暗杀是很常见的事。这也是罗峰不想暴露太过夸张实力的原因之一。击败卑琳就已经惹得别的族群的重视,一旦击败卑虬,那么那些族群恐怕也会不惜更大代价来灭杀他了。

"寺番祁长老。"罗峰说道,"你出面吧,如果那元老愿意见我,我再进去。"

"好。"

寺番祁长老很轻易地进入了元老神宫,而罗峰等一群人则站在神宫门外,神宫门外的守卫们好奇地看着罗峰等人,显然他们平常是极少能够看到人类的。

"罗峰殿下,元老要见你,进来吧。"寺番祁长老声音在罗峰耳边响起。

"哦?"罗峰眼睛一亮,吩咐道,"其他人在这,迪伦跟我进去。"

罗峰带着迪伦直接走进元老神宫的正门,而那群神宫护卫们显然也得到了命令,根本没阻拦罗峰二人。

......

"拉斯奥世界温度极低,而这元老神宫内的温度更低。"罗峰走在神宫内,感觉走在魔音山的冰冷洞窟内似的，旁边的神宫守卫、仆人，以及元老神宫一脉的弟子们随处可见，走了片刻后，便来到了一座寂静的大殿外。

这座大殿，仆人、弟子们、神宫守卫都不敢靠近。

大殿门口站着两名不朽神灵，一男一女。

"人类罗峰，元老在殿内等你们。"其中那名男性不朽神灵说道。

"嗯。"

罗峰点头，随即便带着迪伦直接跨入门槛，步入这巨大的殿内。

刚刚一进大殿，就仿佛跨入了另外一个时空，外面的一切都被隔绝，只剩下这冰冷森严的大殿，大殿下站着数十名不朽神灵，个个显得十分恭敬，而在大殿上则坐着一名头戴元老尊冠，身披星辰袍，隐隐裸露出胸膛的老者。周围时空便以他为中心。

他的眼神蕴含着无尽的威严，让人滋生不出丝毫反抗的念头。

"人类罗峰，拜见金角族元老。"罗峰深深躬身，以表示无比的尊敬，迪伦也跟着如此。

对宇宙尊者那等伟大存在而言，尊敬他们，是理所应当的事情。

大殿之上，高坐王座的老者俯瞰着罗峰，微笑着："很久没有看到如此年轻的人类了，你的年轻令我惊诧，我都无法相信你能够击败卑琳那孩子。"

"禀元老，我也只是艰难获胜。"罗峰恭敬道，心中则惊颤不已。

老师真衍王曾经跟自己说过，宇宙中一些超级存在可以一眼看出一些生命到底生了多久，即使是永恒寿命的不朽神灵，那些伟大存在照样能够一眼看出。这位元老恐怕就看出了自己的寿命才约 300 年。

"不愧是驻扎在圣城的元老。"罗峰暗惊，"金角族有不少元老，这位能驻扎在圣城，恐怕是元老中极强的一个。"

"圣碑成功参悟了？"元老俯瞰着下方，微笑问道，仿佛询问弟子般亲切。

"已经参悟，获益极多，谢元老给予我这样的机会。"罗峰恭敬道。

一阵爽朗笑声回荡在整个大殿内，元老朗声笑着道："小家伙，据我了解，你和我金角族伟大的领袖希罗多走的是同一路线，都是精神念师，都是空间法则、金之法则兼修。圣碑对你的好处的确会很大。"

罗峰微微躬身，在大殿下乖乖地聆听元老的话语。

"你是否是还想再参悟圣碑？"元老看着罗峰。

罗峰略有些尴尬："圣碑对感悟法则的确益处极大，说不想参悟，那是蒙骗元老。"

"哈哈，我就给你机会，小家伙，假使你能在不朽之前能成功施展衍神兵第九重，就有资格再进入圣碑塔一次。"元老微笑着，"假使你能够成功突破成为不朽神灵，依旧可以进入圣碑塔参悟一次，时间和这次一样。"

罗峰错愕。

"能不能进圣碑塔，就看你的能力了。"元老微笑着。

"谢元老。"罗峰恭敬道。

"哈哈……"元老朗声笑着，"这两次参悟机会可都是有条件的，如果天赋不够能力不够，进入圣碑塔那是对希罗多元老的侮辱。"

罗峰心中感叹，这位金角族的元老，乃是驻扎在圣城的元老，作为宇宙尊者般强横的人物，竟然对待自己这么友好，一开始就给自己参悟机会，还让自己免费拥有选择任何一本秘典的机会。

"对了，金角族这位元老这样，估计也是看我能击败卑狝，所以更加重视我。"罗峰瞬间明白了，"刚开始给我参悟机会，让我可以任选秘典。可现在又给我两次参悟机会，虽然有前提条件……可若连这点要求都达不到，恐怕这位元老也不会在乎我了。"

元老，是金角族最高的一群存在。就算封王级不朽神灵，这些元老也不会太在乎，所谓的人类天才，元老们同样不会在乎。

不过，罗峰、卑狝一战，令有详细罗峰情报资料的这位元老，迅速判定出罗峰的惊人潜力，所以态度才这般友好。

雪中送炭总比锦上添花好。

罗峰现在还只是小人物，元老却这般客气，罗峰自然感激不已。

假设罗峰将来也成为人类中的超级存在，想要让罗峰如此感激可就难多了。

拜见金角族元老结束后，罗峰、寺番祁、迪伦都从大殿内退出，那一群其他不朽神灵们也同时退出。

"人类罗峰。"一道声音响起。

罗峰转头看去，说话的是一名穿着宽松长袍的男子，样貌和元老有些相似。

"你是？"罗峰看着眼前这位问道。

"罗峰殿下，这位是封侯级不朽神灵图咖洛。"寺番祁长老在一旁笑着介绍道，"图咖洛长老是元老的儿子，也是元老儿子中唯一一位成为不朽神灵的。"

"哦。"罗峰眼睛一亮。

披着宽松袍子的图咖洛却淡漠道："人类罗峰，你击败的卑牪以及他的哥哥卑虬，都是我的弟子。"

罗峰心中一动。卑牪和卑虬的老师？

"你击败卑牪，我无话可说，只能赞叹。"图咖洛睥睨罗峰，"可我弟子卑虬挑战你，不知道为何你没有接受挑战？我弟子卑虬在你居所门外坐等三个月，却没有得到你丝毫回复，就算拒绝，也得给我金角族一些脸面吧。"

罗峰笑道："图咖洛长老，原来长老是卑虬与卑牪的老师，说实话，我击败卑牪已经很艰难了，听寺番祁长老说那卑虬比他弟弟强十倍不止，我一点信心都没有。当然就不接受挑战了。"

"你认输了？"图咖洛有些错愕地看向罗峰。

罗峰微笑点头："是的，我现在的确远不如卑虬，只能静等将来修炼得更强时再来接受卑虬的挑战了。至于我的行为，主要是金角族大量青年来挑战，我也是吓怕了，还请图咖洛长老你海涵。"

图咖洛瞪大眼睛看着罗峰。

他，元老诸多孩子中唯一成为不朽神灵的，漫长的岁月中，元老其他亲人早已死绝，只剩下图咖洛这一个孩子。

图咖洛虽然只是封侯级神灵，可由于其特殊身份，所以地位极高。

卑牪、卑虬的事，令图咖洛对罗峰很不满，可之前在大殿他也不敢在父亲面前捣乱，一出了大殿，他就想要找罗峰的麻烦。

可——罗峰就这么认输了！自认不如卑虬了。

怎么办？

"你——"图咖洛瞪大双眼道。

"等我实力提高有信心和卑虬一战的时候，再来金角族，定会和卑虬一战的。至于现在，实在是实力不够。"罗峰微微行礼，"图咖洛长老，如果没其他事，那我就走了。"

图咖洛只能点了点头。

罗峰便带着迪伦、寺番祁长老离去。

"这……"图咖洛站在那许久，憋得无话可说。

244

罗峰在元老神宫内行走，也碰到了回到元老神宫的卑虬、卑姝。

"人类罗峰，请接受我的挑战。"卑虬堵在罗峰面前。

"我还有事，请让让。"罗峰说道。

旁边的迪伦直接释放不朽之力，强大的不朽之力直接像扫除灰尘似的将卑虬给"扫"到一侧，而罗峰、迪伦、寺番祁长老三人则迅速走开。

"你！"卑虬气得牙痒痒。

……

罗峰走在曲折幽深的元老神宫内，心中则思考着："既然圣碑参悟了，秘典《衍神三十六重》也得到了。那么我就离开了，最多去一趟塔文部，然后就得回银河系了。"

"接下来，我得先兑换《万心控魂秘法》，那秘法也是贵得离谱，不过为了控制那虫族母巢，也值了。"

"在地球修炼一段时间，等完全控制虫族母巢后，就可以去一趟混沌城，在混沌城参悟修炼一段时间。我有好几次参悟九宇混沌碑的机会，也可以使用。"

虚拟宇宙公司核心成员，都有进入混沌城的资格。

在刚刚加入时（宇宙级），就拥有免费在混沌城修炼约 30 年的机会，也是罗峰他们第一次去混沌城的事。

域主级时，拥有免费在初始宇宙混沌城修炼约 300 年的机会。

界主级时，拥有免费在混沌城修炼约 3000 年的机会。

这都是免费，属于核心弟子的特权！

进入混沌城后，域主级可以免费修炼 300 年，可罗峰完全可以修炼 500 年、1000 年甚至更久，唯一的代价是多出来的时间需要用积分兑换。修炼越久耗费积分越多，假使积分足够，就算在混沌城修炼万年、十万年都可以。

一旦积分耗光，混沌城就会强行请罗峰离开了。

……

罗峰一边想着将来的事，同时带着迪伦、寺番祁长老走出了元老神宫。

"殿下。"五名界主、卡什那都迎上来。

"我们走。"罗峰下令道。

"人类罗峰殿下，人类罗峰殿卜。"一道很热情的声音响起。

罗峰抬头看去，只见远处一道模糊影子迅速过来，随即在离罗峰数十米外凝聚成一名穿着岩石灰战铠男子,他的眼睛隐隐类似一对红色宝石,这红色眸子此刻正看着罗峰,微笑道:"我叫克布。"

"克布。"寺番祁长老惊讶喊道。

"寺番祁长老。"这岩石灰战铠男子微微躬身表示尊敬。

罗峰疑惑地看向寺番祁,寺番祁笑道:"罗峰殿下,这位是克布长老,驮燕部落的一位不朽神灵,曾经数次参加人类和其他族群的战争,有不少人类朋友。"

"哦?"罗峰看向这名叫克布的不朽神灵。

"我这段时间在圣城,听说罗峰殿下的事,一直不敢打扰,估摸着最后殿下要离开了,所以过来送别下。"岩石灰战铠男子笑道,"能够在我的家乡看到人类,真是一件让人开心愉悦的事。"

罗峰笑着点头。

"不知道殿下来到我们拉斯奥世界,去了哪些地方?"岩石灰战铠男子笑道。

"也就在这圣城,哦,还有塔文部。"罗峰说道。

"啊。"克布长老道,"罗峰殿下,我金角族群的家乡拉斯奥世界拥有无比悠久的历史,有许多神奇之地,也有许多对修炼极为有益的地方,你竟然都没去过?"

第二十七章　意外收获

　　"有哪些特殊地方？"罗峰随意问道，却没有太大的兴趣，因为拉斯奥世界是一个人为建造的广袤大陆，并非宇宙衍变形成，即使历史上金角族一些强者死后会遗留宝物，恐怕也早被搜刮干净了。

　　克布长老发现罗峰没什么兴趣，不由暗道："主人要我不惜一切代价杀死这个人类罗峰，可是，旁边一个人类不朽护卫，还有那寺番祁，实力都远远超过我，只要他们在，我根本没有杀死罗峰的可能。如果不能将这人类罗峰留在拉斯奥世界，恐怕我就没机会了。"

　　灵魂被侵袭控制后，他绝对忠诚于主人。

　　主人命令最重要，即使牺牲生命。

　　"我金角族有族规，一旦达到宇宙级就得离开部落，出去历练闯荡。"克布长老说道，"所以在拉斯奥世界的一些荒凉之地，会有一些不朽神灵建造自己的神殿，将那些出来闯荡的优秀者收入神殿内。我金角族是鼓励一些强大存在去一些荒野之地建造神殿的，这也导致族内青年们无比期待地去历练闯荡！"

　　罗峰笑了。

　　"无比漫长悠久的岁月，即使一些强大存在陨落留下一些遗迹，我金角族元老们也不会刻意去寻宝。"克布笑道，"而其他不朽神灵，想要探索整个拉斯奥世界根本不现实，所以还是产生了很多奇妙之地。同时我金角族为了让不朽神灵和普通族人实力得到提升，也建造了一些类似圣城的地方。圣碑塔毕竟只是对'空间、金'一脉的强者效果好，而感悟其他法则的强者们，也有一些特殊之地。"

　　罗峰微微摇头："我没兴趣。"

　　"有个地方，殿下不去就实在可惜了。"克布护腕上的智能光脑忽然射出一道光影，在半空中形成投影，投影上出现了一些简单的照片，"这里，就是人类强者进入我金角族家乡必去的一个地方！"

一直很随意的罗峰，瞥了那些照片一眼后，心一颤，眼睛顿时亮起。

死死地盯着眼前这投影上的照片。

"怎么会，怎么会……"罗峰心中掀起滔天巨浪。

照片上的图像，是山脉峡谷内的一座巨大的雕像，整个雕像是一头庞大的类似蜥蜴的怪兽，巨型独角蜥蜴，那无形的威压透过照片都让人心悸。

"是它！"

"兽神！"

"是兽神雕像。"罗峰死死地盯着那照片。

血洛大陆的一些际遇，令罗峰知道在无比遥远的一个时代，那血洛大陆上有一头无比可怕的兽神和虚拟宇宙公司的超级存在进行一次次对决。虽然没亲眼看过兽神，可罗峰却能感觉到兽神的可怕。

远远超过金角巨兽，远远超过毁娑巨兽！

……

克布长老看见罗峰表情，顿时微笑起来："这里，就是我金角族家乡无比特殊的一个地方，也是人类强大存在来到后几乎必去的一个地方——兽神峡谷！"

"兽神峡谷？"罗峰看着克布长老。

金角族群，也称这雕像的存在为兽神？

"我族最伟大的存在希罗多元老曾经说过，他的绝学就是从这巨型兽神雕像中悟出。"克布长老感叹道，"当时希罗多元老还说，只要有谁能悟透这座巨型兽神雕像，那么，便会拥有媲美他的实力。"

罗峰全身一颤。

媲美希罗多的实力？希罗多，那可是整个金角族群最伟大的领袖！独自坐镇整个族群，是何等伟大？

"正因为希罗多元老说过这话。"克布长老唏嘘道，"我族亿万年来有无数族人去观看那巨型兽神雕像，可是谁都没有发现其中奥秘。就算是元老们，也没听说有哪一位悟透了这座巨型兽神雕像。连你们人类的许多伟大存在都专程来到我们这，为了观看这巨型兽神雕像，毕竟悟透兽神雕像便能拥有媲美希罗多的实力，不过似乎……还没听说有谁悟透。"

"当然，人类中或许有伟大存在悟透了这一座巨型兽神雕像，可能并没公开吧。"

罗峰哑然。

原来……金角族历史上最伟大的领袖希罗多，是悟透这座雕像后才拥有那般能力的。

"寺番祁长老，有这么回事？"罗峰看向身侧的寺番祁。

"嗯。"寺番祁先是点头，随即笑着摇头，"不过无数年来，除了伟大的希罗多，再也没有谁能够弄明白这兽神雕像。就算是我，看到那巨型兽神雕像，也只会觉得是一个很正常的雕像而已，那些雕刻纹理也没什么特殊，根本就看不明白。甚至我金角族都曾有元老建议，切开这巨型雕像，看这巨型兽神雕像内部是否藏有特殊秘密。当然，出于对希罗多元老的尊重，都相信希罗多元老所说，所以绝对禁止破坏那巨型兽神雕像。"

"可是，就是看不出什么特别之处。"寺番祁摇头。

罗峰暗惊。

寺番祁，那可是封王级不朽神灵，能瞬移的强横存在，如果放在乾巫宇宙国，恐怕也就乾巫国主比他强而已。这样的存在，竟然也啥都看不出来。

"带我去！"罗峰直接说道。

……

陨墨星号离开了圣城，朝兽神峡谷飞去。

"殿下你能带我一道前往兽神峡谷，实在感谢。"陨墨星号控制室内，岩石灰战铠的男子克布长老说道。

"没什么。"罗峰看着外面无尽大地，"你也要去兽神峡谷拜会朋友，既然顺路，一起走也没什么。"

说完，罗峰转头便回休息舱。

迪伦则住在罗峰旁边的一个休息舱内，负责保护他。

"现在的确是没机会，这个叫迪伦的一直跟随罗峰，那不朽之力随时环绕罗峰周围警戒着。"克布长老看了眼迪伦的背影，心中暗道，"不急，等去了兽神峡谷，那里强者如云，混乱得很，定有机会。"

兽神峡谷离圣城距离也不算太远，陨墨星号飞船飞行近一个月后，便抵达了目的地。

在连绵的山脉上空，血色三角形飞船开始减速，片刻后悬浮当空。

"哗！"

舱门开启。

罗峰带着迪伦等人飞出来，同时直接将陨墨星号收入了自己的体内世界中。

"罗峰殿下。"寺番祁长老遥指远处，"那，就是兽神峡谷，那座巨型兽神雕像就在那里。"

罗峰遥遥看去，隐约看到那峡谷中的模糊影子。

"过去。"罗峰一声令下。

嗖！嗖！嗖！

罗峰等人瞬间便飞过上万公里，直接飞到兽神峡谷上空。

"好多金角族人。"罗峰看着那峡谷崖壁上一些洞穴内苦修者般的金角族人，还有在那广阔峡谷地面上枯坐的一些金角族人，不由一阵暗叹。

"因为希罗多元老说过，只要能悟透这座巨型兽神雕像，就拥有媲美他的实力，所以我金角族有无数强者汇聚在这。"克布长老指着下方，笑道，"看，那座高约三千公里的宫殿，就是一座元老宫殿，专门驻扎在这，负责保护兽神雕像。"

罗峰一眼就看到下方那座巍峨的宫殿。

可是，和巨型兽神雕像一比，宫殿显得很普通。

"巨型兽神雕像趴在那，呈酣睡外形，它身体长度加上那条尾巴，大概有10000公里左右。"克布讲述道。

罗峰迅速下降，飞向那座巨大的兽神雕像。

呼！

罗峰降落在地面上，抬头看着这无比庞大的巨型兽神雕像。自己在血洛世界中曾经得到过一个兽神雕像，可那个雕像非常的小巧，同时自己的兽神雕像是四蹄站立着独角昂然刺天的姿态，而眼前这座……

连绵上万公里的巨型兽神雕像，趴在那，只是闭着眼沉睡着，每一片鳞片都无比的清晰。

"好可怕的威压。"

"仅仅只是一座没有生命的巨型雕像，竟然让我感觉到类似于面对那圣城元老时的那种威压。"罗峰看着这沉睡兽神巨型雕像，不由屏息。

"殿下，这兽神雕像怎么都发现不了其奥秘所在，就算是不朽神灵，就算是元老，也无法渗透兽神雕像查探其内部。"落在罗峰身侧的寺番祁长老感叹道，"谁也弄不懂它的奥秘。"

"我也看不懂。"罗峰眉头微皱，低声道。

是的。

自己看不透，自己得到的那小型兽神雕像，金角巨兽研究撕天一爪时，反而能感应到那小型兽神雕像中蕴含的那股"神"，感应到那股玄妙意境，追随着那股意境时，金角巨兽也不断地进步、突破。

眼前这座巍峨的巨型兽神雕像，罗峰非常确定，和自己的兽神雕像都是兽神！

除了那可怕的威压……感觉不到任何其他！

"一定有什么奥秘，那希罗多还不至于随便弄一个雕像，戏弄自己族群亿万年。"罗峰仰头盯着那巨型兽神雕像，"嗯，我对照小型兽神雕像来看，看看有什么区别，从每一个鳞甲相互对照起来看。"

而此刻，不单单是罗峰，也不单单是金角族人，还有其他几位人类中的强大存在，也在苦苦琢磨着眼前这个巨型雕像。

一身银色战铠的罗峰此时双眸如电，抬头看着前方的巨型兽神雕像，一边观看这，同时体内世界的金角巨兽则是仔细观看小型兽神雕像，进行对照。

"嗯？"

罗峰环绕着巨型兽神雕像开始行走，快如幻影，一步便已经窜出数千公里。

"殿下？"迪伦有些疑惑。

"迪伦，罗峰殿下是在干什么？"寺番祁也疑惑道，"难道想要看清楚巨型兽神雕像每一处，可这些事历代早有无数族人做过，根本没发现有什么特殊的。"

"我也不知道。"迪伦摇头。

在他们二人谈话间，罗峰竟然一飞冲天，飞到了兽神雕像高空上千公里，从高处俯瞰着巨型兽神雕像的脊背，观看脊背、脖颈、头颅等一些部位。

片刻后，罗峰便将整个巨型兽神雕像仔仔细细地看了个遍。

"呼。"

罗峰目光终于从巨型兽神雕像上移开，俯看向下方的兽神峡谷谷底，眼看去，那广袤数万公里宽、百万公里长的谷底除了少数一些宫殿建筑外，地面上随处可见一些盘膝静坐的金角族苦修者们。

上亿苦修者，几乎个个盘膝静坐，那无形中形成的气势……丝毫不比巨型兽神雕像差。

"上亿苦修者中，历代强者都来琢磨巨型兽神雕像，想要成为希罗多那等伟大存在。"罗峰摇头，随即如一道陨石流星般，迅速朝下方坠落，当要落到谷底时速度骤然下降，银色金属战靴缓缓踩踏在地面上。

"殿下。"迪伦、寺番祁迎过来。

"我需要思考下。"罗峰说了声后，便盘膝坐在土石地面上，身上的铠甲砸得土石都裂开。

迪伦、寺番祁站在罗峰身侧，默默地保护罗峰。

"竟然是这样，这巨型兽神雕像和我在血洛世界得到的那小型兽神雕像，竟然区别这么大。"罗峰想起之前的对照的结果，不由得有些震惊，"相同点：一、外形身体比例是一样，绝对是同一对象。二、身上鳞片数量是一样，都是90729枚鳞片。"

"不同点：一、身上鳞片造型不一样。二、这巨型兽神雕像并没有那种神韵，那股意境。"

罗峰皱眉思索着。

两座雕像体积相差极大，一个长达上万公里，而另外一个小型兽神雕像的高度约30公分，长度约1米而已。可是这两座雕像即使相差再大，身体比例是一样的，且不管什么姿态，身上鳞片数量也一模一样。

酣睡趴在那的巨型兽神雕像，它的腹部、它蜷缩被压着的蹄爪上面的鳞片，即使肉眼看不到，可罗峰用地球人本尊的一丝念力扫过时发现，那兽神庞大身体和蹄爪压在一起处，同样是有鳞片的。就好像，这是一头活的远古巨兽趴在那，化为雕像似的。

"好怪啊。"

"身上鳞片数量都一样，都是90729枚。可是，鳞片造型却不同，给我的感觉是，小型兽神雕像身上的鳞片更加有规律、有神韵，而这巨型兽神雕像身上的鳞片却没有什么规律，可却能散发那般可怕的威压。"

"到底怎么回事？"

罗峰苦苦思索着。

……

自希罗多将这兽神雕像留在金角族群中，漫长的岁月里，不知道有多少强者来参悟观摩，人类中都有一些强大的存在，如一些宇宙尊者、宇宙国主们过来参悟，却始终没有谁能够弄懂这一座巨型兽神雕像。

或许有弄懂的，只是秘而不宣吧。

可公开的还不曾听说过有谁弄懂这座巨型兽神雕像。

那么多绝世存在没弄懂，罗峰一个小小刚刚踏入界主级的，只是有些奇妙际遇而已，想要弄懂，无疑是痴人说梦。

……

罗峰在那枯坐思索，一坐便是三个多月。

迪伦、寺番祁、卡什那、五名人类界主都乖乖地在旁守护，而那克布长老刚刚抵达兽神峡谷时就已经和罗峰告别，去见他在兽神峡谷的好友了。

迪伦和五名界主倒也不感到无聊，他们也是第一次看到这巨型兽神雕像，也一个个苦心琢磨着。

他们也期待着，说不定有一天能悟透这巨型兽神雕像。那样，他们就能一步登天了。

寺番祁和弟子卡什那却无聊得很，因为他们早就尝试过了。

"呼。"

罗峰长呼一口气。

"殿下？"迪伦、寺番祁立即看过来。

"没什么。"罗峰笑着摇头，随即又闭上眼，大部分意识进入体内世界了。

体内世界，广袤浩瀚。

陨墨星号飞船正停在一片草原上，现如今因为有了体内世界，陨墨星号再无需放在巴巴塔的储物空间内了。

"巴巴塔，将我之前记录拍摄的照片，合成巨型兽神雕像投影。"黑衣罗峰站在陨墨星号旁下令。

"明白。"

陨墨星号飞船立即射出迷蒙的光线，在半空中形成了一个长达上万公里的无比庞大的兽神沉睡雕像，模样和外界的巨型兽神雕像一模一样。即使是投影雕像，也隐隐有着无形的威压弥漫开来，只是没有巨型兽神雕像那般强大明显罢了。

"我敢确定。"黑衣魔杀罗峰盯着那巨大雕像投影,双眸发亮,"问题一定出在鳞片上!"

"巨型兽神雕像和小型兽神雕的鳞片竟然都是诡异的90729枚,一个长达上万公里的雕刻,和长仅仅一米左右的雕像的鳞片数量一样。估计鳞片数量一旦不对,威压也不一样了。"罗峰掠过这个念头后,立即下令,"巴巴塔,对这雕像投影进行改动,将其中一片大鳞片分成两个小型鳞片。"

"是。"巴巴塔应道。

天空中投影的巨型雕像,其中一片鳞片隐隐变动分为两个小一号的鳞片。

轰!

威压消散,原本让人心悸的投影顿时变成普通的没有丝毫威压的雕像投影。

"果然!"罗峰眼睛一亮。

"恢复原先模样,同时改变其中一片鳞片的纹理。"罗峰再度下令。

恢复后,淡淡的威压再度出现。

纹理略一改变,威压就立刻消失。

……

罗峰愈加确认,问题关键就在那雕像上的90729枚鳞片上。

黑衣魔杀罗峰随手一招便出现了一尊小型兽神雕像,这尊小型兽神雕像四蹄站立,独角昂然刺天,那股霸气威压隐隐弥漫开,那股独特的神韵……就仿佛罗峰亲眼看到活的远古巨兽似的。

"巴巴塔,将这小型兽神雕像也进行投影放大,放大到上万公里。"黑衣罗峰下令。

"是。"

顿时天空中有两头无比庞大的兽神雕像投影,一个是沉睡状态,另一个是四蹄站立,昂头充满霸气杀气的姿态。

"都有威压。"黑衣罗峰皱眉摸着下巴,嘀咕着,"沉睡兽神雕像的威压更强,站立兽神雕像威压弱些,不……不对,应该说,站立兽神雕像有'神',有独立的神韵,神聚威压收敛,而那巨型兽神雕像根本没有那股神,也没有那种独特的意境。看到沉睡兽神雕像时,根本没有看到活生生兽神的那种感觉,没有神,导致那些威压散开,才会显得那么强。"

只要不是傻子，都能清晰感觉到……明显是站立的那兽神雕像更生动，完全像一头活生生的兽神似的。

一个感觉是生物，一个感觉是死物，区别极大。

"鳞片纹理也不一样。"黑衣罗峰暗道，"试试看。"

轰隆隆——远处一道黑色幻影飞来，随即落在苍茫的大草原上，直接踩踏的一些草地都凹陷下，那是一头无比庞大的好似山脉的巨兽——金角巨兽。

"金角巨兽研究兽神雕像，最是得心应手。"黑衣罗峰嘀咕，"就让金角巨兽尝试去刻出兽神雕像来。"

是的，刻！

亲手模仿刻一遍，来体会这鳞片纹理的区别，这是罗峰想到的一个办法。

"先刻录沉睡兽神雕像。"黑衣罗峰心意一动，顿时草原大地上大量世界之力开始汇聚，随后凭空生出了一长过万公里的大型山脉，这一座山脉纯粹是用来雕刻的。并且世界之力同时生出上万把不同规格的雕刻刀，大的有上百公里长，小的比蚂蚁还小。

……

金角巨兽站在大草原上，鳞甲翅膀微微扇动着，环绕着这座过万公里的山脉飞行，同时念力操控那上万把雕刻刀，迅速开始雕刻山脉。

力量操控达到界主级后，用念力操控，就算一毫米，一微米，乃至一纳米，都不会出错！

"成功。"

片刻后，一头庞大的岩石沉睡兽神雕像便雕刻而成，栩栩如生。

"真是够难的，每一道纹理变化都那般复杂，不过倒也怪了，怎么没有丝毫威压？"金角巨兽在半空中，眼眸中有一丝疑惑，"不管了，再尝试模仿雕刻那小型兽神雕像吧。"

……

草原上出现另外一过万公里的山脉，金角巨兽再度操控那上万把不同规格的雕刻刀，开始进行雕刻。

兽神雕像的大概体型很容易雕刻，主要是鳞甲纹理最复杂。

"呜！"

刚刚雕刻十二片鳞片，金角巨兽发出一声痛苦的嘶鸣，巨大的头颅摆动了下，强忍着痛楚又继续尝试雕刻纹理，越是雕刻，金角巨兽的痛苦感就越强，仿佛一股无形的束缚、威压直接压迫着整个身躯，甚至那无形压迫，直接压迫着灵魂。

"吼——"金角巨兽痛苦嘶吼一声。鼻孔、双眸、那鳞甲翅膀上、蹄爪、龙尾上都渗透出大量的金色血迹。随即哀鸣一声，直接从半空坠落，轰隆一声砸落在草原上。

第二十八章　参悟雕像

草原猛地一震，庞大如山脉的金角巨兽跌落在草原上，鳞甲上满是渗透出的金色血迹，部分鳞甲上都有裂痕，双眸口鼻中都有金色血迹渗透出。

顿时汹涌的世界之力迅速幅散开包裹整个金角巨兽，开始修复金角巨兽身上的伤势。

外界，拉斯奥世界兽神峡谷中。

如同其他上亿盘膝静坐的苦修者一般静坐静修的罗峰，忽然痛苦地低声呻吟，双手死死抓住地面碎石，将那些碎石都捏成了粉末。

"殿下？"

"罗峰殿下，你怎么了？"

同样在一旁盘膝静坐的迪伦、寺番祁都大吃一惊，他们都发现了罗峰脸上的痛苦之色。

罗峰没回答，只是双手死死抓着地面，额头更是青筋暴突扭曲。

"呼。"呼出一口气，罗峰睁开眼有些疲惫地看了眼迪伦、寺番祁，"没什么，不用担心。"

迪伦、寺番祁相视一眼。

没什么？没什么才见鬼了，好好的坐在那，而且在他们两大不朽神灵警戒下，罗峰绝对没有受到丝毫其他攻击。可是就是在这样的情况下，罗峰竟然露出这等痛苦之色，这实在太怪了！罗峰是宇宙强者，不会莫名其妙身体生病，这完全是不可能的事。

"殿下看来有秘密啊。"迪伦心底暗道。

"这人类罗峰也有些不为人知的秘密。"寺番祁也暗叹道。

罗峰坐在那，抬头看着远处那庞大无比的沉睡兽神雕像，心中则震荡不已。

"为什么。"

"我仅仅只是临摹那小型兽神雕像的鳞甲纹理，竟然受到这种无形的压迫，不但作用在金角巨兽身体上，甚至都作用在灵魂上，导致魔杀族分身和地球人本尊灵魂同样受到影响。怎么会这样？"罗峰感到不可思议。

自己也临摹雕刻了这沉睡兽神雕像，可为什么临摹小型兽神雕像就出问题了！

而且金角巨兽可是在体内世界，自己的地盘，根本不可能遭到其他什么超级强者的攻击。更何况迪伦、寺番祁他们俩就在旁边……

"我没遭到其他强者攻击，那是谁在攻击我？"

"不攻击我，不可能无缘无故重伤。"

罗峰眉头紧锁。

"金角巨兽在体内世界内，都被压迫得重创，那种无形可怕的同时作用在肉体、灵魂上的压迫，无比的可怕！"罗峰回忆起之前的感觉，不由得有些战栗，那是一种根本无法反抗的感觉！"那么只有两种解释！"

"一，有一个实力远远超过我想象的超级存在，为了阻止我临摹小型兽神雕像，所以惩罚我。"罗峰暗道，"二，如果不是强者在阻止我，那么就是宇宙运转规则在压迫我。"

宇宙在压迫罗峰。

是的。

按照罗峰的了解，整个宇宙是具有运转规则的，比如宇宙空间被轰碎，那么自然会被修补。一旦速度达到光速，就会被传去暗宇宙！等等，这些都是宇宙本身运转规则的一种体现。假设自己刚才行为触碰到宇宙规则，很可能会遭到反弹。

在原始宇宙内，就得遵守宇宙的运转规则。

"宇宙运转有独特的规则，任何违逆宇宙运转规则的，都会遭到反弹。"罗峰暗道，"我见到过有违逆宇宙规则的情况，如地球上得到的金属板上的无名秘典，显然就是打破了基因进化的基本规则。"

那位超级强者，能够创造出违逆规则却能传承的秘法。

可罗峰，显然对宇宙规则运转仅仅了解些皮毛而已，还做不到避免规则的反弹压迫。

"两种可能。"

"到底是哪一种？"罗峰暗道，"超级强者惩罚我？这种可能性极低，因为能够不被寺番祁他们发现,还能透过我体内世界攻击金角巨兽。要做到那样,绝对是超过我想象的伟大存在,而那等存在有必要一直监看着我?"

罗峰虽然自信,却不自大。

自己还没到能让那等存在时刻监看自己的地步。

"而且我是临摹小型兽神雕像鳞甲时遭到反弹压迫的。"罗峰暗道。

综合判断,宇宙规则压迫自己的可能性达到九成!

……

"呼。"

做出判断后,罗峰松了一口气,宇宙浩荡广袤,孕育亿万族群,无数生命强者,宇宙运转规则是最公正,没有丝毫偏颇的。甚至在金角巨兽的传承记忆中仅仅描述了宇宙运转规则的存在,可显然这种规则是为了整个宇宙的稳定而存在的。

不会说,直接杀死某个生命。

至少传承记忆中,没听说宇宙规则杀死谁。

"我刚才的行为触碰了宇宙规则的底线?"罗峰抬头看着远处巨大的兽神雕像,心中激动起来。

宇宙运转规则底线,代表什么?

代表着兽神雕像上蕴含的秘密,蕴藏着宇宙中一种巅峰秘密,甚至会受到宇宙运转规则的干预。

"假设我能够弄懂这秘密,如那希罗多所说,成为那等无敌存在,应该是真的。"罗峰暗道,"难怪亿万年一直没听说谁能够弄透眼前这座沉睡兽神雕像,毕竟这沉睡兽神雕像和那小型兽神雕像是同一生命。"

"宇宙巅峰秘密。"

罗峰真的激动了,因为他意识到自己得到了一个万年难遇的机遇!

兽神雕像,可能是引领自己通往宇宙无敌般存在的引路灯!就算自信如罗峰,也非常清楚成为宇宙中超级存在是何等艰难。人类、金角族群等等这些存在宇宙的历史无比悠久,可是宇宙尊者级强者数目却如此稀少。

那么,如希罗多那般,独自便可引领一个族群屹立宇宙的超级存在,是何等的稀少。至少金角族群历史上才这么一个。

"我的小型兽神雕像,明显比这大型兽神雕像更加珍贵。"罗峰暗道,"我临摹大型兽神雕像没事,可临摹小型兽神雕像却遭到了宇宙运转规则压迫。并且，小型兽神雕像明显含有独特的神，好似真正的兽神。而且这小型兽神雕像，是当年兽神生存之地'血洛世界'中得来的，应该算是原版。那大型兽神雕像估计是某个超级存在雕刻的。"

……

意识到两座兽神雕像代表的含义后，罗峰非常清楚，必须抓住这个机遇！

"大型兽神雕像，应该算是低层次雕像；小型兽神雕像，应该算是高层次雕像。"罗峰心中判断，"临摹大型的没事，而且大型兽神雕像威压虽然强，却无神。"

"那么，我先仔细研究大型兽神雕像的鳞甲纹理，等实力足够时，再来研究小型兽神雕像。"罗峰暗道，"这小型兽神雕像，也是某位超级存在留下的，既然人家能留下，显然抵抗宇宙运转规则并非不可能。"

罗峰清楚，自己在人类族群中都只能算是一个小蚂蚁，而人类族群只是亿万族群中的几个巅峰族群之一。

和宇宙运转规则比，自己太渺小了。

"开始吧。"

罗峰看着兽神峡谷中那庞大的兽神雕像，念力释放开去仔细感应那沉睡兽神雕像的鳞甲纹理，因为自己虽然临摹沉睡雕像成功，却没感到丝毫威压，所以罗峰得弄清楚原因。

"嗯？"

"波动？"

当罗峰念力仔细探查鳞甲纹理时，不像上次那样只是简单迅速地将整个沉睡雕像看个遍，而是仔细去感应、体会。

渐渐地，罗峰就感觉到鳞甲纹理引起了周围的一些波动，那是宇宙规则的波动，却并非金、木、水、火、土、风、雷电、光线、时间、空间任何一种本源法则的波动，可这种波动更加让人心悸。

无形的威压，就是因为这些波动引起的。

"原来奥妙在这！"

"鳞甲纹理怎么会引起波动，嗯，这些鳞甲纹理仿佛连绵一体似的……"罗峰渐渐发现了一些实质。

其实罗峰发现的，金角族群的历代强者、人类强者们也早就发现了，否则也不至于这么多强者聚集在这不断研究了。

……

体内世界中。

当地球人本尊愈加仔细观摩巨型兽神雕像时，在体内世界的一片大草原上，金角巨兽再一次在山脉上雕刻沉睡兽神雕像的鳞甲。

"我之前是错了。雕刻应该是一气呵成，90000多片鳞甲应该是一笔雕刻而成，形成一种类似法则秘纹的玄妙玩意，引动了非金、木、水、火、土、风、雷电、光线、时间、空间任何一种法则的宇宙波动。"魔杀罗峰也站在一旁观看金角巨兽进行雕刻。

魔杀罗峰观看金角巨兽雕刻。

地球人本尊观看沉睡兽神雕像本身。

时而魔杀罗峰再去观看小型兽神雕像，体会那股神，让另外两个分身也明白那股神韵。

……

所谓拳打千遍，其意自现。

一个道理，在法则感悟方面也有一个非常枯燥的参悟方法，就是将某一位强者自创的秘法，不断地进行练习临摹，按照强者施展秘法的轨迹方法等等，一遍，万遍，亿万遍地临摹，当越来越精准会自然而然地感应到一些法则的波动。

这是一种蠢方法。 不求感悟真正奥妙，只求能够施展。这种方法，注定了没法悟透一项法则。

可是罗峰明白，这兽神雕像蕴含的秘密，可能比单单悟透空间法则或者悟透时间法则成为宇宙尊者还要难得多。

宇宙尊者离自己都很遥远了。想要悟透奥秘，对自己就更加遥远。

既然如此，那就用蠢办法，一遍、万遍、亿万遍的临摹。

"别人临摹会没有一个准确的标准，因为沉睡兽神雕像让人找寻不到真正的神韵意境。"黑衣罗峰抬头看着金角巨兽一遍遍地雕刻，"可是我有准确的标准。"

黑衣罗峰低头看了看手中的小型兽神雕像。

很简单，在雕刻时，将那雕刻感觉朝小型兽神雕像的神韵靠近，心中不断体会着这股神韵，同时不断地雕刻……

有形，有神。

才能逐渐有所成。这是罗峰认为参悟兽神雕像奥秘的一个办法，也是对他这等实力而言，最现实最踏实的一个办法。

"我不求弄透奥秘，我只求从中得到一星半点，那么我便受用无穷。等到将来实力足够，再慢慢琢磨就是。"罗峰就是这么想的，人贵有自知之明。

说做就做，在广袤的体内世界中，金角巨兽盘踞在那座山脉前，念力操控着上万把雕刻刀一次次进行雕刻，时而操控世界之力将山脉复原，然后再度雕刻，再度复原，再度雕刻……如此反复循环！

临摹巨型兽神雕像鳞甲纹理，一次次失败，总是感觉不到威压和意境。

失败十次，百次，千次。

"失败三千多次了。"

"真够难的，嗯，那就临摹小型兽神雕像，临摹几片鳞甲即可。"金角巨兽有上次被宇宙运转法则压迫的经历，所以非常小心地临摹，临摹这小型兽神雕像鳞甲纹理，自然而然也有一种独特的感受。仿佛在刻画着宇宙至道，随着雕刻，那无形的宇宙运转法则压迫再度降临、逐渐变强。

"停！"雕刻了十片鳞甲后，金角巨兽便停下，随即低吼一声转头又操控大量雕刻刀继续去尝试临摹巨型兽神雕像。

……

地球人本尊坐在兽神峡谷，正观看那巨型雕像，不断感应着那奇异波动。

金角巨兽则负责一次次的雕刻。

魔杀族分身则手持小型兽神雕像，不断观察，感应着小型兽神雕像那独特的"神"和"意境"，越是感应，就更加清晰地感觉到这兽神的可怕，那是一种让人战栗、让人臣服的存在。

……

三者结合！

不眠不休地完全沉浸其中，因为金角巨兽每次雕刻都是一气呵成快如闪电，所以地球时间一天中一般能雕刻上万次。

在这种状态下，转眼便过去了一年多。

星空巨兽天生是寂寞的，这金角巨兽盘踞在草原上不眠不休地操控那些雕刻刀闪电般对前方庞大的山脉进行雕刻,瞬间雕刻完成,瞬间世界之力便将山脉复原,瞬间再度雕刻完成,速度简直快得吓人。

"呜!"

金角巨兽刚要再度操控世界之力恢复山脉时,雕像忽然停下了。

"轰隆隆——"原本趴在那的金角巨兽忽然四蹄站立起来,暗金色眼眸中迸发出激动之色,盯着眼前已经雕刻成的连绵上万公里的沉睡兽神雕像模样。

"靠!"

魔杀黑衣罗峰一个闪身,也直接落到这兽神岩石雕像前,伸手触摸着石刻,感受着整个兽神雕像若有若无,微弱到极致的波动。

"波动。"

"就是那种宇宙法则波动,非金、木、水、火、土、风、雷电、光线、时间、空间任何一种。"魔杀罗峰激动得叫起来,"天呐,我成功了,我竟然临摹出那么一丝味道了,引动宇宙本源的一丝波动了。"

"呜——"草原上,金角巨兽也仰头发出了兴奋嘶吼声,声音回荡在无尽的草原上空。

……

外界,兽神峡谷中。

盘膝静坐在那的罗峰脸上难忍激动之色,盯着远处的兽神雕像,真的很想叫出声。

太兴奋了,真的是太兴奋了。

"一年多了,一年多了,临摹已经超过了五百万次!尝试临摹小型兽神雕像都超过一百次了,魔杀族分身就一直盯着小型兽神雕像,一直记着那神韵那意境,想要将神韵意境融入潜意识中,没想到,还真让我临摹成功那么一次。"罗峰激动无比。

其实金角巨兽临摹出的雕刻,所蕴含的波动若有若无,已经微弱到极致。

而巨型兽神雕像本身的波动却非常正常,且产生的威压丝毫不比元老(宇宙尊者级)的威压弱。而金角巨兽临摹出的雕像,现在一点威压都没有。

"威压,无!宇宙法则波动,可能只是巨型兽神雕像的万亿分之一。"罗峰暗道。

"不过!"

"至少已经有成果了。"

"现在这点成果,对我的实力没多大帮助。可至少证明了一点……我的方法是可行的。继续下去！不断提高,随着所能临摹模仿出的那丝意境越来越强,那么,对我的益处将来肯定会非常惊人。"罗峰知道,兽神雕像是一个真正的宝藏。

自己也是运气够好。

小型兽神雕像本身根本无法临摹,一旦临摹稍微多一点鳞甲就会遭到宇宙法则运转的干预压迫。

大型兽神雕像可以临摹,却无真正的神韵,让人临摹时心中没有准确的目标。

二者结合,才能有所成。

而小型兽神雕像在血洛大陆可是至宝,虽没人弄明白奥妙,可地位却极高。至少宇宙中流传的兽神雕像肯定极少,但其中的一个落到了罗峰手中。

"殿下。"

"罗峰殿下？"

迪伦、寺番祁都发觉了罗峰的一些情绪波动,开口询问道。

"哈哈。"罗峰回头看了眼迪伦、寺番祁,道,"这一坐便一年多了,不过我对这兽神雕像很有兴趣,估计还要呆上十年、百年。寺番祁长老如果你有事,就尽早回塔文部落吧,我在兽神峡谷参悟结束后会直接离开拉斯奥世界的。"

"时间无限。"寺番祁长老笑道,"百年千年对我不过只是一瞬,殿下不必担心我,如果真有急事,我肯定会和殿下说的。"

"嗯。"罗峰点头,随即看了眼迪伦。

二人交流了下眼神,便无需多说。

迪伦的任务就是保护罗峰,而在域主级,本来就是最后打基础的阶段。

宇宙级时是在虚拟宇宙公司几个老巢内,域主级时还有护卫军保护。可到了界主级,就是真正单独闯荡流浪宇宙了。所以在罗峰域主级这段时间,最重要的就是修炼,迪伦宁可自己少修炼那么几千年,也不会打扰罗峰的修炼。

罗峰三大分身彼此合作。

在第一次成功后,金角巨兽继续尝试临摹,却发现临摹十次才能成功一次。又临摹半月左右,差不多达到临摹三次即可成功一次,再临摹半月,终于完全固定了，达到临摹一次即可成功的地步。

此刻，罗峰算是真正把握了最薄弱的一丝意境。

罗峰将这种意境命名为"兽神意境"。

"这兽神意境，我现在已经有着那么一丝把握了。连金角巨兽分身施展撕天一爪，感觉威力也更强了些。"罗峰盘膝坐在碎石地上，远处可见一个个金角族人身影，上亿强者密密麻麻地枯坐在峡谷，就仿佛铺天盖地的蝗虫。

"嗯。"

"既然勉强把握住这么一丝兽神意境，那么，就开始长期驻扎在这潜修吧。"罗峰当即做出决定。

在哪里修炼不是修炼？

就算陪妻子、父母、孩子，偶尔在虚拟宇宙中见面即可，毕竟是100%虚拟，跟真的也没多大区别。

"在这潜修的岁月里，得先兑换那《万心控魂秘法》。"罗峰当即分出一丝意识进入虚拟宇宙网络。

虚拟宇宙，雨相山，原始区，罗峰的庄园内。

书房中。

罗峰坐在书桌前，打开笔记本电脑，迅速点开"宝库"文件，随即点开其中的"秘法类"分类，仅仅片刻，便从中找寻到了《万心控魂秘法》。

《万心控魂秘法》属控制类秘法中极为上等的一种，比呼延博所创的《魂印》要强得多，呼延博即使是封侯级不朽实力，当初也根本拿界主级的虫族母巢没有任何办法。即使他再有钱，也没渠道购买到一些极珍贵的秘典。

毕竟，整个人类族群创出的能控制虫族母巢的秘法也只有29种，种种价格都高昂。

"靠。"

"真贵啊。"

罗峰看着上面的价格，不同于《时空随笔》那种最最顶级的昂贵秘典可以分层购买，这《万心控魂秘法》是不可以分层购买的，要买，必须全部一次性买下。

《万心控魂秘法》，控制灵魂奴仆的秘法，兑换价格150 0000积分（原始秘境七折、太初秘境八折、天地秘境九折、末世秘境全价）

"150万积分！"

"真敢要价。"罗峰看着这价格，心疼无比，实在太狠了！"呼延博老师的秘法《魂印》，整个魂印秘法的价格也就在一万积分左右，而单独的奴隶魂印，恐怕也就值数千积分。而这《万心控魂秘法》，同样是控制灵魂奴仆的秘法却高达150万积分。"

站在罗峰肩膀上的巴巴塔撇嘴道："别嫌贵！如果不是虚拟宇宙公司核心成员，你就是拿着200万乃至300万混元单位都别想买到这秘典，只要是得到一头虫族母巢的强者，一般会不惜倾家荡产去购买能控制虫族母巢的秘法的，只要虚拟宇宙公司在拍卖会上愿意卖出这么一份秘法，会遭到一群强者的竞拍。"

罗峰摸摸下巴，这点自己当然知道。

可是……

"之前那价值20万积分的任务，一年期限到时，依旧还有两名目标在逃，导致我的完成度只有85%，那次任务我只得到17万积分。得到积分最多的是两次绝境级任务，魔音山那次是40万积分，迷踪星系那次是50万积分。"罗峰看着页面上自己的积分显示。

总积分：131 6060

第二十九章　万心控魂秘法

主要是靠 10 次危险级任务和 2 次绝境级任务，才累计到 1316060 积分，和其他的宇宙级天才比较而言，罗峰的积分已经极高了。

这《万心控魂秘法》价格是 150 万积分，自己是原始秘境成员可以七折，也需要 105 万积分。

"我买了这《万心控魂秘法》，将来购买《时空随笔》第四册怎么办，现在我已经将第三幅图'暴雨图'感悟差不多了，下面需要做的便是将那 72 种本质悟透即可，再之后……就得感悟第四幅图了。"罗峰眉头微蹙。

那《时空随笔》前四册(或第四册)需要 100 万积分！

自己哪来的积分？

而且这《时空随笔》就仿佛那位创造九宇混沌碑的伟大存在随时在旁边指导一般，让自己魔杀族分身感悟空间法则时，一旦遇到疑惑，观看《时空随笔》就很容易得到启迪，这是修炼九宇混沌碑最好的参考秘典，自己是肯定得买的。

"不管了。"

"船到桥头自然直。"罗峰一咬牙，"虫族母巢培养好了，潜能无限，就是全部积分耗光也得花！"

当即，罗峰轻轻点击购买。

屏幕上迅速出现三则提示——

"交易成功！"

"扣除 105 万积分，余 26 6060 积分。"

"请等待，马上会有人将秘法送到。"

罗峰看着页面上的个人积分余额一栏，那 266060 的数字真的让人有些心痛，积分真是不够花啊，自己哪来的积分去购买时空随笔第四册呢？而域主级去执行任务，是要等待虚拟宇宙公司下派的。

若虚拟宇宙公司不下派，就没任务。下派，才有任务赚积分。

"第四册是 100 万积分,第五册是 1000 万积分,第六册就是一亿积分了,我的老天……"罗峰眨巴下眼睛,想要得到最好的资源就得付出足够大的代价,自己这仅剩的 26 万多点的积分还真是塞牙缝都不够。

……

片刻后。

虚拟宇宙公司的成员便将《万心控魂秘法》送到雨相山原始区,罗峰亲自接收了那装有秘法的银色手提箱。

"万心控魂秘法!"罗峰将手提箱放在桌上,咔哒一下,便开启了箱子。

这银色手提箱内摆放着仅仅一本书籍,这本书籍比正常 14 寸笔记本电脑还要大一号,厚度则是在 12 厘米左右,纸张极薄,整个《万心控魂秘法》秘法书籍有近 5000 页。

书籍封面上,有"万心控魂"四个字,边缘角落有着"缇普"的署名。

"缇普?创出这套秘法的存在么?"罗峰思考着,随手在旁边的笔记本电脑里输入查找缇普的有关讯息,不过搜索结果却显示:权限不够,禁止查探。

"这《万心控魂秘法》是控制虫族母巢秘法中最上等几种中的一个,能创出这等秘法,看来这创造者在我人类族群肯定地位极高。我现在原始秘境成员身份,依旧没权限查探。"罗峰摇头,不再多想,翻开了这厚厚的大块头书籍,随着阅读,所了解的越来越多。

在能控制虫族母巢的 29 种秘法中,如《万心控魂秘法》效果的确更强,界主级即可控制界主级的虫族母巢,可要求也极为苛刻。按照罗峰当初了解的讯息,这《万心控魂秘法》重要的是"万心"二字。

主要是一心多用,且是极限情况下的多用。

而罗峰的念力振幅强度达到了 3200 多,也就是说,罗峰保持每一道思维达到极限控制的情况下,可以同时分心操控念力 3200 多!

《万心控魂秘法》,共分五层。

第一层:一心境

第二层:十心境

第三层:百心境

第四层:千心境

第五层:万心境

　　其中第一层最简单，只要是界主级精神念师稍微花费些精力都能轻易练成，一旦练成，最多可操控 1 名灵魂奴仆。

　　这第二层就很难了，练成后可以操控 10 名灵魂奴仆，一般界主精神念师需要耗费极大精力才可练成。

　　至于第三层是非常艰难的，首先灵魂振幅强度至少达到 100，才有可能练成，这是先决条件！就算灵魂振幅强度达到了正常界主的极限 100，也需要耗费很多年的光阴去研究琢磨，才能最终练成，一旦练成即可操控 100 名灵魂奴仆。

　　第四层，极限难度，连界主级精神念师几乎都没有练成的可能，因为先决条件是念力振幅强度达到 1000！一般很多封王级不朽神灵也只有部分能达到。就算念力振幅强度达到 1000，要练成也很难，但练成后即可操控 1000 名灵魂奴仆。

　　第五层，传说中的境界。

　　先决条件……念力振幅强度达到 1 万，然而就算伟大如那等宇宙国主般存在，念力振幅强度能达到 1 万的也少得可怜，按照书籍中描述，这一层就算是创造者都没有练成，只是按照法则推理、逻辑想象，最终写出的秘法。

　　连创造者本身，都没达到"念力振幅强度达到 1 万"这无比苛刻的要求。

　　这一先决条件便否定无数不朽神灵了，更别提那艰难的修炼之法了。而一旦练成威力也非常可怕，能够操控最多 1 万名灵魂奴仆。

　　"1 万名灵魂奴仆啊，这可是个个都能自己修炼的灵魂奴仆。"罗峰感叹道，"不过条件也太苛刻了，按照我的猜测，那魔音神将传承是分成三个阶段，第一阶段是 3333 层，估计整个魔音神将传承完全接受，念力振幅强度也就 1 万。而魔音神将传承无数年来，却无一个生命能走到最高点并得到完整传承，这念力振幅强度达到 1 万，难度可想而知。"

　　"第五层，连创造者都没练成，只是法则推理和逻辑想象而已。"

　　"不过，能够让虚拟宇宙公司确认来贩卖，估计虚拟宇宙公司最巅峰的超级存在，也确认这本秘法的第五层是能修炼的。"罗峰很清楚，虚拟宇宙公司那最巅峰的一些存在是连建造魔山的大能者都不愿抗衡的。

　　……

　　合上秘法书籍，罗峰微笑坐在书桌前，心情非常好。

　　按照这书籍中描述，要将《万心控魂秘法》第三层练成，才有把握以界主级实力去控制界主级虫族母巢。需要将《万心控魂秘法》练到第四层，才有希望以不朽实力去控制不朽级虫族母巢。

至于第五层？连创造者都没练成，创造者只是说，练成后威力强大无比。

须知连不朽级虫族母巢也就孕育那么多不朽级虫族战士，而一旦第五层练成，即可操控上万灵魂奴仆，灵魂奴仆个个可以单独修炼拥有独立意志，要是能控制十个百个不朽级虫族母巢，那简直可以纵横宇宙了。

"创造者纯粹是意淫，做白日梦呢。"罗峰摇头，"单单先决条件灵魂振幅强度达到1万便不可思议了，连魔音神将传承亿万年都没有生命完整得到，显然这第五层的先决条件比成为一名宇宙尊者还要难。"

"嗯。"

"按照秘法所说，念力振幅强度越高，修炼起来越容易。"罗峰露出喜色。

这种秘法，所谓的灵魂振幅强度就是一个"基础"，基础越牢，越容易修炼，基础也决定了最高成就。

灵魂振幅强度是100，决定了最高成就是练成第三层"百心境"！一般越是接近自己的极限，想要进步就越难。这使得需要无比漫长的岁月不断去研究修炼。

而罗峰的灵魂振幅强度是3200多，来修炼第三层"百心境"，简直是易如反掌！

基础太牢靠了，修炼起来自然要比那些灵魂振幅强度是100的要简单千倍万倍。

"按照书籍来看，我最高可以练到第四层。"罗峰暗道，"可显然第四层修炼非常难，毕竟这秘法虽然最看重灵魂振幅强度，可是在法则方面、念力质量方面等等都是有要求的。一般第四层都是不朽之力来修炼，世界之力来修炼的话就难多了。"

计划一定，罗峰就开始了在兽神峡谷中的潜修生涯。

地球人本尊意识沉浸在原核的"本源珠"操控丝丝世界之力，修炼《万心控魂秘法》，本源珠是罗峰的灵魂核心、能量核心，域主级是分成原力、念力，可成了界主，则融合成了世界之力。

魔杀族分身则研究空间法则！

金角巨兽分身则继续进行繁琐的雕刻，体会那"兽神意境"，疲倦的时候就转而修炼撕天一爪,其他时间则继续疯狂雕刻琢磨"兽神意境",研究兽神意境令撕天一爪威力增加更快。

……

三大分身同时修炼,法则感悟、《万心控魂秘法》、兽神意境,三者都在进步!

兽神峡谷,广袤寂静。

上亿苦修者盘膝围绕在那巨型兽神雕像四周,还有那崖壁洞穴内也有很多苦修者,单单不朽神灵便数十万计。

崖壁上一个洞穴边缘,正盘膝静坐着一名岩石灰战铠男子,正是那位克布长老。他正朝下方俯瞰,看似在俯瞰着那巨型兽神雕像,实际上眼角余光却在看围绕巨型兽神雕像的其中一员——罗峰。

"这都一百年了,这个人类还是坐在那一动不动,就连那迪伦、寺番祁两名不朽也在那一动不动。"克布长老气得牙痒痒,"那迪伦、寺番祁根本阻止任何金角族人靠近过去,禁止打扰罗峰修炼。要杀罗峰……真是一点办法都没有。"

转眼已经过去了182年,在巨型兽神雕像周围盘膝坐着的上亿苦修者,还有岩壁内的苦修者们,99%都没有起身过。

对这些宇宙强者漫长的寿命而言,这182年,实在是太短暂了!

……

寺番祁长老和迪伦正盘膝坐在罗峰身后,无形的不朽之力环绕在罗峰周围,将罗峰保护得很好。

"迪伦先生,这罗峰殿下修炼了已经近两百年,殿下他就没有一个准确的计划,什么时候修炼结束?"寺番祁转头向迪伦询问道,迪伦淡然一笑,摇头道:"殿下他当然是想要修炼多久就修炼多久。"

"嗯?"

寺番祁、迪伦几乎同时看向罗峰。

盘膝坐在那的罗峰扭了扭脖子,活动了下肩部,随即哗的一声就直接站起来。

"殿下。"迪伦、寺番祁连忙站起来,这令后面闭眼静修的卡什那、五名人类界主也惊醒,个个连忙站起来。

"这些年，麻烦诸位了。"罗峰转头，微笑道。

"应该的。"迪伦说道。

"近两百年算不了什么，我还以为殿下要在这潜修数万年呢。"寺番祁笑着道。

罗峰转头看向那巨型兽神雕像，心中感慨了一声。

潜修数万年。

是啊，如果不是为了还在地球的那头"虫族母巢"，自己的确是不急着回去。在这观看、临摹巨型兽神雕像，对自己掌握更加清晰的"兽神意境"是很有益处的。虽然通过陨墨星号拍摄诸多照片，然后合成投影出的巨型兽神雕像投影也同样具有威压，可感应起来程度上终究稍微差一筹。

"我现在境界还很低，临摹那巨型兽神雕像投影，也行，反正真正的神韵可以体会小型兽神雕像。参悟速度也就比在这稍微慢上些，大概慢一半左右，还是能承受的。"罗峰也没办法，再怎么样，自己也是虚拟宇宙公司成员。

现在自己更是监察特使，这注定了，自己不能长期呆在这。

一、自己说不定有任务要执行。

二、那虫族母巢也该回去炼化控制了。自己为此花费那么大的代价，这虫族母巢一旦练成将会是自己的左膀右臂，连呼延博当初都认为只要能控制，无尽虫海都能阻碍当初那位可怕的大敌。也就是说，界主级虫族母巢的确能媲美极强的不朽神灵。至少在困敌、阻碍、纠缠等方面效果极佳。而一旦这头虫族母巢被自己培养成"不朽级"，那自己可真的大翻身了，制造出不朽虫族战士军团，何等强大。

……

"现在就走？"寺番祁惊讶道，旁边卡什那也道："罗峰殿下如果没事，不急，可以好好游览我们金角族家乡。"

"不了，我的确是有事，否则也不会中断对这巨型兽神雕像的参悟。"罗峰摇头。

"殿下有所领悟？"寺番祁好奇道。

"只是在研究那些鳞甲。"罗峰说道。

"嗯。"

寺番祁也点头，"我金角族也早发现鳞甲的特殊之处，那兽神雕像鳞甲纹理引起了法则波动，却并非我所知道的任何一种法则。只要是不朽神灵，瞬间

272

即可发现这种特殊。也正因为鳞甲纹理,才会吸引这么多强者在这潜修,甚至还吸引人类的强者来潜修。你看,就在殿下你左后方,远处就有三名人类强者,那三名都是人类中的封王级不朽神灵。"

"哦?"罗峰转头看了眼,那三人气息收敛盘膝坐在那,而罗峰却根本不认识这三人。

金角族人大多给人感觉像石头,那是内在散发的感觉。

而不管星空巨兽还是人类,却有一种发自内在有血有肉的感觉。

"或许还有人类中的更强者,不过可能是呆在旁边那座元老神宫内。"寺番祁解释道,"那等身份的存在,我就不知道了。"

"哈哈。"罗峰笑着点头,"好了,其他话不多说了。这次我来拉斯奥世界非常开心,寺番祁长老你这份人情,我记在心里。"

"哈哈,没什么,没什么。"寺番祁长老这时候最是开心。

这送好处就怕遇到白眼狼,而现在罗峰这番话,让这近两百年一直跟在旁边像哄着少爷似的一直保护哄着罗峰的寺番祁长老心中很是畅快。

"寺番祁长老。"迪伦也开口,"那我等就在这分别了。"

"嗯。"

寺番祁点头。

"卡什那,将来再见。"罗峰笑看着那位塔文部的族长儿子卡什那。

"嗯,将来再见。"卡什那也点头。

罗峰、迪伦二人都一笑。

"我们走!"罗峰一声令下。

嗖!嗖!嗖!

罗峰、迪伦和五名界主护卫迅速一飞冲天,飞到高空时,罗峰迅速将陨墨星号飞船从体内世界中取出,直接凭空出现在一旁半空中,舱门自动开启,罗峰七人直接飞入其中。

……

陨墨星号飞船控制室内。

罗峰、迪伦和五名界主都站在那,透过外景虚拟,一眼看到了下方那兽神雕像。

"走了。"

"巨型兽神雕像。"罗峰俯瞰着,心中则感叹不已。

和在圣城际遇相比，在兽神峡谷的际遇反而更加奇妙，对自己的修炼之路也更加重要！

观摩圣碑和得到《衍神三十六重》，远不如自己这182年经历数亿次临摹后不断加强、不断巩固的"兽神意境"。这一道兽神意境，在刚开始参悟两年时就有了最基本的一点认识，那时候效果很低，最多让金角巨兽施展撕天一爪时，更有那么点感觉罢了。

可现在，182年下来，罗峰掌控的兽神意境已经算是"小有成就"了。或许和真正的兽神神秘法则相比只有其亿分之一威力，可至少现在金角巨兽雕刻出的"巨型雕像"已经有了那么一丝威压。

是的，威压！而且兽神意境融入到撕天一爪中，令金角巨兽的撕天一爪已经达到了一个极其可怕的地步。

"现在我金之法则、空间法则的领悟，在威力方面，兽神意境已经略超过我法则方面了。"罗峰暗道，"继续修炼，兽神意境越来越强，这终究会是我的真正绝招。"

会用，却不懂得其原理。

兽神雕像那股奇妙的法则波动，罗峰是一点都不懂。

可不懂却不阻碍他使用，至少数亿次临摹以及小型兽神雕像的引导下，令罗峰掌握住了在威力振幅方面略超他法则的兽神意境。

兽神意境！

法则感悟！

《万心控魂秘法》！

这182年，罗峰主要是研究这三方面。

其中兽神意境最让罗峰惊喜，而法则方面进步速度也很让罗峰喜悦，界主级感悟速度就是快，一天抵得上域主级一年，182年法则感悟可媲美域主级时数万年。

而《万心控魂秘法》修炼速度算是极快了。

第一层，三天练成。

第二层，一年练成。

第三层，第182年刚刚练成。其实相较于正常界主巅峰精神念师而言，需要过百万年才能练成，罗峰在短短一百来年就练成第三层，算是很了不起了。他的基础超级扎实，只是这秘法毕竟繁杂深奥，耗费百年后终于练成。

一旦练成第三层,罗峰再也忍不住,自然决定立即离开回到地球。

……

站在控制室内,罗峰俯瞰着下方的兽神雕像,那么多念头一闪而逝。

"希罗多,谢谢你让我拥有兽神意境。"罗峰默默念叨着,"也谢谢那位克布长老。克布长老,如果不是你,我也不会来到这兽神峡谷。"

"巴巴塔,出发。"

随着罗峰一声令下。

"轰——"

陨墨星号猛地加速,直接一飞冲天,很快便破开云雾层,朝拉斯奥世界外的虚空中飞去……

兽神峡谷中。

寺番祁长老、卡什那都抬着头,目送着陨墨星号一飞冲天,消失在高空最深处。

"他走了。"卡什那轻声道。

"接待罗峰的任务,算是圆满完成,卡什那,我们回部落吧。"寺番祁长老说道,卡什那恭敬道:"是,老师。"

寺番祁长老一挥手,卡什那便进入了他随身带的一方世界内。

嗖!

瞬移!

卡什那瞬间就消失在兽神峡谷,出现在塔文部落内。

……

岩壁上默默等待机会的岩石灰战铠克布长老,抬头看着陨墨星号飞船消失在高空深处,不由咬牙切齿:"这人类罗峰完全是个疯子,来到兽神峡谷,竟然都不去元老神宫,也不跟其他人类见面攀谈,就是一直坐在那修炼。寺番祁、迪伦也跟那机械族人似的,一直守护在其身旁,竟然一次都没离开。现在刚刚结束参悟,就直接乘坐飞船离开了。这,这家伙,真是……"

克布长老岂能不怒?

兽神峡谷中过亿苦修者,其中就有数百族人是克布长老控制的界主、域主,是他早就安排好的棋子。

数个计划早已经定下,甚至克布长老做好了牺牲的准备。

可没想到……罗峰来了就参悟修炼，参悟修炼完毕就走人，根本没有一丝机会。

"主人，击杀人类罗峰计划未能进行。"克布长老立即透过被他控制的一名界主族人，透过虚拟宇宙网络，发出了经过加密后的情报。情报经过几次转动，在虚拟宇宙网络无穷无尽的邮件中根本丝毫不起眼，最后进入了一名行星级成员的邮件箱内。

那行星级成员，正是生活在荒蛮宇宙国疆域境内某片星空对应的空间夹层内的神国内，迅速将消息上报给了高层。

第三十章　虫族母皇

银河系,那颗蔚蓝色的星球大气层中,一艘血色三角形飞船正迅速穿过大气层,开启隐形系统的陨墨星号……地球现如今的警戒系统根本没法侦测到它的存在。

"回来了。"

站在飞船控制室中的罗峰俯瞰着云雾下模糊的大陆,待飞船穿过云雾后,便能清晰地看到下方连绵的大地、一座座城市、公路等等。偶尔还能看到一些被保存下的大涅槃时期的城市废墟。现如今,那种地方属于"博物馆"性质,让很多没经历过那个年代的年轻人能够好好看看。

哗!

舱门开启,罗峰带着迪伦等人飞了出去并悬浮在半空,然后将陨墨星号收入体内世界中。

"算上在暗宇宙来回飞行时间,离开地球已经差不多 183 年了。"罗峰感慨道。

"殿下你出生到如今还不足 500 年,所以才会感觉时间够长,等殿下你踏入界主级,恐怕自创秘法时稍微沉浸进去就是上千年,到时候殿下你就会发现,对于宇宙强者而言,数百年上千年时间只是一眨眼而已。"迪伦微笑道。

罗峰无语地瞥了他一眼。

上千年,只是一眨眼?

自己活到现在还不足 500 年呢,岂不连半个眨眼都不到。

"回家!"罗峰一声令下。

嗖!嗖!嗖!嗖!嗖!嗖!嗖!

七人瞬间消失在半空,再出现时就已经到了亚洲大陆华夏国扬州城的上空,很快便引起驻扎在罗家老宅内的三名界主护卫注意,这三名界主护卫正是当初罗峰留在地球的五名界主护卫中的其中三个。

"拜见殿下。"三名界主护卫冲天而起，在半空中单膝跪下行礼。

"嗯。"罗峰微笑点头。

随即直接进入老宅内，老宅负责防御警戒的主控智能系统是"巴巴塔"弄出的一个附属智能。作为智能生命，巴巴塔花费些精力弄出的附属智能，虽然算不上生命，却也绝对属于极高等的智能了。

罗峰到来，当然不会引起这主控智能的攻击。

……

"你回来都不告诉我。"原本正坐在幽静的有着数百年历史的古老庭院中喝茶的徐欣，看到罗峰后吃惊得眼睛都瞪得滚圆，随即脸上便满是喜色，"你上次说在那金角族群的家乡拉斯奥世界要呆很久，我还以为百年、千年呢，总算你有心，还会回来。"

罗峰赔笑。

实话说，自己回来主要是因为虫族母巢。当然这话不能说，否则徐欣肯定会怒。

"不是也会在虚拟宇宙中见面么。"罗峰说道。

"那能一样么。"徐欣忽然露出一丝怪异的笑容，"这次回来，要召开家族聚会么？"

"呃，那就算了吧。"罗峰道。

家族聚会？

老天。

现在的罗家和罗峰上次回来相比更要庞大多了。要知道在华夏国历史上一些皇族稍微传承个两三百年，宗室成员可能就上万了。罗峰上次回来时，家族男性成员就五百多，整个家族成员过千，而且到了后期，娶多妻现象更为普遍。

在地球罗峰就呆了 50 年，现在又过去 183 年。

家族最小成员已经是罗峰的第 26 世孙了！单单拥有罗氏血脉的就有数十万，如果算上那些妻子们，那就更加庞大了。如家族内一个罗克敌，当年妻子情人加起来才过百，而现在单单妻子就已经达到 1021 位！因为那罗克敌本来儿子就多，加上处于家族发展的早期，所以罗克敌这一支脉在罗家也颇有地位。

"算了？家主近 200 年没回来，这刚回来当然得家族聚会。"徐欣揶揄道。

"没法子，人太多。"罗峰无奈笑道，"这才近 500 年，罗家男子就有数十万了。我算是明白……那些宇宙古老家族，人口亿万计，单单界主都能诞生一群的缘故了。"

"这有什么奇怪。"徐欣感慨道，"华夏国历史上像三国时期征战杀伐，整个华夏人口当时才多少点？可繁衍过千年，照样人口超过 10 亿。这还是有土地粮食限制、一代代战争限制、寿命限制，如果放任发展，再过一两百年，家族人口超过一亿都很正常。"

罗峰愈加感觉人类这种繁衍能力，不要怕人类数量，只要给足够的土地、粮食、生存环境，即使刚开始丢下几十对男女，等到一亿年后，那人口就会是一个不可想象的数字。

所以，创造一个宇宙国并不难，难的是，没有足够的疆域！

……

罗峰在老家见了些亲人，也见了魏文等一些好友，毕竟罗峰出生至今都不足 500 年，而行星级寿命就能达到千年了，所以罗峰的很多朋友都还活着！如魏文，有罗峰提供的资源，即使没太刻苦，也达到恒星级了。

在家呆了两天，罗峰便带着迪伦前往神农架。

神农架有一座占地近十公里方圆的古堡，说是古堡，论大小却简直可以称得上是一座城。

嗖！嗖！

罗峰、迪伦二人瞬间出现在古堡前。

"古堡。"罗峰看着眼前这座古堡，古堡墙壁上有着岁月的痕迹，爬满了各种植物，在古堡的城头上偶尔能看到人影，那无形的气息很是强大，个个都是宇宙级，现在负责在古堡驻防的是一支宇宙级奴隶军团。

"轰隆隆——"古堡正门开启。

从里面走出四个人，后面还跟着一群宇宙级奴隶护卫。

"拜见主人。"

"拜见殿下。"

四人同时恭敬行礼，那些奴隶护卫们更是个个跪伏着。

"嗯，狄梵、百卡罗，还有两位界主队长，你们辛苦了。"罗峰说道，这地方出狄梵、百卡罗主要负责，两名界主护卫辅助。

"哦。"罗峰略显惊讶地看向狄梵，"狄梵，你突破到界主级了？"

"有两位前辈指点，有一日我在神农架山脉上观看星空，无意中就突破了。"光头狄梵恭敬道。

狄梵、百卡罗，当年收他们为灵魂奴隶时，仅仅懂得"奴隶魂印"这种控制手段的罗峰所能控制的灵魂奴隶是极少的，如呼延博那般实力也仅仅控制九名不朽奴隶，可见数量之稀少，而那时罗峰依旧选择狄梵、百卡罗，就是看准了那二人的潜力。

狄梵，奴隶出身，吃尽苦头，没有好的条件资源都能达到宇宙级九阶。

百卡罗，比他师父诺岚山还要更天才。

跟了罗峰后，他们很容易就突破到域主，罗峰提供营养舱营养液，虽然不及虚拟宇宙公司好，可是短短数十年，也直接达到了域主九阶，从域主级一阶到九阶，需要的营养液对罗峰来说问题不大。至于界主级，罗峰就没法了。

早早踏入域主九阶的狄梵、百卡罗，因为上次罗峰回来留下五名界主护卫，二人可以随时求教这五名界主巅峰强者，狄梵先百卡罗一步跨入了界主级！

"而且有殿下提供的秘法、诸多资源，这可比我当初奴隶时修炼到宇宙级九阶简单多了。"狄梵说道。

罗峰一笑。

"好好努力。"罗峰鼓励下，"百卡罗，你也得跟上啊。"

"是，主人。"百卡罗躬身。

这两个灵魂奴隶，本来计划是要大投入来培养且将来要带在身边随自己征战的，可现在因为修炼《万心控魂秘法》，所能控制的灵魂奴隶名额够多，且自己即将又有"虫族母巢"这一助手，所以罗峰眼光也更高了，普通界主巅峰强者带着，没用。

现在的计划是——继续重点培养百卡罗、狄梵，毕竟是灵魂奴隶，绝对忠诚，让他们二人好好守护罗家！

……

和百卡罗、狄梵二人边走边聊了会儿，很快就走到了整个古堡的最核心最危险之地。

"嗯？"罗峰扶着栏杆，遥看下方那巨大的圆球，直径超800米的圆球大得惊人,表面有一些凹坑,毒液流淌,毒气弥漫开,那虫族母巢都显得隐约模糊,毒气好似云雾般腾绕周围,让那些宇宙级奴隶护卫们根本不敢靠近。

"虫族母巢。"迪伦也盯着它看。

这虫族母巢可绝对是大宝物。

"嗖!"罗峰心意一动,直接将陷入沉睡状态的虫族母巢整个给席卷收入体内世界中,顿时露出了一巨大的深坑,以及周围隐隐的一些毒气。

"这古堡可以废弃了。"罗峰下令道,"狄梵,百卡罗,你们二人回罗家,去见徐欣,等候徐欣的安排。"

"是,主人。"狄梵、百卡罗恭敬应命道。

嗖!嗖!

二人直接化为流光,消失不见。

"你们两名界主护卫跟着我。"罗峰吩咐,"至于这奴隶军团……继续在古堡待命,等候安排。"

"是,主人!"

奴隶军团齐声应命,声震天地。

那两名界主护卫也恭敬应命。

……

罗峰不再逗留,直接带着迪伦、两名界主护卫,飞往扬州城。

既然将虫族母巢收入体内世界中,自己又练成了《万心控魂秘法》第三层,罗峰当然忍耐不住,决定立即回家闭关,打算全力以赴,尽快将这虫族母巢中的那头母皇给控制住。

罗氏老宅内,罗峰带着迪伦等人刚刚回家后就立即闭关潜修,且下令,若无极重要的事,禁止任何人来打扰自己。

幽暗的静室内,日光灯照射在合金地面上反射出冰冷的光芒。

罗峰盘膝坐在地面上,腰杆笔直,双眸闭着,意识则完全进入了体内世界的金角巨兽分身中。

体内世界。

在中央大陆的一片广袤大草原上,一头通体黑色的庞大的金角巨兽正四蹄站立。它的躯干主体长度超过了600公里,这般四蹄站立,从蹄爪到脊背高度便超过四百公里，那一对鳞甲翅膀一旦展开更是能覆盖上千公里的范围。

这么一头金角巨兽，即使站在地球的地表，脊背就已经在外太空了！如果算从蹄爪到头颅的高度，比 400 公里还要更高些。

地球上最高的山峰海拔才八千多米，且仅仅只是海拔，与之相比金角巨兽额头上的随便一根尖角都远超地球上最高山峰。而论身体长度，躯干长度加上那条同样超过 600 公里长的鳞甲尾巴……

只要金角巨兽在亚洲大陆上打几个滚，整个亚洲大陆都会给压平了！整个亚洲大陆可能都得下沉！

这就是真正成年的星空巨兽——一头界主六阶的金角巨兽，现如今体内世界直径也已经超过 6000 万公里，这是何等广袤的一个世界。

星空巨兽界主级时，正常吞噬进化一阶到三阶，需要 1500 年。

三阶到六阶，需要 6000 年。

六阶到九阶，需要 36000 年。

因为罗峰准备的是最好的金属组合，效率能提高 50 倍，原本需要 7500 年才能达到界主六阶，现在 150 年即可……显然，罗峰在那拉斯奥世界的时间就超过了，所以现在金角巨兽、魔杀族分身都是界主六阶实力！

前面提升快，后面七阶、八阶、九阶就慢多了，即使提高 50 倍效率，每一层也需要 240 年！

"虽然我仅仅界主六阶，可是在灵魂意识方面，却堪比正常人类界主八阶九阶的灵魂！再加上我超强的意志控制，已经丝毫不比人类界主巅峰强者弱多少了。"罗峰暗道，"再配合念力振幅 3200 多的优势！"

"施展《万心控魂秘法》，正常人类界主巅峰强者都没我强。"

"这次，肯定能一举成功。"

"直接将这虫族母皇弄成我的灵魂奴仆。"

黑衣罗峰悬浮在半空，在庞大得如小行星般的金角巨兽旁边，遥看着那颗直径刚过 800 米的圆球形的虫族母巢，通体有着一个个坑，毒液流淌，毒气弥漫，令周围的草地腐朽，地面直接被腐蚀凹陷。

……

"开始吧！"黑衣魔杀罗峰直接落下，盘膝坐在草地上一动不动，意识则完全进入金角巨兽体内。

这一刻!

地球人本尊、魔杀族分身都将意识转移到金角巨兽分身上,令金角巨兽拥有着最强的实力。

"嗤嗤——"

粗壮有力的四蹄,金角巨兽低头俯瞰着那虫族母巢,同时操控一丝世界之力开始渗透进去。一渗透,便清楚地发现虫族母巢内真的就跟个"蜂巢"似的,里面有着密密麻麻的孔洞,应该是孕育大量虫族战士的地方。

在整个虫族母巢最核心区域,有一空旷的大约百米直径范围的空洞。

这空洞中,有一生命正沉睡着。

她全身白皙半透明,好似水晶凝聚成的柔弱身体,身高大约有十二米,有一双仿佛蝴蝶翅膀般的羽翼,那翅膀正包裹着她那娇柔身体,就仿佛薄薄的一层纱衣似的,那凹凸有致的身躯堪称夺天地之造化,即使沉睡着,她眉头依旧微微蹙着,让人心疼。

这,就是虫族母皇!

虫族中真正的成员,就是由这些虫族母皇组成的一个族群,威震宇宙,成为宇宙巅峰族群之一。即使人类族群强者如云,依旧只是势均力敌。

"虫族母皇,论身材比例简直完美无缺,即使是沉睡状态,那股天然魅惑都这般不可思议。"世界之力扫过这美艳绝伦的虫族母皇娇弱身体后,便直接渗透身体,开始探测这虫族母皇体内的灵魂所在。

世界之力化为虚无,渗透入虫族母皇的身体,刚一渗透进去,便令罗峰惊呆了。

虫族母皇体内晶莹剔透,仿佛无数的能量光线构成,体内有一条条管道,同时还有足足 10000 个光球。这 10000 个光球类似于正常界主的灵魂——本源珠,不过因为生命结构完全不同,虫族母皇有 1 万个灵魂源。且这 10000 个光球,彼此有无数的能量光线,形成了神秘莫测的一种奇特网络,一股无形的蛊惑之力弥漫开。

"好神奇的身体构造,感觉和我得到的黑色金属板上的无名秘典修炼时,在体内构建类似宇宙运转的网络很像。"罗峰惊叹。不过两者区别还是很明显的,那无名秘典是模仿宇宙运转,而这却是另外一个方向。

这是宇宙衍变诞生的奇特生命,奇特构造。

"要控制它,就必须控制住所有灵魂源,难怪老师当初都无法控制它,不过老师在灵魂上造诣也极强,至少让这虫族母皇一直陷入沉睡中。"

"嗯,开始!"

……

金角巨兽俯瞰着那虫族母巢,同时体内世界之力开始迅速施展《万心控魂秘法》第三层秘法,顿时无形的世界之力迅速化为奇异的丝线,无数丝线串联,迅速变成泛着丝丝金光的血色丝网。

嗖!

血色灵魂丝网直接飞出金角巨兽身体,迅速钻入那巨大圆球内,进入了虫族母皇的体内。

无形的丝网扩散开,侵入一个又一个"光球",顿时,原本璀璨的光线网络笼罩了一层血光,无数的血色丝线渗透进每一个灵魂源,那虫族母皇一直没有丝毫反抗,毕竟她正处于沉睡状态。

"还好。"

"快了。"

"一定得成功。"

金角巨兽全力操控着这凝结成的灵魂丝网进行侵入,丝网上无数丝线渗透,可随着侵入的越来越深,也将原本沉睡中的虫族母皇弄醒了,当侵入极深时,就破坏了呼延博当初的秘法。

而且在灵魂遭到真正危急时,虫族母皇醒来的同时也开始挣扎起来。

"她醒了!"

"必须一战功成。"

关键时刻,早已念力振幅3200多全部爆发的金角巨兽,顿时仰头嘶吼一声,额头五根缠绕着金色秘纹的黑色尖角全部亮了起来,同时幅散到全身。

天赋秘法——强化!

"轰!"

施展的灵魂奴役丝网渗透能力再度变强,操控更加强大。

"给我成功!"罗峰完全拼了,意志意识都全力以赴。

"啊!"

虫族母皇痛苦地发出凄厉的嘶喊,眼眸也睁开,露出了那双碧蓝眼眸,只是此刻她的眼神很可怕。随即渐渐安静下来,之前狰狞的表情也变得平静柔和,一双碧蓝色眼眸也好似一汪碧水似的美丽无比。

……

意识三分,回归各分身。

体内世界大草原上,黑衣魔杀罗峰站在那虫族母巢前,呼呼呼——黑衣魔杀罗峰不断地变高变大,片刻就成了十二米身高的巨人。

"嗖!"

仿佛一阵风,那柔弱身影从布满毒液毒气的母巢中的一个坑洞中飞出,随即飘然落在了草原地上。那蝴蝶般的翅膀随风微微扇动着,一双动人心魄的碧蓝色眸子正动情地看着眼前的罗峰,仿佛是她最依恋的爱人似的,她的脸上弥漫着淡淡雾气,显得模糊不清。

"主人。"轻柔的声音渗透人心般地响起,这虫族母皇微微欠身行礼。

"能够弄出亿万丑陋虫族战士的虫族母皇却这般柔美,不事先得知的话,又有几人能想到?"黑衣罗峰暗叹,同时开口道:"虫族母皇,你有名字吗?"

"主人,我叫伊琳娜。"虫族母皇说道。

"嗯。"罗峰点头,"从今往后我就称呼你为伊琳娜,你现在已经是界主巅峰期,如果想要让你达到不朽级,需要我提供什么帮助吗?"

"不朽?"伊琳娜眼眸流光一转,柔声笑道,"主人,首先我自身法则能力就没达到成为不朽的门槛。至于需要提供的资源,等我法则方面达到门槛后主人再提供即可,一般人类中的封王级不朽神灵差不多能提供足够资源了。总之,我虫族想要达到不朽,至少在我知道的无数族群中是最难的。"

罗峰无奈。

"主人如果要帮助我,那么就提供足够的资源,让我培育虫族战士吧。"伊琳娜轻声说道,"有足够的虫族战士,才能给主人战斗呢。"

"虫族战士据我所知,有很多种类。"罗峰说道。

"是很多种。"伊琳娜有些委屈道,"不过我成长期间早早就选定了三种主要虫族战士,这三种我最擅长。如果要更换培育的战士种类,需要付出不少代价呢。但如果主人真的要更换,也可以的。还有,虫族战士培育主要是分成两种模式。"

"哪两种培育模式?"黑衣罗峰看着惹人怜爱的伊琳娜,"还有,你擅长的是哪三种虫族战士?"

母皇伊琳娜轻声说道:"我最擅长培育的三种虫族战士。第一种是'甲类虫族'中力量极强的虎甲虫族,如果再详细划分,算是虎甲虫族的一个分支'炎坦虫族'。虎甲虫族拥有甲类虫族的一个共同点——防御强!而虎甲虫族以力量出名,绝对属于攻坚战中最优秀的虫族战士,一群虎甲虫族战士组成的阵营是最难被冲垮的,而所有虎甲虫族战士一旦形成无尽虫海杀戮起来,也是最可怕的。"

罗峰听得连连点头。

他自己也知道,虫族按照能力划分可以分成探测类、攻坚类、刺客类、远攻类等。

这虎甲虫族,显然属于攻坚类。

有点类似兵种中的重骑兵。

"虫族种类的确多。"罗峰暗叹,甲类虫族旗下即可分出数十种小类,每一小类还可以划分出数十到数千不等的分支。

"主人,你看,这就是虎甲虫族。"母皇伊琳娜遥指旁边草地。

呼!

凭空出现了一头,高度超过十层楼(30米)高,显得无比粗壮,全身体表笼罩着一层无比厚实的甲壳。它的头部有椭圆形的复眼,复眼完全被甲壳保护好,头部好像战士戴着头盔般被保护得严严实实。

前胸的甲板有着狰狞的尖刺,粗壮有力且弯曲的后肢支撑着身体。

整个虎甲虫族给人的感觉就是厚实!凶悍!仿佛坦克似的,全身散发着勇猛彪悍的气息,它身上的甲壳全部都是火红色,连那双被保护好的复眼也是火红色。

"这是一头界主巅峰级的虎甲虫族。"母皇伊琳娜介绍道。

"界主巅峰级?"

罗峰略惊喜地看着这头足有十层楼房高的庞然大物。

"因为我虫族培育出的无尽虫族战士,是以数量取胜的,所以注定不可能有太大体积。"母皇伊琳娜似乎看到了旁边远处那庞大到骇人的金角巨兽,所以解释道,"体积越大,且又要保证防御等等,那么需要消耗的资源就会不断的增加,像金角巨兽主人这般大的体积,就算制造一个界主虫族战士军团,也无法制造出这么庞大的虫族战士。"

罗峰也笑了。

虫族母巢才多大点?至少伊琳娜的这个母巢总共直径略超800米。自己曾经带领宇宙军队猎杀那两大不朽神灵时,所遇到的不朽级虫族母巢,高度也就在十公里左右。

母巢才这么大,虫族战士能有多大?

金角巨兽从头部到鳞甲尾巴,长度可是超过了 1200 公里的。

"伊琳娜,你有界主虫族战士?"罗峰追问道。

"有。"母皇伊琳娜点头。

"多少?"罗峰眼睛一亮。

"不多。"母皇伊琳娜摇头道,"经历了域外战场的战争,在生死威胁下,我的虫族战士几乎被耗光了,现在只剩下十一头界主巅峰虫族战士,至于其他低等级虫族战士全部没了。最后这十一头本来是最后时刻用来保护我的,没想到却中了人类不朽神灵的灵魂秘法,根本来不及召唤虫族战士,就陷入了沉睡。"

虫族母皇,界主级已经有自己的体内世界。

所以海量的虫族大军完全可以放在体内世界,平时不断积累数量,等战斗的时候再召唤出来。

"嗯。"罗峰点头,"你能培育的第二种虫族战士呢?"

"第二种属于影类虫族中的'锋影虫族',详细划分,可分为锋影虫族的一个分支'纳斯塔虫族'。一个具有传奇性的虫族,曾诞生过虫族中的真正超级存在'纳斯塔'。"母皇伊琳娜感叹地说道。

罗峰点头。

虫族之中,真正生命也就母皇这一种,那些被制造出的无数种虫族战士都算不上生命,只是战斗工具而已。然而这些有无比简单意识的虫族战士并非没有蜕变的可能。公平的宇宙并没有断绝它们蜕变的希望。

纳斯塔,就是无数虫族战士中原本同样懵懵懂懂的一个虫族战士,只是偶然被母皇召唤出战斗时,吞食了某种特殊宝物,发生了进化,才拥有了独立意志。

在整个虫族中,拥有独立意志的非母皇类虫族战士其实有不少。可成为超级存在的,却极少。

纳斯塔,就是一个超级存在。

"锋影虫族,有着影类虫族的共同点——速度极快,它拥有无比惊人的速度,快如幻影,攻击力也极强。唯一的弱点是……身体比较弱。"母皇伊琳娜解释道，"速度快、攻击强、身体弱，这就是锋影虫族。"

"主人，锋影虫族，我体内世界中并没有，当年域外战场上已经耗光了。它的模样跟虎甲虫族比，显得更加瘦小，甲壳并非火红色，而是深灰色。"母皇伊琳娜解释。

罗峰点头。

一者攻坚，一者探测。

虎甲虫族如果是重骑兵，那么锋影虫族就是轻骑兵。

"最后一种，是我虫族最大的类别'螳类'虫族中最强大的几种之一'猎螳虫族'，我制造的猎螳虫族，属猎螳虫族的分支'特洛族'。"母皇伊琳娜说道，"猎螳虫族，是我擅长制造的三种中最强大的一种。"

"它，拥有强大的身体，拥有惊人的速度，惊人的防御，以及无比灵活的闪躲能力，还有天生的高超的战斗技巧。"母皇伊琳娜声音略高起来，"制造一头猎螳虫族，差不多能够制造同等级的五头锋影虫族或两头虎甲虫族。"

罗峰听得眼睛一亮。

猎螳？

这母皇伊琳娜竟然能够制造培育出猎螳来，这真是意外之喜了。在金角巨兽传承记忆中都有详细介绍猎螳的，螳类。是虫族最庞大的一个类别。甲类仅次于螳类。而螳类中最优秀的七种分类，猎螳是其一。

七大极限螳类，各有所长，猎螳以狡猾著称。

"主人，这就是界主巅峰级猎螳，我仅剩的十一头界主巅峰虫族战士中，猎螳虫族有八头。"母皇伊琳娜说着，显然猎螳虫族是她最有信心所以留着最多的。她遥遥指向旁边的草原上，顿时一庞然大物出现。

它高约24米，比虎甲虫族显得精瘦，比影锋虫族显得彪悍。全身有着一层主要色调为黑色的流线型鳞甲，复杂的黑色鳞甲上有青色的花纹，令整个猎螳虫族多了一丝鬼魅气息。它有粗壮的下肢，以及两对仿佛战刀似的前肢，前肢边缘还有利爪。

一对复眼凸显出。头颅上还有着两根尖角伸出，嘴巴偶尔张开，里面有着密密麻麻的锋利牙齿。

这是一头纯粹的战斗机器！它的身体结构赋予了它绝对强的防御能力、绝对的灵活、绝对的速度，再配合那两对前肢，堪称杀戮机器。而且那无比紧密的鳞甲一看就比虎甲类虫族要更加先进，即使比虎甲类精瘦些，可防御却丝毫不比虎甲虫族差。

"主人，虎甲虫族、锋影虫族、猎螳虫族，是我一直研究也最擅长培育的三种虫族战士。"母皇伊琳娜看着罗峰，"当然如青螳等等的低等虫族，是可以轻易大规模制造的，那根本不需要研究，也没有难度。任何虫族母皇都可以制造那些低等虫族。"

罗峰微笑着点头。

很好。这三种虫族战士都算是顶级虫族类，猎螳虫族更是顶级中的顶级。

"你什么时候可以开始培育虫族战士？"罗峰询问道。

"随时都可以开始。"母皇伊琳娜微笑着，而那虎甲虫族、猎螳虫族战士都站在她身后，无比恭敬，"不过培育虫族战士，是分成两种模式。我告诉主人，由主人你选择。"

"说。"罗峰仔细聆听。

"第一种，大规模制造实力弱的猎螳虫族、虎甲虫族、影锋虫族。"母皇伊琳娜说道，"制造一些恒星级、宇宙级实力的，非常轻松，可以大规模培育制造出。随后，就让它们内部进行自相残杀，彼此吞噬，弱者死，强者生，强者吞噬弱者会变得更加强。当一大群虫族战士全部死绝只剩下一个，那一个就是最优秀的，完全可以培育出无比勇猛强悍的界主巅峰虫族来。"

罗峰惊颤不已。

让无数恒星级、宇宙级彼此吞噬？最终只剩下一个？

"虫族战士并非个个资质一样，有的潜力更大，有的潜力小。"母皇伊琳娜解释，"这种方式，是淘汰掉所有潜力差的，而经历无尽杀戮出来的巅峰虫族比一般界主巅峰虫族战士要强大十倍，可以称之为王者！"

"第二种，就是正常培育方式。"母皇伊琳娜说道，"我要培育界主巅峰的虫族战士，那么，就需要提供足够的资源，我直接培育出界主巅峰虫族。这种直接培育方式速度快，能量利用率极高，毕竟是由我直接培育，能量资源上不会有浪费。可是，潜力虽然不会差，但是也赶不上经历千万次战斗，吞噬无数虫族后那种可怕程度。"

罗峰开始思索起来。

两种培育模式，的确有趣。

"能量资源，比例怎么样？"罗峰问道。

"第二种正常培育，能量资源消耗最小。而第一种因为让它们自己吞噬吸收,所以吸收效率低,战斗时也会损失大量能量。所以,能量资源比例相差百倍左右。"

"培育出一头'王者'虫族,就可培育同级一百头虫族。"母皇伊琳娜解释道,"主人,怎么培育虫族,请你选定方式。"

敬请期待《吞噬星空 3 · 秘境 4》

龙墓

　　在周贤十四岁生日那天，收到了一个古董一般的老旧头盔。因为这个头盔，进而他接到了一个万人艳美，但又危机四伏的游戏任务。

　　任务成功，他将成为游戏世界的第八位大帝玩家，一世富贵与荣耀无双。

　　当然，获得了只有龙族才具有的"龙墓传送"技能，可以进出有无数宝物与蕴含珍稀龙族材料的龙族墓地这种事情，周贤是不会告诉别人的……

斗破苍穹

　　三十年河东,三十年河西,莫欺少年穷! 年仅 15 岁的萧家废物,于此地,立下了誓言,从今以后便一步步走向斗气大陆巅峰!

　　这里是属于斗气的世界,没有花俏艳丽的魔法,有的,仅仅是繁衍到巅峰的斗气! 你知道异界的斗气在发展到巅峰之后是何种境地吗?

　　作者"天蚕土豆",起点白金作家,新生代作家代表人物,2008 年凭借处女作《魔兽剑圣异界纵横》一举折桂新人王,跻身顶尖作家之列,2009 年 4 月 24日新作《斗破苍穹》一经发布即席卷各大榜单,土豆也因此奠定了在网络原创界难以动摇的顶级作家地位。

　　起点网总点击超 1.4 亿! 总推荐超 6000 万! 总码洋超 3500 万!

　　年度最值得期待的东方幻想长篇巨制!

裁决

七十二编

一个外表天真纯朴、一脸迷糊的大头男孩，跟着暴躁的矮人"练出"了好脾气，跟着傲慢的精灵学会了谦虚，跟着爱撒谎的侏儒学会了诚实，跟着野蛮人学会了礼仪……

当这个无法修炼斗气的乡巴佬，从南方小城走上历史舞台的时候，他立志要成为最伟大的骑士。

求魔

FIND MAGIC

耳根

苏铭因一块神秘黑色石头碎片觉醒蛮体，踏上蛮修之路。随着修为的提升，辗转西盟、南晨、东荒，却发现自己陷入了一由仙族帝天编织的宿命之路！

既然世人皆称我为魔，则索性，从此我苏铭……就是魔！

一个"随性"的少年，因性格原因选学了无人问津的光系魔法，却无意中踏上了命运的巨轮，一步一步成为了传说中的大魔导师。正是在他的努力下结束了东西大陆的分界，让整个大陆不再有种族之分，成为了后世各族共尊的光之子。

唐家三少

光之子

天蚕土豆

武动乾坤

大炎皇朝天都郡炎城青阳镇，一个落魄的林氏子弟林动，在山洞间偶然捡到一块神秘的石符，从此林动的命运开始改变！

天蚕土豆

萧炎遇上了由吞天蟒幻化的美杜莎，这个美丽且危险的女人会与其擦出怎样的火花？为了寻找恢复灵魂力量的七幻青灵涎，萧炎易容前往了纳兰家，尝试治疗纳兰嫣然究竟能否成功？然随之而来的炼药师大会也缓缓地拉开了帷幕……

斗破苍穹

罪恶之城

烟雨江南 · 全新力作

他们是天使，
他们也是魔鬼，
他们是所有矛盾的集合

背负着沉重的期望，那身具恶魔和精灵血脉的
少年毅然走向毁灭与重生的位面战场。放不下的执
念支撑着他踏过熔岩，冲破深冰，更在绝域战场中
纵横杀戮，只为打倒遥遥前方那个巍巍身影……